Wachtwoord

Charles den Tex

WACHTWOORD

DE GEUS

ISBN 978 90 445 1430 8
NUR 305

Voor Marjan, de echte A.M.R.

Lulu owns the kitchen
Gracie owns the world

Charles M. Prager

Bellilog 15.10.07

Schoonmoeder 0.5 wil de hele tijd aan me zitten. Erg lichamelijk. *Touchy-feely*. Pluk-pluk. Ik ben de zoon die ze nooit had en nu moet ik invallen voor dochter Guus. Lie-ver-niet. Zolang Guus er niet is, kan ik wel even zonder. Zij niet. Een bejaarde *space invader* van over de zestig. Ik kan er wel tegen, met mate. Zij heeft zo haar behoeften, zo moeilijk is het allemaal niet. Begrijpen is easy. Maar je hoeft toch niet alles te doen wat je voelt?

Of alles te voelen wat je denkt?

Of mij te voelen?

Lang steil haar, blond, meestal opgestoken in een knot met een draai. Heavy mascara. Groene oogschaduw. *Why?* Ze noemt me Mik. MIK!! Ik bedoel, Mik kan echt niet. En maar duwen en om me heen draaien. Vooral nu de dag van de vrijlating nadert. Alles komt dichterbij, de wereld wordt door een trechter geperst. Hoe harder je gaat, hoe trager het lijkt. Tijd verdikt. Alle verwachting wordt geconcentreerd op een punt. Een tijdstip. Dan. Dan. Dan gaat de deur open en begint alles opnieuw. Nog drie dagen. Woensdagochtend om tien uur, vrouwengevangenis, na tien maanden komt Guus weer vrij. Weersvoorspelling slecht. Regen, wind, negen graden.

Nooit geweten dat ik iemand zo kon missen.

1 Bonc2005

Het enige wat ontbrak, was mijn laptop. Mijn humeur was ik een paar minuten later kwijt. Midden op mijn bureau was een lege plek en heel even was ik in verwarring. Had ik hem thuis laten staan? Lag hij nog in de auto? Stond hij ergens anders? De afgelopen twaalf uur flitsten door mijn geheugen. Ik had de vorige dag tot half negen gewerkt, hier, aan mijn bureau, presentatie voor een verzekeringsmaatschappij: strategische analyse van doelgroepen, producten en rendement. Mijn deel moest woensdag af zijn, want vanaf donderdag was ik een week vrij. Research, interviews, cijfers, interpretatie en theoretische onderbouwing. Daar werkte ik al zeven weken aan. Presentatie was volgende week. Als de rapportage goed genoeg was, hoefde ik daar zelf niet bij te zijn. Daar werkte ik aan, ik nam mijn laptop overal mee, in de auto, in de trein, in het vliegtuig. Alleen niet mee naar huis, anders hield ik nooit op. Iets over half negen had ik hier gisterenavond de deur achter me dichtgetrokken. Vermoeide ogen van het kijken naar het computerscherm. Daas van de kolommen premies, kosten, uitkeringen en prognoses.

Mijn compagnon, Gijs, en ik hadden het hele weekend gewerkt en zondagavond laat gegeten, Indische rijsttafel bij een restaurant in de Vijzelstraat, bij hem om de hoek. De pittige variant, *padang*, was precies sterk genoeg om de sufheid van een hele dag kantoor weg te branden. Daarna hadden we op het Rembrandtplein, boven bij De Kroon, nog een paar biertjes gedronken, voor het nablussen. Na twaalven was ik op de fiets naar huis gegaan, en als ik één ding zeker wist, dan was het wel dat ik toen mijn laptop niet bij me had. De hele avond niet. Niet in het restaurant en niet in het café. Thuis was ik in bed gekropen en bijna onmiddellijk in slaap gevallen. Zonder laptop.

Ik keek naar mijn bureau en vloekte.

'Waar is mijn computer?!' schreeuwde ik. Om mij heen bleef het stil, er was nog niemand. Ik was de eerste op kantoor.

Ik kan er niet tegen als mensen aan mijn spullen zitten. Het is mijn kantoor, mijn kamer, mijn bureau; samen met Gijs ben ik hier de baas, weliswaar van een klein bureau – we hebben maar drie medewerkers: twee assistenten en een secretaresse – maar dat maakt voor de verhoudingen niets uit.

Wie had mijn computer meegenomen? Gijs en ik hadden gisterenavond ons deel van het kantoor afgesloten. Tussendeur op slot, alarm aan. In de rest van het pand waren nog wel mensen. Wij huurden onder bij The Pattern, een softwarebedrijf vol supernerds die vaak tot midden in de nacht werkten. Maar waarom zou een van hen mijn computer willen hebben? Het was een gewone laptop, een paar jaar oud, niet eens met de laatste mogelijkheden of met een uitzonderlijk grote geheugencapaciteit; het was een kloon met een rammelig toetsenbord. Ik was gehecht aan dat losse geluid als ik aan het typen was. Al mijn werk zat erin, al mijn verslagen, rapporten, brieven, facturen, urenstaten, memo's, e-mails, diagrammen en grafieken, aantekeningen, inventarisaties en noem het maar op. Mijn laptop was het archief van mijn leven, en als ik 's ochtends op kantoor kwam, dan ging ik ervan uit dat al die dingen hier op mij stonden te wachten. Netjes. Waar ik ze had achtergelaten. Alles onder mijn vingertoppen.

Natuurlijk had ik kopieën. Van al mijn recente werk en de opdrachten waar ik mee bezig was, had ik een kopie op een stick. Die zat in mijn rugzak. Van de volledige inhoud van mijn vaste schijf stond een kopie op de server van The Pattern, daar werden de backups bewaard van alles wat we deden en van alle programmatuur en de bijbehorende configuratie. Als ik een nieuwe laptop neerzette en inplugde, kon ik alles weer van de server plukken. Bij The Pattern hadden ze vast nog wel een pc of een laptop over, daar vraten ze computers. Het was onwaarschijnlijk dat een van de programmeurs mijn laptop zou hebben gepakt of geleend. Ze hadden er meer dan genoeg en ze hadden veel betere. Bovendien konden zij niet in ons deel van het gebouw. Alleen Karl kon dat, de eigenaar van The Pattern en de eigenaar van het pand.

Ik keek door het grote raam naar buiten, naar het IJ, naar het langzaam wegtrekkende donker en het vale licht dat over het water de stad binnen kwam. Het was nog voor zevenen, ik was vroeg gekomen om ongestoord te kunnen werken, ik had al mijn tijd hard nodig, en nu stond ik doelloos uit het raam te kijken.

Ik liep terug naar de ingang van ons bureau. BON Consult had vier kamers aan het eind van een gang in het enorme pand van The Pattern. Het was een oude loods op een voormalig haventerrein in Amsterdam-Noord. Karl had het hele pand plus de omringende grond gekocht in een tijd dat niemand nog in Noord wilde zitten. Nu zat hij op een vermogen. Zijn bedrijf groeide jaar in jaar uit, een tijdje geleden had hij de eerste opdrachten in het buitenland binnengehaald. Hij stuurde zelfs teams naar Rusland voor grote netwerkprojecten. The Pattern had de beste programmeurs, mensen met een niet te bevatten intelligentie en een onstuitbare nieuwsgierigheid. Mensen voor wie een computer meer was dan een handig ding. De computer was de ingang tot de wereld om ons heen, een poort. Door die poort kwam je in de machinekamer van de samenleving. Zij legden de gangpaden vanuit die machinekamer, zij bouwden de machines die er stonden en zij zorgden voor de beveiliging bij de poort. Zij hadden gedachten die ik niet kon volgen, met veel cijfers en formules, en zij keken me meestal aan met een verbaasde blik als ik een vraag over een computer had. Iets uitleggen konden ze niet, want ze begrepen niet wat ik niet begreep.

In de kantine was meestal wel iemand, ongeacht het uur van de dag. Ontwerpers en programmeurs houden zich niet aan kantooruren, ze leven met hun computers en met de dingen die ze daarop creëren. En ze leven op junkfood. IJskasten vol. Karl was begonnen om zijn bedrijf langzaam maar zeker te laten wennen aan gezond eten, maar de hoeveelheid pizza's die er per week doorheen ging, bleef ongekend hoog.

In een hoek van de grote ruimte zaten twee jonge mannen aan een tafeltje. Mokken koffie voor zich, hun ogen opengesperd alsof ze een sluitingsverbod hadden gekregen. De een leunde met zijn ellebogen op tafel en liet zijn kin op zijn handen rusten. De ander maakte aantekeningen op een schrijfblok.

'Zijn jullie hier al lang?' vroeg ik.

'Uurtje, anderhalf uur.'

Ik vroeg of ze iets wisten van een laptop uit mijn kantoor. Een stomme vraag, ik wist het. Toch stelde ik hem.

Ze keken me aan en schudden hun hoofden.

'Is hier in die tijd nog iemand anders geweest?' vroeg ik.

'Hier niet.'

Ik had geen ander antwoord verwacht. Toch moest ik het vragen, al was het alleen maar omdat ik niets anders kon bedenken.

Waar was dat ding?

Met een beker koffie uit de automaat ging ik aan het bureau van onze secretaresse zitten. Josien kwam pas om negen uur, dus ik had ruim de tijd om ongestoord op haar computer te werken. Als iedereen binnen was, ging ik wel vragen stellen. Ik zette haar pc aan en dronk mijn koffie terwijl het apparaat opstartte. Na ongeveer een minuut verscheen het inlogscherm.

Gebruikersnaam:
Wachtwoord:

Ik typte. Gebruikersnaam: josienvdk. Wachtwoord: bonc2005. Klikte op OK en wachtte. Het beeld op het scherm versprong en ik kon aan het werk. Gelukkig hield niemand zich aan het voorschrift om eens in de maand het wachtwoord te veranderen. Bij de oprichting van ons bureau, BON Consult, hadden we het wachtwoord 'Bonc2005' gekozen en dat stelden we op alle computers in. Iedereen gebruikte hetzelfde wachtwoord, dat was handig, want dan kon je altijd op elke computer inloggen. In de paar jaar van ons bestaan was er geen directe aanleiding geweest om het wachtwoord te veranderen. Zelf had ik reden genoeg om oplettend te zijn, ruim een jaar geleden was mijn identiteit gestolen en misbruikt en sinds die tijd was ik wel iets voorzichtiger geworden. Ik veranderde af en toe de pincodes van mijn bankpassen en ik kwam niet meer op allerlei sociale websites waar je gegevens over jezelf moest achterlaten. Geen

LinkedIn, geen Facebook, geen Schoolbank.nl, geen Myspace. Alleen nog mijn webmail, de bank, de verzekeringen, de belasting, reizen boeken, bioscoop- en theaterkaartjes bestellen en al die andere dingen waarvoor internet zo langzamerhand het enige toegangskanaal is geworden. Al die tijd bleef het wachtwoord op onze computers hetzelfde.

2 Tekens zijn niet goed

Niemand wist iets. Mijn computer was opgelost in het niets.

'Misschien was de uiterste houdbaarheidsdatum verstreken', zei Ahmed. Iedereen lachte, behalve ik. Ahmed Amrani was mijn assistent, bijna een jaar geleden had ik hem aangenomen en ik kon niet meer zonder hem. Tien jaar jonger dan ik en overal inzetbaar. Een echte waarnemer. Hij drong zich niet op, maar liet niets voorbijgaan. Hij had een talent voor het beoordelen van posities en belangen. Hij keek naar ogen en lichaamshouding, hij luisterde naar de klank van een stem, naar de ademhaling en de stilte. En hij kon ongelooflijk goed superieur glimlachen.

Tijdens onze kennismaking zag ik dat voor het eerst.

'Amrani, mooie naam', zei ik.

Hij glimlachte, een ironisch lachje. Vriendelijk, beleefd ook nog, en onmiskenbaar spottend.

'Zeg ik iets verkeerds?'

'Integendeel, u zegt iets heel aardigs. Maar mooi is niet voor iedereen hetzelfde. Dat is alles.'

'Vind jij je eigen naam niet mooi?'

'Natuurlijk,' weer die glimlach, 'het is mijn naam. Ik hou van mijn naam. Ahmed Amrani, dat ben ik. Dat is mooi. Maar dat is niet wat u bedoelde.'

'Ik bedoelde dat Amrani een mooie naam is.'

'Precies.' Glimlach.

Ik keek hem aan en zei niets.

'Frank de Boer kon uitstekend voetballen. Heel erg goed. Hij had fans over de hele wereld. Hij is ook trots op zijn naam. En terecht, Frank de Boer, dat is hij. Hij is DE Frank de Boer. Geweldig. Maar hier, in dit land, zal nooit, echt helemaal nooit, iemand tegen hem zeggen ...' Hij zweeg.

'De Boer, mooie naam.'

Glimlach. 'En ik kan niet eens voetballen.' Zo was hij, hij hoorde wat anderen niet hoorden. Hij luisterde naar het verschil en wist altijd wat iemand bedoelde, ook al werd er iets anders gezegd. 'Bij ons,' zei hij, en dan wist ik nooit precies of hij zijn familie bedoelde of de Marokkanen in het algemeen of zelfs Marokko, 'bij ons leer je zo luisteren. Meteen. Zodra je leert praten, leer je luisteren, want de woorden zijn altijd maar de helft van het verhaal. Vaak niet de belangrijkste helft.'

Glimlach.

Gijs had geen idee wat er met mijn laptop was gebeurd, net zomin als Ahmed en Josien. Sacha, de assistente van Gijs, had een paar dagen vrij om te verhuizen.

'Dat ding kan toch niet zomaar weg zijn?' vroeg ik. Hoe langer ik erover nadacht, hoe meer het me dwarszat. 'Het snoer en de muis zijn ook weg.' Terwijl ik het zei, zag ik in de hoek van de kamer het tasje van de laptop staan. Het stond op zijn vaste plek, in een klein hoekje tussen de boekenkast en de muur. Als je niet wist dat het er stond, zag je het bijna niet. Ik stond op, pakte het en legde het op mijn bureau. 'Als ik mijn laptop meeneem, dan doe ik hem hierin.' Ik ritste het tasje open. Het was leeg.

'Dan heeft hier dus iemand ingebroken en die heeft niets meegenomen, alleen jouw computer', zei Gijs. 'Geloof je het zelf?'

'Er is niet ingebroken', zei ik. Samen liepen we de deuren langs, maar nergens was een slot geforceerd of iets gebroken. 'Het alarm is ook niet afgegaan, anders hadden we daarvan gehoord.' Het pand was beveiligd met bewegingssensoren en zelfs al kwam je met een sleutel binnen, dan nog moest je een code intoetsen op een controlepaneel. Deed je dat niet, dan ging er een stil alarm af in de centrale van het beveiligingsbedrijf. Iemand in de centrale belde dan naar Karl, naar Gijs of naar mij. Wij waren de contactpersonen en wij hadden geen bericht gekregen van de centrale.

Het pand was opgedeeld in drie verschillende zones: de kamers van BON Consult, de ruimtes van The Pattern en de gemeenschappelijke ruimtes, zoals de kantine, de gangen en de toiletten. Wij, de vijf mensen van BON Consult, hadden een code voor de beveiliging in onze eigen kamers en in de gemeenschappelijke ruimtes. Medewerkers van The Pattern hadden een andere code voor hun deel van het pand en voor de gemeenschappelijke ruimtes. 's Nachts, als het alarm voor BON Consult stond ingeschakeld, kon iemand van The Pattern niet zomaar bij ons naar binnen lopen. Behalve Karl. Hij had een eigen code, waarmee hij het hele systeem in één keer uitzette. Gijs had de vorige avond het alarm aangezet en de deur achter ons dichtgedaan. Automatische handelingen, daar dachten we niet eens meer bij na. Vier cijfers, enter en wachten tot het rode lampje gaat knipperen. Het was een automatisme, zozeer zelfs dat ik nu niet meer met zekerheid kon zeggen of hij het inderdaad had gedaan.

Ik belde het beveiligingsbedrijf en vroeg om een rapport van de afgelopen vierentwintig uur. Elke mutatie werd geregistreerd en gedurende een bepaalde periode bewaard. In de loop van de middag zou ik per e-mail het overzicht ontvangen.

Met Ahmed werkte ik aan de presentatie voor de verzekeringsmaatschappij. Samen konden we een deel van de verloren tijd inhalen. We werkten hard en geconcentreerd en toch bleef die stomme computer aan mijn aandacht knagen. De hele tijd probeerde ik te bedenken wat er gebeurd kon zijn en in mijn achterhoofd dacht ik ook nog steeds dat ik hem ergens had neergezet en hem vervolgens had vergeten; als ik nou maar hard genoeg nadacht, zou ik het me weer herinneren.

In de kast?

In een lade van het bureau?

In een andere kamer?

Zo veel plekken waren er niet.

'Wanneer moet dit af?' vroeg Ahmed. Hij wist precies wanneer het af moest zijn. Het was zijn manier om te zeggen dat ik mijn kop erbij moest houden.

Het mailtje van het beveiligingsbedrijf kwam om half drie 's middags. Het was een lijst van alle keren dat de beveiliging van ons deel van het gebouw sinds zondagmiddag was ingeschakeld en uitgeschakeld. In de linkerkolom stond een code, daarnaast een controlenummer, dan een zonenummer, daarnaast tijdstip in, tijdstip uit en ten slotte weer de code. Het duurde even voordat ik mijn weg had gevonden in de reeksen cijfers en codes. Ik keek in de kolom 'tijdstip uit' en vond 20.32 uur, het moment waarop Gijs en ik de vorige avond het pand hadden verlaten. Dat klopte. Pal daaronder stond 03.29 uur. Ook 'tijdstip uit'. Om één minuut voor half vier 's nachts had iemand het pand verlaten en het alarm weer ingeschakeld. Ik keek in de kolom ernaast, daarin stond de code vermeld die was gebruikt. Het was de juiste code. Dat kon ook niet anders. Ik keek in de kolom aan de andere kant, 'tijdstip in': 03.22 uur. Iemand was om acht minuten voor half vier binnengekomen en om één minuut voor half vier weer vertrokken. In zeven minuten erin en eruit. Met gebruik van de juiste code en, kennelijk, met gebruik van een sleutel, want het beveiligingssysteem gaf aan dat alles keurig volgens het boekje was verlopen.

Geen alarm.

Er stond nog een melding op de lijst, de laatste, 'tijdstip in': 06.43 uur. Dat was ikzelf toen ik die ochtend vroeg op kantoor kwam en de deur van BON Consult opende. Ik staarde naar het overzicht. Wie was hier binnen geweest? Van ons bureau was Sacha de enige die ik nog niet gesproken had, maar het leek me onwaarschijnlijk dat zij midden in de nacht hier naartoe was gekomen. Karl misschien of iemand van het beveiligingsbedrijf? Daar hadden ze alle codes en alle sleutels.

Voor de zekerheid belde ik Sacha. Ze zette net een verhuisdoos neer in haar nieuwe woonkamer. Hijgend. Nee, ze was niet in de buurt van kantoor geweest. Overmorgen kwam ze weer.

'Dacht ik al', zei ik en ik wenste haar succes met de rest van haar verhuizing. Iemand van BON Consult was het niet geweest. Tenzij een van hen loog. Maar wie dan? Gijs niet. Josien? Ahmed? Dergelijke gedachten wilde ik helemaal niet hebben.

Ik zat nog steeds met de hoorn in mijn hand. Josien stak haar hoofd om de deur. 'Als je klaar bent?' vroeg ze. 'Ik heb een mevrouw voor je op de andere lijn. Ze wilde haar naam niet zeggen. Het gaat over woensdag. Dan wist jij genoeg.'

Schoonmoeder 0.5. De moeder van mijn vriendin, Guus, die tien maanden geleden de gevangenis inging. Guus en ik waren elkaar ruim een jaar eerder onder de slechtst mogelijke omstandigheden tegengekomen. In juli 2006 was ik opgepakt voor het veroorzaken van een dodelijk ongeluk. Camera's hadden het ongeval vastgelegd – een auto schepte een fietser – en hadden geregistreerd hoe de auto na de botsing doorreed. Die auto, een bronskleurige BMW, had ik nog nooit gezien, maar hij bleek op mijn naam te staan. Het was mijn woord tegen dat van de politie en in de cel in Monster kwam ik erachter dat het woord van de politie meer waard is. De enige die mij bijstond, was de piketadvocaat, mevrouw Guus van Donee, en aanvankelijk geloofde zij me ook niet.

Ik pakte de telefoon en drukte op het knopje naast het knipperende rode lampje. Ik wilde Schoonmoeder 0.5 vriendelijk begroeten, maar ze was me voor.

'Mik, kom je me ophalen? Hier, bij de boot? Dat zou voor mij wel veel handiger zijn. Ik kan ook naar Amsterdam komen, de verbinding is eigenlijk prima, maar de tekens zijn niet goed.'

Een glimlach trok over mijn gezicht. Nulpuntvijf liet zich sturen door betekenissen en tekens, geboortedata, namen, energiebanen, knopen en aura's. Een groter verschil tussen moeder en dochter was niet denkbaar. Guus was zakelijk, advocate, zij werkte met feiten en bewijzen. Ikzelf hing er een beetje tussenin, de meeste feiten zijn ook maar wat je ervan maakt. Dat was de praktijk in politiek en bedrijfsleven. En nu was Nulpuntvijf kennelijk bezorgd over iets wat ze had gezien of gevoeld.

'Ik dacht dat alle voortekens juist geweldig waren', zei ik.

'Voor Guusje, ja, maar niet voor mij. Voor mij ziet het er niet zo denderend uit.'

'En voor mij? Heb ik nog tekens?'

Ze lachte. 'Jou, daar begin ik niet aan', zei ze. 'Ik heb deze dagen mijn handen vol aan mezelf.'

Join the club, dacht ik en ik stelde voor dat ik haar dinsdagmiddag bij haar zou ophalen, dat we naar een hotel bij Eindhoven zouden rijden en daar zouden overnachten, zodat we woensdagochtend niet door de spits rond die stad hoefden.

'Erg verstandig', zei ze.

'Dat ben ik.'

3 Hier klikken

Ik kreeg hulp. Thomas, een jongen van The Pattern, bracht een pc met een draadloze muis, draadloos toetsenbord, negentien-inch-scherm, fluisterstil, een enorme harde schijf en meer GHz dan ik voor mogelijk hield. Een prachtig apparaat, nieuwer dan mijn gestolen laptop, veel sneller en krachtiger. Thomas plukte de back-up van de server en installeerde alles. Een uurtje later kon ik weer aan het werk. Ik was op het net en ik was bereikbaar. Ik veranderde de inloggegevens van de bank en zorgde ervoor dat mijn gegevens weer veilig waren. Bonc2005 werd Bellol2007.

'Vanmiddag regel ik iets draagbaars voor je', zei Thomas.

'Dan heb ik twee computers en dan weet ik binnen de kortste keren niet meer wat er op welke staat.'

Hij schudde zijn hoofd. 'Deze computers houden elkaar in de gaten en synchroniseren via de server, dus het maakt niet meer uit waar je bent, je werkt altijd in hetzelfde bestand. Je haalt het op en als je klaar bent, schrijft hij het weg.'

'Dat ding is dus permanent on line?'

'Hoeft niet. Zodra je alles binnen hebt, kun je off line, als je wilt.' Hij zweeg even. 'Maar waarom zou je? Off line is niks.'

'Omdat wij vaak met vertrouwelijke informatie van klanten werken', zei ik. 'En dan vind ik het veiliger als dat niet on line staat.' Het waren overwegingen waar tien jaar geleden niemand over nadacht. Niet eens over hoefde te denken. Nu voerde iedere ontwikkeling verder het internet op. De draadloze en draagbare technologie werd steeds beter. Terwijl ik probeerde ons werk en onze persoonlijke gegevens af te schermen, werden via internet steeds meer systemen aan elkaar gekoppeld en werd uitwisseling makkelijker en sneller.

'Wat je wilt,' zei Thomas, 'maar onze server is veiliger dan jouw laptop.' Hij controleerde nog een paar instellingen en wees op een klein glanzend knopje midden boven het beeldscherm. '*Cammetje* zit hier', zei hij. 'Dan kunnen we elkaar zien als je me nodig hebt.' Hij schoof de muis heen en weer en klikte op een icoontje. 'Zo bedien je hem. Zie je?' Hij legde uit hoe ik de ingebouwde webcam kon gebruiken, zodat ik ook bewegende beelden van mijzelf kon versturen. Hij klikte op een paar knoppen en het beeld versprong. Op het scherm verscheen het gezicht van een van zijn collega's, een vrouw van achter in de twintig. Ze keek verstoord op.

'Ja?' zei ze.

'Just checking', zei Thomas.

'Zit jij nog bij de buurman?'

'Staat hier naast me.' Thomas greep me aan mijn mouw en trok me naar zich toe, zodat onze hoofden vlak naast elkaar voor het scherm waren. 'Zeg even dag tegen onze überfrotter, zit bij mij op de kamer.'

'Hoi', zei ik. Ik zwaaide, voelde me enorm stom. 'Ik ben Michael.'

Ze zwaaide terug. 'Ik ben Sterre', zei ze. 'En nou is het wel genoeg.' Ze schakelde de verbinding uit en verdween van het scherm. Thomas protesteerde, klikte een paar keer en even later was ze weer in beeld.

'Wat nu weer?' zei ze.

'Moet ik wat voor je meenemen uit de kantine? Ik kom er toch langs.'

'Doe maar een Fristi.'

'Check. Tot zo.' Hij klikte en de verbinding was verbroken.

'Sterre?' vroeg ik.

'Ouders', zei Thomas. 'Ze willen de hele kosmos voor hun kind. En als je dat letterlijk neemt, dan krijg je dit: Sterre. Mooi toch.' Hij haalde zijn schouders op. 'Uiteindelijk maakt het niks uit, de naam voegt zich naar de mens.' Hij pakte zijn spullen bij elkaar. 'En dus hebben haar ouders toch nog gelijk.' Hij lachte. 'Als je vragen hebt ...' Hij wees op een icoontje, een minuscuul fotootje van hemzelf. 'Hier klikken en dan krijg je automatisch contact met mij.'

Alleen in mijn kamer, deur dicht, geen telefoon, mijn beeldscherm als een raam waardoor de digitale wereld zichtbaar werd. Ik dacht aan Guus. Ze zat al tien maanden in de gevangenis, veroordeeld voor valsheid in geschrifte en oplichting en daarna opgesloten in een inrichting op de grens van Noord-Brabant en Limburg. Haar straf zat er bijna op, nog twee nachten slapen en dan ging ik haar ophalen. Samen met haar moeder, mijn halve schoonmoeder. Half, want Guus en ik kenden elkaar nog niet zo lang voordat ze werd opgesloten. Haar moeder had ik pas tijdens het proces leren kennen. Ik ging Guus liever alleen ophalen, maar ik kon Schoonmoeder 0.5 moeilijk bij haar dochter weghouden. Als ik haar niet meenam, zou ik het alleen maar erger maken. En ingewikkelder. Nulpuntvijf liet zich niet afschepen, nooit. Ze was dan wel spiritueel, ze was ook erg vasthoudend. Ik zuchtte.

Door de gebeurtenissen had ik tijd verloren, tijd die ik niet had. Voor het eerst sinds die ochtend kon ik aan het werk en werk begon met de e-mail. Ik opende de inlogpagina van mijn webmail en voerde mijn gegevens in. Die zou ik ook moeten veranderen. De computer reageerde met een korte piep.

Ongeldige gebruikersnaam of wachtwoord.

Ik herhaalde de procedure, met hetzelfde resultaat. Het is ook altijd hetzelfde gelazer, als je haast hebt, kan de wereld het tempo niet bijhouden. Alles wat je kunt doen met je ogen dicht, met twee handen op je rug, blijkt niet meer te werken. Ongeldig wachtwoord. Gezeur. xxxxxxxx. Wat kan daar fout aan zijn?

mbelli21
xxxxxxxx

Er zijn dagen dat het gewoon niet gaat, dat de server te veel porno heeft of plat-gespamd is. Nieuw virus. Dat kan. De grijper van een bouwbedrijf die een kabel doormidden trekt. Het zou de eerste keer niet zijn. Maar niet vandaag. Niet nu.

Alsjeblieft niet nu.

Ik duwde mijn stoel achteruit en wachtte tien tellen. Keek door het raam naar buiten, naar het IJ, naar de boten en het water. Het goot. Met bakken tegelijk kwam het naar beneden. Het was buiten zo nat dat de overgang tussen kade, water en lucht bijna niet meer te zien was. Oktober, vaak een mooie maand, was volledig van slag. Ik zette mijn computer uit en ging koffie halen. Soms is tien minuten pauze en opnieuw opstarten voldoende om weer in het systeem te kunnen.

Niet vandaag. Wat ik ook probeerde, het lukte niet. Ik was afgesloten van mijn e-mail. Waarschijnlijk had deze computer een extra beveiliging of er was een instelling nog niet goed. Ik klikte op het icoontje van Thomas en zijn gezicht verscheen onmiddellijk op het scherm.

'Nu al?' zei hij.

Ik keek naar zijn gezicht. 'Kun jij mij nu ook zien?' vroeg ik.

Hij knikte. 'Gaat allemaal vanzelf', zei hij. 'Wat is er?'

'Er is iets met de computer.'

'Onzin', zei hij.

'Ik weet toch zelf wel wat ik zie? Deze computer kan mijn mail niet in.'

Thomas schudde zijn hoofd. Ik zag het op het scherm. En ik zag de meewarige blik in zijn ogen.

'Nee, nee, nee', zei hij. 'Jíj kunt je e-mail niet in. Die computer kan alles.' Hij keek me aan via het beeldscherm. 'Zijn er nog andere dingen die je niet kunt?'

Bellilog 17.10.07

Hier kan ik dus niet tegen. Al twee dagen op leencomputers. Het is net alsof ik opeens blind ben, of niet meer kan praten. Ik heb een geamputeerd gevoel. Niet gestolen, maar afgehakt. Alleen mijn blog werkt nog.

En niemand die iets weet. Onnozele gezichten die het eigenlijk wel een grap vinden.

Zo leuk.

En het maakt niet uit, dat is pas echt leuk. Duurde even voordat het tot me doordrong. Werk gaat gewoon door, wordt opgevangen. Anderen lopen de gaten dicht en ik hoef er niet eens om te vragen. Opdracht loopt, problemen worden opgelost.

Wat wil ik nog meer?

Morgen Guus en een week vrij. Helemaal niets, alleen Guus.

Dat is meer dan genoeg.

4 Nog twee minuten

De omgeving was mooi en bijna kaal. Bomen die bladeren verloren, gras, asfalt, tegels, bakstenen en beton, lantaarnpalen en camera's hoog tegen muren en aan hekken. Sommige struiken stonden nog vol in het blad, verder was er zo min mogelijk dat het vrije zicht kon belemmeren. Niets om de wind te breken. Alles draaide hier om beveiliging en daarin was voor de natuur geen plaats. Vlak uitzicht over platte plakken land. We stonden naast de auto op een bijna verlaten parkeerplaats, regendruppels in mijn nek, de ingang van de gevangenis tegenover ons. Nulpuntvijf en ik waren naar het zuidoosten van Nederland gekomen om Guus op te halen. Zij met een bosje bloemen, ik met een doosje slim panatella's, de favoriete sigaartjes van Guus. Guus rookte niet, nooit, maar ze voelde zich op haar gemak als ze een sigaartje had. Het was de geur van de tabak en de vorm. Ze hield ervan om een dun sigaartje tussen haar lippen te hebben, tot het eindje uit elkaar viel. Met een doosje van tien deed ze een maand.

Het vooruitzicht haar weer in vrijheid te zien, had mij de laatste twee weken steeds groter gemaakt, ik vulde hele straten met verlangen en ongeduld. Haar moeder had deze dag al honderd keer geanalyseerd en voor Guus waren alle tekens goed. Dit ging een geweldige dag worden. Het was kwart voor tien.

'Daar gaan we', zei ik.

Ze legde haar linkerhand in mijn rechterarm. Ik nam hem aan zonder erover na te denken. Samen liepen we naar de ingang. De gevangenis was gevestigd in een aantal gebouwen op een groot, omheind terrein: een oud klooster, een voormalige kerk en een groot, houten gebouw. Hier zaten meer dan tweehonderd vrouwen een straf uit. Ooit was deze plek onderdeel van een soort dorp, een kamp van de Dienst Uitvoerende Werken van de overheid. Toen woonden er mensen die werkten in de ontginning van de peelgronden in de buurt. Nu stonden er hekken en muren omheen, prikkeldraad op drie meter hoogte. Camera's bestreken elke centimeter van de omheining. Gemonteerd op hoge palen waakten de kleine zwarte en grijze apparaten over het besloten gebied. Iedere bezoeker werd van minimaal twee verschillende kanten geregistreerd. Ik keek schuin omhoog en glimlachte, zwaaide even en wachtte tot het eerste hek opengíng. De afgelopen maanden was ik hier elke week geweest. Ze kenden me. 'B voor D' noemden ze me.

De oude gebouwen waren onderdeel geworden van een gevangeniscomplex. Op hetzelfde terrein stond strakke nieuwbouw met kleine ramen en misplaatst vrolijke kleuren. Dat was het nieuwe hoofdgebouw. De inrichting had verschillende afdelingen, voor zware misdrijven en voor minder ernstige vergrijpen, fraudeurs en oplichters. Guus zat op een afdeling met vierentwintig vrouwen, van alles door elkaar, mishandelde huisvrouwen die hadden teruggeslagen, prostituees die zonder vergunning werkten, een schoonmaakster die de kas had meegenomen, een bankmedewerkster, een vrouw die elf jaar lang de uitkering van haar overleden man had opgestreken en zij zelf, een advocate. Zij zat er voor valsheid in geschrifte, door haar medewerking hadden anderen met een gestolen identiteit onroerend goed kunnen kopen en verkopen. Die gestolen identiteit was mijn identiteit. De auto die in Monster het dodelijke ongeluk had veroorzaakt, was op mijn naam gekocht. Daarom dacht de politie dat ik het had gedaan. Die auto was echter niets vergeleken bij alles wat er nog meer met mijn identiteit gebeurde. Ik bleek opeens eigenaar van een veel te duur betaald tuinbouwbedrijf met oude, verwaarloosde kassen, ik bleek te worden gezocht door de inlichtingendienst, verdacht van terroristische activiteiten. Door Guus en door haar cliënten was ik in problemen gekomen die ik nauwelijks had kunnen overzien. Niet opzettelijk, zij werkte vanuit de veronderstelling dat Michael Bellicher helemaal niet bestond. Foutje. Toen ik wel degelijk bleek te bestaan, kwam ze in een onhoudbare spagaat, want zij werd door de politie in Monster opgetrommeld om mij te verdedigen tegen alle beschuldigingen. Ze had gedaan wat ze kon zonder zichzelf te verraden. Sigaartje tussen haar vingers. Guus wist zich tussen de tuinders van het Westland staande te houden en had geen moeite gehad met een adviseur uit Amsterdam.

Nu kon ik erom lachen, toen even niet.

De eerste weken van haar straf zocht ik haar bijna elke dag op, zaten we samen uit het raam te staren, en naar elkaar. Zo vaak als het mocht, lagen we in de speciale ruimte waar echtparen en stellen naartoe mochten om de fysieke liefde gaande te houden, en na een tijdje was seks het enige wat we elkaar te bieden hadden. De verhalen werden steeds schraler. Mijn werk, haar cel. Ik vertelde zoveel ik kon, maar steeds vaker struikelden mijn woorden over het verlangen haar vast te houden. Te hebben. Seks was een vrijhaven, en ook dat werd na verloop van tijd machteloos. We wilden ons leven samen niet opgeven, we wilden doorgaan en maakten onszelf wijs dat er niets was veranderd. Tot de anderen me hoofdschuddend begonnen aan te kijken. Zelfs Guus. Ze kon niet anders, in de gevangenis doe je wat de anderen doen, anders wordt de opsluiting nog harder. Daarna kwam ik één keer per week, later nog iets minder. Er was wel degelijk iets veranderd.

Haar moeder en ik wachtten tot we werden binnengelaten. Geduldig, zij aan zij, alsof we elkaar al jaren kenden. Liesbeth Inderlaan behandelde me als een volwaardige schoonzoon.

'Die eerste vent van d'r was ook zo'n flapdrol.'

'Dank je.'

'Neurotische partnerkeuze, als je het mij vraagt.'

'Ik vroeg niets.'

Ze was de moeder van Guus, de enige familie die ze nog had, dus als zij op afstand geplaatst moest worden, dan mocht Guus dat doen, nadat ze uit de gevangenis was gekomen. Alles heeft zo zijn volgorde.

De eerste keer dat we elkaar ontmoetten, was na de rechtszaak waarin Guus werd veroordeeld. Ze ging tegenover me zitten aan een tafeltje in een café. Ze droeg een tijdloos, modieus mantelpakje, Chanel, keurig, en het stond haar geweldig. Het gaf haar karakter een stijl die ze doorgaans verborgen hield. Ze was beleefd, maar zei wat ze dacht, daar had ze geen enkel probleem mee. Haar ogen waren voortdurend op zoek naar contact, steeds keek ze me net iets langer aan dan comfortabel was. Alsof ze iets van me wilde, iets verwachtte wat ik kennelijk maar moest raden. Guus leek op haar, ze had hetzelfde steile, blonde haar en hetzelfde uitgesproken gemak in wat ze deed.

'Michael Bellicher', zei ze. Ze pakte haar tas, die naast haar stoel op de grond stond, en haalde er een schrift uit. Een gewoon groen schoolschrift met een slappe kaft. Op het etiketje stond alleen een nummer: 26. Later zag ik bij haar thuis de vijfentwintig eerdere exemplaren, vol met haar aantekeningen en berekeningen. Haar schriften waren haar extra geheugen, zodra ze er een opensloeg, had ze toegang tot alle ideeën en inzichten die ze koesterde. Ze rommelde met haar spullen tot ze alles precies zo had als ze wilde. Schrift, pen, bril, rekenmachientje, kop koffie opzij geschoven. Ze schreef iets op. 'Schrijf je dat zo?' vroeg ze even later. Ze draaide het schrift om en liet het me zien. Ze had mijn naam opgeschreven, de letters opvallend ver uit elkaar. 'Geen andere namen? Alleen Michael? Geen Petrus of Johannes of Maria? Die katholieken hangen altijd een halve bijbel aan hun kroost.'

Ik schudde mijn hoofd. Mijn moeder was erg gelovig, maar niet katholiek.

'Geboortedatum?'

'2 mei 1972.'

'Natuurlijk, een Stier.' Ze zuchtte. 'Man zonder diepte.' Ook mijn geboortedatum schreef ze op, heel precies. In stilte keek ze naar de naam en de datum, alsof er een straling van uitging die ze wilde opvangen. Uiteindelijk pakte ze haar pen en begon allerlei cijfers achter elkaar te zetten en berekeningen uit te voeren die ik niet kon volgen. Na een paar minuten leunde ze achterover en keek me aan.

'Dubbel-acht', zei ze en ze knikte alsof daarmee alles was gezegd. 'Zo, zo, zo, een dubbel-acht.'

'Klinkt als een roeiteam', zei ik.

'Typisch. Een Stier leert erg langzaam. Dubbel-acht betekent dat je levenspad en je naam samenvallen. Dat je lot en datgene wat je van je ouders hebt gekregen, in elkaars verlengde liggen, elkaar versterken. En in jouw geval betekent het dat je nog eigenwijzer bent dan ik al dacht.'

De vorige avond waren we van Zeeland naar Eindhoven gereden, voorbij de ochtendspits van de volgende dag. Overnachting in een Van der Valk Hotel. Niet te duur, ruimte zat. Een vrijetijdsfabriek aan de rand van de stad. Een vakantiekolonie, stampvol. Met alle deuren dicht en de lichten aan leek het alsof we op de belangrijkste feestavond van het jaar terecht waren gekomen. Glimmende gezelligheid, enorme porties eten, grote wijnglazen, tot de rand gevuld. Overdaad van middelmaat. Nulpuntvijf en ik hadden onthutst om ons heen gekeken.

'Weten we dit heel zeker?' had ze gevraagd.

'Morgenochtend ervaren wij de wijsheid van deze keuze.'

We deelden een praktisch soort verstandigheid. Zij wist wat er was gebeurd tussen Guus en mij, ze wist ook wat Guus had gedaan. 'Zit in de genen', had ze gezegd en daarmee bedoelde ze niet die van haar zelf. Zij was jaren geleden al uit het Westland vertrokken. Ze kon de beklemming van het sociale netwerk daar niet meer aan. Haar man, Willem van Donee, behoorde tot een ons-kent-onsclubje succesvolle tuinders en hun gestudeerde maten. Mannen die elkaar bij elke vloek en elke zucht steunden. Hij was hun advocaat, een man van de wet zoals zij die wilden. Toen hij te jong overleed aan vervetting en jarenlange stress om het werken met de jongens van de kassen en de vrachtwagens te kunnen bijhouden, kreeg zij opeens al die kerels over de vloer. Opdat ze niet zou vereenzamen, zogenaamd. Ze kwamen voornamelijk om te controleren of hun belangen en geheimen nog wel veilig waren. Zonder Willem was dat opeens een acuut probleem. Het waren mannen die ze nog niet in haar straat wilde zien, laat staan in haar zitkamer. Ze bood ze jenever en pils, iets anders begrepen ze niet, en luisterde met haar oren dicht en een glimlach om haar mond. Haar ogen vertelden haar alles wat ze wilde weten. Ze verkocht haar huis en verwees iedereen naar haar dochter, Guus, die de praktijk van haar vader voortzette: Advocatenkantoor Van Donee in Monster. Ze trok zich terug op een luxueus verbouwde tjalk in een jachthaven in de buurt van Brouwershaven. Daar had ze alles wat ze nodig had: een heldere sterrenhemel, haar boeken, haar spirituele attributen en breedband internet. Schoonmoeder 0.5 vond dat ik verantwoordelijk was voor de opsluiting van haar dochter, mijn advocaat had Guus aangeklaagd voor de vervalsing van documenten en aktes, waardoor ik in de problemen was gekomen. Van mij had het niet gehoeven, ik hoefde geen vergelding, maar om mijn naam te zuiveren was het noodzakelijk. Nulpuntvijf had geen idee wat een adviseur precies deed, maar ze was erg blij dat ik geen tuinder was.

'Door jou zit Guus vast', zei ze. 'Voornamelijk door haar eigen gesjoemel, natuurlijk, maar zonder jouw aanklacht was ze niet in de gevangenis gekomen. Dan hadden de advocaten het onderling geregeld, zoals ze dat altijd doen. Deze keer niet, en op een bepaalde manier is dat een zegen.' Dan greep ze mijn arm en kneep en wreef me, duwde me en keek me aan met fonkelend donkere ogen. Ze was niet sentimenteel, helemaal niet, maar ze kon haar handen niet thuishouden. Vanaf de dag dat Guus werd afgevoerd, had ze me bestookt met haar onverwerkte verleden en een toekomst die ze niet had verwacht. Haar dochter in de gevangenis, dat had ze niet kunnen voorspellen. Daar had haar man moeten zitten, en omdat hij er niet meer was, mocht Guus het opknappen. Ze kon de rechtvaardigheid er wel van inzien, iemand moest zitten. Willem van Donee had zichzelf en zijn Westlandse vriendjes rijk gemaakt door illegale transacties zo te verpakken dat iemand anders met de strop bleef zitten. Guus had geprobeerd de ergste van zijn fraudes recht te zetten en de manier waarop ze dat had gedaan, was al net zo illegaal. Ik was een van de mensen die de rekening mochten betalen. Niet expres, ze kende me niet eens. Ik was niet meer dan een naam die ze gebruikte om een paar aktes aan op te hangen. Een vrije naam, dacht ze. Zij ging ervan uit dat haar cliënten hun failliete tuinbouwbedrijf verkochten aan iemand die niet bestond. Dat was ik. Ik werd opgescheept met een bouwval van een huis en vijf hectare kassen die op instorten stonden. En ik werd de trotse eigenaar van een hypotheek van een paar miljoen en alle ellende die daarbij hoorde. Die rotzooi mocht ik zelf opruimen. Toen Guus ontdekte dat de gebruikte naam van mij was en dat ze de problemen van haar cliënten niet had opgelost maar gewoon had doorgeschoven, had ze alles gedaan om me op te vangen. Dat wel. Tegen de tijd dat ik erachter kwam dat ik door haar schuld in de ellende zat, was ik allang voor haar gevallen. Dat bleek sterker dan het onrecht dat me was aangedaan en toen zij de gevangenis inging, was het mijn beurt om er voor haar te zijn. Haar moeder begon me te bellen de dag nadat Guus naar de gevangenis was gebracht.

'Wij moeten toch op zijn minst wat uitgebreider kennismaken. Op zijn minst.'

Dat was een van haar favoriete uitdrukkingen, 'op zijn minst'.

Het hek sprong open en we werden toegelaten tot het eerste deel, de veiligheidssluis. Hier was niemand, alleen de bewakingscamera's die ons vanuit vier hoeken in de gaten hielden. Achter ons sloot het hek en het volgende ging pas open nadat het eerste was vergrendeld. We hoorden de sloten klikken in het staal. Alles werd hier vertraagd, elke stap werd gecontroleerd en elke volgende stap werd met tegenzin toegestaan. Ik had ooit zelf een paar nachten in een cel op een politiebureau doorgebracht, maar dat was niets vergeleken met een echte gevangenis. In een politiecel word je even opgesloten, hier verlaat je de wereld, en dat gebeurt langzaam en weloverwogen.

Een minuut later mochten we verder, van de ene ruimte in de andere. Hier waren mensen, geüniformeerde bewakers, merendeels vrouwen, die ons opvingen en controleerden. De meesten kenden me, in de afgelopen maanden hadden ze me allemaal wel een keer gezien. We liepen naar de balie om ons aan te melden, Michael Belicher en Lies Inderlaan voor mevrouw Van Donee.

'De advocate', zei de vrouw achter de balie. Ze keek ons aan met een verbaasde blik, wenkbrauwen omhoog, het hoofd iets naar achteren. Ze had donkerblond haar met een rode gloed, om de ringvinger van haar linkerhand zat een pleister. Ik zag het, maar het drong niet echt tot me door. Ik was te veel gericht op het moment dat Guus binnen zou komen.

'Vandaag zitten de tien maanden erop', zei ik. 'Vandaag gaat ze mee door die deur.' Ik wees met een theatraal gebaar naar de uitgang, naar de deur die via de veiligheidssluis naar het parkeerterrein leidde. 'Om tien uur precies', zei ik. Ik keek naar de klok aan de muur. 'Nog drie minuten.'

'Ik ben bang dat er iets niet klopt', zei de vrouw achter de balie.

Niets kon mijn goede humeur bederven. Glunderend hield ik de secondewijzer in de gaten, die onherroepelijk de tijd wegtikte. 'Nog twee minuten.'

'Meneer Bellicher?'

'Ja?'

'Mevrouw Van Donee is vanochtend om acht uur al vrijgelaten. Direct na het ontbijt.'

5 Haar belang

Twee uur, nog niet eens, honderdnegentien minuten geleden was ze vertrokken. Terwijl haar moeder en ik bij Van der Valk broodjes met koffie naar binnen werkten, was Guus hier de poort uit gelopen.

'Dat kan niet', zei ik, tegen beter weten in. De bewaking had geen enkele reden om te liegen. 'Dat KAN niet', herhaalde ik. Guus en ik hadden deze dag meer dan eens besproken. Donderdagochtend om tien uur. Tien uur. Nooit had Guus een ander tijdstip genoemd en ik had het nooit gecontroleerd. Waarom zou ik? Als iemand wist wanneer ze vrijgelaten zou worden, dan was Guus het wel. Al maandenlang hield ik deze dag vrij, geen afspraken, geen klanten, geen deadlines, geen besprekingen en de hele week na deze dag geen werk, geen vergaderingen en geen presentaties. Ik wilde volledige vrijheid als Guus uit de gevangenis zou komen. Dat was gelukt.

Een van de vrouwen draaide haar beeldscherm naar me toe en liet me de registratie van haar vertrek zien, elf minuten over acht, digitaal opgeslagen in de systemen van Justitie. Mevrouw Van Donee was vertrokken.

Ik begreep er niets van. Mijn hersenen bleven terugkeren naar de afspraak die Guus en ik hadden gemaakt. Keer op keer herhaalde ik de datum en de tijd, totdat de vrouwen van de bewaking geen antwoord meer gaven. Hun zwijgen maakte me gek, uit zichzelf zeiden ze niets, ze gaven alleen antwoord op vragen en daar liep ik vast. In totale verwarring belde ik het mobiele nummer van Guus. Nog voordat haar telefoon overging, werd ik doorgeschakeld naar haar voicemail. Waarschijnlijk had ze haar mobiel nog niet eens aangezet, na al die maanden zou het toestel eerst moeten worden opgeladen. Ik sprak een overspannen bericht in en verbrak de verbinding. In shock. Guus was er niet en ik kon haar niet bereiken. Halsstarrig bleef ik vasthouden aan wat Guus en ik hadden afgesproken, ik werd boos en begon te schreeuwen; daarmee verdween bij de bewaking elke wil om mij te helpen.

'U mag hier gerust nog even wachten,' zei een van de vrouwen, 'ik kan vragen of iemand u een kopje koffie brengt, we hebben hierachter een automaat, maar ik ben bang dat ik verder niets voor u kan doen.' Ze wees naar de plastic stoeltjes die langs de muur stonden, hard, recht en ongebruikt. Niemand bleef hier ooit langer dan strikt noodzakelijk. Zwijgend keken ze me aan. Ik had de neiging de vrouw aan haar uniform over de balie te sleuren, alsof het haar schuld was. Ik vloekte.

Moeder Lies stond naast me met het bosje bloemen in haar handen. 'Mik, beheers je', zei ze.

Verkeerde opmerking.

'Waarom moet IK me beheersen?' Ik was degene die hier werd gefrustreerd, mijn teleurstelling was groot en sloeg om in onberedeneerde woede. Maaiende armen, wilde bewegingen.

'Nou is het genoeg', zei ze. Ze wilde mij daar weg hebben en pakte mijn arm. Met kleine, besliste bewegingen stuurde ze me mee, door de sluis, naar buiten. Een paar minuten later stonden we weer op de parkeerplaats. De wind floot door het hekwerk. Camera's registreerden alles wat we deden, onze passen, onze aarzeling, mijn uitbarsting met wild zwaaiende armen. Het parkeerterrein leek tien keer zo groot geworden, de leegte vloog me aan, vooral omdat ik er zonder Guus stond. De huisjes van het omringende dorp zagen er donker en dicht uit. De afgegraven peel is niet een plek waar de toekomst je toelacht.

We reden terug, via Eindhoven naar het westen. De stilte in de auto leek onbreekbaar. Hier had ik naartoe geleefd, naar de dag dat Guus en ik samen het hek uit zouden lopen. Samen. Wat er daarna zou gebeuren, wist ik niet, maar dat gevoel had ik al weken bij me. Kant-en-klaar. Ik wist wat het was, hoe het was, wanneer het was en waar. Alleen Guus toevoegen en goed schudden. We hadden erom gehuild, op voorhand al, ik tenminste, en nu klopte het niet meer. Alles wat we hadden gezegd, moest worden teruggedraaid, en voordat ik daarmee klaar was, had ik niets te zeggen. Stopverf in mijn keel, expansieschuim in mijn hoofd.

'Ik moet nu koffie', zei Nulpuntvijf. 'Daar.' Ze wees naar een benzinestation in de verte, afslag na twaalfhonderd meter. Ik parkeerde achter het gebouw. Het was er koud en guur.

Binnen heerste de gezelligheid van een snelweg, veel mensen die geen enkele intentie hadden om lang te blijven hangen. We zochten een koffiemachine uit, stopten er wat euro's in en even later hadden we allebei een dampende beker koffie. Door de drukte schuifelden we steeds verder naar de zijkant, tot we een rustig plekje hadden gevonden naast de seksbladen. Een hele rij bolle, jonge borsten keek ons aan. We waren de enigen die hun gezelschap zochten.

Lies blies over de rand van de beker en nam kleine slokjes. De hete koffie dwong ons tot niets doen. We keken om ons heen en naar elkaar, naar de mensen die doelgericht, gehaast hun koffie dronken, broodjes aten, afrekenden en weer vertrokken. Een niet-aflatende stroom mannen en vrouwen, lachend, pratend, telefonerend, allemaal op weg, in contact, nuttig, sommige in net pak, andere in spijkerbroek en jack of overall. Vrachtwagenchauffeurs, vertegenwoordigers en managers door elkaar. Bij de automaten achter in de zaak stonden twee motoragenten te praten. Helmen op een statafel met suikerzakjes, creamer en servetjes. Niks aan de hand.

'Ik had al zo'n gevoel', zei Lies.

'Het klopt niet', zei ik. Dat was ook de enige gedachte die ik had, mijn hoofd leek op slot te zitten. 'Er klopt geen bal van. Dit zou toch zo'n goeie dag worden volgens jou?'

'Voor Guus', zei ze. 'Een goeie dag voor Guus.'

'Nou?'

'Misschien is dat het ook wel.'

Die gedachte was te pijnlijk. Het idee dat Guus mij willens en wetens te laat had laten komen, dat zij haar vertrek zonder mij weken van tevoren had gepland, dat ze mij al die tijd had voorgelogen, expres, met als enig doel ervoor te zorgen dat zij zelf al weg kon zijn voordat ik bij de gevangenis aankwam, dat was erg genoeg. De gedachte dat zij daar gelukkiger van werd, wilde ik niet eens toelaten. Ik schudde mijn hoofd.

'Waar is ze dan naartoe?' vroeg ik. 'Naar huis? Naar Monster?'

We keken elkaar zwijgend aan. Allebei beseften we dat Guus niet op weg naar huis was. Dat zou pas echt nergens op slaan. Als ze naar huis wilde, dan had ze wel op ons gewacht. Dan had ze met ons mee kunnen rijden. Dat zou logisch zijn en Guus was logisch. Dus was ze ergens anders heen.

'En hoe?' vroeg ik. 'Lopend? Komt daar een bus? Heeft ze een taxi laten komen? Had ze daar geld voor? Ik bedoel, hoe is ze van dat oord daar ergens heen gegaan?' Door mijn stompzinnige gedrag waren we bij de gevangenis weggegaan zonder één vraag te stellen, zonder dat we iets te weten waren gekomen. Door mijn eigen emotie was ik het meest voor de hand liggende vergeten. Ik stampte op de vloer, smeet mijn lege koffiebeker in de afvalbak en pakte Lies bij haar arm.

'We gaan terug', zei ik.

Ze waren erg aardig en na mijn verontschuldigingen deden ze hun best om te helpen. Niet dat ze veel wisten. Wat ze konden vertellen, maakte de zaak eigenlijk alleen maar erger. Mijn vragen leidden tot nieuwe vragen. Hoe was ze weggegaan? Per bus? Per taxi?

'Mevrouw Van Donee is opgehaald. Twee mannen kwamen haar halen en zij is met hen meegegaan.'

'Zomaar? Zonder te protesteren? Zonder dwang?'

'O, ja, zeker. Nee, absoluut niet.' Ze vielen over elkaar heen om me ervan te verzekeren dat Guus uit eigen vrije wil was meegegaan. Wie die mannen waren, wisten ze niet, want mensen die alleen maar komen afhalen, hoeven zich niet te legitimeren. De gevangene wordt vrijgelaten en die vrijheid begint meteen.

'Mannen?' vroeg ik.

'Twee.'

'Wat voor soort mannen? Groot, klein, oud, jong?'

'Zwart. Erg zwart.'

'Negers?'

Ze begonnen te lachen. 'Nee, juist niet. Blanke mannen. Heel erg blank zelfs. Echt van die bleke gezichten. Opvallend bleek. Alles wat ze aanhadden, was zwart. Zwarte pakken, zwarte schoenen, zwart overhemd, zwarte das, zwarte leren jassen. Alles was zwart.'

Haar collega knikte enthousiast. 'Boeven', zei ze. Ze moesten er allebei om lachen. 'Maar wel leuke boeven. Vrolijke types. Van die mannen die je echt aankijken. Die een praatje hebben. Met zo'n dik accent. Uit Rusland of zo.'

'Kenden ze elkaar?' vroeg ik.

'Dat neem ik aan van wel. Anders was mevrouw niet met ze meegegaan. Denkt u niet?'

Ik dacht helemaal niets. Ik kon me niet eens voorstellen dat Guus met anderen was meegegaan en vooral niet met mannen die ik niet kende. Wie waren die mannen? Waren het vrienden? Klanten? Zakenrelaties? 'Hoe begroetten ze elkaar?' vroeg ik. 'Enthousiast, afstandelijk, vrolijk? Vielen ze elkaar om de hals?'

De vrouwen schudden hun hoofd. 'Nee, dat zeker niet. Gewoon, handje schudden, volgens mij. Beleefd.'

'Waren die mannen hier al eerder geweest? Op bezoek?'

'Dat zou ik eigenlijk niet weten', zei de een. 'Had jij ze al eens eerder gezien?' vroeg ze aan de andere vrouw.

'Het zou kunnen.' Ze dacht even na. 'Wij draaien hier diensten, dus we zitten hier niet altijd elke dag. Ze kunnen geweest zijn op een dag dat ik geen dienst had.'

'Waren ze groot? Of juist klein?'

'Flink wel, ja. Groter dan u. Breder vooral.'

'Hebben ze nog wat gezegd? Kunt u zich iets herinneren?'

Ze schudden hun hoofd. Er was niets bijzonders gebeurd. Guus was binnengekomen, ze had handen geschud, ze had getekend voor vertrek, haar spullen meegenomen en was met de mannen meegegaan. 'Ze heeft gedag gezegd', zei een van de vrouwen. 'Gewoon, aardig, zoals ze is. En dat was het. Klaar. Daarna zijn ze naar buiten gegaan.'

'Waren ze met de auto?'

'Waarschijnlijk wel.'

'Dat kunt u toch zien, hier, via al die camera's?'

Ze knikte. 'Maar dat onthou ik niet allemaal', zei ze. 'Je kijkt, ziet een auto, mensen, niets ongebruikelijks, alles normaal, daar let je op, of alles normaal is. Pas als er iets niet normaal is, dan ga je echt kijken. De rest vergeet je weer. Dat kan ook niet anders.'

'U weet ook niet wat voor soort auto? Welk merk?'

Ze schudde haar hoofd. 'Daar let ik echt niet op. Soms staat hier die hele parkeerplaats vol en dan zal ik een beetje automerken onthouden. Ik heb wel wat anders te doen.'

'Kleur?'

'Wij zien het hier in zwart-wit.'

'Maar het is opgenomen, geregistreerd', zei ik. 'Dus we zouden even kunnen kijken.'

Er viel een stilte. De vrouw keek me aan en schudde langzaam haar hoofd. Het leek mij overduidelijk wat er moest gebeuren. Alles wat die camera's zagen, werd ergens digitaal opgeslagen. We hoefden alleen de opnames van de parkeerplaats tussen tien voor acht en kwart over acht terug te kijken en dan zou ik die mannen kunnen zien, hun auto en zelfs het kenteken.

'Om te beginnen kan ik die registratie niet van hier bedienen', zei de vrouw. 'De controlekamer zit ergens centraal in het gebouw. Wij hebben hier een paar beeldschermpjes, en daar zitten niet eens knoppen aan. Als je iets wilt terugzien, dan kan dat alleen in de controlekamer. Nergens anders. En daar ga ik niet over.'

Hoe ik ook probeerde, ze was niet bereid me zelfs maar in verbinding te stellen met de controlekamer. Er waren procedures en regels die gevolgd moesten worden en die maakten het bijna onmogelijk. De opnames die door de bewakingscamera's werden gemaakt, waren in principe voor niemand toegankelijk. Alleen als er iets gebeurde, een onregelmatigheid, een opstand, een uitbraak of zoiets, dan kon een advocaat of een rechter of de politie de opnames opvragen, en dan nog was het niet eenvoudig.

'Maar dit is haar moeder', zei ik.

'Dat weet ik', zei de vrouw. Ze keek Lies vriendelijk aan. 'U ken ik wel, u bent hier een paar keer geweest. U was hier ook die keer dat die andere mensen er waren. Toen was er nog zo'n gedoe, want zij wilden niet samen met u, weet u nog?'

Lies knikte. Ja, ze wist het nog. Ze deed geforceerd mee aan het ophalen van een herinnering die haar niet interesseerde.

‘Weet u nog wie die mensen waren?’ vroeg ik.

‘Niet zo uit mijn hoofd.’

‘En jij?’ vroeg ik aan Lies.

Ze schudde haar hoofd. ‘Ik herinner het me wel, maar ik heb niet met ze gesproken of zo.’

Ik richtte me weer tot de vrouwen achter de balie. ‘Het waren bezoekers, dus dan staan ze geregistreerd en u kunt dus in uw systeem opzoeken wie het waren.’

‘Dat zou ik inderdaad kunnen, maar die informatie mag ik u niet geven. Die is niet openbaar.’

Steeds liepen we tegen dezelfde regels op. ‘Wij zijn hier speciaal naartoe gekomen om mevrouw Van Donee op te halen’, zei ik. ‘Ik ben haar vriend. Wij hebben toch het recht om te weten met wie ze is meegegaan?’

Weer schudde de vrouw haar hoofd. ‘Ook familie mag dat niet zien’, zei ze. ‘Zolang wij geen bewijs hebben dat zij tegen haar zin is meegenomen, en dat is er dus niet, moeten wij van haar belang uitgaan.’

‘Wij zijn haar belang!’ Ik schreeuwde bijna.

‘Dat is misschien voor u zo, dat wil ik niet tegenspreken. Maar als zij niets tegen u heeft gezegd, dan betekent het dat zij niet wil dat u het weet. Dat is haar belang.’

6 Ook een mooi getal

Het regende, zware druppels op het asfalt. Het parkeerterrein leek nog troostelozer en het uitzicht verdween in de grijze nattigheid. We zaten naast elkaar in de auto en keken door de voorruit naar dingen die nauwelijks meer te zien waren. Ik had de auto nog niet gestart, dat stelde ik uit, want ik wist zeker dat ik iets over het hoofd zag. Door de schok dat Guus er niet was, moest ik langer nadenken, mijn hoofd werkte met een half uur vertraging. Ik belde de beste advocaat die ik kende, Wouter Klasman in Amsterdam. Hij had mij ooit uit een hopeloze situatie gered en als er iemand was die inzage kon krijgen in de opnames van de bewakingscamera's, dan was hij het. Hij luisterde ongeduldig naar mijn verhaal, liet me niet eens uitpraten.

'Ik zou het alleen kunnen als ik er iets goeds mee kan doen. Iets heel erg goeds. Begrijp je? Iets principieels. En dat is er niet. Op geen enkele manier. Jij wilt die dingen zien, meer is het niet. *Forget it.*'

Hij zei niet 'het spijt me' of 'jammer' of 'helaas', hij suggereerde ook geen andere mogelijkheden. Niets. Ik had hem gestoord met een korte vraag en ik kreeg een kort antwoord. Als ik meer wilde, dan hoorde hij het wel. Op de woensdagochtend had Klasman geen tijd voor gezellige praatjes. Zijn klanten betaalden hem zevenhonderdvijftig euro per uur. Ik niet. Ik staarde naar de druppels op de ruit. Plotseling legde Nulpuntvijf haar hand op mijn arm. Ze had al een hele tijd niets gezegd.

'Als Guusje iets in haar kop heeft, dan doe je er niets tegen', zei ze. 'Dat is altijd al zo geweest. Dat ligt niet aan jou of aan mij. En het is ook niet dat ze ons niet wil zien. Zo is ze niet. Kennelijk is er iets. Als ze met een zaak bezig is, kan ze ook dat soort dingen doen. Dat je opeens het gevoel hebt dat je niet meer bestaat.' Ze schudde haar hoofd. 'Heeft ze van haar vader', zei ze. 'Hopeloos trekje.'

Ik dacht na, probeerde ergens een aanknopingspunt te vinden. 'Weet jij echt niet wie die mensen waren die niet samen met jou bij Guus op bezoek wilden?'

'Ik kende ze niet, ik had die mensen nog nooit gezien. Het waren nette mensen. Een man en een vrouw. Keurig. Hij was iets jonger dan ik, eind vijftig of zo. Nette man. Advocaten, volgens mij. Waarschijnlijk van de orde, om iets te bespreken waar niemand anders iets mee te maken heeft. Ze waren lastig, maar ik begreep het wel. Zo werkt dat.'

Het klopte en het klopte niet. Guus was geen advocate meer, al voordat de rechtszaak tegen haar was begonnen, was ze uit de orde gestapt. Er waren vast nog allerlei zaken af te wikkelen, maar ze was niet met een zaak bezig. Ze had geen cliënten meer en ze had geen zaken meer. Toch leek het nu alsof ze nog volop bezig was. Wat dat betreft had haar moeder gelijk. Als Guus eenmaal ergens aan begon, moest alles ervoor wijken. Als ze volledig geconcentreerd, elke stap gepland en voorbereid, voor iemand aan het werk was, dan was ze op haar mooist. Ongenaakbaar en gedreven. En onbereikbaar.

'Ik voel me opzij geschoven', zei ik.

'Ja, dat doet ze', zei haar moeder. Ze leek even langs me heen te kijken. 'Ze doet het niet expres, maar toch ...'

'Waar is ze dan mee bezig?' vroeg ik.

'Geen idee. Guus vindt altijd wat. Dat heeft ze van mij.'

Ik reageerde niet, het was te voor de hand liggend. De slechte karaktertrekken kwamen van haar vader, de goede kwamen van haar. Wat dat betreft zijn alle moeders hetzelfde.

'Zet haar midden in een woestijn en ze vindt twee families die ruziën over een oase. Echt. En dan pikt ze er feilloos de familie uit die haar het hardst nodig heeft. Daar vecht ze voor.'

'Of zet haar in de gevangenis.'

'Of zet haar in de gevangenis', herhaalde ze. Een paar seconden later begreep ze pas wat ik bedoelde. 'Natuurlijk', zei ze.

Dat kon. Het zou zelfs heel goed kunnen. Guus had tien maanden opgesloten gezeten met andere vrouwen. Sommigen zaten er al toen zij binnenkwam, anderen waren later gekomen. We hadden het over ze gehad, ook al had ik altijd maar half geluisterd, de andere vrouwen interesseerden me eigenlijk niet. Ze waren lotgenoten van Guus, huisgenoten in een bepaald opzicht. Zij zagen elkaar elke dag, spraken met elkaar. Voor mij waren het gevangenen, mensen die waarschijnlijk ergere dingen hadden gedaan dan Guus. De meeste veroordelingen waren 'belachelijk' volgens haar, dat herinnerde ik me wel. Ze had zich een paar keer opgewonden over de manier waarop sommige vrouwen daar waren behandeld. Fel. Verontwaardigd. Feller dan ze ooit over haar eigen straf zou zijn. Ze wist waarom zij er zat en op een abstracte manier was ze het daar ook mee eens, ook al zat ze er liever niet. Andere vrouwen waren mishandeld of verkeerd begrepen of slachtoffer van verkeerd toegepaste procedures. Daar had ze over verteld, zo bevlogen en zo betrokken bij het lot van de ander dat ik haar had gevraagd of het dan vriendinnen van haar waren. Dat herinnerde ik me wel, het was een maand of vier geleden. En ik herinnerde me de reactie van Guus. Gebeten snauwde ze: 'Zij zijn hier betere vrienden dan jij.'

Het was één zin, een opmerking, meer niet. Guus was van haar eigen felheid geschrokken en de rest van het bezoekuur hadden we zwijgend doorgebracht, verlegen met een verwijdering die we geen van beiden wilden.

'Broodje?' vroeg ik.

'Je moet niet proberen haar te volgen', zei Nulpuntvijf. 'Guus gaat waar ze wil en soms is dat voor anderen niet te volgen.'

'Voorlopig wil ik alleen maar weten waarom ze mij expres de verkeerde tijd heeft gegeven.' Ik startte de auto en reed weg, zocht een broodjeszaak en vond een snackbar die net open was. We bestelden, een broodje jonge kaas en een broodje garnalensalade. In mijn hart wist ik dat Nulpuntvijf gelijk had, maar ik wilde het liefst meteen achter Guus aan. Inhalen, laten stoppen en vragen: waarom?

Tien maanden lang was ik trouw bij haar op bezoek geweest. Ik ging omdat ik het zelf wilde, natuurlijk, ik ging voor mijzelf, omdat ik haar wilde zien, zo vaak mogelijk, maar ik ging. Zo veel andere mensen kwamen er niet voor haar. Haar moeder drie of vier keer, een paar vriendinnen waren een keer geweest. Eén keer. Dat was het wel zo'n beetje. In de gevangenis blijkt hoe weinig vrienden je hebt.

Voor Guus was dat net zo. Erger, want een advocaat in de gevangenis kent niemand meer.

'Dat op zijn minst', zei Nulpuntvijf. Ze kauwde traag op het broodje garnalensalade. 'Maar het gaat niet om eerlijkheid, dat weet je.' Ze legde een papiertje op tafel en begon weer berekeningen te maken. 'De datum klopt, helemaal', zei ze. 'Dat is wat ik niet begrijp. Kijk maar.' Ze schreef de naam van haar dochter uit. GUUSJE VAN DONEE. Daaronder schreef ze een rij cijfers: 733115 415 46555. Die telde ze op tot 20 10 25. Dat rijtje vereenvoudigde ze weer tot 2 1 7 en die drie cijfers telde ze bij elkaar op. 'Tien,' zei ze, 'en tien is één plus nul en dat is één. Daar ben ik altijd erg trots op geweest. Mijn Guusje is een één.' Ze wees op het papier alsof er iets onomstotelijks was aangetoond. 'En het is vandaag achttien oktober.' Ze schreef op 18 10 2007, vereenvoudigde dat tot 9 1 9, telde die drie cijfers op. 'Negentien. Dat is één plus negen, is tien, is één plus nul en dat is één.'

'Ik dacht dat je de volledige naam moest tellen?' vroeg ik.

'Daar lopen de meningen over uiteen', zei ze. 'Sommige mensen zeggen dat het om de formele naam gaat, maar dat vind ik ambtenarij. Op haar geboorteakte staat Augusta, omdat haar vader haar zonodig naar zijn grootmoeder moest vernoemen. Niemand noemt haar zo. Vanaf de eerste dag heette ze Guusje. Zelfs haar vader noemde haar zo. Dat is de naam die ze van ons kreeg, dat is wat wij aan haar doorgaven en dat is wat ik bereken. Jij bent Michael, al had je nog tien andere namen.'

'Waarom vroeg je er dan naar?'

'Nieuwsgierigheid.' Ze lachte. Ze tikte met haar wijsvinger op tafel. 'Dit is haar dag, Mik, daar gaat het om. Het zijn niet alleen de cijfers die daarop wijzen. Jij vindt dat allemaal onzin, dat weet ik, maar we zijn onderdeel van krachtenvelden die ons verbinden. De logica is maar één manier om naar de wereld te kijken. De krachten van de natuur bieden een andere manier, zij tonen de mens als onderdeel van het leven op andere niveaus, in andere lagen en dimensies. Dat je het niet kunt zien, wil nog niet zeggen dat het er niet is. Lucht kun je ook niet zien en reken maar dat het er is. De zwaartekracht kun je niet zien, magnetische kracht, elektriciteit. Als alles wat we niet kunnen zien, niet bestond, was leven onmogelijk.'

'Die krachten kun je niet zien, maar je kunt ze bewijzen', zei ik. 'De krachten waar jij het over hebt, kun je niet bewijzen.'

'Jij niet, maar ik wel. Ik voel het verschil.'

'Je voelt het verschil?'

'Net als de alcohol in een fles wodka. Je ziet het niet, je ruikt het niet en je proeft het niet. Maar als je een halve fles op hebt, dan voel je het verschil. Of vind je dat ook gezeur?' Ze keek me aan en schudde haar hoofd. 'Ik heb je wel door. Als ik je vertel wat ik echt denk, luister je niet eens meer naar me. Kleine stapjes tegelijk voor jou.'

Ik zweeg en probeerde te begrijpen wat ik net had gehoord. Ze had iets gezegd waardoor er ergens in mijn hoofd een schakelaar werd omgezet. Ik wist alleen niet wat het was, de connectie was te kort geweest. Je ziet het niet, je ruikt het niet en je proeft het niet. Gedachten joegen door mijn hoofd, te snel om ze te kunnen vasthouden. Ik moest beter kijken naar wat ik wist, ergens in de gevangenis moest een aanknopingspunt zijn. Wie waren daar nog meer? Guus had er andere vrouwen ontmoet, Nederlandse vrouwen en twee Russische, Elena en nog een andere. Het waren prostituees die illegaal in het land waren en nu wegens diefstal een straf uitzaten voor ze zouden worden uitgezet. Ik had ze een keer gezien, van een afstand. Het waren jonge vrouwen, vreugdeloos. Tot op zekere hoogte zag iedereen er in de gevangenis vreugdeloos uit, ik had in ieder geval nooit begrepen wat Guus zo interessant aan ze vond.

'Er waren twee Russinnen', zei ik. 'Daar had Guus contact mee. Misschien weet een van hen wat er gebeurd is. Ze moet toch iets met iemand hebben besproken? Waar komen die twee mannen anders vandaan?' Ik keek op mijn horloge, het was kwart voor twee. Bezoekuur begon om twee uur.

'We moeten nog een keer terug', zei ik.

'We zijn al twee keer geweest.'

'Dan wordt dit de derde keer', zei ik. 'Eén plus twee plus drie is zes. Dat is ook een mooi getal.'

7 Mannenvlees

De bewaking schoot bij voorbaat in de stress toen wij voor de derde keer binnenkwamen. Nog voor ik iets had gezegd, begonnen ze me al toe te spreken. Dat ze echt niets voor me konden doen, dat ze begrepen dat ik het vervelend vond en dat zij het ook vervelend vonden voor mij, maar dat ze nu toch alles hadden gedaan wat er mogelijk was en dat het beter was als ik nu gewoon naar huis ging om erover na te denken.

'Bezoek voor Elena', zei ik.

'Elena wie?'

'Achternaam ken ik niet, maar hoeveel Elena's zitten hier?'

We werden onderworpen aan de procedure die ik onderhand uit mijn hoofd kende. Nulpuntvijf en ik werden begeleid tot aan de bezoekruimte en daar wachtten we aan een tafeltje tot Elena door een andere deur werd binnengeleid. Ze was een jonge vrouw, veel jonger dan ik me herinnerde van die ene keer dat ik haar had gezien. Naarmate ze dichterbij kwam, vielen haar jeugdige bewegingen steeds meer op. Die pasten niet goed bij haar wantrouwende blik; donkere ogen keken ons aan vanuit een verborgen diepte. Ze was hooguit twintig, ze bleef op drie passen van de tafel staan en zei niets. Ik wist niet eens of ze Nederlands sprak. Na een paar seconden keek ze om naar de bewaker die haar had gebracht en haalde haar schouders op.

'Bezoek', zei de bewaker. 'Voor jou, niet voor mij.'

Nulpuntvijf stond op en liep voorzichtig naar haar toe. 'Ik ben Lies', zei ze. 'De moeder van Guus.'

Onmiddellijk lichtten Elena's ogen op. 'Ghoes', zei ze. Plotseling wees ze naar mij. 'Jij ook van Ghoes.'

Ik knikte en probeerde zo vriendelijk mogelijk te kijken.

'Ghoes weg', zei Elena. Ze maakte een groot gebaar met haar rechterarm. 'Ghoes weg.' Ze lachte en opeens werd haar echte leeftijd zichtbaar. In haar lach was ze een meisje, een kind dat de hele wereld aankon. In haar lach explodeerde haar levenslust. Ze was niet uitgesproken mooi, maar ze had iets uitdagends. Ze keek me aan alsof ik haar iets had gevraagd. Met zenuwachtige gebaren streek ze haar korte, donkere haar achter haar oren. De lach duurde niet lang. Even later keek ze weer schichtig om zich heen en leek het alsof ze wilde vertrekken. Haar ogen schoten heen en weer, van mij naar Lies, naar de deur, de tafel, de stoel, de grond, het plafond en terug naar mij.

Lies nam haar bij de arm en bracht haar naar het tafeltje. 'Kom er even bij zitten', zei ze en voorzichtig schoof ze een stoel voor haar aan.

Elena ging zitten en zette haar ellebogen op de tafel. Ze keek nog drie, vier keer om zich heen en ontspande. Opeens was ze een vrouw, ze leunde naar me toe en het leek alsof ze voor elke beweging haar hele lichaam gebruikte. Ze zei niets en toch had ik het onbedwingbare gevoel dat ze me vroeg om naar haar toe te komen. Ik schoof mijn stoel aan en leunde ook naar voren. Keek naar haar. Ze lachte even en zuchtte. Ik voelde de spanning in mijn buik, heel direct. Haar seks was onderdeel van alles wat ze deed: als ze een vuiltje van haar mouw sloeg, leek het voorspel. Ik kreeg geen woord over mijn lippen. Ze was vijf mensen tegelijk en die wisselden voortdurend van plaats. Elke keer als ik iets wilde zeggen, was ze alweer veranderd. Opeens drong het tot me door dat ik geen idee had van de vrouw tegenover me. Ik was gekomen om haar wat te vragen, om informatie over Guus te krijgen, en ik had er geen seconde over nagedacht wie Elena was. Nu ze daar zat, kon ik de eerste vraag niet eens bedenken.

Ze keek gedeprimeerd naar de grond.

Lies liep om het tafeltje heen en kwam naast me zitten. Ze glimlachte en knikte naar het meisje. Ze had precies in de gaten wat er gebeurde. Ze zag hoe Elena haar lichaam gebruikte om mij te sturen en ze zag dat ik onmiddellijk op al haar bewegingen reageerde. Automatisch. Zonder eigen wil.

'Elena', zei ze.

Het meisje keek op. 'Oké.'

'Hoe gaat het?' Lies begon een gesprek, een praatje, zoals ik dat niet kon. Niet daar in elk geval.

'Oké', zei Elena weer. Ze keek nu verveeld van Lies naar mij.

'Zit je hier al lang?'

'Hier?' vroeg ze en ze wees naar beneden, naar de grond. Ze haalde haar schouders op. 'Drie maand. Vier.' Ze lachte. 'Niet slecht, hier. Beetje stom.' Ze leunde ver over de tafel heen en legde een hand op mijn hand. 'Ghoes weg', zei ze.

Ik knikte.

'Hebben jullie nog afscheid genomen?' vroeg ik.

'Ja.' Ze lachte weer. 'Ik ghuilen! Ghuilen! O!' Ze legde een hand plat op haar borst en even leek het alsof ze ter plekke weer in tranen zou uitbarsten. Ze bleef glimlachen en schudde haar hoofd. 'Zo is Ghoes weg, ja, mooie vrouw.' Ze keek Lies aan en pakte haar hand. 'Ghoes jouw dochter? Ja? Mooie vrouw. Zij is echt, ja, echt, sterke vrouw. Ik ...' Een langzame traan rolde over haar wang. En nog een. Ze veegde ze niet weg en liet ze gewoon naar beneden rollen, van haar kin op tafel. Elena geneerde zich niet voor tranen. 'Is emotie, ja', zei ze.

Weer had ze een abrupt effect op me; wat zij voelde, voelde ik. Van de eerste traan die bij haar tevoorschijn kwam, moest ik ook huilen. Snotterend en vegend zat ik mijn eigen tranen te verbergen. Voor mijzelf. De anderen trapten er niet in.

'Wanneer?' vroeg Lies. 'Vanochtend?'

'Ja, en gisteren ook. Met Lulu. Is oké.' Ze knikte.

Er viel een stilte. Zwijgend keken we elkaar aan. Elena was kalm, haar ogen rustig, ze leunde met haar armen op tafel en met haar kin op haar armen. Ze was weer klein.

'Lulu?' vroeg ik.

Ze knikte zonder haar kin van haar armen te halen.

'Waar komt Lulu vandaan?'

'Adjessa. Als ik.'

'Waar?'

'Adjessa.'

'Is dat in Rusland?'

Ze barstte in lachen uit. 'Nee, Adjessa! Niet Roesland. Oekraïna, ja! Ja, is ook Roesland, ja. Ik,' ze sloeg met een vlakke hand op haar borst, 'IK, ik ben Roessin. Roessin. In Adjessa wij zijn van Roesland. Oekraïna zijn niets. Boeren.' Ze spuugde het laatste woord uit met een onwaarschijnlijke minachting, ze maaide met haar armen over tafel. Meteen daarna lachte ze weer. 'Maar ja, nu Oekraïna. Oké.' Ze leunde achterover en schudde haar hoofd.

'Guus', zei ik.

'Ghoes, ja.'

'Guus is opgehaald door twee mannen.'

Elena keek me aan, haar blik verstrakte. Elke keer werd ik verrast door de snelheid waarmee haar emoties en haar houding konden veranderen. Ze zei niets.

'Vanochtend om acht uur is ze opgehaald door twee mannen.'

'Ghoes?'

Ik knikte.

'Ghoes is hier twee maand, ja?'

'Tien maanden', zei ik.

'Nee, nee. Ik eerst hier, dan Ghoes.' Ze zweeg en keek voor zich uit. Even leek het alsof ze ons niet eens meer zag. 'Vorig jaar,' zei ze plotseling, 'eerste keer Ghoes. April.'

'Hier?' vroeg ik. Ik begreep er niets meer van. Vorig jaar april was anderhalf jaar geleden, toen kende ik Guus nog niet eens. Had ze toen al contact gehad met Elena?

'Nee, niet hier. In, in … ik weet niet. Ergens.'

'In Monster?'

'Ghoes weg hier vorige week.' Opeens was ze heel beslist. 'Nee, noe, maandag.'

Ik schudde mijn hoofd en herhaalde nog een keer wat ik eerder had gezegd. 'Vanochtend', zei ik. 'Vanochtend.'

Ze keek me glazig aan, alle emotie was verdwenen. Een klein, verslagen meisje in een Nederlandse gevangenis.

'O', zei ze.

Het was stil.

'Wanneer mag je zelf hier weg?' vroeg Lies.

'Nog even', zei Elena. 'Volgend week. Dinsdag.' Ze begon te stralen. 'Dinsdag.' Eén woord, één gedachte was voldoende om haar stemming volledig te laten omslaan. 'Dinsdag', zei ze nog een keer, alsof op die dag alles goed zou komen. 'En Lulu ook.'

'Ga je dan naar huis?'

'Ghuis?' zei ze en ze begon te lachen. 'Ja, naar ghuis.' Ze lachte alsof het de beste grap was die ze in jaren had gehoord. 'Mij ghuis is overal. Ik naar Amerika, naar vriend, heel goed vriend. Hij brengt mij in film. Wonen in zijn ghuis en mijn vader en moeder.'

Het gesprek deinde heen en weer. Soms zei Elena dingen die overduidelijk niet klopten, wanneer Guus was aangekomen en vertrokken bijvoorbeeld. Ze haalde allerlei gebeurtenissen door elkaar. Het leek alsof in haar hoofd de tijd geen verband meer had, dagen en maanden tuimelden over elkaar heen en verwisselden van plaats. Er was geen touw aan vast te knopen. We spraken nog een tijdje, maar ze wist niets over de mannen die Guus hadden opgehaald of ze zei er niets over. Elke keer als ik erover begon, veranderde haar verhaal. Guus was dagen geleden al vertrokken, ze was met niemand meegegaan of ze was opgehaald door de politie of door haar moeder.

'Ik ben haar moeder', zei Lies.

'Vorige week', zei Elena.

Na een half uur stonden we op en namen afscheid. Lies schudde haar hand, de twee vrouwen keken elkaar aan en het was moeilijk te zien of er nu contact was of niet.

'Hou je goed,' zei Lies, 'nog zes dagen.'

Elena lachte. 'Ja, woensdag!'

Ik schudde haar ook de hand en met een onverwachte beweging stond ze opeens dicht tegen me aan. Ze sloeg haar armen om mijn nek en haar lichaam leek zich aan het mijne vast te zuigen. Onwillekeurig sloeg ik mijn arm om haar rug. Om haar vast te houden, dacht ik nog, maar ik wist dat ik mezelf voor de gek hield. Ik had mijn arm om haar rug, omdat mijn hand dan vlak boven haar billen was en ik had een onbedwingbare neiging om haar lijf te voelen. Ze zoende me vol op mijn mond.

'Voor Ghoes', zei ze en ze liet me los. Ze liep naar de deur, keek nog een keer om en het volgende ogenblik was ze verdwenen, onder begeleiding van de bewaker ging ze terug naar haar cel, haar kamer.

'Doe je mond nu maar weer dicht', zei Lies. 'Je ziet eruit als een idioot.'

Zonder dat ik het wist, had ik Elena met open mond nagestaard. En met een erectie in mijn broek. Die kon Lies niet zien, maar waarschijnlijk was dat niet eens nodig. Ik sloot mijn mond, veegde mijn lippen af en probeerde mijn houding terug te vinden. 'Jezus', zei ik. Ik zuchtte.

'Mannenvlees', zei Lies. 'Die vrouw is ruim vijftig kilo puur mannenvlees. En heel erg in de war.'

8 Wachtwoord

Code, minimaal acht tekens. Bescherming. Afscherming. Zes keer kloppen, drie keer twee keer. De club van de Zwarte Hand. Beperkte toegang. Voor iedereen hetzelfde en voor iedereen anders. 5591mita. 9515mati. 1559itma. Mijn eigen exclusiviteit verborgen achter cijfers en letters, technisch, onpersoonlijk, een reeks van niks. Ik ben wie ik ben in mijn eigen domein. Een muur werkt beter dan een code. Allebei is nog beter.

9 Een mooie, rechte zakker

'Ze zegt maar wat', zei Lies.

Ik staarde door de voorruit naar de snelweg in de regen. Ruitenwissers sloegen een maat die ik niet kon bijhouden. Het was druk op de weg, de regen en het stuifwater veroorzaakten af en toe waterwolken waarin nauwelijks nog zicht was. Als nu de dijken zouden doorbreken, zou je het verschil niet eens merken. Alles leek dezelfde kleur te hebben, grijs, donkergrijs. De verwarring die Elena in mij teweeg had gebracht, werd langzaam minder, al was het alleen maar omdat ik me moest concentreren op het verkeer.

'Ze heeft vast heel veel meegemaakt, dat geloof ik meteen, maar ze fantaseert', zei Lies. 'Ze weet het niet en dus verzint ze maar wat.'

Daar leek het inderdaad op. Elena had van alles gezegd en er was niets blijven hangen, omdat ze iedere keer iets anders zei. Ze kende Guus, dat wist ik, Guus had over haar verteld. Dat leek het enige wat Elena kon bevestigen, de rest was chaos. Ze manipuleerde en draaide, ze deed alles om ons tevreden te stellen, mij in elk geval. Elke keer als ik ergens aan twijfelde, wist ze me te overtuigen met haar ogen en haar lijf. Daarin was ze weergaloos. Op Lies werkte dat niet, maar zij had gezien hoe onderdanig ik erdoor werd. Ik deed wat Elena wilde, vanaf het moment dat ze binnenkwam.

'Ik geloof niet dat ze liegt', zei Lies. 'Dat is het rare. Het is net alsof ze niet anders kan. Alsof ze het zelf niet eens in de gaten heeft.'

Hoe verder we van de gevangenis weg reden, hoe minder er overbleef van het gesprek. Tegen de tijd dat ik de auto parkeerde in de haven van Brouwershaven, was Elena niet meer dan wat ze was, een prostituee uit Oekraïne die hier in Nederland terecht was gekomen. Zielig? Ik wist het niet. Ze was een hoertje, zo gedroeg ze zich, zelfs in de gevangenis. Het kon haar allemaal geen klap schelen. Ik was een vent en een vent moest je inpalmen. Dat was haar vak. Ze was onze enige mogelijke link naar Guus en wat ze zei was onbetrouwbaar.

Nulpuntvijf woonde in een jachthaven, voorbij de straten en de stoplichten, voorbij de wijken met scholen en winkelcentra, voorbij het machtige mechaniek dat iedere dag miljoenen mensen heen en weer schuift van huis naar werk en weer terug. Ze had geen tuin, maar een horizon; ze dreef op de wereld. Ze woonde zoals ze dacht. We holden door de regen over de steiger naar haar boot. Het schip lag een meter of honderd van de parkeerplaats, een grote, lange tjalk met een opbouw over bijna de hele lengte. De Muladhara had een zit-eetkamer met een open keuken en een werkhoek, twee slaapkamers, een badkamer en een wc, elektriciteit, verwarming, adsl, warm water, alles.

Binnen was de wereld van Liesbeth Inderlaan. Warme kleuren, zacht licht en stilte. Cirkels en piramides. Hier was alles gericht op het bevrijden van de spirituele energie. De eerste keer dat ik bij haar kwam, zette ze me in een stoel pal tegenover een grote poster waarop alle chakra's waren aangegeven op het naakte lichaam van een vrouw. Het Westland leek er verder weg dan ooit. Nulpuntvijf voelde spanningen en zag energiebanen. Voor de meeste mensen was ik een gewone man, maar voor Lies was ik een rommeltje van knooppunten, stromen en blokkades waar heel veel aan moest gebeuren.

'Je hartchakra is wel goed, maar je sekschakra is behoorlijk uit balans en wat er met je kruinchakra aan de hand is, dat is niet normaal. Echt niet.'

De Muladhara was haar basis; haar tjalk had de naam van het eerste chakra, dat van veiligheid, vertrouwen en zekerheid. 'Dit zijn mijn grenzen', zei Lies over haar schip. 'Van hieruit kan ik groeien.' Lies voelde zonder aan te raken. Ze keek met haar ogen dicht en zag aura's, balans en geluk. Ze zag stress en pijn. Ook met haar ogen open zag ze andere dingen dan ik, ze zag verbanden en voelde energie. Als ze me aankeek, had ze altijd iets meewarigs, alsof ze zich niet kon voorstellen dat iemand zo veel kon missen.

Vandaag zag ze niets. Ze stampte naar binnen en smeet met de deur. Van haar gevoelige en zachte manier van doen was weinig meer over. De hele dag, gedurende alle drie de bezoeken aan de gevangenis en de hele rit terug, had ze zich ingehouden en nu ze eindelijk in haar eigen omgeving was, liet ze haar emoties vrij. Ze schold en vloekte. Zodra ze zichzelf hoorde, probeerde ze haar woorden weer in te slikken.

Ik stond naast de tafel en keek naar de gecontroleerde ontploffing. Steeds liet ze zichzelf ietsje verder gaan. Haar armen vlogen heen en weer, op zoek naar iets te doen. Ze liep naar het aanrecht, waar de vaat van de vorige dag nog in het afdruiprek stond, pakte een theedoek en begon een bord af te drogen. Ze wreef twee keer hard met de doek en zette het bord op tafel. Ze schreeuwde.

'Dat geloof je toch niet?'

Zonder een antwoord af te wachten draaide ze zich om en pakte een volgend bord, wreef twee keer met de doek en barstte los.

'Het is altijd hetzelfde gelazer met dat kind. ALTIJD! Altijd moet mevrouw haar eigen gang gaan. Altijd. Het gaat alleen om haar. Anderen kunnen verrekken. Dat had ze al toen ze vijf was en het is alleen maar erger geworden. Het is om gek van te worden, mevrouw de Manipura. Ik heb nog nooit iemand ontmoet met zo'n sterk navelchakra als mijn eigen Guusje. En van wie ze het heeft? Ik weet het niet. Niet van mij, in elk geval. En ook niet van die slapjanus van een vader van d'r. Daar hebben ze bij de geboorte zijn navel zo strak dichtgebonden dat zijn ballen pas op zijn twintigste tevoorschijn kwamen. Ik zweer het.' Ze keek naar het bord in haar handen en smeet het op de vloer. Met een kraakheldere klap brak het in stukken. In de plotselinge stilte keken we naar de scherven.

'Het is een lief kind, hoor, maar ze kan het toch zeggen als er iets is? Ze heeft toch een gewone Hollandse mond? Laat ze ons helemaal uit Zeeland komen, jij komt me nog ophalen ook, en dan is mevrouw er gewoon niet. En niks zeggen! Vooral dat laatste, niks zeggen, daar kan ik hels van worden! Dat is ...' Ze schudde driftig haar hoofd, pakte nog een bord uit het afdruiprek en smeet het boven op het vorige. De scherven vlogen in het rond.

'Dat helpt eigenlijk ook niet', zei ze.

'Maar de gedachte is goed', zei ik.

Ze knikte. 'Soms kun je de balans alleen met geweld herstellen', zei ze. Ze liep naar het aanrecht en met een verbeten haal schoof ze het hele afdruiprek met inhoud op de grond. Glazen, kopjes, schoteltjes, borden en schalen spatten uit elkaar. Hijgend stond ze naar de ravage te kijken.

'Laat maar liggen', zei ze. 'Ik ben zo terug.'

Met mijn voet schoof ik de scherven opzij. Onder het aanrecht vond ik stoffer en blik en een rol vuilniszakken. Ik veegde het grootste deel van de rommel bij elkaar en gooide het in de zak. Het afdruiprek zette ik weer op het aanrecht en even later stond ik doelloos om me heen te kijken. Ik voelde me verlaten. De eerste teleurstelling en woede waren opgevangen door de dingen die ik moest doen: Nulpuntvijf naar huis brengen, dat had ik gedaan. Ik had wat opgeruimd. Ook klaar. Nu stond ik in een woontjalk in Zeeland en was er opeens niets meer te doen. Lies had haar frustratie geuit, hard en vanuit een verleden waarvan ik niets wist. Ik kende Guus iets meer dan anderhalf jaar, en in die tijd had ze me met haar compromisloze gedrevenheid en overtuiging uit mijn oude leven gesleurd. Ze had me gesloopt en achtergelaten en daarin herkende ik precies wat haar moeder had gezegd. Guus doet wat Guus moet. Zo was het. Guus trok haar plan en als je mee wilde, dan merkte ze het wel. Zo'n sterke onafhankelijkheid had ik nog nooit ontmoet. Door haar werden mijn eigen beslissingen duidelijker, werden mijn eigen keuzes scherper, en werd ik meer mijzelf. Want zo werkt het. Zo was Guus. De ergernis en de boosheid van haar moeder waren anders dan die van mij. Ik kon het me wel voorstellen, ook al was het onmogelijk om erachter te komen wat er allemaal speelde tussen moeder en dochter, die elkaar al bijna veertig jaar kenden. Toch voelde ik de aanwezigheid van Guus in haar woorden. Dat is het maffe, je pikt twee halve zinnen uit wat iemand zegt, plakt ze aan elkaar met een flits uit je eigen geheugen en opeens staat daar een heel mens. Ik zag Guus voor me alsof ze er stond, zag haar spelen met een sigaartje dat ze nooit aanstak, zag haar lopen naar haar auto, leren jas, haar in een staart, en omkijken naar me.

Ik belde weer haar mobiele nummer. Gedurende haar tijd in de gevangenis had ze haar abonnement aangehouden, elke maand keurig betaald, ik had er zelf voor gezorgd dat er voldoende saldo op haar bankrekening stond. Toen ze werd vastgezet, had ze haar mobiel moeten afgeven, bij haar vrijlating zou ze die teruggekregen hebben, samen met haar andere spullen. De telefoon ging nog steeds over en schakelde onmiddellijk door naar haar voicemail. Ik sprak een kort bericht in, verbrak de verbinding en stuurde er nog een sms achteraan.

Waar ben je? Mis je. mb

Voor het eerst voelde ik overal in mijn lichaam de blokkades en knopen waar Lies het over had gehad. Ik zou niet kunnen zeggen waar ze zaten, in mijn maag en in mijn armen. In mijn borst. Daar zat de grootste, daar voelde ik een enorme spanning waarvan ik niet wist hoe ik die kon verminderen. Ik wist niet welke spieren ik moest ontspannen of welke beweging ik moest maken. Ontladen, dat was het enige wat ik kon bedenken. Zoals Lies, smijten met servies. Ik wilde ook met dingen gooien, maar het waren mijn dingen niet. Bovendien waren de meest voor de hand liggende dingen al kapot. Mijn blik viel op de afbeelding aan de wand, de chakra-poster. Ik staarde naar de plek waar bij mij de spanning zat, het hartchakra. Er stond een tekening van een symbool of een figuur. Eronder stond iets geschreven. Ik moest een stap dichterbij doen om het te kunnen lezen. *De verbinding tussen de instincten en het bewustzijn*, stond er.

'Oké', zei ik, hardop, tegen mijzelf. Dat leek op de knoop die ik voelde. Er was geen verbinding meer tussen wat ik wist, wat ik begreep, en de drang die mijn lichaam voortstuwde. Verbindingen, daar ging het om. Zodra de verbindingen niet meer functioneerden, ging je slaan en schoppen en bijten. Of met servies smijten.

De gedachte naar huis te gaan, trok me niet. Ik had geen zin om naar de muren van mijn flat te zitten staren. Of televisie te kijken. Eindeloos tussen de zevenendertig kanalen ongein heen en weer te flippen. Op geen enkele van die zenders was iets wat ik wilde zien, daarvoor hoefde ik de televisie niet eens aan te zetten. Ik zat liever hier, bij iemand die begreep wat ik voelde en tegen wie ik dus niets hoefde te zeggen, dan alleen thuis, waar ik niets kon zeggen.

De drankvoorraad van Nulpuntvijf stelde niet veel voor. Een paar flessen rode wijn, een fles sherry en een fles wodka. Ik pakte een glas, ijsblokjes uit de vriezer en goot er een flinke scheut wodka overheen. Met het glas in mijn handen ging ik aan tafel zitten en ik nam een slok. Dat voelde goed. Een mooie, rechte zakker, regelrecht naar de knoop. De volgende slok ging er soepel achteraan. Reukloos. Voordat de ijsblokjes gesmolten waren, was het glas leeg. Ik pakte de fles en schonk een tweede keer in.

'Proost', zei Lies. 'Doe mij er ook maar een.'

10 Een soort mengvorm

Door het kleine raampje schemerde vroeg licht. Te vroeg voor mijn wazige hoofd, ik bleef liggen tot de zon opkwam. Om mij heen zag ik de kleine logeerhut. Alles was gemaakt van glanzend gelakt hout: de vloer, de wanden, het plafond, het bed, het kozijn en de kast. Nergens was een schilfertje of een versleten plek te zien. Ik lag in een planken cocon, drijvend op het water, dat ik heel zachtjes hoorde klotsen.

De vorige dag was geëindigd in iets te veel drank, deze dag begon met de ontnuchterende gewaarwording dat ik eigenlijk niets wist en dat alcohol uiteindelijk de eenzaamheid groter maakte. Ik kleedde me aan en zocht in de keuken naar spullen voor koffie. Ouderwets filterapparaat. Lies was nergens te bekennen, ik hoorde haar ook niet. Terwijl het koffiezetapparaat pruttelde, deed ik de deur open en keek naar buiten. Het was een prachtige dag. Koud en helder. In de nacht was de bewolking weggetrokken. De zon kwam net boven het water uit en trok lange strepen morgenrood door de haven. Ik stapte naar buiten en luisterde naar de stilte, de boten lagen roerloos langs de steigers, nergens was iemand te zien. Donderdagochtend, half oktober, Guus was weg, en ik was ergens terechtgekomen waar ik niet eerder was geweest. Natuur en rust waren het laatste wat ik nodig had. Het leek alsof mijn hersenen hier steeds langzamer gingen draaien. Ik had de drang en de drukte van de grote stad nodig om op tempo te komen. Dat miste ik. Ik was uit mijn doen en uit mijn normale omgeving. Dat kon niet anders, ik had Lies naar huis gebracht en we waren tot laat blijven praten over wat er met Guus aan de hand kon zijn. We hadden tientallen theorieën en honderden gedachten, maar uiteindelijk hadden we geen idee. Terwijl Lies de cijfers en de tekens probeerde te interpreteren, zocht ik in mijn geheugen naar dingen die ze had gezegd tijdens de bezoeken van de afgelopen tijd. In tien maanden was ik meer dan veertig keer bij haar langs geweest, en daarvan waren vooral de laatste weken belangrijk.

Als ze iets had gezegd over wat ze van plan was, als ze iets had laten merken, dan moest het in die periode geweest zijn. Hoe ik ook zocht in mijn geheugen, ik vond alleen maar de woorden die ik er om te beginnen zelf in had gestopt. Mijn verlangen, mijn verwachtingen, mijn plannen.

'Heb je dan helemaal niet geluisterd?' vroeg Lies.

Natuurlijk had ik geluisterd. Ik had uren naar Guus geluisterd. Naar haar gevangenisverhalen, over de vrouwen daar, over de problemen, de onderlinge strijd, de pikorde binnen de muren, de rivaliteit om aandacht, om macht, de geintjes die de vrouwen elkaar flikten om ze op hun plaats te wijzen. In het begin was Guus genadeloos afgezeken. Zij was de nieuwe die een plek moest vinden in een strakke hiërarchie. Binnen de kleine groep was een van de vrouwen de baas, een kleine, gehaaide madam uit Rotterdam. Sylvia Koper. Achter in de vijftig, begin zestig, fel en beheerst tegelijk. Ze schreeuwde nooit, ze keek anderen alleen aan en gaf vernietigend commentaar. Ze strooide met Franse uitspraken om te laten merken dat ze boven het gajes stond. Als geen ander wist ze feilloos de zwakke plekken van anderen aan te wijzen en bloot te leggen. Cynisch en snijdend. Vanaf de dag dat Guus binnenkwam, was ze de DG, de Dossiergleuf. Plat en hard.

'Ça va, ma petite?' had Koper gezegd terwijl Guus naakt op zoek was naar haar kleren, die na de douche opeens waren verdwenen. 'Wat jij je moet afvragen, is wat wij nou precies aan jou hebben of aan die mooie wetten van jou. Je kunt het honderd keer uitleggen, maar je blijft een teef. Begrijp je? Net als ik en alle andere teven hier. Wij staan in onze blote reet te kloten, terwijl jij en je vriendjes een beetje met procedures aan het seksen zijn.'

'Sylvia, ik ...'

'Mevrouw Koper, als het niet te veel gevraagd is.'

Ze bleef de Dossiergleuf. Ze protesteerde niet, ze verzette zich niet. Ze liet het komen en accepteerde alles. Zolang ze maar van haar afbleven. Dat was voor haar de grens. Meer dan eens had ze verteld hoe de onderlinge spanning was opgelopen en een vechtpartij onvermijdelijk leek. Steeds hadden de vrouwen zich weten in te houden, alsof ze bang waren, onzeker over wat er zou gebeuren als ze een advocaat in elkaar zouden slaan of zouden aanranden.

Met advocaten wist je het tenslotte nooit.

Zo was Guus iedere keer tussen belediging, bespotting en geweld door geschoven. Ze bleef wie ze was, ook al werd ze keer op keer vernederd. Tot ze een van de Oekraïense hoertjes redde uit de handen van de bewaking. In de ogen van het gevangenispersoneel waren hoeren een minder soort mensen, en meisjes die uit Azië en Oost-Europa hier naartoe kwamen om geld te verdienen aan onze mannen, waren nog minder. Duizenden mensen die nog nooit een kerk van binnen hadden gezien, waren ervan overtuigd dat deze meisjes zondig waren. Vooral vrouwen reageerden zo, en dus werden illegale hoeren ruwer en hardhandiger aangepakt. Grof en gemeen. Guus zag het en reageerde. Kalm, direct en trefzeker. Ze noemde de procedures, de regels en de overtredingen waar de anderen haar zo om haatten. Ze noemde namen en verantwoordelijkheden. Ze dreigde niet, ze was ambtelijk en droog, ze bleef vriendelijk zonder ook maar een seconde vriendelijk te kijken. Met emotieloze zinnen haalde ze de agressie weg, ze zoog het geweld van de bewakers in zich op tot alleen de mensen over waren.

'Hier is niets gebeurd', zei ze toen niemand meer bewoog. Ze had de hand van het meisje vastgepakt en gewacht tot de bewakers waren verdwenen. Pas daarna was ze met het meisje teruggelopen naar de anderen, die in stilte hadden toegekeken.

'Goed werk, advocaat', had Koper gezegd.

Dat was na drie maanden en daarna hoorde ik geen verhalen meer. Voor die tijd had ze me alles verteld, alles waar ze mee te maken kreeg, alle vernederingen die ze over zich heen kreeg. Na het incident met de prostituee was ze opgenomen in de groep, opeens was zij degene die dingen kon uitleggen en mensen gerust kon stellen. Ze vertelde nog steeds veel, maar het bleef bij mij niet meer hangen, want het ging niet meer over haar. Het ging over anderen, over hun rechtszaken en veroordelingen, over het onrecht en over de vooruitzichten van de vrouwen. Ze was blij wanneer er iemand werd vrijgelaten, ze was blij toen ze hoorde dat Sylvia Koper weer op haar stek zat in Rotterdam en tegelijkertijd maakte ze zich zorgen. Een voor een liepen de vrouwen het risico dat ze weer zouden worden opgepakt, veroordeeld en opgesloten. Guus vertelde over de anderen en ik kwam voor haar.

Op haar manier had Lies me de vorige avond bestookt met vragen die ik soms niet eens begreep. Ik zag geen aura's of uitstralingen. Toch wist ik zeker dat Guus iets had gezegd, niet eens bewust. Het probleem was dat ik selectief had geluisterd. Hoe ik ook probeerde, ik had niets naar boven kunnen halen. Ik zou het aan Sylvia Koper kunnen vragen, die wist natuurlijk alles. Maar dan moest ik haar wel eerst vinden.

Lies kwam met vers brood, zes eieren en een pak sap.

'Na drank veel vet en vitamine C', zei ze. Ze deed een grote klont boter in een pan en begon te bakken. De dikke geur verspreidde zich snel door de kajuit en even later zaten we tegenover elkaar aan het tafeltje buiten. Dubbele uitsmijters. Brood soppend in gesmolten boter en zachte dooiers. Zon al iets hoger. Meer koffie. Lies trok zich terug in de kajuit en ging aan het kleine bureautje zitten, in de werkhoek. Daar stond haar computer. Ze schoof met haar muis en klikte en logde in op haar eigen website.

'Dit moet even', zei ze. Ze had een website, daarop publiceerde ze artikelen over spirituele energie, over chakra's en aura's; via internet gaf ze antwoord op vragen, trok ze horoscopen van mensen en interpreteerde ze omstandigheden als iemand daarom vroeg. Om de week schreef ze over de manier waarop de kosmische krachten, de aardenergie, de cijfers en de astrologische tekens ons konden beïnvloeden. In de loop der tijd had ze een groep trouwe bezoekers opgebouwd en die rekenden op antwoord van haar.

'Ga jij maar', zei ze. 'Ik ruim wel op.' Ze nam de borden en glazen mee naar binnen. 'Als ik wat van haar hoor, laat ik het onmiddellijk weten.' Ze omhelsde me en duwde me zowat de boot af. Nulpuntvijf was een goed mens. Vaak kon ik haar ideeën en theorieën niet volgen, er zat meer dan alleen een generatie tussen ons. In het Westland had ze een hartgrondige hekel ontwikkeld aan de aardse zaak.

Tussen de mannen die leefden voor hun bezit, hun grond en hun kassen, hun hectares en hun machines, hun fruit en groente, tussen de mannen die steeds meer wilden, zodat er voor de volgende drie generaties meer dan genoeg zou zijn, hunkerde zij naar een andere betekenis, een verbondenheid met de natuur, die in het Westland alleen werd begrepen in tonnen per hectare en dan nog alleen als alles netjes achter en onder glas zat. Haar lichaam en haar geest hadden meer nodig dan dat.

Ze had zich teruggetrokken op haar boot, uitkijkend over het Zeeuwse water. Vanuit dat onbeperkte uitzicht had zij contact met mensen over de hele wereld. Zij geloofde in nummers en tekens, in stralen en energiebanen en in nog veel meer waar ik niets van wist. Maar als Nulpuntvijf je eenmaal had goedgekeurd, dan was dat ook onvoorwaardelijk. Hoeveel kritiek ze af en toe ook op me had, ik mocht altijd komen.

'Jij bent wel een aardig soort mengvorm', had ze ooit gezegd.

Voor een man scoorde ik hoog.

Op de terugweg reed ik langs Monster, de thuisbasis van Guus. Het kantoor van Van Donee Advocaten was leeg. Er hing een groot bord aan de gevel: TE HUUR. Achter een van de ramen stond een uitgedroogde kamerplant. Leegstand op een prima locatie, als je in Monster wilde zitten. Ook hier een overschot aan kantoorruimte.

Ik keek door de ramen, probeerde de voordeur, liep achterom naar het kleine parkeerplaatsje, precies groot genoeg voor drie auto's. Door een van de achterramen kon ik haar oude kamer zien en die van haar assistente. Er stond nog een bureau en een stoel, voor de aankleding. Alle kasten en ordners waren weg. Geen telefoons, geen computers. Stofrag hing aan de muren, achter de voordeur lag een stapel reclamepost.

Dan weet je zeker dat er niemand is.

Ik reed door naar haar loods vlak buiten Monster, tussen de kassen. Daar stonden haar auto's. Guus had drie oude Amerikanen: een rode Mustang, een wit-groene Thunderbird en een goudgele Corvette. Het geluid van een ronkende en rammelende V-8 hoorde bij haar.

Achter de loods was een klein arbeidershuisje, waar ik nog een paar maanden had gewoond, voor ik weer terugging naar Amsterdam. Twee kamertjes, een zit-eetkeuken, een douche-plee en een terrasje met uitzicht op de kassen van het Westland.

De loods was dicht, de grote schuifdeuren waren met een zwaar hangslot afgesloten. Ik had de sleutel, tijdens haar maanden in de gevangenis had ik voor haar bezit gezorgd. Ik had de rekeningen betaald, af en toe het huisje laten schoonmaken, onkruid tussen de tegels van het terrasje verwijderd, allemaal met het idee dat Guus hier weer zou zijn. Na de veroordeling was ze alles kwijtgeraakt, ze moest schade vergoeden en boetes betalen. In feite was ze failliet, alleen de loods had ze nog, omdat ze hem meteen op naam van haar moeder had gezet.

De auto's stonden onaangeroerd, langs de kant stond wat huisraad, een groot bed en een kast die met geen mogelijkheid in de kleine kamertjes van het huisje pasten. Ik liep door de loods en ging via de binnendeur het huisje in. Alles stond op zijn plek, ik had niet anders verwacht, en toch leek het alsof er iets was veranderd. Ik controleerde de laatjes en kastjes in de keuken en de kast in de slaapkamer. Veel meer meubilair was er niet, wat stoelen en een tafel. Het gevoel bleef, misschien was een van de laatjes niet helemaal dicht geweest. Ik wist het niet. Een kwartiertje later stond ik buiten. Hier hoefde ik niet meer te zijn.

De voordeur van mijn flat viel achter me dicht. Ik stond in de hal en keek door de open deur van de zitkamer naar buiten. Van de zevende verdieping had ik een prachtig uitzicht over het IJ, richting het Centraal Station van Amsterdam. Sinds een half jaar huurde ik deze flat. De nieuwe wijk op het KNSM-eiland had in de afgelopen paar jaar haar draai gevonden en begon een eigen leven te krijgen. Soms vroeg ik me af of ik daar thuishoorde of niet. Mijn kantoor was in Amsterdam-Noord, in een groot pand op het terrein van een voormalige werf aan de andere kant van het IJ. Daar zat ik met mijn compagnon, Bellicher en Olde Nieland, samen waren wij BON Consult, gespecialiseerd in het begeleiden van fusies, organisatieverandering en strategisch communicatiebeleid.

Mijn lege agenda was opeens een vergissing. Doelloos slenterde ik door de drie kamers en nergens vond ik een reden om er te zijn. In de ijskast stond een fles champagne te wachten op degene die er niet was. Even had ik het idee de fles open te maken en dan maar alleen leeg te drinken. De treurigheid van het vooruitzicht hield me tegen. Ik bekeek de post die ik mee naar boven had genomen. Bankafschrift, rekening van de telefoon, reclamefolder van een autobedrijf, briefje van TNT dat ze hadden geprobeerd een pakje af te leveren en dat ze het nog een keer zouden proberen. Ik hoefde niets te doen. Mooi. Ik vouwde het papiertje op, stopte het in mijn zak en ging zitten op de bank in de zitkamer, keek uit het raam en wachtte.

Ze belde niet, ze sms'te niet, ze mailde niet. Wat ze wel deed, wist ik niet, maar ik kwam er in elk geval niet in voor. Ik hield het nog geen kwartier vol.

Bellilog 19.10.07

Een teken, ik wil een teken van Guus. Meer niet. Een aanwijzing of afwijzing, een instructie, een signaal. Dat ze er is, ergens, maakt me niet uit waar, als ik het maar weet. Een bericht.

Ik lijk Nulpuntvijf wel.

11 Niet knikken

Het weekend naderde en bracht een eenzaamheid die ik niet wilde. Elke minuut zou een teleurgestelde verwachting zijn. Dan liever kantoor, de afleiding van werk en drukte. Een beetje verdringing kan geen kwaad, zeker niet in mijn geval. Mijn hormonen hebben weinig nodig om aan de wandel te gaan en mijn emotionele huishouding in de war te gooien. Nulpuntvijf heeft daar haar eigen ideeën over. Mijn kruinchakra is volgens haar geen verbindingspunt maar een putdeksel, waardoor ik nooit boven mijn eigen bewustzijn kan uitstijgen en alles in mijn lichaam voortdurend in dualiteit tegenover elkaar staat. Haar woorden. Volgens haar slaan mijn hormonen op tilt door de verstoorde balans. Als het emotioneel tegenzit, krijg ik de kriebels en krabben helpt dan niet. Dan moet ik iets doen, anders is een depressie opeens dichtbij. Aangezien ik niet wist hoe ik die putdeksel eraf moest krijgen, ging ik liever naar kantoor. Guus was er niet en ik moest accepteren dat ze mij niet had verteld waarom. Of ik dat nou leuk vond of niet. Een beetje geduld was waarschijnlijk goed. Niet te veel. Als ik zondag nog steeds niets van haar had gehoord, ging ik op zoek.

Het was druk op kantoor. Na de eerste verbijstering over de afwezigheid van Guus kreeg het werk alweer snel de overhand. Sacha was terug, haar verhuizing zat erop, de dozen stonden in haar nieuwe flat en de helft was al uitgepakt. Ahmed had de presentatie voor de verzekeringsmaatschappij bijna af, dinsdag moest hij voor de directie optreden. Gijs was naar een afspraak bij een potentiële klant, een boekhandelsketen met vestigingen in alle grote steden van het land, die zich afvroeg of ze zich met al die grote winkels alleen op boeken moesten concentreren of dat ze ook cd's, dvd's, games en allerlei andere artikelen moesten verkopen.

Josien belde, mailde en organiseerde. Ze waren blij dat ik er was en probeerden me gerust te stellen. Mensen verdwijnen niet zomaar,

Guus zou heus wel weer tevoorschijn komen. Echt. Ook al nam het mijn twijfels niet weg, hun steun deed me goed.

Op de laatste dag van de week ging de hectische activiteit van de ochtend na de lunch over in melige voorbereidingen op de vrijdagavond. Om half vijf hing iedereen in de loungeruimte van The Pattern. Het softwarebedrijf bouwde metasystemen, platforms, infrastructuur, applicatie-integraties en andere IT-toepassingen die zich altijd op een ander niveau afspeelden dan ik dacht. Ze spraken er een taal die ik maar half kon begrijpen, de helft van hun woorden was vervangen door formules en cijfers. In de gangen van het kantoor lagen stepjes, frisbees, rugzakken, rolschaatsen, renschoenen, en buiten stonden racefietsen en atb's. Wiskunde en wedstrijden waren even leuk. Alle mogelijke gadgets en spullen lagen op bureaus, tafels en stoelen. Aan het eind van de week, als er niet nog twintig deadlines te halen waren, verzamelde iedereen zich in de Chill Factory, een oud deel van het gebouw, dat was omgebouwd tot video-game-eet-en-drink-hang-out-lounge. Het was de plek waar het weekeind begon.

Ik zat aan een van de lange tafels, naast een stel programmeurs, codefrotters en consultants. Sacha was naar huis, de rest van haar dozen uitpakken. Ahmed sportte elke vrijdag aan het eind van de dag, daarom zag die man er ook zo onuitstaanbaar fit uit. Gijs was na zijn afspraak doorgereden naar zijn familie in Zeist. De bespreking was goed gegaan, erg goed. Er zat een opdracht in voor een strategische heroriëntatie en de klant was onder de indruk geweest van de heldere en rustige manier waarop Gijs verleden en toekomst met elkaar in verband kon brengen. En van zijn achtergrond. Gijs van Olde Nieland kwam uit een familie die al twee eeuwen lang in het centrum van de macht opereerde. Politici, ondernemers en bestuurders. Wie met Gijs werkte, beschikte over een ingang tot een van de beste netwerken in het land en in Europa: zijn familie. Dit weekeind kwam die familie bij elkaar om de verjaardag van zijn vader te vieren. De oude Van Olde Nieland werd zeventig, de leeftijd waarop hij afstand moest doen van zijn commissariaten en daarmee van zijn directe invloed op het bestuursniveau van Nederland. Hij had met opgewekte stem verkondigd dat het de hoogste tijd was en dat hij niets liever wilde dan zich terugtrekken en genieten van de goede dingen van het leven. Zijn ogen vertelden een ander verhaal, ze flitsten heen en weer, alsof hij zich aan iedereen wilde vasthouden. Met deze verjaardag zou hij uit de kring van de macht stappen. Dat doet niemand vrijwillig.

In de Chill Factory verdween mijn frustratie over Guus even naar de achtergrond. De meeste mensen bij mij aan de tafel kenden haar niet en de uitbundige stemming om me heen was aanstekelijk. Ik dronk een paar biertjes en daarna witte wijn. De drank ging er erg makkelijk in. Tegenover mij zaten Thomas en Sterre, die me consequent aansprak met 'buurman'. Thomas leek vergroeid met zijn mobiel, hij toetste en keek voortdurend naar het oplichtende schermpje.

'Elf uur in Diemen', zei hij. Om hem heen knikten mensen.

'Cool', zei de een.

'Chill', zei een ander.

'Waar?' vroeg Sterre. Ze stond op en liep naar Thomas, keek mee op het scherm van zijn mobiel. Ze was slungelachtig mooi, lang en vertraagd, felle ogen achter een bril met een dun, zwart montuur. Haar bewegingen hadden slowmotion-kwaliteit. Heel kort haar, donker. Ze keek me aan. Glimlachte. Hardcore nerd.

'In Diemen' bleek een leegstaand kantoorgebouw met opslagruimte en kraakwacht. Geen buren. De perfecte plek voor een dreunend feest en dé manier om de werkstress achter te laten en uit te zweten.

'Van elf tot half twee', zei Thomas. '*Strictly illegal*, dus het kan eerder afgelopen zijn.'

'Ga je mee, buurman?' vroeg Sterre. Ze leunde over de tafel en met een onderzoekende blik keek ze me in de ogen. 'Je ziet eruit alsof je wel iets illegaals kunt gebruiken.'

Meer aanmoediging had ik niet nodig, het vooruitzicht van een feest verjoeg de laatste flarden van mijn naderende depressie. Ik had besloten dat ik een paar dagen zou wachten en dit leek de beste manier om dat te doen.

Om een uur of acht namen we de pont naar de overkant en trokken de stad in. We aten ergens saté met brood en patat, ergens anders werden grote aantallen baco's naar binnen gewerkt, waarna we met z'n allen in een busje naar het verlaten kantorenpark reden. In een opslagruimte achter een kantoor was het feest al aan de gang. Overal springende en zwetende lijven. Dreunende beats vervingen mijn hartslag. Ik bewoog op de energie die uit de speakers kwam. Ons eigen groepje werd steeds kleiner, sommigen vertrokken, anderen verdwenen in de menigte. Op het laatst waren we met z'n tweeën, Sterre en ik. We dansten, soms alleen, soms samen. Met haar lange armen en lange benen was ze overal, hoe hard de beats ook waren, ze bewoog als een slang, golvend en glijdend. Om te praten moesten we ons naar elkaar toe buigen en direct in een oor schreeuwen. Conversaties waren kort.

'Ik dacht dat jij met Thomas was?' vroeg ik.

'Soms', zei ze en drie beats later was ze weer in de menigte verdwenen. Ik hopte op en neer, wezenloos, blij dat ik niet thuis was, al had ik nooit gedacht dat ik hier zou zijn. Sterre was leuk, een beetje hoekig en onvoorspelbaar. Ze liet zich meevoeren op het nietaflatende ritme van de muziek. *'Friendly take-over'*, noemde ze het en dan wees ze op haar hoofd. 'Je hebt geen idee hoe het hier binnen is. Er is maar één stand, GO.' Ze had een voortdurende honger naar vragen, problemen en opgaven. Alleen dwingende fysieke activiteit, liefst met overrompelend geluid, kon de fabriek in haar hoofd stilleggen. Dat had ze nodig, af en toe. Ze dacht als een hoogleraar en bewoog als een kind. Ze kon me aankijken alsof ik een bejaarde was, toch bleef ze in mijn buurt. Opeens stond ze weer voor me. Bewegend, swingend.

'Hier', zei ze en ze gaf me een pilletje. Ik vroeg niet eens wat het was. 'Vijf minuten, dan ben je helemaal strak.'

Twintig minuten later lag ik buiten tegen een muur van het gebouw, ik had geen idee meer waar ik was of waarom, mijn hoofd gooide alle functies door elkaar. Ademen ging nog net, staan en lopen waren onmogelijk. Ik wist het niet meer. Mijn benen lagen als onbekende aanhangsels op de stoep. Ik ging niet out, ik bleef erbij, maar ik kon niets meer. Ik was onbegrijpelijk helder. Ik zat op de stoep en hing tegen een muur en vond het niet goed of slecht. Ik vond niets. Ik was. En ik was heel ver weg.

Ze trok aan mijn armen, eerst heel voorzichtig, daarna wat harder. Hoe ze het deed, weet ik niet, ik moet hebben meegewerkt, anders was het haar niet gelukt me overeind te krijgen. Even later stond ik tegen de muur geleund, mijn twee benen weer onder me. Ze hield me vast.

'Gaat-ie een beetje?' vroeg ze.

Ze schudde aan mijn schouder en zonder dat ik er iets aan kon doen, viel ik naar voren, tegen haar aan. Ik wist dat het gebeurde, op een bepaalde manier was ik me dat heel bewust. Ik zag haar, ik voelde haar, ik rook haar zweet en de restanten van haar eau de toilette. Ik rook de koele nachtlucht waarin alle stadse geuren oplosten. Ik wist ook wie ze was, zij was de vrouw die mij het pilletje had gegeven. Ik kende haar, al wist ik niet meer hoe ze heette. Ik had een enorm sterk gevoel van plaats en van nu, in mijn hoofd zag ik helder verlichte kamers en straten en huizen. Tastbaar bijna, ik kon er zo in stappen en rondlopen. Prachtige kleuren.

Met beide armen ving ze me op en ze duwde me terug naar de muur.

'Oké,' zei ze, 'het gaat dus niet.' Ze keek om zich heen, er was niemand. 'Hier moeten we even iets aan doen.' Met haar ene hand hield ze me vast en met de andere zocht ze in haar tasje naar haar mobiele telefoon. Haar duim gleed over het schermpje en even later hield ze het apparaatje tegen haar rechteroor. Een blauwige gloed scheen over haar wang.

'Taxi?' zei ze.

Een auto stopte vlak naast ons. Verlicht bord op het dak. Een man leunde uit het raampje. 'U had gebeld?' vroeg hij.

De vrouw keek me aan. Haar ogen boorden zich in de mijne.

'Blijven staan', zei ze. 'Ik ga je nu even loslaten, maar je blijft staan.'

Ik knikte en viel bijna om.

'Niet knikken', zei ze.

Ze zette twee passen naar de rand van de stoep en leunde naar het open raam van de chauffeur. 'Help even een handje', zei ze.

De chauffeur deed het achterportier open en samen sjouwden ze me van de muur naar de achterbank. Het duurde lang voordat ze mijn armen en benen allemaal naar binnen hadden gefrommeld. Ik moest ervan lachen, het was te stom.

'Weet je zeker dat dit goed gaat?' vroeg de taxichauffeur. 'Ik wil geen Van Oekel op mijn achterbank. Als-ie gaat kotsen mag je het zelf opruimen. Ja?'

'Maak je geen zorgen', zei ze.

Dat leek me erg optimistisch.

Ze liep om de auto heen en kwam naast me op de achterbank zitten. De chauffeur keek achterom.

'Nou, zeg 't maar, waar gaan we heen?'

Ze stak een hand in mijn jasje en viste mijn portefeuille uit mijn binnenzak. Snel bekeek ze de inhoud en ze vond een visitekaartje met mijn huisadres. Ik zag alles, ik hoorde alles, ik kon alleen niet bewegen.

Van de taxi naar de lift was een reis op zich. Met mijn arm om haar schouder geslagen sleepte ze me voetje voor voetje naar binnen. Ze moest steeds even rusten, want ik leunde met mijn volle gewicht op haar. Halverwege zette ze me tegen de muur, hield me met één hand recht en stak met haar andere hand een sigaret op. Het KNSM-eiland was stil, half vier 's nachts.

'Wat een achterlijk lange ingang hebben jullie hier', zei ze.

De chique, ver van de stoep gelegen entree was een van de pluspunten van het gebouw. Het gaf ruimte en privacy.

'Niet knikken', zei ze. Ze nam nog een hijs van haar sigaret. De rook kringelde om haar mond en neus. Ze inhaleerde.

Ik voelde me volkomen gelukkig. Tevreden. Alles was goed. Ik kon niets en daardoor verkeerde ik in een alomvattende rust. Mijn zintuigen beperkten zich tot alles wat er met mij en om mij heen gebeurde. Gisteren bestond niet meer, morgen was een weerbericht.

Ze blies rook uit.

'Kun je eigenlijk praten?'

Ik mompelde woorden die ik zelf duidelijk kon verstaan.

'Wat zeg je?'

Met grote moeite stuurde ik mijn tong en lippen en keel en longen om in een gecoördineerde actie iets verstaanbaars te zeggen.

'Wa twas ... dat ... vuhspul?' vroeg ik.

'GH ... nog iets. Ik weet het niet meer.' Ze lachte. 'Nogal pittig, geloof ik.'

'Jij hebbtergeen ... lastvan.'

'Ik heb niks genomen', zei ze. 'Ik dacht, misschien word je er wel geil van. Dat hadden ze gezegd, dat mannen er geil van werden. Dat leek me wel wat.'

Ik kreunde.

Ze lachte weer en keek me aan. 'Niet dus. Heb ik weer. Was nog een duur pilletje ook.' Ze zwaaide met een hand voor mijn ogen. 'Zijn we d'r nog?'

In de lift zette ze me tegen de wand.

'Welke verdieping?' vroeg ze.

'Zee ... eeven.'

Ze duwde op het knopje en de lift gleed geluidloos en bijna onmerkbaar naar boven. De enige beweging kwam van de verspringende cijfers boven het bedieningspaneel. De lift stopte en de deur schoof open. Ze sloeg mijn arm weer om haar schouder en sleepte me de lift uit. Ze keek links. Een hal met een groot raam en uitzicht over het water. Lichtjes, een boot, het station, de stad, heldere nacht. Het was mooi en het bleef mooi.

'Draait allemaal op onze software', zei ze. Ze nam me mee naar het raam. 'Stadsverlichting, verkeerslichten, al die zooi, doen wij. Is leuk. Communicerende apps, beetje A.I., zelflerend en zo, dat je niet elke veertien dagen de boel hoeft te updaten. Werkt perfect.' We keken naar buiten en hoe ik ook keek, ik zag niet wat zij zag. 'Mooi hè?'

Prachtig, wilde ik zeggen.

Ze draaide me om en zeulde me naar de andere kant van het halletje. Een lange gang liep over de hele lengte van het gebouw. 'En jij zit natuurlijk aan het eind?' vroeg ze. Ze wachtte niet op mijn antwoord, hees mijn arm nog wat verder over haar schouder en we vertrokken. Ik had het gevoel dat ik op reis was.

Ik lag op de bank in de zitkamer. Ze stond ernaast en keek naar me.

'Zo beter?' vroeg ze.

Ik kreunde.

'Want dan ga ik maar.' Ze bleef staan en zweeg. 'Meestal doet zo'n pilletje twaalf uur of zo, meer niet.'

'O … ké.'

'Gewoon blijven liggen. Gaat vanzelf over.' Ze boog voorover en legde een hand op mijn wang.

Ik hoorde alles wat ze zei, ze sprak in helder oplichtende neonwoorden. Reageren was nog steeds erg moeilijk. Ze keek nog een keer naar me, streek met haar vingers over mijn voorhoofd. Even later was ze weg. Ik hoorde de voordeur zachtjes in het slot vallen.

12 Ook zonder pillen

De beweging van mijn ledematen kwam weer op gang, de helderheid verdween. Volledig. Mijn hersenen trokken zich terug in een groeiende dofheid. Elke gedachte hield op voordat zij kon beginnen. Zombie. *Dead man walking.* Uitzichtloos. Mijn kleren waren vies, er zat een scheur in een van mijn broekspijpen. Ik stak mijn vinger erin en trok. De stof scheurde verder uit, tot boven mijn knie. Net zo makkelijk. Ik kleedde me uit en stapte onder de douche. Door het warme water ontspanden mijn spieren en langzaam kreeg ik weer het gevoel dat ik iets over mijn lichaam te zeggen had. Ik ademde diep in, zette me schrap en draaide de thermostaatkraan in één keer helemaal de andere kant op. Koud water plensde op me neer. De schok drong pas een seconde later tot me door. Eerst leek het of mijn huid strak om me heen trok en pas daarna reageerde de rest van mijn lichaam. Ik gooide mijn hoofd in mijn nek en liet het koude water op mijn gezicht stromen, tot de schrik was weggespoeld en het alleen nog maar koud was.

Een paar aspirines en drie koppen koffie deden de rest. Stukje bij beetje trok ik de dag naar me toe. Kleine bezigheden. Ik keek in mijn e-mail, geen bericht van Guus, ook al had ik haar mijn nieuwe e-mailadres gestuurd. Ik belde Lies, ook zij had nog niets gehoord. Ik belde naar het huis van Guus in Monster, er werd niet opgenomen. Tussen gisteren en vandaag was ze er niet teruggekeerd. Ik controleerde mijn mobiele telefoon, geen berichten. Ik stuurde nog een sms-bericht naar haar mobiele nummer, voor de zekerheid of omdat ik het gevoel had dat ik toch iets moest doen.

De stilte van Guus duurde voort en met het uur nam mijn achterdocht toe. Het klopte niet. De opnames van de beveiligingscamera's van de gevangenis waren het enige aanknopingspunt dat ik had, maar die beelden kreeg ik niet te zien. Toch wilde ik weten met wie Guus was meegegaan. Iemand moest weten hoe je in zo'n beveiligingssysteem kon komen en in het archief kon rondkijken. Alles was digitaal, ik had alleen een telefoonlijn en een toegangscode nodig.

De programmeurs van The Pattern bouwden de systemen die werden gebruikt om openbare voorzieningen mee te besturen, dat had Sterre me de vorige dag verteld. Ik belde Karl. Ook al was hij nu de baas van een succesvol softwarebedrijf, met verantwoordelijkheden voor klanten en personeel, in zijn hart was hij nog steeds een anarchistische nerd. De virtuele wereld was de vrije wereld. Op de zaterdagochtend was hij misschien bereid om even buiten de formele kaders te denken. Ik vroeg hoe ver hij in dergelijke systemen kon kijken.

'Waarom?' vroeg hij. Karl had de neiging het rechtstreekse antwoord over te slaan.

Ik begon aan mijn antwoord en wilde zo aannemelijk mogelijk uitleggen wat er aan de hand was.

'Ik begrijp dat jij het wilt.' Karl onderbrak me na twee zinnen. 'Anders zou je het niet vragen. Ik wil weten waarom je het wilt. Wat wil je bereiken?'

'Ik wil zien wie de mannen zijn die Guus hebben meegenomen.' Hij kende Guus, zij was meer dan eens bij mij op kantoor geweest.

Het bleef stil.

'Anders wil ik het kenteken van hun auto.'

Karl antwoordde nog steeds niet.

'Waarom zou ik dat niet mogen weten?' vroeg ik. 'Wat heeft het anders voor zin om het met camera's te registreren? Dat doe je toch zodat je het later kunt terugzien? Anders kun je het net zo goed niet opnemen.'

'Ja en nee', zei Karl.

'Ja, je kunt in het systeem kijken en nee, je doet het niet.'

'Dat ook', zei Karl. 'Ik bedoelde, ja, ik begrijp waarom je het wilt en nee, je moet het niet willen.'

'Dank je.'

'Het is een heilloze weg', zei hij. 'Als ze je pakken, ben je vreselijk de lul. Ik zie je maandag.' Hij hing op.

Een heilloze weg? Dat was niet het advies waarop ik zat te wachten. Ik kon toch niet achterover blijven zitten? Ik hield van Guus en zij hield van mij, dat had ze tenminste al die maanden gezegd. In een gevangenis kregen woorden snel een grotere lading dan je bedoelde. Af en toe had ze zich behoorlijk opgewonden over mijn beperkte interesse in haar mede-gevangenen, die kwaadheid had ik altijd gerelativeerd. Zij zat vast, ik niet. Tien maanden lang was dat mijn uitgangspunt geweest. Nu niet meer. Nu was zij vrij en bleef ik achter.

Als ik niet bij de opnames van de beveiligingscamera's kon, dan moest er een andere manier zijn. Iemand moest iets weten. Niet Elena, die wist de helft van de tijd niet wat ze zei. Maar Sylvia Koper wel. Zij leek me het soort vrouw dat niet van gelul hield. Ik kroop achter mijn laptop en googlede en zocht tot ik een telefoonnummer te pakken had. De telefoon ging drie keer over. Een zware vrouwenstem knalde door de lijn. Eén woord.

'Ja?'

'Spreek ik met Sylvia Koper?'

'Wie wil dat weten?'

'Michael Bellicher.'

'Ken ik niet.'

'De vriend van Guus van Donee.'

Stilte. Ik wachtte tot ze op de naam zou reageren.

'Wat moet je?'

'Ik probeer haar te vinden.'

'De advocate?'

'Ze is twee dagen geleden vrijgekomen en nu is ze verdwenen. Ik dacht, misschien weet u iets.'

Weer werd het stil.

'Niet aan de telefoon', zei ze uiteindelijk. Ik kon naar Rotterdam komen. 'Dan kan ik je in je ogen kijken en dan zie ik wel wat ik je vertellen wil.'

'Wanneer?' vroeg ik.

'Nu.'

Ik trok mijn schoenen aan en pakte mijn jas van de kapstok. Op het tafeltje naast de voordeur lag een briefje: Sterre, ook zonder pillen. Ze had haar 06-nummer erbij geschreven.

Ik glimlachte, vouwde het papiertje op en stak het in mijn portefeuille.

13 Die watjes

Het station van Rotterdam bestond eigenlijk niet meer. Het was een bouwput met perrons. Net als het station in Amsterdam. Het leek alsof de spoorwegen er alles aan deden om zo min mogelijk mensen met de trein te laten reizen. Al jarenlang moesten we het doen met de belofte dat het allemaal prachtig zou worden. Voorlopig werd het niets. De toekomst van megalomaan glas en staal werd voorafgegaan door houten schotten en provisorische winkeltjes, portakabins en containers, gaten in de grond en betonplaten. Plassen stonden op het tijdelijke trottoir, zand en bagger in het centrum van de stad. De nieuwe Middeleeuwen.

We hadden afgesproken in een café aan een van de kades. 'Makkelijk te vinden,' had Sylvia gezegd, 'uit het station rechtdoor de stad in lopen, alle grote en kleine dwarsstraten oversteken, tot je bij het water bent. Kwartiertje lopen. Is goed voor je.' De heldere nacht was overgegaan in een bewolkte dag, het regende net hard genoeg om erg nat te worden.

Doorweekt duwde ik twintig minuten later de deur van het café open, het regenwater liep in straaltjes uit mijn haren in mijn nek. In het café zat één vrouw, alleen aan een tafeltje. Grote bos getoupeerd, rood haar. Geverfd. Make-up in harde kleuren, groenblauw, paars en zwart. Scherpe lijnen om haar ogen. Bleke huid, knalrode lippen. Ze droeg zwarte kleren, zwart jasje, zwarte broek. Gouden oorbellen en ringen; eentje met een grote, groene steen. Ze was stevig, ze zat er alsof ze er woonde. Voor haar op tafel stond een borrelglaasje, half leeg. Kwart over elf 's ochtends.

Ik liep naar haar toe. 'Mevrouw Koper?' vroeg ik.

'Als je zo begint, kun je gelijk vertrekken', zei ze. Ze draaide zich naar de barkeeper. 'Kees, doe voor deze druiper hier een jonge.' Ze keek me weer aan. '*Allez*, doe die ellende uit, man, en ga zitten.'

Sylvia Koper maakte haar eigen regels. In de gevangenis wilde ze netjes worden aangesproken, daar was hiërarchie belangrijk. Hier hield ze niet van moeilijke manieren, ze kapte elke poging tot beleefdheid keihard af. Zij bepaalde de regels, niet ik. Zij bepaalde wanneer er iets werd gezegd en wat en het duurde even voordat ik in de gaten had hoe ze me met haar volkse recht-voor-zijn-raap-praat manipuleerde.

'U kent mijn vriendin, Guus?' vroeg ik.

'U? Wie is dat, "u"? Kees, ken jij iemand die "u" heet?'

Kees schudde zijn hoofd. 'Hier is nooit geen u geweest, bij mijn weten.' Hij droogde een glas af en zette het op een plank achter hem. 'Die wonen toch in Den Haag, de u'tjes? Die lui moet ik hier niet.'

Sylvia keek me aan. Ze daagde me uit. 'Ik noem jou toch ook niet professor?'

'Nee.'

'Of wil je dat graag? Ben jij d'r zo een die professor genoemd wil worden? Want dat kan, hoor. Mij maakt 't niet uit. *Monsieur le professeur*', zei ze opeens in theatraal Frans. Ze richtte zich weer tot de barkeeper. 'Kees, krijgt de professor nog wat van je of moet-ie even naar huis bellen dat ze wat komen brengen?'

Ik hield mijn mond tot Kees een tot de rand gevuld borrelglaasje jonge jenever met een zwierig gebaar voor me op tafel zette. 'Voor de edelachtbare', zei hij. Mij werd van twee kanten tegelijk mijn plaats gewezen en die lag ergens onder de planken vloer. Van Guus had ik al begrepen dat de pikorde voor Sylvia Koper erg belangrijk was. Guus had er bijna drie maanden over gedaan om van de onderste tree op te klimmen naar een niveau waarop ze werd gerespecteerd. Zo veel tijd had ik niet. Ik was ook niet geïnteresseerd in *social climbing*, niet in een Rotterdams café met Sylvia en Kees. Ik pakte mijn glaasje en hield het omhoog.

'Proost', zei ik en ik sloeg het drankje in één keer achterover. Na de pil de avond ervoor was jenever niet echt verstandig. De alcohol brandde in mijn keel. Voor deze ene keer moest het maar.

Sylvia wees met een lange, glanzend rood gelakte nagel naar mijn glaasje. 'Kees, de professor heeft dorst', zei ze. Kees lachte en maakte totaal geen aanstalten om mijn glas opnieuw te vullen. Ze pakte haar eigen glaasje bij het steeltje en dronk het laatste restje van haar borrel op. Iedere beweging die ze maakte, was afgepast, haar pantser was keihard. Ze hield me op afstand en het was aan mij om een opening in haar verdediging te vinden. Elke aanval leek me tot mislukken gedoemd. Sylvia was een leven lang getraind in het afzeiken van ongewenste bemoeials. Als ik een fout maakte, kreeg ik een sneer. Sylvia Koper was een vrouw met een wachtwoord. Alleen zij kende dat wachtwoord en als de situatie haar niet beviel, dan kon ze het ter plekke veranderen. Ik moest haar eigen woorden gebruiken, want aan mijn woorden had ze geen boodschap.

'De DG', zei ik.

Geen reactie.

'De Dossiergleuf.' Het klonk verkeerd, alsof het woord dwars in mijn mond lag.

Ze zweeg.

'Mijn Dossiergleuf.' Het ging al iets makkelijker, alles went. 'Ben ik kwijt.'

Sylvia keek me aan, ze bewoog niet.

Ik wenkte Kees. 'Nog twee jonge', zei ik.

Kees keek naar mij en naar Sylvia. Hij wachtte op een reactie van haar. Toen die niet kwam, pakte hij de fles, kwam naar het tafeltje en schonk onze glaasjes weer vol. Zwijgend. 'Tweemaal', zei hij. Sylvia reageerde nog steeds niet, haar blik was strak op mij gericht.

'Dan moet je een nieuwe gleuf zoeken', zei ze.

Ik glimlachte. Haar reactie kwam te laat. Ik wist het en zij wist het.

'De advocate', zei ik.

Sylvia knikte, ze trok haar lippen samen, alsof ze zich moest dwingen geen opmerking te maken. 'En?' vroeg ze.

Ik vertelde wat er was gebeurd, dat Guus al vertrokken was toen ik aankwam. Zonder bericht, zonder teken. Opgehaald door twee mannen in zwarte pakken.

Sylvia knikte.

'Weet jij daar iets van?' vroeg ik.

Ze schudde haar hoofd. 'Waarom zou ik daar iets van weten?'

'Goeie vraag', zei ik. 'Iemand moet iets weten, ik weet alleen niet wie, en jij kende iedereen daar. Daarom.'

Ze knikte weer.

'Ik heb met Elena gesproken', zei ik, 'en die zei dat...'

'Met wie?'

'Uit Oekraïne. Ze was veel met Guus. Vriendin van Lulu.'

'Je bedoelt Gracie?'

'Mooie vrouw. Donker haar.'

'Ja, ja. Mager ding. Gracie. Wat zei ze?'

'Van alles, ik kon er geen touw aan vastknopen.'

Sylvia lachte. 'Zo is ze. Haalt alles door elkaar. Gracie fantaseert. Als je dat niet weet, dan begrijp je haar niet. Vooral sinds Lulu weg is.' Lulu heette eigenlijk Lyudmila en was een maand eerder vrijgekomen, een paar dagen voor Sylvia zelf naar huis mocht. 'Toen Lulu door de sluis verdween, begon Gracie te praten', zei Sylvia. 'Hele verhalen had ze. Ging nergens over. Dat ze naar Amerika ging en dat ze zulke goeie contacten had en de broer van haar vriend zat daar. Daar ging ze het maken en dan kwam ze ons halen. Ze hield niet op.'

Sylvia nam een slok van haar borrel en zette het glaasje weer neer. 'Ze wil zo graag, hè. Zielig eigenlijk, zo'n meid.' Ze zweeg. 'Gracie komt volgende week vrij. Dat ze Lulu en Gracie niet samen hebben laten gaan, is belachelijk. Gestoord. Die twee horen bij elkaar.' Haar stem trilde even, net voldoende om te horen dat ze meer aan de twee Oekraïense vrouwen was gehecht dan ze wilde laten merken.

'Vertrouwden Guus en Gracie elkaar?' vroeg ik.

'Gracie vertrouwde Guus', zei Sylvia. 'Wat Guus van Gracie vond, had met vertrouwen niets te maken. Guus beschermde haar. Dat is wat anders.'

'Je beschermt iemand alleen als je die vertrouwt', zei ik.

Sylvia schudde haar hoofd. 'Wat weet jij nou? Meneer de professor. Je bent al net zo in de war als dat Oekraïense ding. Luister, ik leg het één keer uit. Je beschermt wanneer het nodig is en je vertrouwt degene die je beschermt.'

Ik knikte. 'Had Gracie het nodig?' vroeg ik.

'Gracie heeft alles nodig. Geloof mij nou maar, je kunt het leger inzetten om die griet te beschermen en dan gaat ze nog fout.' Ze zweeg, draaide het glaasje rond tussen haar vingers, lange, gelakte nagels tikten tegen het glas.

'En Lulu?' vroeg ik.

'Ook', zei Sylvia. 'Maar anders. Lulu is anders.' Ze keek me aan, haar blik was veranderd. Ze maakte zich zorgen en dat kon ze niet verbergen. 'Jij een uitsmijter?' vroeg ze.

'Waar zat jij eigenlijk voor?' vroeg ik.

'Gaat je niks aan.'

'Dat weet ik.'

Sylvia stopte de laatste hap in haar mond en kauwde overdreven lang op het zachte, witte brood. Ze legde haar bestek naast haar bord. Als ze me meer wilde vertellen, dan kwam ze er vanzelf wel mee. Sylvia liet zich niet duwen of dwingen.

'Ah, *les filles*', zei ze. Als ze Frans sprak, veranderde de uitdrukking op haar gezicht, dan toonde ze een echo uit haar verleden, een tijd die alleen in haar geheugen nog bestond. 'Die grieten komen hier naartoe, je wilt niet weten waar vandaan.' Sylvia pakte haar servet, leunde naar voren, over het tafeltje heen, en veegde iets van mijn kin, pal onder mijn lip. 'Ei', zei ze. 'Ze hebben allemaal kerels, tuig, maar het zijn hun kerels, begrijp je.' Ze wachtte mijn antwoord niet af. 'Nee, je begrijpt het niet, maar zo gaat het. Als zo'n kerel iets met mij zou proberen, dan overleefde hij het niet. Of ik niet. Dat kan ook.'

'Zijn dat dezelfde mannen die Guus hebben opgehaald?'

Sylvia haalde haar schouders op. Ze probeerde de vraag te ontwijken. 'Mannen', zei ze.

'Russen?'

'Zoiets.'

'Tuig, zei je.'

'Pooiers. Handelaren.'

Ik knikte. Seksbazen. Het zou kunnen. De vrouwen die hierheen kwamen, hadden contacten nodig. Ze moesten een woning hebben, een plek om te werken, te ontvangen, tenzij ze de straat op gingen. Daar ging natuurlijk van alles fout. Elena was er een voorbeeld van.

'Denk je dat Guus bij Lulu is?' vroeg ik.

'Zo gek is ze wel', zei Sylvia. Ze lachte. 'Daar kan ik nog wat van leren, van die advocaat van jou.'

'Gaat Elena daar straks ook heen?'

Ze schudde haar hoofd. 'Lulu is niet zomaar vrijgelaten. Die is in een programma terechtgekomen en het land uitgezet. Terug naar huis. Alsof dat wat helpt.' Ze zweeg. De minachting voor het systeem was van haar gezicht te lezen. 'Volgens mij laat Guus die twee meiden niet meer los. En dat is niet goed. Je kunt nog zo hard wezen als je wilt, maar je moet weten wanneer je los moet laten. Altijd. Als je niet loslaat, zit je vast.'

Als Guus het op zich had genomen om Elena en Lyudmila te beschermen, dan zou ze alles doen wat daarvoor nodig was. Als het moest, ging ze voor ze staan. Gracie en Lulu. Zo kende ik haar.

'Weet je waar Lulu nu is?' vroeg ik.

'Geen idee. Ze is teruggebracht naar Oekraïne en daar wordt ze dan begeleid, zogenaamd. Vertel mij niks, ik weet hoe dat gaat. Krijgt ze een kamer en een baantje waarmee ze niks verdient. Terug naar de armoede. Ik ben benieuwd hoelang ze dat volhoudt.'

We zaten zwijgend tegenover elkaar.

'Komt Gracie straks ook in dat programma?' vroeg ik.

Sylvia schudde haar hoofd. 'Die wordt niet uitgezet. Dat zegt ze tenminste zelf. Waarom Lulu wel en zij niet, weet ik niet, maar Gracie wordt opgehaald.' Ze zweeg even, haar blik verhardde zich. 'Ik ken die kerels niet en ik hoef ze ook niet te kennen.' Ze keek me aan en zag de gedachte die zich in mijn hoofd vormde. Nog voordat ik haar dacht. 'Niet doen', zei ze. 'Niet eens aan denken. Je hebt geen idee wat dat voor kerels zijn.'

Ik lachte. 'Ik ben wel wat gewend', zei ik. Anderhalf jaar daarvoor was ik opgepakt en hardhandig ondervraagd. 'Ik heb de Militaire Inlichtingendienst over me heen gehad.'

'Ah oui', zei Sylvia. 'Die watjes.'

Bellilog 21.10.07

Tussen Rotterdam en Amsterdam brak de zon door de wolken. Prachtig licht, hard en helder. Is dat een teken? Ga ik de goeie kant op? Of zijn er geen tekens? Geen wegwijzers, alleen wegen. Steeds meer wegen, alle kanten op en overal even druk. Borden, panelen en pijlen geven alleen aanwijzingen naar tussenstops, informatie over de volgende tien kilometer, twintig kilometer, honderd kilometer. Het lijkt heel wat, maar elk bord is hetzelfde. Alleen de namen en de afstanden verschillen. Eindbestemmingen bestaan niet, behalve in een kist onder de grond. Niet omdat je ergens aankomt, maar omdat de benzine op is en er nergens een pomp te bekennen is. Dat is het eindpunt. Zonder dood geen deadline. Dank u wel. Niet loslaten. Nooit loslaten. Dat doet het leven wel wanneer het zover is en dat is vroeg genoeg.

Geen tekens.

Geen Guus.

14 Er is altijd iemand die blijft zitten

Zesentachtig nieuwe berichten in mijn inbox. Allemaal reacties op mijn nieuwe e-mailadres. Ondertussen wist ik nog steeds niet wat er met mijn oude adres was gebeurd. Thomas had de toegang niet kunnen herstellen en pogingen tot contact met de provider leidden tot niets. Als ik belde, werd ik door een antwoordcomputer zo lang in de wacht gehouden dat ik er vanzelf mee ophield. Contact met de klant werd actief ontmoedigd, daarom was het makkelijker geweest een nieuw adres te nemen en opnieuw te beginnen. Met de adresboeken van Josien en Gijs had ik in elk geval alle klanten en relaties kunnen bereiken. De adressen van mijn familie en van de meesten van mijn vrienden kende ik uit mijn hoofd.

Mijn jongere broer, Peter, reageerde vanuit Australië. Daar was hij veertien maanden eerder heen gegaan, op vakantie, drie maanden trekken en drie maanden klussen bij wijnboeren en schapenboeren. Na een half jaar wilde hij niet meer weg. De weidsheid van het land had hem aangestoken, steeds vond hij een nieuwe manier om toch weer een paar maanden te kunnen blijven. De Australische mentaliteit paste bij hem, niet moeilijk doen, niet aanstellen, harde grappen maken en af en toe een tijdje verdwijnen. *Gone walkabout*, een tocht door de wildernis, door de uitgestrekte gebieden, om het land te leren kennen, in zich op te nemen, om één te zijn met de natuur en om zijn plaats te kennen in de omgeving. Dat was Peter. Zijn hele verblijf daar was één grote walkabout. Zijn omgeving kende geen grenzen. Hij was aan de andere kant van de wereld terechtgekomen, letterlijk. In de buitenwijk van Dordrecht waar wij waren opgegroeid, regeerde de beklemmende toekomst van mijn gelovige moeder. Alles lag vast, alles was bepaald, wij hoefden alleen nog maar ons best te doen. Voor God, gezin en gemeenschap. In het zinvolle leven kan alles worden verdiend, maar de cao is al in geen tweeduizend jaar herzien. *No worries, mate*, schreef Peter. En hij schreef nog iets. *Pa komt langs met Miranda en beauty case. In the great beyond. Zie je 't voor je? Take care.*

Miranda was mijn vaders vriendin, al anderhalf jaar. Een geblondeerde Haagse met veel tierelantijnen en blingbling, en een hart van goud. Zij was dol op mijn vader en door haar was hij aan een tweede jeugd begonnen. Voor zijn kinderen was dat even ongemakkelijk, na dertig jaar was ik gewend geraakt aan bepaalde verhoudingen en bleek ik vast te zitten in mijn eigen ideeën. Alles kon. Miranda op haar pumps in de Australische outback was de volgende stap in het puberen op latere leeftijd.

Mijn ouders waren bijna drie jaar daarvoor uit elkaar gegaan. De verschillen tussen hen waren al jaren groter dan hun liefde voor elkaar en toen mijn moeder op een dag haar geloof meer vertrouwde dan haar man en haar kinderen en mij aan de politie wilde uitleveren, spatte het gezin uit elkaar. Mijn vader verliet het huis en vertrok naar Den Haag. Peter bleef nog ruim een jaar bij mijn moeder in Dordrecht, voor haar en voor zichzelf. Hij was in een zoekend stadium, zonder duidelijk doel, tot hij aan zijn grote tocht begon. Mijn moeder volgde haar geloof naar een sekte in Canada. De geloofsgemeenschap bewoonde een groot huis in Brits-Columbia, een farm met een waanzinnige hoeveelheid land ergens tussen de Rocky Mountains en het kustgebergte. Daar werd zij gelukkig en wij werden verlost van haar goede bedoelingen. Ook van haar kreeg ik een mail, want de sekte was niet zo in zichzelf gekeerd dat ze geen internet hadden. In Canada begon het winterseizoen, de periode waarin de luiken dichtgingen en de groep zich aan langdurige bezinning overgaf. Ze had mijn bericht net op tijd ontvangen om nog te kunnen reageren. Over een week ging de afzondering in. Ze schreef dat ze verlangde naar de weken van stilte, en opeens zag ik de overeenkomsten. Peter zocht het onbegrensde, mijn moeder de retraite. Zij werden allebei aangetrokken door de ruimte. De een wilde fysieke ruimte, de ander spirituele. Ergens kwamen die twee bij elkaar. De geloofsgemeenschap van mijn moeder zat niet voor niets in Canada, waar de natuur net zo groot is als die van Australië.

Nulpuntvijf keek vanuit haar tjalk over de Grevelingen. Schouwen-Duiveland is geen Ontario, maar als de ondergaande zon daar over het water schijnt en de meeuwen op luchtstromen glijden en naar elkaar roepen om te weten waar ze zijn, dan is de kleinste kajuit onmetelijk groot.

Een voor een klikte ik door de mails. Zo veel reacties op een simpele adreswijziging waren een onverwacht plezier. De aandacht, de belangstelling, de bevestiging, ik kon een glimlach niet onderdrukken.

Ahmed wilde de presentatie nog een keer doornemen. 'Nu je er toch bent', zei hij. Samen bekeken we de rapportage. De inventarisatie was goed, de analyse was goed en de aanbevelingen waren onontkoombaar. De afstemming tussen de doelgroepen, de marketing, de polissen en de premies klopte niet. Het verzekeringsbedrijf probeerde doelgroepen te bereiken met polissen die geen rekening hielden met de kenmerken van die doelgroep, waardoor ze vrijwel automatisch tot verlies zouden leiden. Het was onvoorstelbaar dat een bedrijf dat zo zwaar op statistische informatie dreef, zo'n fout maakte. En toch gebeurde het. Het was een mooie opdracht en Ahmed en ik wisten dat we een potentiële bom in handen hadden. Onze rapportage zou leiden tot een andere manier van premiebepaling voor een aantal polissen, een manier waar de opdrachtgever niet op had gerekend. Premiebepaling is altijd bijzonder gevoelig, de klanten van het bedrijf reageren er direct op, consumentenorganisaties komen in het geweer en binnen de kortste keren vindt de politiek het nodig om met een standpunt te komen. Beleid. Regels. Randvoorwaarden. Er was alle reden om onze conclusies zo voorzichtig mogelijk te formuleren, maar hoe we er ook naar keken en hoe we ook ons best deden om het genuanceerd op te schrijven, het resultaat was keihard: voor een aantal polissen moesten vrouwen eigenlijk hogere premies betalen. Juist dat het om vrouwen ging, maakte de conclusie lastig. Dergelijk onderscheid probeerde men meestal te vermijden.

De presentatie was de volgende dag en Ahmed probeerde me over te halen om toch mee te gaan. Met z'n tweeën zouden we meer gewicht aan de rapportage kunnen geven. Dat was ook zo. Ik had mijn deel van de analyse en de onderbouwing gedaan, maar Ahmed had de discrepantie ontdekt, het waren zijn ideeën en het was zijn werk. Dus wilde ik hem alleen bij de klant. Hij kon het, daar twijfelde ik geen seconde aan.

'Ik ga niet mee om je hand vast te houden', zei ik. 'Ik ben daar twee keer geweest, alleen maar om mijn neus te laten zien. Jou kennen ze. Jij loopt daar al maanden rond. Jij bent hun man. Bovendien kan ik niet, want ik heb vrij.'

Ahmed zweeg, hij keek me lang aan, niet spottend zoals hij wel kon doen. Hij keek serieus, bijna plechtig. 'Oké,' zei hij na een tijdje, 'volgens mij is dit een moment.'

Hij had gelijk, het was een moment, zijn moment, waarop hij verantwoordelijk werd voor een klant. Helemaal. Daarmee kwam hij op een ander niveau. Het was de erkenning dat hij als gelijke met een opdrachtgever kon praten, niet als ondergeschikte of assistent. Het was de erkenning van het simpele feit dat mensen naar hem luisterden.

'Bij ons...'

Ik kapte hem af. 'Ik ben je vader niet', zei ik.

Hij stond op en legde zijn handen op mijn schouders, hield zijn wang tegen mijn wang. Links, rechts. Daarna legde hij zijn vlakke rechterhand op zijn hartstreek en boog heel even zijn hoofd. Alles in stilte. Een paar seconden later brak een brede lach door op zijn gezicht en stak hij zijn hand in de lucht voor een high five.

Ik had vrij, met die gedachte liep ik naar de kantine en haalde koffie. Het was een raar soort vrij, zonder Guus waren mijn dagen opeens zinloos. Ik nam mijn beker koffie mee naar een tafeltje aan het raam en keek naar buiten, naar de wind die in harde vlagen over het IJ blies. De kou was zichtbaar in de korte, strakke golfjes op het water. Het gesprek met Sylvia spookte nog door mijn hoofd, over Guus en over de twee Oekraïense vrouwen. Elena en Lyudmila heetten hier Gracie en Lulu. In een andere stad of een ander land gebruikten ze weer andere namen. Jonge vrouwen, meisjes, die onder de hoede van hun mannen van de ene plek naar de andere werden geschoven. Tot ze in de gevangenis Guus waren tegengekomen. Voor Sylvia was het duidelijk, Guus had het op zich genomen Gracie en Lulu te beschermen. Maar hoe? Wat was ze nu aan het doen? En waar? Met wie?

'Heb je een minuutje?' Karl trok een stoel bij en legde een stapeltje papieren op tafel. Het onderzoek had geen enkel spoor opgeleverd. Technisch gezien was er zelfs geen inbraak geweest. 'Iemand is hier met een sleutel en met de juiste code voor de beveiliging binnengekomen. Het enige wat hij heeft gestolen, is jouw laptop. Verder is er niets weg. Dat is lullig voor jou, maar het is te klein om ermee bezig te blijven. Daarom zoeken we niet verder. We doen ook geen aangifte, het duurt te lang, het kost te veel en het levert niets op. Dit is wat we hebben. Kijk zelf maar.' Hij schoof het stapeltje papieren naar me toe. Ik bladerde er snel doorheen. Gespreksverslagen, uitdraaien van de beveiliging, lijsten van mensen met een sleutel en van mensen die de toegangscode kenden.

'En nu?' vroeg ik.

'We veranderen de codes, de algemene code, die van The Pattern en die van jullie. Er komt een nieuw slot op de voordeur en we hangen hier en daar een paar webcams op die we aansluiten op de server. Vierentwintig uur per dag beeld. Paar bouwlampen met bewegingssensoren en iedereen die hier 's nachts binnenkomt, staat erop. Voor minder dan duizend euro zijn we klaar.'

Het was een logische beslissing. Ik kon het er onmogelijk mee oneens zijn.

'Alleen blijf ik zitten met de vragen', zei ik.

Karl knikte. 'Er is altijd iemand die blijft zitten', zei hij. 'Deze keer ben jij het.' Hij lachte. 'Ik ook, natuurlijk. De gedachte dat hier iemand binnen is geweest, iemand die ik niet ken, zit me helemaal niet lekker. Dit is mijn pand.' In die laatste vier woorden klonk een overtuiging die maar één ding kon betekenen: Karl was er nog niet klaar mee. Wat hij daar precies aan ging doen, vertelde hij niet. Hij hield zich op de vlakte, opeens weer de professional. 'Computers zijn vervangbaar,' zei hij, 'van alle informatie wordt automatisch op de servers een back-up gemaakt.' Hij stond op. 'Hou jij die lijsten maar en kijk ze nog eens door als je er zin in hebt. Misschien zie je iets wat ik niet zie. Morgen komt er iemand een nieuw slot in de deur zetten en dan krijgen we allemaal een nieuwe sleutel. Jullie krijgen er vijf. Ik geef ze wel aan Josien. Oké?' Weg was hij, de kantine uit. Het hele gedoe met de inbraak was een klus waar hij geen tijd voor had. Computers waren gebruiksvoorwerpen, je kon ze afschrijven, vervangen of gewoon weggooien, de informatie die erop stond, bleef behouden in kopieën en back-ups. Het ding zelf was niet meer dan een set specificaties: zoveel GHz, zoveel gig, zoveel ram, zoveel usb-poorten en nog een aantal andere afkortingen. Ik keek weer naar buiten, de lijsten konden nog wel even wachten. Papier was bedrieglijk spul. Je kon dagenlang gegevens bestuderen en denken dat je enorm zinvol werk deed, maar ondertussen zat je op een stoel en kwam je geen stap dichter bij degene die je zocht.

15 Een eenvoudig plan

Er stonden zes auto's op het parkeerterrein, waaronder die van mij, een non-descripte, grijze Ibiza. Op de passagiersstoel naast me lag de nieuwste TomTom met kaarten en routes voor heel Europa. Ik wist niet waar ik vandaag heen zou gaan en ik wilde probleemloos de weg terug kunnen vinden. Waar het ook was. Vanochtend was ik om vijf uur van huis gegaan, in het donker was ik bij de gevangenis aangekomen. Het regende zachtjes, het zwarte asfalt glom onder het gele licht van de lantaarns. In het vak voor de ingang stond al een auto, de enige op het hele terrein. Ik had een eindje verderop geparkeerd, de motor afgezet en het raam op een kiertje gedraaid. Ongeveer tien minuten daarna was er nog een auto het parkeerterrein opgereden. Een vrouw was uitgestapt en naar de ingang gehold. Even later was ze binnen. De wind floot langs de palen van de omheining.

Ik wachtte.

Tussen zeven uur en half acht arriveerden er kort na elkaar drie auto's. Kleine modellen, elk steeds met één inzittende. Mensen met een taak in de gevangenis. Zo zagen ze eruit, ze gingen naar binnen alsof ze niet anders gewend waren. Om tien over half acht stopte er een rode auto vlak voor de ingang. Het portier aan de passagierskant ging open en een vrouw stapte uit. Ze zwaaide en belde aan. De auto reed weg.

Ik wachtte.

Om tien voor acht reed een groter model auto het parkeerterrein op, een donkere Mercedes. Zwart of donkerblauw, in het vale licht was dat niet te zien. Twee mannen stapten uit. Groot, de een breder dan de ander, in lange, donkere jassen. Zonder enige haast liepen ze door de regen naar de ingang. Na drie of vier passen draaide een van hen zich om en richtte zijn sleutel op de auto. Vier oranje lichten knipperden twee keer, ik hoorde de bijbehorende piep door mijn open raampje. Even later waren ze binnen. Het parkeerterrein was weer stil.

Ik wachtte.

Nog geen half uur later kwamen ze weer naar buiten, het was bijna kwart over acht. De regen was opgehouden en het was iets lichter geworden. Tussen de mannen in liep Elena, Gracie. Buiten, op het open terrein, zag ze er nog kleiner en dunner uit dan ze was. Een van de mannen hield haar arm vast, een beer van een man. De andere man liep een pas vooruit, opende een van de achterportieren en liep onmiddellijk door naar de andere kant. Elena werd op de achterbank gezet en de man die haar begeleidde, stapte naast haar in. Het portier ging dicht. De tweede man stapte achter het stuur en even later reed de auto langzaam weg. Ik volgde op een zo groot mogelijke afstand.

Mijn plan was eenvoudig: ik was ervan overtuigd dat de mannen die Guus hadden opgehaald ook Elena zouden komen halen. Alles wees daarop en Sylvia Koper had het, min of meer, bevestigd. Guus was betrokken bij de Oekraïense vrouwen. Om te weten waar Guus was, hoefde ik ze alleen maar te volgen.

Daar hield het plan op. Als ik wist waar ze was, zou ik daarna wel bedenken wat ik moest doen. Dat hoopte ik. Eén stap tegelijk, en de eerste stap stond voor mij vast: ik moest weten waar ze was.

Via Eindhoven reden we naar Breda en van daaruit naar Rotterdam. Naarmate het drukker werd op de weg verkleinde ik de afstand, zodat ik ze niet kwijt zou raken. Op de ring rond Rotterdam ging het bijna verkeerd. Opeens reden er wel drie donkere Mercedessen en in de file en door het voortdurend van baan wisselen had ik even de verkeerde te pakken. Tot ik weer naar het nummerbord keek en de vergissing in de gaten kreeg. Honderd meter voor me nam de auto met Elena de A13 naar Den Haag. Ik schoof tussen de rijen door en liet de afstand weer iets groter worden.

We reden langs Delft en bij Den Haag nam de auto de afslag naar een nieuwbouwwijk aan de oostkant van de stad. Ik deed mijn best om niet te dichtbij te komen, maar zodra we de snelweg hadden verlaten, was er bijna geen verkeer meer. Aan het eind van de afslag stond het stoplicht op rood en ik kwam pal achter de Mercedes tot stilstand. Zo dichtbij dat ik Elena en de man door de achterruit kon zien zitten. Ik deed mijn uiterste best om niet naar ze te kijken, opzichtig draaide ik mijn hoofd opzij en keek door het portierraam naar buiten.

De wijk was nog niet eens af, links en rechts werd nog volop gebouwd. Sommige straten werden al bewoond, in andere lagen stapels tegels en bakstenen te wachten op hun definitieve plek. Het was er kaal en winderig, het regende niet meer. In het grauwe licht was er weinig tekening te zien.

Ik liet de afstand tussen mij en de Mercedes weer groter worden en deed alsof ik een adres zocht. Bij elke zijstraat vertraagde ik om het naambordje te bekijken, dan weer links en dan weer rechts. De Mercedes reed door naar een deel van de wijk dat al af was. We kwamen langs een plein met een winkelcentrum, een bank, een café, een Chinees restaurant, afhaalpizza. Er was ook al aan beplanting gedaan, sprietige boompjes stonden er in het blote trottoir. Het was vroeg, nog geen half elf. In dit deel van de wijk was in elk geval iets van leven, er waren wat mensen op straat en in de winkels. In het café zaten zelfs mensen aan de koffie.

'Gezelligheid' was een groot woord.

Voorbij het plein sloeg de Mercedes links af, een zijstraat in met iets grotere huizen, twee onder een kap met aan beide kanten een carport, kleine voortuintjes. Ook hier stonden een paar huizen leeg. Ik volgde niet direct en keek waar de Mercedes heen ging. Pas toen de auto weer rechts afsloeg, ging ik er achteraan.

De straat was leeg, er was niemand te zien. Niet op de stoep en niet in de huizen. Het was alsof de hele buurt een dagje uit was, en dan niet naar het winkelcentrum om de hoek. Dit was niet de plek die ik had verwacht. Ik had gedacht dat ze naar een oude buurt in een grote stad zouden gaan, of zelfs naar het buitenland, naar Antwerpen of naar Duitsland, de gevangenis lag tenslotte vlak bij de Duitse grens. De burgerlijke netheid van deze omgeving paste niet bij het idee dat ik had van pooiers die met vrouwen scharrelen. Waarschijnlijk lag dat aan mij. Dat Guus hier in een van die huizen zou zitten, leek belachelijk. De wijk lag nog geen vijftien kilometer van Monster, ze kon naar huis lopen als het moest.

Bij de zijstraat stopte ik, ik wilde er niet zomaar in draaien. Heel langzaam liet ik mijn auto iets voorbij de hoek rijden. Ik keek. Het was een betrekkelijk korte straat met dezelfde soort huizen, nog iets ruimer opgezet. De Mercedes stond in een carport drie huizen verderop. Er zat niemand meer in.

Het eerste en enige deel van mijn plan zat erop, ik was de auto gevolgd naar een adres in een nieuwbouwwijk. Hoe langer ik erover nadacht, hoe stommer het werd. Er was geen enkel bewijs dat Guus hier ook was. Het enige wat ik had, was een beginpunt. Een mogelijk beginpunt. Meer niet. Ik kon één keer langsrijden en proberen iets te zien vanuit de auto. Twee keer langsrijden zou al verdacht zijn, in deze wijk reed niemand twee keer langs.

In de laagste versnelling draaide ik de straat in. Alle huizen zagen er hetzelfde uit, het ene had vitrage, het andere luxaflex, en daar hield de variatie mee op. Ik keek, staarde naar dat ene huis. Ik reed zo langzaam dat ik bijna stilstond. Er was niets te zien, geen enkele beweging. Voor alle ramen hing luxaflex, de lamellen naar beneden gedraaid.

Het duurde hooguit tien seconden, toen was ik er voorbij. Ik keek weer voor me, reed de straat uit, sloeg rechts af en stopte om de hoek. Ik had niets gezien. Helemaal niets. Ik was geen stap verder.

Vertwijfeld keek ik om me heen, vragen schoten door mijn hoofd. Wat moest ik doen? Wat kon ik doen? Wat deden die mannen hier, in deze nieuwbouw, met die vrouwen? Hoeren associeerde ik met rode en paarse lampen, met goud en zwart en goedkope glitter, niet met grijze steen en beige kozijnen. Hoe moesten ze hier klanten trekken? Waren het callgirls? Escort? Hoe werkte het eigenlijk? De ene vraag na de andere, en alle vragen waren niet meer dan een afleidingsmanoeuvre. Ik wist allang wat ik moest doen. Als ik verder wilde komen, als ik echt wilde weten of Guus daar was of geweest was, dan moest ik het huis in. Dat was de enige logische volgende stap en die probeerde ik vooralsnog te vermijden.

Ik stapte uit en liep iets verder de straat in. Mijn hele jeugd had ik in een nieuwbouwwijk gewoond en ik wist dat er bijna altijd brandpoortjes waren om de huizen via de achtertuinen te bereiken. Die smalle doorgangen kwamen uit tussen de huizen in een van de zijstraten. In deze wijk waren alle straten recht, het ontwerp was een simpel grid, en ik vond het poortje dan ook vrij snel, het was een lange, rechte, betegelde steeg. De Mercedes stond bij nummer 6, dat betekende het derde huis vanaf de hoek. Ik liep de hele poort door naar het andere eind, draaide om en begon daar te tellen. Elk huis had een schuurtje en daarnaast een hekje dat toegang gaf tot een verrassend diepe achtertuin van zeker twintig meter. Sommige achtertuinen waren bestraat, andere hadden gras en wat struiken, jonge aanplant. Alle tuinen waren van elkaar gescheiden door eenzelfde schutting. Bij het derde huis bleef ik achter het muurtje van de schuur staan, onzeker wat ik nu moest doen. Ik leunde naar voren en keek over het hekje. Het huis was te ver weg om veel te kunnen zien. Beneden was een keukendeur met een groot raam, daarnaast de schuifpui van de zitkamer. Dichtgedraaide verticale lamellen maakten inkijk in de zitkamer onmogelijk.

In de keuken was een vrouw bezig aan het aanrecht. Voorzover ik het van een afstand kon zien, was het niet Guus en niet Elena. Ik tuurde en probeerde details te onderscheiden. Ik zag beweging achter de vrouw in de keuken en opeens ging de keukendeur open. Een man kwam naar buiten. Zwart pak, zwart overhemd, zwarte das. Onmiddellijk trok ik me weer terug achter het muurtje. Met ingehouden adem wachtte ik en ik probeerde te bedenken wat ik moest zeggen als de man me hier zou vinden. Elk excuus klonk bij voorbaat slap.

Er gebeurde niets. Na ongeveer een halve minuut hoorde ik een stem, klanken die ik niet verstond. Voorzichtig keek ik weer om de hoek. Hij stond op het terras achter het huis te bellen. Af en toe zei hij iets, het grootste deel van de tijd luisterde hij. Hij knikte, liep rondjes over het kleine terras en na een minuut of vier verbrak hij de verbinding en ging weer naar binnen. Hij keek niet op of om, ik zag hem nog een paar seconden door het raam in de keukendeur. Even later was hij in het huis verdwenen. Ook de vrouw was niet meer in de keuken.

De eerste verdieping was uitgebouwd boven de carport en was breder dan de begane grond. Er waren vier ramen. Boven de carport stond een raam op een kier. Achter het raam bewoog de luxaflex, waarschijnlijk door de wind. Er was niemand te zien. De stilte in en rond het huis was dezelfde als in de hele wijk. Als je niet wist dat er iemand was, zou je denken dat er niemand woonde.

Ik liep terug naar de auto en reed om het huizenblok heen, tot ik weer aan de andere kant van de straat uitkwam. Daar parkeerde ik de auto in de carport van een leegstaand huis. Van daaruit kon ik onopvallend het huis met de Mercedes in de gaten houden. Mijn plan was nog eenvoudiger geworden: wachten tot er iets gebeurde. Eenvoudiger kon niet, tenzij ik wegreed en me er niet meer mee bemoeide. Dat ging niet. Ik moest weten waar Guus was. Als zij me niets liet weten, dan was er iets fout, want ik kon niet geloven dat ze geen bericht zou sturen.

Ik zat in de auto en keek door de voorruit. Ooit zouden de mannen wel weer in beweging komen. Het was bijna kwart over elf, ik had de hele dag. En de nacht.

16 Staren naar dingen die niet gebeuren

Kijken is vermoeiend. Na een uur werd ik gek van het uitzicht dat niet veranderde. De straat was de straat, de huizen waren de huizen. Het daglicht verdween achter de steeds somberder wolken, het werd donkerder en het begon weer te regenen. De wind blies. In elke andere wijk zouden bladeren door de straten dwarrelen. Hier niet. De bomen waren niet groot genoeg. Wat ze aan blad hadden gehad, was allang weggewaaid. Ik zette de radio aan en luisterde naar een nieuwsprogramma. Gesprekken tussen de presentator en een verslaggever. Een interview. Commentaar. Aankondiging van de volgende onderwerpen. Weer een gesprek. De meningen begonnen op mijn zenuwen te werken. Waarom moest iedereen altijd ergens een mening over hebben? Wat was er zo interessant aan meningen? Ik schakelde naar een andere zender en luisterde een paar minuten naar een Nederlands levenslied. De geknepen Amsterdamse stem leek gemaakt voor de kleine speakertjes in de auto. Ik drukte op de knop en zette de radio uit.

Na twee uur kon ik mijn ogen nauwelijks meer openhouden. Ik had honger en dorst. Mijn plan was eenvoudig, mijn voorbereiding was dramatisch slecht. Ik had niet eens iets te eten meegenomen. Mijn billen begonnen pijn te doen van het zitten, mijn rug en mijn benen hadden behoefte aan beweging. Ik pakte de TomTom en voerde de naam van de straat in, de Lauriertuin. De straten heetten hier tuinen, ik was terechtgekomen in de kruidenwijk. De Lauriertuin liep van de Kerveltuin naar de Dragontuin. Iets verderop waren nog de Pepertuin, de Salietuin en de Saffraantuin. Ik keek naar de nette huizen en naar de perkjes waar nog nauwelijks iets groeide.

Hoop is onvermijdelijk.

Om vijf voor een ging de voordeur open. Een van de mannen kwam naar buiten, liep naar de Mercedes, stapte in en reed weg. Na bijna tweeënhalf uur totale stilte was ik niet voorbereid op welke actie dan ook. Er ging een schok door me heen. Waarom had ik niet beter opgelet? Wat was er gebeurd? Moest ik achter de man aan? Of juist niet? Adrenaline versnelde mijn gedachten tot ver voorbij wat er nodig was. Ik joeg achter opties en mogelijkheden aan die er helemaal niet waren. Allemaal ideeën waar ik niets aan had. De man was alleen, in het huis waren zeker nog drie anderen, waarschijnlijk meer. Natuurlijk ging ik niet achter die ene man aan, ik moest bij het huis blijven.

Vijfentwintig minuten later draaide de Mercedes de carport weer in. De man stapte uit en liep met een plastic tas van de Jumbo naar de voordeur. Hij belde aan en bleef rustig wachten. Hij keek niet om zich heen. Even later ging de deur open, hij ging naar binnen en de deur werd gesloten. De boodschappen waren binnen. Er was niets gebeurd.

De stilte keerde weer. De straat was leeg, een stuk bouwplastic dwarrelde over de stoep. Iets verderop kwam een vrouw met een fiets uit een poort. Ze stapte op en reed de straat uit. Drieënveertig minuten lang gebeurde er helemaal niets. Ik keek. Ik had van mijn leven nog nooit zo lang naar lege straten gekeken, de Lauriertuin en de Dragontuin zou ik nooit meer vergeten. De huizen waren niet mooi of lelijk, ze waren allemaal identiek, steeds twee aan twee gespiegeld. In de ene straat waren ze iets groter dan in de andere, maar het ontwerp was hetzelfde. Ik keek recht voor me uit, ik keek naar links en ik keek naar rechts. Het maakte niet uit waar ik keek.

Een man liep de straat in. In zijn rechterhand had hij een koffertje, in zijn linkerhand een papiertje. Om de zoveel meter keek hij op het papiertje. Hij stopte en keek om zich heen, liep een paar passen terug, keek weer om zich heen, draaide om en kwam mijn kant op. Op de hoek van de twee straten bleef hij stilstaan. Hij keek op het papiertje in zijn hand en daarna naar de straatnaambordjes. Lauriertuin. Dragontuin. Hij was de weg kwijt in een wijk waar de straten nog niet lang genoeg bestonden om bekend te zijn.

De man draaide langzaam om zijn as, hij keek alle kanten op. Het papiertje in zijn hand hield hij als een paspoort voor zich uit. Uiteindelijk pakte hij zijn mobiele telefoon en belde. Ik zag hem praten, hij stond hooguit vijftien meter van mij vandaan. Hij droeg een zwarte broek, glimmend zwarte schoenen met lange punten en een donker, hoog dicht geritst winterjack. Hij zette zijn koffertje neer en gebaarde met zijn armen, liep een stukje de zijstraat in en wees op het straatnaambordje, alsof degene aan de andere kant van de lijn hem kon zien. Hij wees op het andere bordje. Zijn machteloosheid was besmettelijk, hoe langer ik naar hem keek, hoe lulliger ik mij zelf voelde. Na een geagiteerd gesprek van een paar minuten verbrak hij de verbinding en propte het telefoontje in zijn zak. Met hernieuwde energie keek hij om zich heen en zag mij in mijn auto. Hij aarzelde geen seconde, pakte zijn koffertje op en kwam naar me toe.

Ik liet het raampje aan mijn kant zakken. De man boog zich voorover, hij had een opvallend grote neus en donkerbruine, loensende ogen. Veel haar, dikke wenkbrauwen. Hij zei niets en stak zijn hand met het briefje naar me toe.

Kokkeldreef, stond erop.

'Dit is een dreef', zei ik. 'U bent hier in de tuinen.'

Hij keek me wanhopig aan. 'Weet oe waar die Kokkeldreef is?' vroeg hij. Hij had een accent met een breed uitwaaierende w.

'Ogenblikje', zei ik. Ik pakte de TomTom en voerde de straatnaam in. De Kokkeldreef bleek helemaal aan de andere kant van de wijk te liggen. Ik liet hem het schermpje van de TomTom zien en wees de route aan. Hij zette een bril op en boog verder naar binnen om het goed te kunnen zien, leunde op mijn schouder en verloor bijna zijn evenwicht. Hij greep zich vast aan de rand van het portier en trok zichzelf weer overeind.

'Sorry', zei hij.

'Niks gebeurd', zei ik en ik hield het schermpje in het open raam zodat hij het makkelijker kon zien. 'Hier terug, de straat uit en bij het kruispunt met de grote weg, daar, rechts af en dan doorlopen tot voorbij het winkelcentrum.' Ik nam de hele route twee keer met hem door tot hij het begrepen leek te hebben. Hij knikte wel tien keer, bedankte me uitvoerig en wandelde terug, door de Dragontuin naar de grote weg die dwars door de hele wijk liep. Ik keek hem na en zag hoe hij aan het eind van de straat links afsloeg in plaats van rechts. Even had ik een opwelling om achter hem aan te rijden en hem de juiste kant op te sturen. Ik deed het niet. Ik bleef waar ik was, op de hoek van de Lauriertuin en de Dragontuin.

Om half drie piepte mijn telefoon. Sms van Ahmed.

Presentatie groot succes!!!! Klant wil verder!!! Waar ben je?

Zijn enthousiasme straalde van mijn schermpje. Ik stuurde een felicitatie terug en het bericht dat ik even niet bereikbaar was. Ik zou niets liever willen dan over klanten en projecten praten, meegezogen worden in het plezier van een geslaagde presentatie en in de uitdaging van nieuwe opdrachten. De gedachte alleen al gaf me uitzichten die ik hier niet had. Daarom hield ik ook afstand. Hier was niets en ik wilde er niets van missen. Ik zette mijn telefoon uit om bellers en berichten niet te horen en keek naar buiten, naar de stille straten, naar de wolken die hoog boven de huizen door de lucht dreven. Donker en nat. Ik moest ongenadig plassen.

Met hernieuwde interesse nam ik de omgeving in me op. Nergens was een boom of een struik groot genoeg om me achter te verschuilen. Alles was open en bloot en om nou midden op straat te pissen ging me te ver. Ik startte de auto, reed de Dragontuin uit naar de Salietuin en zocht daar de achterom terug naar het leegstaande huis waar ik de hele tijd met de auto voor had gestaan. Ik ging de achtertuin in en wilde eigenlijk gewoon daar doen wat ik moest doen, in de hoek naast het schuurtje. Voor de zekerheid liep ik naar het huis en controleerde de deuren. De keukendeur was op slot, ik had niet anders verwacht, maar tot mijn verbazing gleed de schuifpui moeiteloos open.

De wc was in de gang. Er was geen toiletpapier en het water was niet aangesloten, doortrekken zou iemand anders moeten doen. Later. Terug in de woonkamer keek ik door het raam aan de voorkant naar het huis in de Lauriertuin. De Mercedes stond nog in de carport. Met mijn handen in mijn zakken staarde ik door het raam.

Koffie zou lekker zijn.

Ik keek in alle keukenkastjes. Niets. Onder de vensterbank in een hoekje van het aanrecht lag een sleutel die op de keukendeur paste.

Ik stopte hem in mijn zak, in nieuwbouwwijken werden deuren en sloten met honderden tegelijk geleverd en veel sloten waren hetzelfde. Er was een kans dat ik met deze sleutel ook de keukendeur van Lauriertuin 6 zou kunnen openen. Ik dwaalde door het huis, door alle kamers. Kale betonnen vloeren, ongeschilderde wanden, lege kasten. Mijn voetstappen klonken eenzaam en hard, elk geluid weerkaatste en achtervolgde me door de holle ruimtes. In de woonkamer ging ik bij het raam op de grond zitten. Over de lage vensterbank keek ik naar de Lauriertuin. Het beton was veel harder dan de zitting van mijn auto, maar ik was blij met de verandering. Hier kon ik zitten, staan, rondlopen en bewegen. Met meer ruimte kon ik me beter concentreren.

De uren gleden weg. Het begon donker te worden, de lantaarns gingen aan en een gele gloed verspreidde zich over de straten en de stoepen. Tussen vijf en half zeven kwamen mensen thuis van hun werk, met de auto, een paar op de motor, sommige lopend, van de tramhalte waarschijnlijk. Het licht van koplampen zweefde door de straten, een voor een vulden de carports zich. Na kwart voor zeven keerde de stilte op straat weer. Op Lauriertuin nummer 6 was niemand de deur in of uit gegaan. Door de gesloten luxaflex waren minieme streepjes licht te zien. Ik wist niet meer waar ik op wachtte. De nacht leek me onoverkomelijk lang, ik kon me niet voorstellen dat ik hier tot de volgende ochtend zou blijven. Niets doen en staren naar dingen die niet gebeuren, was uitputtend. Ik overwoog terug te gaan naar mijn auto, een rondje te rijden, de kachel aan, luisteren naar meningen op de radio. Iets.

Om kwart over acht hield ik het niet meer uit. Ik verliet het huis via de keukendeur, die ik van buiten op slot draaide, liep terug naar mijn auto en reed weg, naar de snackbar in het winkelcentrum. Het was er druk, jongens en meiden die om elkaar heen draaiden, blikje cola in hun hand, patat, scooters voor de deur op het plein. De vette geuren, het schelle licht en de herrie waren een verademing. Er was leven hier.

'Een patatje pinda', zei ik. 'En een loempia met sambal.'

17 Het rook naar sigaar

Met een volle maag kun je beslissingen makkelijker uitstellen. Ik wist dat ik niet de hele nacht in deze wijk zou blijven, maar of ik nu om negen uur terugreed naar Amsterdam of om elf uur, dat maakte weinig uit.

Ik liet mijn auto bij de snackbar staan en liep de paar honderd meter naar de Dragontuin, sloeg links af en wandelde naar de Lauriertuin. Ik begon de straten te herkennen, de vorm van de huizen, de afstand van het ene huis tot het andere, het gevoel van ruimte. Het was een paar minuten over negen, ik was al meer dan vijftien uur op pad en eigenlijk verwachtte ik niets meer. Zeker niet de vier auto's die voor het huis op de stoep stonden.

Snel stak ik de straat over en trok me terug onder een van de carports aan de overkant. Vanuit het donker had ik vrij zicht op de voordeur van nummer 6. Ik zette mijn mobiele telefoon aan en probeerde een foto te nemen. Het was te donker. Pal onder de lantaarn was nog iets te zien, maar verder weg was er te weinig licht en verdwenen alle details. Terwijl ik bezig was, trilde mijn mobiel. Vier berichten. Voordat ik het eerste bericht kon lezen, ging aan de overkant de voordeur open. Twee mannen en een vrouw kwamen naar buiten. De vrouw droeg een kleine tas. De mannen zetten haar achter in een van de auto's, een man bleef bij de auto, de ander ging weer naar binnen. Even later verschenen er drie mannen, elk met een vrouw en elke vrouw met een tas. De vrouwen werden over de auto's verdeeld. Het ging snel, de mannen hielden de vrouwen vast tot ze achter in de auto's zaten. Weer gingen ze het huis in en ze haalden nog twee vrouwen. Zes vrouwen in totaal. Twee in elke auto. De portieren dicht. Bij elke auto een man. Even gebeurde er niets. Bij de voordeur waren twee mannen bezig met iets wat op een mobiele telefoon leek. Ze keken ingespannen naar een verlicht schermpje en wezen om zich heen. Na een paar minuten liet een van de mannen het apparaatje in zijn zak glijden en maakte hij met zijn arm een teken dat ze konden vertrekken. De drie auto's op de stoep reden langzaam weg, achter elkaar. Twee mannen bleven achter op de stoep, ze keken de auto's na tot ze om de hoek waren verdwenen, de Dragontuin in. Daarna draaiden ze zich om en gingen naar binnen. De voordeur lieten ze openstaan. Een voor een zag ik in de kamers de lichten uitgaan, van boven naar beneden werd het huis donker, tot ze weer naar buiten kwamen. Ze keken nog één keer op het apparaatje, knikten, trokken de voordeur dicht, stapten in de Mercedes en reden de straat uit. Vier auto's, vijf mannen, zes vrouwen. Guus had ik niet gezien.

De Lauriertuin was de hele dag nog niet zo stil geweest. Voorzichtig kwam ik onder de carport vandaan. Nergens iemand te zien. Ik liep naar de hoek van de straat en keek in de Dragontuin. Niemand. De auto's waren allang weg. Volgen kon niet meer. Voordat ik in mijn eigen auto zat, waren zij de wijk uit.

Langzaam liep ik terug naar nummer 6. Het huis was donker. Ik duwde op de bel en sprintte naar het plekje onder de carport aan de overkant. Er gebeurde niets. Er was niemand meer in het huis. Door het eindeloze wachten en kijken kostte het even om mijzelf in actie te krijgen. Observeren is moeilijk te doorbreken, hoe langer je kijkt, hoe kleiner de dingen die belangrijk zijn. Steeds moest ik mijzelf eraan herinneren waarom ik hier was. Ik wilde weten of Guus in dat huis was geweest, ik wilde een aanwijzing, een spoor dat naar haar zou leiden.

Ik liep om het blok heen en door de poort naar de achtertuin. Bij de buren scheen licht door het achterraam, alleen op de begane grond. Aan de andere kant van het huis was de carport. Daar was de afstand naar de buren groter en had ik minder kans om gezien te worden. Ik keek achterom naar de huizen aan de andere kant van de poort. Ook daar was het stil. Het was slecht weer. Als er al iemand naar buiten keek, dan was ik nauwelijks zichtbaar.

De sleutel die ik van het andere huis had meegenomen, paste niet op de keukendeur. De schuifpui zat op slot. Ik keek in het schuurtje en zocht op de tast naar een reservesleutel. Er stond alleen een bezem, dat was alles. En helemaal achterin stond een trapje. Dat nam ik mee. Ik zette het tegen de achtergevel van het huis en klom via de balkenconstructie van de carport naar het raam op de eerste verdieping. Het stond op een kier en door de opening kon ik bij de sluiting. Ik klom over de vensterbank en was sneller binnen dan ik had durven hopen.

Zeker een minuut lang bewoog ik niet, ik luisterde. Langzaam wenden mijn ogen aan het donker en zag ik waar ik was. Ik stond in een kleine kamer met een bed, een tafeltje en een rechte stoel. Het bed was niet opgemaakt, het dekbed lag op een prop tegen de muur, het kussen lag op de grond. Over de rugleuning van de stoel hing een lange broek.

Voorzichtig liep ik naar de andere kant van het kamertje en deed de deur open. Op de overloop was het aardedonker. Ik sloot de deur achter me en tastte met mijn hand langs de muur tot ik een schakelaar had gevonden. Moest ik het licht aandoen of niet? De lamellen en de luxaflex voor de ramen lieten weinig licht door, dat had ik zelf geconstateerd. Een lamp op de overloop zou buiten helemaal niet opvallen. Toch was ik bang dat iemand me hier zou betrappen, die mannen in het zwart vertrouwde ik niet. Helemaal niet. Ze zaten in de prostitutie en waarschijnlijk ook in de porno. Veel geld voor weinig werk. Dit huis kon een bordeel zijn of een verwenhuis of een privéclub. In een nieuwbouwwijk buiten Den Haag, waarom niet? Het ene kamertje dat ik had gezien, had niets van een bordeel. Het was te kaal, te sfeerloos. Er was geen enkele erotische suggestie. Misschien was dat niet nodig. Misschien waren alleen de luxe bordelen behangen met rood velours en goudkleurige decoraties. Wat wist ik ervan? Feit was dat ik hier in een huis stond waar ik niet hoorde. Ik knipte het licht aan en zag een ruime overloop waar nog vier deuren op uitkwamen. Aan het einde was een trap naar de zolder. Snel bekeek ik de rest van de verdieping. Drie slaapkamers, een wc, een badkamer en een soort grote gangkast. De slaapkamers waren groter dan de eerste kamer, maar net zo eenvoudig ingericht. Een bed, een tafeltje, een rechte stoel, een kast. Twee kamers hadden een eigen wastafel. Overal lagen kleren en spullen, oorbellen, armbandjes, mascara, lippenstift, pakjes watten en pleisters, half uitgeknepen tubes met zalfjes en crèmes, lege potjes, vitamines. En in elke kamer stond een vrijwel volle asbak. De geur van sigarettenrook en as hing overal. Het was een chaos. In de gangkast vond ik plastic vuilniszakken vol kleren. In een grote stelling tegen de achterwand stonden drie zware, leren tassen. Ik wurmde me tussen de vuilniszakken door, pakte een van de tassen van de plank en zette hem op de grond. Nog voordat ik hem openmaakte, wist ik wat ik zou vinden. Ik kon het voelen. Zwaar. Metaal. Hard. Ik trok de rits open en zag een arsenaal pistolen. Verschillende soorten door elkaar, gewoon zo in de tas gegooid, vijftien of twintig. Ik pakte er eentje uit, het was zwaarder dan ik had gedacht. Massief, solide, niet nieuw, maar in prima staat, voorzover ik dat kon beoordelen. Dit leken me gebruikte exemplaren die nog jaren mee konden.

Voorzichtig legde ik het pistool terug in de tas, maakte een foto met mijn mobiel en zette de tas weer op de plank in de stelling. Drie tassen, meer dan vijftig wapens. Wat moesten ze daarmee? Het beeld dat ik van de mannen had, begon te verschuiven. Wapenhandel. Het was eenvoudig om kleine hoeveelheden van het ene land naar het andere te vervoeren. Voor mij was vijftig pistolen veel, voor iemand anders was het de omzet van een maand. In de landen van de voormalige Sovjet-Unie kon je die dingen waarschijnlijk bijna voor niks kopen. Handel met ruime marge. Vrouwen en wapens. Allebei voor dezelfde markt: mannen.

Ik schoof de vuilniszakken op hun plaats en deed de kast dicht. Ik was terechtgekomen in een wereld die ik niet kende, waarvan ik de codes en gebruiken niet begreep. Snel stak ik de overloop over en ging nog een trap naar boven. Ik wilde het hele huis gezien hebben voordat ik weer wegging en nu had ik haast. De tassen met wapens betekenden dat de mannen in ieder geval terug zouden komen. Hoe eerder ik de deur uit was, hoe liever.

Op de zolder waren nog twee grote kamers, een met twee bedden en een met drie. Er konden negen mensen slapen in dit huis en het leek erop alsof alle bedden gebruikt waren. Op de zolder was ook een kleinere badkamer, met alleen een douche en een wc. In de badkamers lagen de handdoeken op de grond, er stonden grote flessen shampoo, conditioner en douchegel. Er lag zo veel, het meeste was troep, maar nergens was iets van Guus of iets wat aan haar deed denken.

Ik deed alle lichten weer uit en liep de trap af naar beneden. De keuken was de keuken. Vuile kopjes stonden in de gootsteen. In de ijskast voorverpakte etenswaren van de Jumbo op het plein, frisdranken, bier. Op de gang was een wc. In de L-vormige zitkamer stonden een hoekbank en een moderne televisie, groot formaat. De eethoek was een tafel met zes stoelen. Al het meubilair was van het goedkoopste soort. In de boekenkast tegen de muur ontbraken de boeken. Daarnaast stond een computer op een tafeltje. Een kloon-pc, redelijk nieuw, muis, toetsenbord en een plat beeldscherm. Op de pc lag een klein kastje met groen knipperende ledjes en een korte antenne, een router.

Vertwijfeld liep ik rond, ik was nog nooit in een huis geweest waar zo weinig van de bewoners te zien was. Dit was een verblijfplaats, een adres waar niemand woonde, een gebruiksruimte, utilitair. Zelfs een kantoor had meer karakter. De persoonlijke spulletjes die boven in de slaapkamers waren achtergelaten, versterkten het ontheemde gevoel. Oorbellen waren blijven liggen, maar nergens lag een pakje sigaretten of een aansteker. Op de vlucht geen accessoires.

Ik zette de computer aan. Er werd geen wachtwoord gevraagd, het was een eenvoudige stand-alone. Het bureaublad was een zootje, icoontjes van bestanden en programma's stonden dwars door elkaar. Er leek geen enkele ordening te zijn. Ik staarde naar het scherm en wist even niet wat ik moest doen. Ik wilde zo snel mogelijk weg, toch moest ik de tijd nemen om even in de computer rond te kijken. Het had geen zin om alle bestanden door te spitten, daarvoor was ik hier niet. Ik keek naar het beeldscherm en zag het oog van de webcam. Ik glimlachte, het zou mooi zijn als ik van achter mijn eigen computer, thuis of op kantoor, hier in de kamer kon kijken terwijl niemand er erg in had. Ik herinnerde me het gemak waarmee Thomas en Sterre bij elkaar het cameraatje bedienden: zodra ze contact konden maken met een andere computer, konden ze op afstand van alles doen. Ik zocht op het bureaublad naar het e-mailicoontje en klikte erop. Het programma startte en maakte contact met de server, via de open adsl-verbinding hoefde ik niet eens in te loggen. Het volgende ogenblik keek ik naar een propvolle inbox met honderden e-mails, de helft ongeopend. Ik stuurde een e-mail naar mijzelf, wachtte tot het bericht was verstuurd, klikte naar de box met verzonden items, verwijderde de kopie van de verstuurde mail, klikte naar de prullenbak en wiste de mail ook daaruit. Er was geen spoor meer van wat ik had gedaan en zodra ik de mail ophaalde, had ik automatisch het e-mailadres van deze computer. Daar kon Thomas gebruik van maken om contact te leggen.

Ik onderdrukte de neiging om de mails in de inbox te lezen. Het waren er te veel. Ik schakelde de computer uit en zette alles terug zoals ik het had aangetroffen, controleerde nog een laatste keer of ik niets was vergeten waarmee ik mijn aanwezigheid zou kunnen verraden. Boven zette ik het open raam weer op een kiertje. Ik liep de trap af, knipte het laatste licht uit en wilde de voordeur opendoen. Daar stopte ik. Ik had iets gezien. Vlak voordat ik het ganglicht uitschakelde, had ik iets herkend, een flits, te kort om te kunnen zeggen wat het was. Ik deed het licht weer aan en keek om me heen. Naast de voordeur stond een klein gangtafeltje. Op de grond eronder lag een stapel reclamedrukwerk, folders en huis-aan-huis krantjes. Op het tafeltje lag een paar handschoenen, er lag een kammetje en daarnaast lag een sigaartje. Een slim panatella, het soort dat Guus altijd bij zich had. Het kon toeval zijn. Alles kon. Ik pakte het en rook eraan.

Het rook naar sigaar.

18 Elke bocht die ik nam

Koffieautomaat in een benzinestation, de zoveelste in mijn leven. Vaste plek, geen bestemming. Warme melk schuimde en dampte in de kartonnen beker. De geur was al bijna voldoende om me gerust te stellen. Zolang mannen samenkomen op plaatsen waar brandstof wordt verhandeld, is er nog niet zo veel veranderd.

Ik zette de beker neer op een tafeltje en zocht de berichten op mijn mobiel. Het waren er inmiddels zes. Vijf van kantoor, allemaal met vragen over klanten en afspraken. Die konden tot morgen wachten. Het laatste bericht was van Nulpuntvijf en dat was opmerkelijk. Van haar had ik nog nooit een sms ontvangen. Ik hoopte dat het niet het begin van een nieuwe hobby van haar zou zijn. Spirituele raad per tekstbericht was wel het laatste waar ik op zat te wachten. Ik opende het bericht.

bel!

Het was in ieder geval kort. Ik keek op de klok, tien voor elf. Zeker niet te laat om mijn wannabe-schoonmoeder nog te bellen, in de nacht was ze op haar best. Wanneer de sterren aan de hemel stonden, keek zij de kosmos in. 'De dag is wel aardig, hoor,' zei ze dan, 'maar je ziet niets.' De zon sloeg alles plat, vond zij. Ik belde.

'Ja, hè hè!' In tegenstelling tot mijn eigen moeder, die gesprekken altijd ergens middenin begon en bij wie je maar moest raden waar het over ging, begon Nulpuntvijf altijd bij het begin. Liefst nog iets daarvoor. Tijd was voor haar geen factor, efficiency bestond daarom niet. Voor ze toekwam aan de reden waarom ik haar moest bellen, wilde ze alles weten. Waar ik was. – Benzinestation. Wat ik aan het doen was. – Koffie drinken. Hoe het met me ging. – Goed, min of meer. Waarom ik de telefoon niet had opgenomen. – Ik had hem uitgezet. De ene vraag na de andere voerde onvermijdelijk naar wat ik die dag had gedaan en opeens wist ik niet of ik haar dat wilde vertellen. Voorlopig hoefde niemand te weten dat ik ergens had ingebroken, ik wist eigenlijk niet eens bij wie. Bij de mannen die Elena hadden opgehaald en van wie ik vermoedde dat het dezelfde mannen waren die voor Guus waren gekomen. Dat klonk te stom om hardop te zeggen. Het enige bewijs voor mijn theorie was een sigaartje dat ik in het huis had gevonden. Een DNA-onderzoek zou kunnen aantonen of Guus inderdaad dat sigaartje in haar handen of in haar mond had gehad, maar de politie had geen enkele reden om een dergelijk onderzoek te laten uitvoeren en ik had geen DNA van Guus. Het sigaartje was niet alleen dun bewijs, het was ook gammel bewijs.

'Ik vroeg je wat', zei Nulpuntvijf.

'Jij vraagt altijd wat.'

'Je ontwijkt.' Behalve haar tekens en energiebanen, cijfers en symbolen had ze ook een feilloos gevoel voor mensen. 'Dat kan betekenen dat je de vraag stom vindt, maar dat niet durft te zeggen. Of het betekent dat je geen antwoord wilt geven. Waarschijnlijk het laatste, want het was een heel gewone vraag. Waarom stond je telefoon uit?'

'Omdat ik bezig was.'

'Nee toch.' Ze zweeg, niet erg lang. 'Kom nou maar hier naartoe, dan kun je me de details vertellen', zei ze.

'Lies, ik ben bijna thuis', zei ik. 'Morgen, oké?' Nulpuntvijf had het vermogen om in één keer door te steken naar de gevoelige plek, waar of bij wie die ook lag. Ik had geen zin om te vertellen. Het is de ingebakken instelling van de adviseur: zolang ik bezig ben met iets spreek ik daar niet over met anderen. Informatie is vertrouwelijk, dat is het uitgangspunt. Als ik mijn werk wil doen, dan moeten mensen mij in vertrouwen nemen, anders krijg ik nooit te horen wat er speelt. Zolang ik mijn mond hou, kan ik niemand in verlegenheid brengen. Dat is cruciaal. Het is een code, een manier van doen die bij mij ingebakken zit. Niets zeggen, gewoon doorgaan.

Ik dronk het laatste slokje koffie en gooide de beker in de afvalbak. Het was rustig bij de pompen. Afwezig kijkende mannen hielden het vulpistool van de slang in de opening van hun benzinetank en staarden voor zich uit. Een overvloed aan kunstlicht scheen tot buiten de overkapping.

Vlak voor ik het terrein van het benzinestation verliet, zag ik een geparkeerde Mercedes, hetzelfde type als dat van de mannen die Elena hadden opgehaald. De auto stond op een hoekje van het parkeerterrein van het restaurant naast het benzinestation. Lichten uit. Ook in de auto was geen licht. Ik kon zo snel niet zien of er iemand in zat, ik had geen tijd om het kenteken te bekijken. Een paar seconden later reed ik de snelweg op. Zodra de auto uit het zicht was, moest ik erom lachen. Er waren honderden, duizenden auto's van dat model, en waarom zou die ene daar hebben gestaan? Ik probeerde de gedachte van me af te schudden, als ik elke toevalligheid serieus nam, dan was het einde zoek.

Op de ringweg van Amsterdam was het nog redelijk druk. Ik reed door de Piet Heintunnel naar het nieuwe deel van de stad. Terwijl ik voor een stoplicht wachtte, keek ik in mijn spiegel en zag achter mij een auto heel langzaam de verlichte tunnel uit komen. De Mercedes. Ik schrok. Nu hoefde ik het nummerbord niet meer te lezen, dit was de auto. Hun auto. Pal achter mij, zoals ik pal achter hen had gestaan bij het stoplicht aan het eind van de afslag bij Den Haag. Dit hoorde niet. Als ze mij volgden, dan wisten ze wat ik had gedaan. Dat kon niet anders. Dan hadden ze me opgewacht. Ik sloeg met mijn handen op het stuur en probeerde te bedenken wat ik moest doen. Gewoon doorrijden naar huis leek geen goed idee. Ik moest ze op de een of andere manier zien kwijt te raken.

Het stoplicht sprong op groen.

Ik trok langzaam op en sloeg rechts af. Eén ding wist ik zeker, ik ging niet als een gek door Amsterdam scheuren om ze van me af te schudden. Dat was een verloren zaak. Zo goed kon ik niet sturen en de Mercedes was veel sneller dan mijn Seatje. En als ik het zou proberen, zouden zij weten dat ik ze in de gaten had. Ook dat leek me niet goed. Hoe langer zij dachten dat ik ze niet had gezien, hoe beter.

Ik reed naar Gijs op de Keizersgracht. Het was een bijna onbewuste keuze. Gijs en ik hadden samen het bedrijf opgezet, we waren samen weggegaan bij het grote, internationale adviesbureau waar we elkaar hadden ontmoet. Dat bureau bestond inmiddels niet meer, het was ten onder gegaan aan de grenzeloze ambitie van de eigenaren en aan hun allesverterende honger naar macht. In die periode hadden Gijs en ik elkaar leren vertrouwen zoals dat alleen in extreme omstandigheden kan. Terwijl ik reed, belde ik.

Gijs was er niet.

Ahmed was er niet. Kirsten, mijn zus, was er niet, die was er bijna nooit. Meestal zat ze met haar vriend in het buitenland. Nu ook weer. Zuid-Afrika. Een voor een probeerde ik mijn familie en vrienden, niemand was thuis. Vertwijfeld reed ik naar het Waterlooplein en door, de IJtunnel in, naar Amsterdam-Noord. De Mercedes liet zich ver terugvallen, maar volgde elke bocht die ik nam. Rustig. Zij hadden geen haast.

Ik wel. Ik had geen idee wat ik moest doen, en daar moest verandering in komen.

Het parkeerterrein naast het kantoor was nagenoeg leeg. Ik zette mijn auto zo dicht mogelijk bij de voordeur en wilde naar binnen gaan. Hoe ik ook probeerde, ik kreeg mijn sleutel niet meer in het slot. Eerst dacht ik dat het van de zenuwen kwam, maar opeens herinnerde ik me dat vandaag het slot vervangen zou worden. Net op de dag dat ik niet op kantoor was geweest, had iedereen een nieuwe sleutel gekregen. Ik kon helemaal niet naar binnen.

Machteloos keek ik om me heen. De Mercedes stond buiten het parkeerterrein langs de kant van de weg. Mijn mogelijkheden raakten uitgeput. Hopelijk wilden ze me alleen maar duidelijk maken dat ze me hadden ontdekt. Dat was dan gelukt. Toch had ik het ongemakkelijke gevoel dat ze het daar niet bij wilden laten.

Ik reed naar mijn flat op het eiland en parkeerde de auto bij het winkelcentrum aan de overkant van het water. Van daar liep ik de laatste zevenhonderd meter naar huis. Vlak voordat ik naar binnen ging, zag ik de Mercedes iets verderop langs de stoep staan. Lichten uit, zicht op de ingang van het gebouw.

Boven in mijn appartement deed ik de lichten aan, pakte een

blikje cola uit de ijskast en dronk staand voor het raam de helft op. Goed zichtbaar voor iedereen die mij in de gaten wilde houden. Ik pakte de telefoon, draaide mijn rug naar het raam en deed alsof ik belde. Na een paar minuten legde ik de telefoon weer neer en zette het blikje in de keuken. Ik deed het licht in de slaapkamer aan en dat in de woonkamer uit, stopte wat schone kleren in mijn rugzak, mijn nieuwe laptop en de lader van mijn mobiel. Ik nam de lift naar de parkeergarage onder het gebouw. De uitgang van de garage lag aan de andere kant van het blok, daar liep ik ongemerkt naar buiten, de brug over, terug naar mijn auto. Nog geen twintig minuten nadat ik was uitgestapt, reed ik weer weg, de stad uit. Deze keer reed ik wel hard.

19 Met respect kom je nergens

De jachthaven was in diepe rust. Nergens licht, behalve op de boot van Nulpuntvijf. Het was een belachelijke plek om te wonen, het mocht ook helemaal niet, maar Lies trok zich niets aan van vergunningen. Ze had een deal met de eigenaar van de jachthaven en wat daarbij was afgesproken, wisten alleen zij en hij. Haar schip lag aan de laatste steiger, verscholen achter een grote hoeveelheid andere boten. Vanaf de ingang of van buiten het terrein was haar tjalk niet te zien. Zeker in dit jaargetijde, laatste week van oktober, was de haven verlaten; de boten lagen afgedekt en beschermd tegen de naderende winter, kaal en uitgekleed, stalen stagen glinsterend in het weinige licht. Alleen bij de ingang waren een paar lampen. De meeste verlichting kwam van de straatlantaarns buiten het terrein. De haven lag tegenover een kleine nieuwbouwwijk, het dorp zelf was verder weg, op een half uur lopen. Bij de ingang van de haven waren een bushalte en een buurtsuper. In het hoogseizoen was de winkel zeven dagen per week tot 's avonds laat open, in de winter was hij drie dagen per week gesloten.

Ik zette mijn auto op het parkeerterreintje naast de supermarkt. Met mijn rugzak aan mijn schouder liep ik door de haven en over de steiger naar haar boot. Er was nauwelijks wind. Halverwege bleef ik even staan en luisterde naar het water, naar de boten die zachtjes heen en weer deinden en naar het kreunen van de touwen waarmee ze vastlagen. Het water is nooit stil, zelfs in rust is het in beweging, als adem.

Nulpuntvijf vond het heel gewoon dat ik toch was gekomen.

'Ik had het je gevraagd', zei ze.

'En ik had nee gezegd.'

Ze schudde haar hoofd. 'Ik heb het niet over jou', zei ze. Zonder het te vragen zette ze een glas op tafel en schonk er een bodem wodka in. Haar lijfdrank. 'Af en toe moet de geest aan de fles,' zei ze, 'anders ga je alles door elkaar halen.'

Voor de tweede keer in een week zat ik in de kajuit van de Muladhara. Lies had altijd kritiek op haar zakelijk ingestelde dochter, ze had een hekel aan haar materialistische werk, het geld, de huizen en gebouwen, de belangen en de afgunst die er altijd wel ergens doorheen schemerde. Haar bezwaren waren uiteindelijk flinterdun, Guus was haar dochter en als een ander het waagde commentaar op haar te hebben, dan verdedigde Lies haar als een commando. Daar was niets spiritueels aan.

We dronken in stilte. Onuitgesproken vragen bleven tussen ons liggen. Niet voor lang, want Lies hield niet van liggende vragen, die gingen maar rotten. In haar idee was een vraag een levend wezen. 'Vragen moeten bewegen, daar zijn ze voor gemaakt', zei ze. 'Het vraagteken is de slinger waaraan ze heen en weer gaan.' Wie bij Lies was, hoefde zich nooit zorgen te maken dat er dingen onbesproken zouden blijven. Het maakte niet uit hoe laat het was, het was altijd de juiste tijd om te praten. Ze begon me te porren en stukje bij beetje vertelde ik wat ik had gedaan. Lies vroeg door tot ze alles te horen had gekregen. Ze pakte haar schrift en schreef het adres op: Lauriertuin 6, voerde haar numerologische berekeningen uit en slaakte een zucht. Ze draaide het blok zodat ik het lezen kon: 3 1 3 9 9 5 9 2 3 9 5 = 58 = 13 + 6 = 19 = 10 = 1.

'Guus d'r nummer', zei ze.

Ik haalde het sigaartje uit het voorvak van mijn rugzak en legde het naast het schrijfblok op tafel.

'Guus d'r merk', zei ik.

Lies was niet meer te houden, ze wilde het liefst direct naar dat adres rijden om daar voor de deur te gaan liggen. Het kostte me de grootste moeite om haar rustig te krijgen. Samen probeerden we een antwoord te vinden op die ene cruciale vraag: waarom had Guus ons niets laten weten? Wilde ze inderdaad niet dat wij wisten waar ze was en wat ze aan het doen was, zoals de mensen van de gevangenis suggereerden?

'Als zij het niet wil, dan moeten we dat respecteren', zei Lies.

‘En als ik het wel wil, dan moet zij dat respecteren’, zei ik. ‘Met respect kom je nergens. Het is een verhouding waarin alle delen altijd gelijk zijn.’ Ik vloekte.

‘Het is haar leven.’

‘Ook als het in gevaar is?’ Dat was dé vraag. Hoe ver lieten we haar gaan? Hoe ver mocht iemand gaan? Als zij wist dat ze in gevaar was, mochten wij haar dan helpen als zij daar niet om vroeg?

‘Als, als, als’, zei Lies. ‘We weten helemaal niet of ze in gevaar is.’ Nu was zij degene die rustig bleef. ‘Dat maak jij ervan omdat je die mannen niet vertrouwt.’

‘Pooiers’, zei ik.

Lies zweeg.

‘Niet het soort mannen waar vrouwen beter van worden.’

Zo draaiden we om elkaar heen. Steeds als de een kalmeerde, vond de ander nieuwe redenen voor ongerustheid. Diep in de nacht stond ik op en trok me terug in de logeerhut.

Daar zat ik op het bed en probeerde mijn hoofd leeg te maken. Het lukte niet, gedachten bleven malen en draaien. Ik pakte mijn mobiele telefoon en bekeek de laatste berichten. Sms van Ahmed dat er een nieuwe sleutel voor me klaar lag. Verder ging alles goed. Prachtig. Ik surfte het internet op. Schreef in mijn blog.

Bellilog 23.10.07

Ik doe niets. Ik kan niets. Ik weet niets.

Mijn benen en armen willen actie. Nu. Meteen. Ze kunnen elk moment beginnen, zeg het maar. Alleen weet mijn hoofd niet wat.

Er is een *serious disconnect*.

20 Te dicht bij elkaar

De volgende ochtend begon pas tegen de middag. Het was over half twaalf toen ik uit bed kwam. Lies zat aan tafel met een krant en koffie. Ze liet me mijn eigen gang gaan. 'De basis van elke goeie dag is een begin met jezelf', zei ze dan en hoe klef ik dat ook vond klinken, er zat wel wat in. Hoe dichter je op elkaar woonde, hoe meer ruimte je moest bieden. Lies deed dat, bijna ongemerkt, zodat ik me meer thuis voelde dan wanneer ze alles voor me zou doen. Ruimte bieden betekende overigens niet dat ik tegenover haar aan tafel moest gaan zitten bellen, want de herrie die ik dan maakte, ging van haar ruimte af en dat was helemaal niet de bedoeling. In principe moest iedereen 's ochtends zijn mond houden.

Ik pakte mijn koffie en ging naar buiten. Op het smalle dek van de boot bleef ik staan en keek om me heen. De Muladhara wiegde zachtjes onder mijn voeten, de beweging was zo klein dat ik het nauwelijks voelde. Door een dunne, hoge laag wolken scheen een flauwe zon. De jachthaven verkeerde in diepe rust, de boten lagen in dichte rijen naast elkaar. Na een paar minuten ging ik zitten in de kuip, mijn handen om de warme mok. Het opgejaagde gevoel van de dag ervoor was verdwenen en de fysieke behoefte om in actie te komen, was gezakt. Wat overbleef was de wetenschap dat ik Guus miste. Ik voelde me verraden, door haar. Om het te kunnen begrijpen, ging ik op zoek naar redenen, verhalen, waardoor haar verdwijning logisch zou worden. Daar ging het fout, ik moest niet verder kijken dan de feiten. Ze was uit vrije wil met een paar mannen meegegaan, ze was waarschijnlijk in het huis aan de Lauriertuin geweest en waar ze nu was, wist ik niet. Die mannen kende ik niet en zij hadden niemand iets misdaan. Het waren pooiers, maar de vrouwen leken zich niet te verzetten. Ik was gisteren achtervolgd, nadat ik zelf bij hen had ingebroken. Wat was nou erger: bij iemand inbreken of een avondje achter iemand aan rijden? Voorlopig was ik zelf de enige die een strafbaar feit had gepleegd.

Vanuit de kuip, met uitzicht over het water, belde ik naar kantoor. Ik sprak met Ahmed over de presentatie, over zijn succes en over het vervolg. Met Gijs besprak ik de algemene zaken. Hij zou de week daarop naar China gaan om voor een opdrachtgever te inventariseren hoeveel bedrijven flessengas leverden, in welke gebieden ze actief waren en welk van die bedrijven het best kon worden overgenomen om daar een positie op te bouwen. Gijs begreep dat ik nu even niet naar kantoor kwam, ik had bovendien nog steeds formeel vrij. Geen probleem.

'Maar als ik straks weg ben, dan wil ik weten dat jij terug bent', zei hij. 'We gaan de zaak hier niet in de handen van twee assistenten en een secretaresse achterlaten.'

'Je zou verbaasd zijn over wat ze aankunnen', zei ik.

'Wil je daarmee zeggen dat je langer wegblijft?'

'Daarmee wil ik zeggen wat ik zei. Hoe meer verantwoordelijkheid we Ahmed geven, hoe beter hij wordt.'

'Tot het fout gaat.'

Ik lachte. *'Been there, done that'*, zei ik. 'Jij ook.'

Gijs zweeg.

'Ik zit hier prima', zei ik. 'Voeten omhoog in de kuip van een prachtige boot, klein zonnetje na dagen regen.' Ik keek naar het open water. 'Dit gaat inderdaad iets langer duren. En ik wil die tijd nemen, of jij nou in het buitenland bent of niet. Waar hebben we het over? Een week? Twee weken? Ahmed en Sacha weten precies wat ze moeten doen en wat ze niet weten, pikken ze sneller op wanneer wij er even niet zijn.'

Gijs maakte zich altijd zorgen. Dat was ook goed. Hij hield de details in de gaten, zorgde ervoor dat er niets werd vergeten. Gijs had een wiskundig hoofd waarin alle informatie en alle gegevens een logische plek hadden, vindbaar en inzetbaar. Hij dacht het liefst in formules, op abstract niveau was hij niet te kloppen. Het nadeel was dat hij de dagelijkse gang van zaken op kantoor soms ook zo benaderde en dan werd het een soort regeldrift die nergens toe leidde. Het kantoor liet hij dan ook het liefst aan mij over. Als ik er niet was, vond hij dat niet prettig.

'Zodra Ahmed en Sacha zelf de zaak draaiend kunnen houden, hebben we juist minder zorgen', zei ik. Ik klonk opgewekter dan ik was, ik probeerde net zo goed mijzelf te overtuigen als Gijs. Het overdragen van de controle was lastig. Het voelde tegennatuurlijk. Het waren onze klanten, onze opdrachten. Maar Ahmed had voor het eerst zelf een vervolgopdracht binnengehaald en ik wist uit eigen ervaring hoe goed dat voelde. Ik wist ook hoe frustrerend het was als je baas die opdracht vervolgens naar zich toe trok. Dit was zo'n moment waarop de verhoudingen konden veranderen en dat moesten we niet alleen toelaten, we moesten het toejuichen.

'Dan gaan ze zeker ook meer verdienen?' zei Gijs.

'Niet meteen', zei ik, en opeens begonnen we allebei te lachen.

'Zijn we al zo oud?' vroeg Gijs.

Het antwoord op die vraag bleef onuitgesproken. Zolang we elkaar bij de les hielden, zou het wel meevallen. Hoopten we.

'Toch heb ik liever dat je erbij bent', zei Gijs.

De ochtend gleed weg in de middag. Lies en ik deden nog een keer ons best om onze ongerustheid weg te praten. Steeds weer kwamen we uit bij hetzelfde punt en dezelfde angsten. Als geen ander kon zij de dingen benoemen waar ze bang voor was, zonder ze op te kloppen.

'Je kunt daar toch niet weken voor de deur gaan liggen?' zei ze. 'Misschien komen ze er niet eens terug. En wat dan?' Ze zweeg.

Ik dacht aan de tassen met wapens. 'Reken maar dat ze terugkomen', zei ik.

'Toch moeten we wachten tot Guus iets van zich laat horen. En dat gebeurt heus, geloof me nou maar.'

'Maar wanneer?'

'Dat bepaalt zij.' Ze keek op haar horloge. 'Als jij nou even naar de winkel loopt en eten haalt. Ze gaan om half vijf al dicht.'

Ik legde mijn mobiel aan de lader en liep de steiger af naar de ingang van de jachthaven. Verderop stond het autootje van Lies, een oud klein Astraatje, de gele lak was door de jaren verbleekt tot een zachte, zandkleurige tint waarop donkere roestplekken als een huidaandoening woekerden. Lies reed bijna nooit. Ze hield er niet van. Sinds ze hier woonde, kon ze niet zonder en had ze dit oude barrel. De eigenaar van de jachthaven had haar een parkeerplaats gegeven onder een afdak naast zijn kantoortje. Daar stond het ding nog enigszins beschut, maar de zoute lucht vond een makkelijk slachtoffer in het weerloze plaatwerk.

Mijn auto stond nog naast de supermarkt. Op de achterbank lag de zooi die ik de afgelopen dagen over mijn schouder had gegooid: een paar lege koffiebekers en zakjes waar broodjes in hadden gezeten. Ik ging de winkel in en kocht een paar bakken kant-en-klare bami, twee porties saté met pindasaus, een potje atjar, wat zakjes kroepoek en een potje sambal. Het meisje achter de kassa haalde de producten langs de scanner en de prijzen piepten een voor een op het display. Achter me begon een man spullen uit zijn mandje op de band te zetten. Hij had maar twee dingen, een blikje cola en een zak chips. Zijn grote neus, zware wenkbrauwen, een beetje loensende blik achter een brilletje met een designermontuur deden me vaag aan iemand denken. Hij droeg een net pak, overhemd en das.

'Goeiemorgen', zei ik.

Hij knikte en glimlachte.

'Zeventien vijfentachtig', zei het meisje achter de kassa.

Ik haalde mijn bankpasje door het pinapparaat en toetste mijn code in. Terwijl ik wachtte tot de betaling akkoord was, keek ik naar beneden en zag de schoenen van de man. Glimmend zwarte schoenen met lange punten. In een flits zag ik diezelfde schoenen op de stoep in de Kruidenbuurt, op de hoek van de Dragontuin en de Lauriertuin. De man was anders gekleed en had een bril op, daarom had ik hem niet herkend, maar hij was de man die mij de weg had gevraagd terwijl ik in mijn auto zat. De man die de Kokkeldreef zocht. Die vent stond hier naast me in de buurtsuper bij de jachthaven. Ik reageerde niet en bleef roerloos naar beneden kijken.

'U hebt betaald', zei het meisje.

'Mag ik een tasje?' vroeg ik.

'Die zijn tien cent.'

Ik viste een muntje uit mijn zak en alsof er niets aan de hand was, stopte ik mijn boodschappen in de tas. Zonder om te kijken liep ik de winkel uit. Mijn gedachten stuiterden door mijn hoofd. Alle pogingen van Lies en mij om de verdwijning van Guus te relativeren, om de zaak als verstandige mensen te benaderen, vielen in één keer om. Onze redelijkheid sloeg nergens op. Deze man hoorde bij die andere mannen, dat kon niet anders, en ik wist zeker dat hij achter me aan zou komen. Dat hij hier was, betekende dat ze me naar de jachthaven waren gevolgd. Maar hoe? Ik had niemand gezien, de Mercedes was nergens te bekennen.

Gehaast liep ik het terrein van de jachthaven op, over de steiger, naar de boot. Ik had geen keuze. Ik kon niet bellen, mijn mobiel lag binnen aan de lader. De sleutels van mijn auto lagen ernaast op tafel. Zo veel mogelijk lawaai makend stapte ik aan boord.

'LIES!' riep ik. Ik deed het deurtje open. Ze was er niet. 'LIES!' riep ik weer. Ik zette de tas met boodschappen op het kleine aanrecht en bonsde op de deur van haar kamer. 'LIES!' Eindelijk kwam er een reactie. Ze opende de deur op een kier en keek me aan.

'Ik zat net in mijn meditatie', zei ze. 'Als ik niet reageer wanneer je me roept, dan moet je me laten, dat zijn hier de regels en...'

Ik liet haar niet uitpraten, greep haar mouw en sleurde haar met me mee.

'Er gaat hier iets niet goed', zei ik.

Voortdurend keek ik naar buiten. Er was nog niemand achter ons aan gekomen.

'Ze wachten waarschijnlijk tot het donker is', zei ik. 'Dan hebben we nog anderhalf uur. Voordat het zover is, moeten we een paar dingen weten.'

Lies zat zwijgend tegenover me, haar ogen brandden gaten in mijn hoofd. Ze dronk koffie en luisterde naar me.

'Eerst wil ik weten of het inderdaad diezelfde mannen zijn en dan wil ik weten hoe ze me hier hebben gevonden. Want dat is onmogelijk.'

Lies pakte haar schrift en begon een numerologische berekening. Ik zag het, maar ging er niet op in. Ik wilde mijn eigen gedachten vasthouden. 'Ik ben in Amsterdam het gebouw van mijn flat uit gegaan zonder dat ze me hebben gezien. Dat weet ik zeker. Ik ben in mijn auto gestapt en ongezien weggereden. Dat weet ik ook zeker. Er was niemand in de buurt en er kwam niemand achter me aan. Honderd procent zeker.'

'Dus heb je iets gemist', zei Lies. Ze schreef en telde. 'Die man met die puntschoenen had je ook niet in de gaten.'

'Dus kunnen zij me volgen zonder dat ik ze zie.' Een voor een tikte ik de mogelijkheden af, zo veel waren het er niet en de meest voor de hand liggende was dat er iets in mijn auto was waardoor ze me konden volgen, een zendertje. Die dingen waren niet moeilijk te krijgen en waarschijnlijk had de man met de puntschoenen zo'n zendertje ongemerkt ergens in de auto geplaatst toen hij naar binnen leunde en zijn evenwicht verloor. Dat was een act geweest, een afleidingsmanoeuvre. Ik wist zeker dat als ik mijn auto ging opruimen en de achterbank uitmestte, ik tussen de rommel een of ander klein apparaatje zou vinden. Het was de enige verklaring die ik kon bedenken, de enige die klopte. Nu herinnerde ik me ook de twee mannen die voor het huis aan de Lauriertuin op een klein schermpje keken en gebaarden. Dat was waarschijnlijk de ontvanger geweest. Daarop hadden ze kunnen zien dat mijn auto nog steeds in de buurt van de snackbar stond. Om ongezien te kunnen vertrekken, controleerden ze steeds waar ik was. In dat geval wisten ze waarschijnlijk niet dat ik in het huis was geweest.

Die uitleg klopte.

'En?' vroeg Lies.

'Beter en slechter', zei ik. 'Beter, omdat ik denk te weten hoe ze het hebben gedaan. Slechter, want als ik gelijk heb, dan zijn ze veel serieuzer dan ik had gedacht.' Ik keek naar de berekeningen die ze voor zich op tafel had liggen. 'En wat heb jij?' vroeg ik.

'Niet veel. Maar één ding springt eruit. De dag dat Guusje verdween was achttien oktober', zei ze. 'Dat is achttien, tien, tweeduizend zeven. Dat is negen plus één plus negen, is negentien en dat is negen plus één is tien en dat is één. De cijfers komen veel te dicht bij elkaar.'

21 Je kunt beter ruzie hebben

We pakten alleen wat we nodig hadden. Lies nam een schoudertas. Er zat bijna niets in.

'Is dat alles?' vroeg ik. 'Weet je het zeker?'

Ze knikte. 'Alles wat ik nodig heb, zit hier.' Ze legde een vlakke hand op haar hart. 'De rest staat op de bank.'

Of de mannen nou wel of niet naar de boot zouden komen, was niet meer belangrijk. Lies en ik hadden besloten dat we niet zouden afwachten. In de boot zaten we in een val, de enige uitweg was zwemmend en dan waren we kansloos. Zodra het donker werd, klommen we uit de kuip, over de reling, naar de boot die ernaast lag. Ik wilde niet over de steiger, daar waren we te zichtbaar. Langzaam van de ene boot naar de andere, uit het zicht van wie dan ook, tot we bij de kop van de steiger waren. Daar vandaan was het een klein stukje naar de auto van Lies. Ze begon aan de overstap naar de volgende boot en hield opeens stil. Ze draaide zich om, deed haar tas open en begon erin te zoeken.

'Mik, heb jij mijn portemonnee?'

'Nee, natuurlijk niet.'

'Dan heb ik hem op het aanrecht laten liggen', zei ze. 'Ik ga wel even terug.'

Ik hield haar tegen. 'Ga jij maar door', zei ik. 'We zien elkaar in jouw auto. Niets doen. Je gaat erin zitten en wacht tot ik er ben.'

Lies stapte naar de volgende boot en zodra ze uit het zicht was, keerde ik om. Soepel gleed ik de kuip van de tjalk in. Lies had de gordijntjes voor de ramen dichtgedaan en het licht aan gelaten, zodat het leek alsof er iemand in de boot was. Ik deed het deurtje open en ging het trapje af. Haar portemonnee lag precies waar ze had gezegd, op het aanrecht. Ik stopte hem in mijn jaszak en keek nog een keer om me heen, naar de kajuit, de wereld van Nulpuntvijf, de poster met de chakra's die je altijd aankeek. Wat ik er ook van vond, hier was ik welkom en dat voelde ik. Ik wierp een snelle blik in de twee slaaphutten om te zien of we echt niets anders waren vergeten en klom even later het trapje op, naar buiten. In de kuip hield ik stil en luisterde. De boten lagen roerloos in het water. Net toen ik wilde opstaan, hoorde ik iets. Fluisterende stemmen. Heel even maar, vier of vijf woorden die ik niet verstond. Daarna was het weer stil. Op de steiger verschenen de silhouetten van drie mannen, een meter of vijftien van de boot vandaan. Als ik nu naar de volgende boot zou klimmen, zouden ze me zien. Op mijn buik gleed ik over de rand van de kuip en wachtte. Geluidloos kwamen ze dichterbij. Naast de boot hielden ze stil, ze stonden naast elkaar en keken naar de kajuit. Een van hen liep door, naar de voorkant. Daar leunde hij voorover en probeerde door een kiertje tussen de gordijntjes te loeren. Hij zag niets, haalde zijn schouders op en liep terug naar de anderen. Zijn voetstappen waren niet te horen. De mannen spraken niet, ze gebaarden naar elkaar. Een van hen maakte een beweging en even later flakkerde het vlammetje van een aansteker. Hij hield zijn andere hand er omheen. Ik lag helemaal op de rand van de boot, nog twintig centimeter verder en ik lag in het water. Voorzichtig schoof ik op mijn buik naar de achterkant. Ik keek naar de volgende boot om te zien of ik daar kruipend op kon komen. Uit mijn ooghoek zag ik iets oplichten. Ik keek. Eerst kon ik het niet thuisbrengen, het leek alsof de man een opgerolde krant had aangestoken. Kleine vlammen kropen omhoog langs iets wat hij in zijn hand hield, opeens werden de vlammen groter en zag ik de fles. Ik zag de doek die in de flessenhals was gepropt. De fles vloog met een boogje door de lucht en spatte in de kuip uiteen. Een wolk van vuur ontplofte vlak achter me. De hitte schroeide mijn zolen en mijn handen. Ik sprong overeind en in één beweging was ik op de volgende boot. Rende over het dek naar de achtersteven, naar de volgende boot. Achter me hoorde ik de mannen roepen. Ik was drie boten verder voordat ik dwars over een dek stak, de steiger op sprong en wegsprintte. Ik lag iets op ze voor, niet veel. Ik keek niet om, holde, mijn blik strak op het eind van de steiger. Mijn hart dreunde in mijn borst. Ik rende en rende. Bijna. Uit het donker flitsten lichtbundels over het terrein, draaiden, verlichtten de boten, de haven. Aan het eind van de steiger verscheen de auto van Lies, het portier ging open. Ik holde, gooide mijzelf de auto in.

'Niet kijken', zei Lies. Ze schakelde en reed met piepende banden weg.

Ik keek toch, naar de steiger, de mannen die eraan kwamen, en verder, naar de Muladhara. In het donker zag ik het vuur dat om zich heen greep. De houten boot brandde alsof hij ervoor gemaakt was.

'Ik wil het niet zien', zei Lies. Ze scheurde het terrein af.

Bij de uitgang keek ik nog een keer achterom, op de boot ontplofte iets, vlammen en zwarte rook reikten de nacht in. Het vuur verlichtte de haven, drie zwarte figuurtjes holden weg. Schimmen in geweld. Ik huiverde.

Lies was geen ervaren chauffeur, maar ze kende de omgeving door en door. Ze woonde hier al jaren en wist precies hoe ze binnendoor ergens moest komen. We reden door wijkjes en over weggetjes die achtervolgers nooit zouden kiezen. Al die tijd hield ze haar emoties in bedwang, al zag ik aan de manier waarop ze haar handen om het stuur kneep, dat het grote moeite kostte. Na een half uur rijden zette ze de auto stil langs de kant van de weg, ergens midden in het Zeeuwse land. Geen huizen, geen verlichting, alleen de nacht. Ze stapte uit en begon meteen te schelden. Opgewonden liep ze rondjes om de auto, schreeuwend en stampend. Mijn eigen spanning en boosheid verdampten naast haar explosie van woede.

De nacht nam het allemaal in zich op.

'Rij jij maar', zei ze tien minuten later.

In stilte reden we verder, Lies zei af en toe 'links' of 'rechts'. Het geweld van de ontploffing zat nog in mijn hoofd, in mijn lijf. De shock kwam door de vanzelfsprekendheid waarmee de boot was vernield. Met ons erin, dat was de bedoeling geweest. Drie mannen waren zwijgend de steiger opgelopen en hadden een molotovcocktail gegooid. Onbewogen. Meer had het houten schip niet nodig. Een halve dag geleden meende ik nog dat Guus uit vrije wil was meegegaan met deze mannen. Nu niet meer.

We reden via Utrecht terug naar Amsterdam. Vanuit Zeeland was dat een behoorlijke omweg en zo konden we vanuit een onverwachte richting de stad binnen rijden. Hoe dichter we Amsterdam naderden, hoe meer ik begon te twijfelen. We konden niet naar mijn flat, dat adres kenden ze en dat zouden ze in de gaten houden. Met de adressen van mijn vrienden moest ik voorzichtig zijn, ik wilde voorkomen dat zij hierbij betrokken raakten. Kantoor viel ook af.

Ik reed naar de Zuid-as en koos een van de grote hotels daar. Lies reageerde nergens meer op. Als ik haar vroeg of ze een voorkeur had voor het ene of het andere hotel, keek ze glazig naar de gevels die ik aanwees. Het interesseerde haar niet. We namen twee kamers. Lies met haar tas, ik met mijn rugzak. Derde verdieping. Zwijgend namen we de lift naar boven. Ik bracht haar naar haar kamer, deed de deur voor haar open, het licht aan. Verloren stond ze naast het bed, haar tas in haar hand.

'Probeer wat te slapen', zei ik. 'Morgen zien we verder.'

Ze reageerde niet.

Ik sloeg mijn armen om haar heen en hield haar vast. 'Sorry', zei ik. In minder dan een etmaal had ik haar leven overhoop gegooid. Als ik me nergens mee had bemoeid, had ze nu nog op haar boot gezeten. 'Lukt het, denk je?'

Ze knikte.

'Als er iets is, ik zit hiernaast.'

Ze knikte weer.

Ik liet haar alleen en ging naar mijn eigen kamer. Ik zette mijn rugzak neer en plofte op het bed. Keek naar het raam, een donker vlak. Stond op, liep naar de badkamer, knipte het licht aan. Terug naar de kamer. Televisie aan, vijf keer zappen, en weer uit. Ik wilde geen televisie, elk programma leek een ontkenning van wat er was gebeurd. Minibar. Flesje whisky, dopje eraf, flesje aan mijn mond. Leeg. Nog een. Ik trok mijn kleren uit en ging in bed liggen. Ogen wagenwijd open. Dwong mijzelf ze te sluiten. Open, dicht, open, dicht. Er werd op de deur geklopt.

Ik schoot mijn broek aan en deed open. Lies stond op de gang, haar tas in haar hand. Eenzaamheid als een bunker om haar heen.

'Dit kan ik niet', zei ze.

Naast de ingang van het hotel stond een taxi. Ik had geen zin om door Amsterdam te rijden. We stapten in, Lies achterin, ik naast de chauffeur. Uit mijn portefeuille haalde ik een papiertje.

'Ogenblik', zei ik. Ik belde het nummer.

'Wie bel je?' vroeg Lies.

'Ken je niet', zei ik. 'Iemand met wie ik kan praten over computers en internet. Ik wil vannacht nog iets doen en daarvoor heb ik iemand nodig die in systemen kan komen, die daarin kan rondwroeten tot ik gevonden heb wat ik zoek.'

Lies keek me aan en zweeg. Ze knikte. Tranen stonden in haar ogen. 'Het gaat te snel. Guusje is veel verder weg dan ik had gedacht', zei ze. Ze wreef haar ogen droog en staarde voor zich uit. 'Zo veel geweld.' Ze zweeg. 'Doe maar wat je denkt dat goed is.'

Ik belde en wachtte tot de telefoon werd beantwoord.

'Hoi', zei ik.

We stonden op de stoep voor haar woning in Tuindorp Oostzaan, Amsterdam-Noord. Een wijk met kleine huisjes, allemaal met een tuintje en een schuurtje. Ondanks grootschalige renovatie hing er nog steeds een deprimerend arbeidersverleden in de straatjes; de herinnering aan mensen die hard werkten voor te weinig geld, die in goedkope huizen werden ondergebracht en daar nog dankbaar voor waren ook. Amsterdam is gebouwd op palen, behalve Tuindorp. Daar drijven de huisjes op betonnen platen. Dat was goedkoper. Het betekende wel dat de huizen niet te zwaar mochten worden, anders zouden ze met onderplaat en al de grond in zakken. Bij de bouw was al bepaald dat ze niet langer dan veertig of vijftig jaar zouden meegaan. Nu, tachtig jaar later, staan ze er nog en zijn ze opeens een toonbeeld van Hollands constructievernuft. Opgeknapt en geïsoleerd, het blijven dezelfde huisjes die het ooit waren. Sterre deed de deur open en keek me aan vanaf de drempel, de uitdrukking op haar gezicht veranderde binnen een seconde.

'Dit is niet wat ik bedoelde', zei ze.

'Dat weet ik, maar het kan even niet anders', zei ik.

Ze reageerde niet. Ze keek over mijn schouder naar Nulpuntvijf, die met haar overmaatse schoudertas schuin achter me stond. Ik draaide me half om.

'Lies, dit is Sterre', zei ik. 'Sterre, dit is mijn schoonmoeder.'

'Het wordt steeds beter', zei Sterre. Ze draaide zich om en liep boos het huis in. De voordeur liet ze openstaan.

'Iemand met wie je kunt praten', zei Lies. Ze duwde me het gangetje in. 'Vooruit, praat dan.'

We schuifelden achter elkaar naar binnen. Sterre stond in de keuken tegen het aanrecht geleund, een glas water in haar hand. Tegenover het aanrecht stond een klein tafeltje met twee stoeltjes. Naast de keuken was de woon-eetkamer. Ik praatte. Ik vertelde Sterre alles wat er was gebeurd, waar we net vandaan kwamen en waarom ik nu juist bij haar op de stoep stond.

'Jij bent geen familie van me, niemand weet dat ik je ken, mijn broer zit in Australië, mijn zus zit in Zuid-Afrika, bij mijn vader of bij Gijs vinden ze me zo. En jij zei dat ik mocht langskomen.'

We stonden nog steeds met z'n drieën in het kleine keukentje. Er was zo weinig ruimte dat we met elke beweging elkaar aanraakten.

'Mag ik gaan zitten?' vroeg Lies.

'Natuurlijk', zei Sterre. Daarmee leek ze onze aanwezigheid min of meer te accepteren. 'Ik haal nog een stoel.'

Ik volgde haar naar de andere kamer en probeerde nog een keer uit te leggen wat er was gebeurd.

'Ja, laat maar', zei ze opeens fel. 'Ik begrijp heus wel hoe het zit. Ik ben niet achterlijk of zo.' Ze pakte een klapstoeltje dat in de hoek van de kamer tegen de muur stond. 'En nu willen jullie zeker ook hier blijven slapen?'

Ik knikte. 'Als dat zou kunnen.'

'Dat dacht ik al. Ik heb een bank en een bed. Meer niet.' Ze leunde naar voren, haar gezicht nog geen vijf centimeter van het mijne. 'En ik ga niet met jouw schoonmoeder in één bed, buurman.'

'Ik ook niet', zei ik.

We keken elkaar aan. Het was het goede antwoord op de verkeerde vraag, dat wisten we allebei. Het ging helemaal niet om Nulpuntvijf, het ging om ons en daar draaiden we omheen.

'Ik weet niet wat jullie doen, maar ik ga op de bank!' riep Lies vanuit de keuken. 'Het liefst zonder een van jullie erbij.'

Sterre keek me nog steeds aan. 'Dan lig jij dus bij mij', zei ze zachtjes.

Ik knikte. 'Zonder pillen', zei ik.

Ze lachte. 'Die heb ik inderdaad nog goed te maken.' Ze liep de kamer uit en kwam even later terug met haar armen vol beddengoed. Ze rolde een slaapzak uit over de bank, legde een kussen erbij en legde een handdoek op het tafeltje naast de bank. 'Gaat dat zo, denk je?' vroeg ze aan Lies.

'Lijkt me heerlijk.'

Sterre liep terug naar de gang. 'Wc is hier.' Ze deed een deur open. 'Badkamer hier.' Ze deed een andere deur open. 'IJskast daar.' Ze wees en deed bijna tegelijkertijd een van de kastjes open. 'Koffie hier, thee ook, suiker. Ketel. Kopjes. Bordjes.' Ze wees op een lade. 'Bestek.'

Ze zweeg.

'Dank je', zei Lies. Ze deed een stap naar voren en legde haar handen om Sterres gezicht, trok haar voorzichtig naar zich toe en kuste haar op haar voorhoofd. 'Dank je', zei ze nog een keer. Ze draaide zich om naar mij en zei: 'Dit is beter. Beter om niet alleen te zijn. Veel beter. Je kunt beter ruzie hebben met iemand dan het gelijk van een hotelkamer. Vooral nu.'

'We hebben geen ruzie', zei Sterre.

'Dat komt door jou', zei Lies. 'En als jullie het niet heel erg vinden, trek ik me nu terug.'

'We zullen zo stil mogelijk zijn', zei Sterre.

'Hoeft niet', zei Lies. 'Ik vind het wel prettig om jullie te horen.' Ze ging de kamer in en deed de deur achter zich dicht.

Sterre en ik stonden alleen in de keuken.
'Oké, buurman, nu wij', zei Sterre.
'Bijna', zei ik. 'Heb jij hier een computer?'

22 Ik ben niet kwaad

Alles was in haar slaapkamer. Televisie, muziek, computer, supersnelle adsl-verbinding en een heel groot bed. Aan twee kanten was nog net voldoende ruimte om te lopen. Het hoofdeinde stond tegen de muur en langs de vierde wand was een kast gebouwd tot aan het plafond, daar stond alles in, boeken met onbegrijpelijke titels, drie oude laptops op elkaar, een hele plank met dvd-boxen, snoeren, pluggen, headsets, kleren, schoenen en de rest.

'Hier woon ik eigenlijk', zei ze. 'Die andere kamer kreeg ik erbij.' Ze trok haar joggingbroek en haar topje uit en klom in bed. 'Jij ook', zei ze. 'Gooi daar maar ergens neer.' Ze wees naar de enige vrije hoek van de kamer.

Terwijl ik me uitkleedde, zette ze de tv aan en zapte naar een tekenfilmkanaal. Geluid uit. Ze pakte haar iPod en klikte een paar keer tot er muziek uit de speakers kwam. IJle blazers en vreemde ritmes. Ze bewoog heen en weer op het bed, in alleen een slipje en een bh. 'Zo,' zei ze, 'alle zintuigen.' Ze trok haar bh uit en draaide zich naar me om. 'Sta je daar nou nog?'

Of het nu kwam door de spanning of door Sterre of door mij of door de frustratie dat Guus helemaal niets van zich had laten horen, geen woord, geen geluid, niets, of door alles of door nog iets anders, eigenlijk deed het er niet meer toe. Ik had driekwart jaar op Guus gewacht en nu wilde ze me niet. Sterre wilde me wel. Kwestie van balans, zou Lies zeggen. Volgens mij was het pure frustratie. Seks was snel en heftig. Weinig voorspel, geen naspel. Hijgend zaten we naast elkaar op het grote bed.

'Oké,' zei Sterre, 'dat was geloof ik even nodig.'

Ik zei niets. Ik wist niet wat ik moest zeggen. Ze had gelijk. Dat zei ik.

'Blij dat ik je ergens mee kon helpen.'

'Was het zo erg?' vroeg ik.

Ze lachte, haalde haar schouders op. 'Geeft niet. Soms is het gewoon zo.' Ze trok haar slipje weer aan en een T-shirt. 'Eigenlijk kwam je hier niet voor, toch?' Ze pakte haar laptop en legde hem op bed. Ze klikte en schoof, met de vingers van een hand gleed ze door een andere wereld. Ze zei niets, liet haar teleurstelling wegsijpelen in de tijd. 'Wat wilde je weten?' vroeg ze. 'Of zullen we dit morgen doen?'

Haar vraag was logisch, maar de haast zat in mijn lijf. Hoe eerder ik via de webcam in het huis aan de Lauriertuin kon kijken, hoe beter. Ik wist dat ze zouden terugkomen in dat huis, al was het alleen voor de wapens, maar ik had geen idee hoelang ze daar nog zouden blijven. Het cameraatje was mijn enige hoop om meer te weten te komen. Ik vroeg Sterre of ze van daaruit de webcam op die computer kon aanzetten, net zoals Thomas dat had gedaan met haar webcam op kantoor.

'Ik ben geen hacker', zei ze.

'Dat zei ik ook niet.'

Ik had het geïnsinueerd en dat was genoeg. Ze was verontwaardigd, beledigd. 'Ik ben een IT-specialist, een programma-ontwerper. Ik weet dingen waarvan jij niet eens weet hoe je ze moet spellen.'

'Je werkt bij The Pattern, bij Karl', zei ik. 'Niet bij een of andere megalomane softwaremultinational. Jullie zitten altijd overal in.'

Ze zweeg. 'Eerst kom je me een beetje neuken en dan ben ik niet meer dan een soort freak met een computer. Hier, doe het zelf maar.' Ze smeet de laptop op mijn schoot en draaide zich van me weg.

Even zat ik heel erg stom te kijken. 'Zo bedoelde ik het niet', zei ik. Sterre reageerde er niet eens op. Voorzichtig legde ik de computer op de grond. Nog voorzichtiger kroop ik tegen haar aan. Weer had ze gelijk, ik dramde maar door. Midden in de nacht had ik nog haast. Ik leek wel gek.

'Sorry', zei ik.

'Ja, rot maar op.'

Ik streelde haar rug en benen, legde mijn arm om haar heen, kroop tegen haar aan en bleef zo liggen.

'Mannen', zei ze.

'Jij zegt 't', zei ik.

Ik probeerde haar te lijmen, slap en knullig. Het lukte niet. Sterre negeerde me en even later sliep ze. Of ze deed alsof ze sliep. Ik lag naast haar en mijn gedachten draaiden rond. Fout, dacht ik, dit had ik anders moeten doen. Sterre had niets te maken met mijn angst of mijn paniek, zeker niet als ik mijn mond erover dichthield. Ze had Lies en mij binnengelaten toen ik dat vroeg, daarvoor alleen al verdiende ze meer dan ik haar had gegeven. Als ik met Guus in mijn hoofd zat, dan hoorde ik hier niet te liggen. Zo eenvoudig was het. Maar ik lag hier wel. Als Sterre en ik gewoon voor de lol bij elkaar in bed waren gekropen, dan had ik er op zijn minst voor kunnen zorgen dat het ook echt voor de lol was. Zelfs dat was me niet gelukt. Het duurde even voordat het allemaal tot me doordrong. Te veel tegelijk, dan ga je dingen afraffelen. Ik had te snel sorry gezegd, net zoals ik te snel was klaargekomen.

Ik werd wakker, Sterre lag half om me heen gestrengeld. Ze ademde rustig, ver weg. Alles leek ver weg. De kamer was stil, in de kast naast het bed knipperden rode en groene ledjes, apparatuur met een eigen leven. Ik sliep weer in.

De volgende keer dat ik wakker werd, was ik alleen. Zonder dat ik er iets van had gemerkt, was ze over me heen geklommen en de kamer uit gegaan. Ik luisterde, er was nauwelijks geluid in huis. Buiten reden auto's en brommers, binnen heerste rust. Geen douche, geen wasmachine, geen radio. Ik trok mijn kleren aan en deed de deur van de slaapkamer open. Nu hoorde ik stemmen, heel zachtjes. De deur naar de andere kamer stond op een kier.

'Hij is een goeie jongen, hoor', hoorde ik Lies zeggen.

Net wat ik nodig had, door mijn halve schoonmoeder 'een goeie jongen' genoemd worden. Ik voelde me elf. Ik duwde de deur open en ging naar binnen. Sterre en Lies zaten aan de eettafel. Sterre, in kleermakerszit op een rechte, houten stoel, lepelde een bak yoghurt met cruesli naar binnen. Lies had een kop koffie.

'Hoi', zei ik.

'We hadden het net over je', zei Lies.

'Dat hoorde ik.'

'Koffie staat in de keuken', zei Sterre.

Even later zat ik op de derde stoel aan de tafel. In stilte dronken wc. Zij hadden het niet meer over mij nu ik erbij zat en ik kon moeilijk doen alsof er niets was gebeurd. Ik had Sterre nog steeds nodig, zonder haar kon ik niet verder. Ze moest dingen voor me doen die ik zelf niet kon. Dat zei ik.

'Dat klinkt als misbruik', zei Sterre.

Ik knikte. 'Maar wel eerlijk.'

'Wordt het daar beter van? Is eerlijk fout beter dan oneerlijk fout? Hoe werkt dat eigenlijk? Je gebruikt me gewoon en dan zeg je: Jee, sorry, ik ben nog niet klaar.'

'Ik heb nog geen sorry gezegd.'

Lies dronk haar koffie en zei niets.

'Dat was me ook opgevallen', zei Sterre. 'Want die van afgelopen nacht, die telt niet. Misschien moet je daar eens mee beginnen.'

Ik schudde mijn hoofd. 'Juist niet', zei ik. Ik wilde niet eerst mijn excuses aanbieden om daarna meteen weer iets van haar te vragen. Dan zou het net zijn alsof ik het alleen maar had gedaan om haar over te halen. Als ik het naderhand deed, bleven mijn excuses intact. Er zat een redenatie achter. Een plan.

'Je hoeft het alleen maar te menen', zei Sterre.

Ze stond op om haar bord naar de keuken te brengen. In plaats van haar gerust te stellen, had ik haar teleurgesteld. Ik liep achter haar aan en zei dat het me speet. Gewoon zo, en de tranen liepen uit mijn ogen.

Sterre liet me een tijdje snotteren en scheurde toen een vel van de keukenrol.

'Hier', zei ze. 'Aansteller.' Ze keek toe hoe ik een paar keer met het tissuepapier langs mijn ogen wreef. 'Luister, buurman, jij weet niet eens wie ik ben.'

'Dat geldt ook andersom.'

'Daarom heb ik geen meningen over jou. Wat ik vind, is gebaseerd op wat jij hier doet en hebt gedaan. Meer niet.' Ze zweeg, voegde er niets meer aan toe. Dat was ook niet nodig, ik begreep het zo wel.

Je moet doen wat je moet doen. Dat is het moeilijkst en daarna het makkelijkst. 'Eerst het verst', zei mijn moeder altijd. Als ze boodschappen ging doen, begon ze nooit bij de eerste winkel die ze tegenkwam, want dan was de tas vol tegen de tijd dat ze bij de laatste was en moest ze de volle tas het hele eind terug naar huis zeulen. Daarom ging ze altijd eerst naar de verste winkel en dan liep ze van daaruit winkelend terug. Zo hoefde ze het zwaarste gewicht het minst lang te dragen.

Ik depte mijn ogen, veegde mijn wangen droog en liep terug naar de kamer.

Terwijl Sterre en ik praatten, keek Lies voor zich uit. 'Doen jullie maar', zei ze. 'Ik hoor het wel.' De woede van de vorige dag was verdwenen, er was alleen nog verslagenheid. Haar zorgvuldig gekoesterde bestaan was in één keer verwoest. De Muladhara was niet zomaar een schip, het was een deel van haar, en nu begon het langzaam door te dringen wat er was gebeurd.

'Er is altijd nog het huisje van Guus', zei ik. 'Daar kun je zolang naartoe als je wilt.'

Ze schudde haar hoofd. 'Ik ga niet naar Monster', zei ze. Ze was even stil. 'Ga jij dan mee?' vroeg ze.

Door haar wedervraag werd het in één keer duidelijk, want ik ging zeker niet mee naar Monster en haar daar in haar eentje, achter de loods, tussen de kassen, neerzetten, dat kon ook niet.

'Wat moet ik daar dan?' zei Lies. 'Tenzij je van me af wilt.'

'Liever niet', zei ik. 'Ik ben niet goed alleen. Ik heb anderen nodig.'

'Dat hebben we gemerkt', zei Sterre.

'En omdat je me had gevraagd', zei ik. 'Anders had ik je nooit gebeld.'

'Dan had je mijn nummer niet eens gehad.' Ze leunde voorover. 'Ik heb vanochtend nog tijd en vanmiddag een paar uur. Om half drie moet ik weg. Om vijf uur gaat mijn vliegtuig. Naar Moskou.' Ze werd ingezet op een van de projecten van The Pattern in Rusland. Er zaten drie of vier programmeurs, en nu ging Sterre er ook naartoe. 'In ieder geval een week', zei ze. 'Maar ik heb een visum voor een maand, dus het kan uitlopen. Hangt er een beetje van af wat ik daar tegenkom.' Ze keek ons aan. 'Dus als ik iets kan doen, dan moet het voor die tijd gebeuren. Wat wil je?'

'Veel', zei ik. 'En tussendoor moeten we haar weer kwaad zien te krijgen.' Ik wees naar Lies.

'Ik ben niet kwaad', zei ze.

'Dat is nou net het probleem', zei ik. 'Pas als jij kwaad bent, hebben we de sterren en de tekens en de cijfers en de energiebanen weer aan onze kant. En reken maar dat we die nodig hebben.'

23 We make money for you

Sterre was geen hacker, maar ze kon het wel. Ze wist precies waar ze moest zijn en wat ze moest doen. Ze gebruikte mijn laptop en terwijl ze bezig was, liet ze zien wat ze deed. 'Want straks ben ik er niet en dan moet jij weten wat je moet doen.' Ze zou de computer in het huis aan de Lauriertuin van hieruit kunnen bedienen zodra ze er een klein programmaatje in had aangebracht. 'En dat kan alleen als ik een adres heb.'

'Een e-mailadres', zei ik. Ik stuurde haar naar mijn webmail en ze opende het bericht dat ik vanaf die computer had gestuurd. Sterre keek naar de afzender, het was een adres waar geen duidelijke naam in voorkwam. Haar wijsvinger gleed en tikte over de touchpad tot er een technisch overzicht op het scherm kwam of iets wat daarop leek.

```
Received: from cpbrm-ews02.kpnxchange.com
([10.94.84.133]) by cpsmtpb-ews01.kpnxchange.com with
Microsoft smtpsvc(6.0.3790.3959);
Tue, 23 Oct 2007 21:37:18 +0100
X-MimeOLE: Produced By Microsoft Exchange V6.5
Content-class: urn:content-classes:message
mime-Version: 1.0
Content-Type: multipart/mixed;
boundary="----_=_NextPart_001_01C97FA5.469D4294"
```

'Wat is dat?' vroeg ik. Ik staarde naar de onbegrijpelijke regels die over het scherm gleden.

'Specs.' Ze las en scrollde verder door de tekst. 'Hier ergens kan ik het IP-adres van de computer vinden en nog wat andere dingen.' Ze opende een nieuw bericht en keek me aan.

'Wat moet ik ze sturen?' vroeg ze.

'Dat programmaatje. Dat zei je net zelf.'

'Ja, maar dat programmaatje moet ergens in verpakt zitten, anders kijken ze er niet eens naar. Jij opent toch ook geen spam en zo. Je moet ze iets sturen waarvan ze denken dat het belangrijk is, dat het echt voor hen bedoeld is. Ze hoeven maar één keer ergens op te klikken en dan zit ik erin. Maar ze moeten wel klikken.'

'Seks', zei ik.

'Begin je nou weer?' zei ze.

'Het zijn pooiers. Oekraïense zware jongens. Veel zwarte pakken. Als we ze iets met seks sturen, dan kijken ze vast.'

'Waar staat die webcam dan? In een hoerenkast?'

Ik knikte.

'Met Russische hoeren?'

'Oekraïens.'

'Whatever.' Ze klikte, knipte, plakte, sleepte, voegde toe en verwijderde. Haar vingers bewogen voortdurend. Haar ogen flitsten heen en weer. 'Ik kan wel een paar van die vrouwensites plunderen, met van die Russinnen die zich aanbieden.'

'Oekraïens', zei ik.

'Er zijn van die echte snok-en-zuig-sites, daar kan ik ook wel wat van scheuren. Hier, kijk, die is mooi.' Ze klikte weer een paar keer. 'Wat vind je hiervan?'

Ze draaide de computer naar me toe. Het beeldscherm was gevuld met hunkerende vrouwen, enorme tieten, minuscule broekjes, monden halfopen, zuigend op een vinger of met een hand in hun slip. In het midden van het scherm had ze een tekstregel gezet.

Best ladies from Ukraine.
Click here for more.

'Waar heb je die zo snel vandaan?' vroeg ik.

'Uit je spambox. Daar kun je van alles uit halen en bij elkaar zetten en dan hoef ik straks alleen de achterkant aan te passen. Dat is niks, dat is allemaal html.'

Ik keek haar niet-begrijpend aan.

'Techniek', zei ze. 'Laat maar. Is het zo goed?'

Ik keek naar het scherm en probeerde te beoordelen of iemand inderdaad op de link zou klikken die Sterre in het midden had gezet. Het was simpel, direct, Oekraïne stond erin en het was in het Engels. Het leek perfect.

'Pooiers zijn niet geïnteresseerd in vrouwen', zei Lies opeens. Ze wees naar het scherm. 'Dit gaat over vrouwen. Wat moeten ze daarmee? Ze hebben al vrouwen.'

'Maar wat dan?' vroeg Sterre.

'Weet ik veel. Geld, waarschijnlijk. Voor hen is het handel.'

Er viel een stilte. Lies had iets gezegd waar ik nog niet bij stil had gestaan. Natuurlijk, een prostituee verdient geld en haar kerel neemt daar een deel van. Onder de nieuwe wetgeving was dat niet meer nodig, vrouwen konden als kleine zelfstandige in de prostitutie werken, zonder man. In de praktijk werden de clubs en de sekshuizen nog steeds door mannen gerund. Dat was bekend. Daar werd geld verdiend. Veel geld soms.

'Wat zei je?' vroeg ik.

'Die vrouwen zijn handel', herhaalde Lies. 'Ze halen de meisjes ergens op en zetten ze hier neer, of in België of in Duitsland of weet ik waar. Dat is logistiek en transport, zo noem je dat toch in jouw vak?'

Ik zweeg.

'Ik zie heel iets anders', zei Lies. 'Als ik naar die meisjes kijk, zie ik energieknopen, daar kun je een kleine stad op laten draaien. Vreselijk.' Ze stond op en liep weg. 'Ik ga even de deur uit', zei ze. 'Beetje rondlopen. Mijn neus in de lucht steken.'

Even later hoorden we de voordeur achter haar dichtvallen. Sterre en ik bedachten een andere zin waarmee we de mannen konden lokken.

We make money for you.
Click here for more.

Op die zin zou een van die mannen kunnen reageren, al was het alleen maar om te zien wat het was. Zodra iemand erop klikte, kwam het programmaatje in actie waarmee Sterre in hun computer kon.

'Ik word gewoon aangemeld als externe gebruiker, zo moet je het zien. Zij merken daar niets van. Behalve als ze heel slim zijn.'

'En dan?' vroeg ik.

Dan konden ze de webcam uitzetten of ze konden de hele computer wegdoen of ze konden proberen erachter te komen wat er aan de hand was en wie er met hun spullen aan het klooien was.

'Hangt er een beetje van af hoe goed ze zijn', zei Sterre. 'Als ze het draadje volgen en ze weten wat ze doen, dan kunnen ze hier, in jouw computer, uitkomen.'

'Dat lijkt me een heel slecht idee', zei ik.

Sterre knikte. 'Dus je moet echt onzichtbaar blijven.' Ze zweeg en het volgende uur was ze bezig met het opzetten van alles wat ze nodig had om onvindbaar te blijven. Ik trok me terug.

Ik pakte een kruk uit de keuken en ging in het achtertuintje zitten. Het was fris, een koude wind woei tussen de huizen door. Met mijn kraag omhoog staarde ik naar de omgeving. Er was weinig te zien, geen mensen, geen dieren. Wat ik zag, zat vooral in mijzelf, een verbetenheid die ik niet eerder had gevoeld. Het ging niet alleen meer om Guus. Het gemak waarmee het schip van Lies was opgeblazen, kon maar op één manier worden begrepen: mijn leven telde niet. Opeens drong het tot me door: dit was het punt waarop ik ermee kon ophouden. Als ik me nu terugtrok, dan zou ik waarschijnlijk nooit meer last hebben van die mannen in het zwart. Ik kon me omdraaien en weglopen. Dan was Lies haar boot kwijt en moest ze maar zien of de verzekering de schade dekte. Dan was ik Guus kwijt en daar was geen verzekering voor. Zij had het contact verbroken en ik was binnen een week al aan het drijven. Sterre was leuker dan ik wilde toegeven. Zeker zolang Nulpuntvijf in de buurt was, hield ik me op de vlakte. Het was beter om het zo te laten. Hier te blijven en te proberen afstand te nemen. Wat moest ik met een stel kerels uit Oekraïne? Guus was in hun handen, vrijwillig of niet. Zij was betrokken bij iets wat ik niet kon overzien en de vraag was of ik me daar ook mee moest inlaten. Hoe ver moest ik gaan? Moest ik Guus laten of juist niet? Hoe vaak kon ik aan het geweld ontsnappen?

'Niet interpreteren', zei ik hardop, tegen mijzelf. Geen theorieën bouwen. 'Het is wat het is.' Iedere keer bleek het onverwacht moeilijk om alleen te horen en te zien, om mijn eigen gedachten thuis te laten, om niet te zien wat ik wilde zien, maar om te zien wat ik zag. Ik stond op en ging terug naar de kamer waar Sterre aan het werk was. Mijn keuze was gemaakt. Ik had geen zin meer in het gejaag. Ik had geen zin meer om opgejaagd te worden. Dat wilde ik zeggen.

Sterre was me voor.

'Hij zit erin', zei ze. 'Nu hoeven we alleen te wachten tot hij klikt.' Ze had het icoontje van Thomas, onder aan het scherm, vervangen door een fotootje van haarzelf.

Zonder commentaar.

24 Beschermd door waanideeën

Lies was terug van haar wandeling, door de wind had ze een kleur op haar wangen. Ze glimlachte zelfs. Ze had broodjes meegebracht en een krant. Sterre had de laptop weggezet. We zaten in stilte te eten, ieder met een stuk van de krant, toen Lies een pagina omsloeg en vloekte. Ze legde de krant op tafel en wees naar een artikel: BRAND IN JACHTHAVEN.

Onder de kop was een foto van een volledig uitgebrand en half gezonken schip. De foto was met een flits gemaakt, in het harde licht van de lamp was duidelijk te zien hoe groot de schade was. Lies keek sprakeloos naar de ravage. Ze stond op en liep weg, naar buiten. Sterre en ik hoorden de keukendeur achter haar dichtvallen. Ik stond op.

'Laat haar maar even alleen', zei Sterre.

'Dat kan altijd nog', zei ik.

Lies stond op het terrasje achter het huis. Ze staarde naar de tegels. Ik legde mijn arm om haar schouder en zei niets. Dat hoefde ook niet. Zij wist het en ik wist het. Ze leunde tegen me aan, veegde een lok haar uit haar gezicht.

'Daar sta ik dan met mijn broodje', zei ze. Het kadetje in haar hand had ze tot pap geknepen, het deeg krulde tussen haar vingers door. Ze pulkte er een stukje af en stopte het in haar mond. Kauwde. Veegde tranen van haar wangen. 'Ik ben niet gehecht aan bezit', zei ze. 'Het gaat niet om het schip of om het geld. Maar die boot was mijn huis, mijn plek in de wereld. Daar ben ik geworden wie ik ben. Dat begrijp jij waarschijnlijk niet, jij hebt andere mensen nodig. Dat zat je net te vertellen. Ik niet. Ik had de eenzaamheid nodig, afzondering. Ik moest anderen kwijtraken, ik moest eerst van alle verplichtingen af om er zelf te zijn. Daar, op de Muladhara, is dat pas gelukt. Daar ben ik aan gehecht, aan die herinnering. De zekerheid was niet het bezit, maar de plek.' Ze schudde haar hoofd en langzaam nam ze die beweging over met haar hele lichaam, alsof ze zich wilde verlossen van iets wat haar vasthield. 'Kom.' Ze draaide zich weer om en deed de keukendeur open. 'Ik moet ernaar kijken. Het moet bij me naar binnen. Anders blijft het een gat waar ik omheen wil lopen.'

We bogen ons over de foto, met een vinger wees Lies naar de verschillende onderdelen van het schip.

'Compleet ontploft', zei ze. 'Er zat nog zeker vijftig liter in de tank.'

In het artikel bij de foto was te lezen dat ook het schip naast de Muladhara schade had opgelopen.

'Dat is een stalen bak', zei Lies. 'Stalen dek, stalen kuip, stalen opbouw. Die heeft hooguit wat gesmolten plastic en wat verbrande deurtjes. Ik had een houten bak. Prachtig oud hout, dat vind je bijna niet meer. Helemaal gerestaureerd, kon nog honderd jaar mee. Maar ja, fikt natuurlijk als de ziekte.'

> *... Tegen de geldende regels in woonde mevrouw Inderlaan op het schip. Zij was eerder op de dag nog door omwonenden in de jachthaven gesignaleerd. Er zijn geen slachtoffers, de eigenaresse van de boot is onvindbaar.*

Lies pakte haar tas en begon alles eruit te halen. Een berg spullen verscheen op tafel: portemonnee, make-uptasje, pakjes tissues, rijbewijs, paspoort, bonnetjes, balpen, spiegeltje, opschrijfboekje, inlegkruisjes en nog veel meer. Ze ging door tot de tas leeg was, draaide hem om, klopte erop en schudde hem uit. Vertwijfeld keek ze van de tafel naar de tas en weer terug.

'Ik ben bang dat ik mijn mobiel aan boord heb laten liggen', zei ze terwijl ze alles weer terugstopte. 'Dan kunnen ze nog lang bellen.' Ze liet haar tas met een plof op de grond vallen.

Op dat moment piepte mijn laptop. Tweemaal, kort na elkaar. Sterre schoof de kranten en de broodjes opzij en zette het apparaat op tafel. Haar vingers vlogen over de toetsen. 'Ogenblikje', zei ze. 'Dit moet ik nu doen, anders werkt het niet meer.' Ze was volledig geconcentreerd. Lies en ik waren gefascineerd door het enorme tempo van haar handen. Sterre keek en deed, haar ogen en haar vingers leken één te zijn. Ze werkte een minuut of vijf en leunde toen achterover.

'Klaar', zei ze.

Iemand had gereageerd op de e-mail die we hadden gestuurd, had op de link geklikt waardoor hij het programmaatje van Sterre in zijn computer binnenhaalde.

'Is dat dan een virus?' vroeg Lies.

Sterre schudde haar hoofd. 'Nee, een virus is een programmaatje dat zelf iets gaat doen. Dit is eigenlijk een Trojan, een programmatje waardoor ik iets kan doen. Uit zichzelf doet het niet veel. Maar elk anti-virusprogramma gaat ervan piepen en dat moest ik snel even rechtzetten.' Ze legde uit hoe ik vanaf mijn eigen laptop die andere computer kon besturen. 'Zolang die aanstaat, anders niet. Je kunt dat ding niet van hieruit aanzetten.' Het programmaatje zat daar gewoon en deed niets anders dan Sterre toegang verschaffen om de beveiliging van de computer heen. 'Het is wel malware', zei Sterre. 'Het is hartstikke illegaal. Als iemand erachter komt dat ik dit soort dingen doe, kan ik het verder schudden in de IT.' Ze keek naar het scherm, klikte een paar keer met de muis en glimlachte. 'Zodra ze contact leggen met Guus moet je me onmiddellijk waarschuwen, want dan kan ik haar via dit programmaatje traceren.' Ze glimlachte. 'Niet vergeten.' Ze klikte een paar keer met de muis en liet zien wat ze ermee kon. Het werkte perfect. Ze wees op de man die op het scherm zichtbaar was. 'Is dit die vent die je bedoelde?' vroeg ze.

De man was begin dertig, hij had blond haar, donkere ogen, beetje rond gezicht, groot, zware wenkbrauwen. Door het goedkope lensje van de webcam werd de vorm van zijn hoofd vertekend. Hij leek op een van de mannen die Elena was komen ophalen, ook al was het de eerste keer dat ik zijn gezicht van zo dichtbij zag. Met verbazing keken Lies en ik naar het beeld. De man bewoog een beetje schokkerig door de manier waarop het beeld in digitale pakketjes door de telefoonlijn werd verzonden. Achter hem was de woonkamer te zien, de bank, de eethoek en de deur naar de gang. De webcam gaf een breed overzicht. Aan de eettafel zaten twee vrouwen en een man. Op de bank zat nog een vrouw.

'Waar is dit?' vroeg Lies. 'Waar kijken we naar?'

'De Lauriertuin', zei ik. 'Kennelijk is iedereen weer terug.'

Het was alsof we naar een reality-show zaten te kijken, een televisieprogramma met een camera die niet kon bewegen. De man keek niet naar de webcam schuin boven zijn hoofd. Hij keek naar het toetsenbord en het scherm, hij typte.

'E-mail', zei Sterre. Op een klein deel van ons eigen beeldscherm was in een kadertje te zien wat de man aan het doen was. 'Als je wilt, kan ik je het adres geven van degene waar die mail naartoe gaat. Ik kan alles uit die computer halen en hier naartoe kopiëren.'

Ik schudde mijn hoofd. 'Hoeft niet', zei ik. 'Voorlopig wil ik alleen maar kijken.' Ik wilde zien wie er in het huis waren en wat ze deden. Ik wilde zien of Guus daar rondliep of niet. Ik wilde zien of er mensen werden ontvangen, wie er binnenkwam en wie er wegging. Ik wilde gewoon kijken.

Gluren.

Na een tijdje stond de man op en liep naar de tafel, naar een van de vrouwen. Hij boog zich over haar heen en wees naar de computer. De vrouw stond op, liep naar de computer en ging zitten. De vrouw die op de bank zat, stond op, pakte een van de stoelen bij de eettafel en ging naast haar zitten. Zodra ze dichterbij kwam, herkende ik haar.

'Dat is Elena', zei ik. Ze legde haar arm om de andere vrouw, ze leunden tegen elkaar aan. Uit de beschrijvingen die ik had gehoord, moest de andere vrouw Lulu zijn. Lulu en Gracie.

'Niet goed', zei Lies. Ze had haar hand voor haar mond en schudde langzaam haar hoofd. Ze staarde naar het scherm. 'Dat ziet er helemaal niet goed uit.'

Sterre en ik keken. We zagen twee vrouwen die naast elkaar zaten en ook naar een computerscherm keken. Er was niets bijzonders te zien.

'Wat zie je dan?' vroeg ik.

'Meisjes bij wie de Swadhisthana zo vermangeld is dat hun drie chakra's daarboven bijna leeg zijn. Alles schiet in één keer door naar hun Ajna. Kijk maar.' Ze wees naar een van de vrouwen. 'Haar derde oog staat wijd open. Veel te wijd. Dat is niet goed.'

'Wie is Anja?' vroeg Sterre.

'Ajna. Niet Anja, maar Ajna. Ajna is het zesde chakra, en ...'

'Wat is een chakra?'

Lies leunde achterover en zweeg. Ze keek stil voor zich uit, niet naar het computerscherm, niet naar de muur, niet naar de inrichting van het huisje. Ze keek naar binnen, alsof ze iets zocht, een gedachte, een idee, een opening.

'Wat weet je van energie?' vroeg ze uiteindelijk.

'Ohm, ampère, volt, joule, watt, newtonmeter. Wat wil je weten? Ik ken een heel telefoonboek met mannen die hebben ontdekt hoe het werkt. En zo werkt het nu nog.' Sterre ratelde een rij namen af. 'Georg Simon, André-Marie, Alessandro Guiseppe Antonio Anastasio. Die was trouwens graaf, graaf Volta. Wist je dat? James Prescott, nog een James en Isaac. Spanning, weerstand, arbeid, stroomsterkte. Zeg het maar.'

Lies zat geduldig met haar handen in haar schoot. 'Ik bedoel levensenergie', zei ze. 'De energie in ons lichaam. In jouw lichaam. In mijn lichaam.'

'Calorieën?'

Lies schudde haar hoofd, in ontkenning en in verbazing. 'Nee, niet calorieën. De kundalini, de energie die je lichaam verbindt met de energie van de aarde en die van het universum, de energie waardoor je onderdeel bent van het geheel.'

Het was stil. Ik kende een paar theorieën van Lies, Sterre nog niet.

'Ik spreek Nederlands, Engels, een beetje Duits en ik ken zes programmeertalen, maar deze taal ken ik niet, sorry', zei Sterre. 'Je had het over chakra's.'

Lies begon opnieuw en vertelde over de zeven belangrijkste energiecentra in het lichaam, de chakra's, die energie ontvangen en verdelen. 'De kundalinikracht stijgt langs je ruggengraat, van je onderste naar je bovenste chakra.' Terwijl ze sprak, wees ze de verschillende plekken aan op haar lichaam. 'Van je wortelchakra bij je stuitbeen, langs je heiligbeen, waar je seks zit, je navel, je hart, je keel, je voorhoofd naar je kruin.' Ze zweeg en keek naar de twee vrouwen op het scherm. 'Het doet er ook allemaal niet toe', zei ze. 'Het gaat erom wat je kunt zien.' Ze wees naar de vrouw links op het scherm, Elena. 'Ik zag het in de gevangenis ook al, toen we daar tegenover haar zaten. Toen had ze al een verkleurd aura, een beetje. Lang niet zo sterk als nu.'

Sterre en ik keken weer naar het scherm, naar de twee vrouwen die samen achter de pc zaten.

'Ze lachen', zei Sterre. 'Ik zie geen aura.'

'Lachen kan altijd', zei Lies. 'Mensen met de ergste pijnen kunnen nog lachen.'

'Kun je uitleggen wat je ziet?' vroeg ik.

'Ik zie kleuren', zei Lies. 'Daar kan ik niets aan doen, die zie ik gewoon. In mensen en om mensen heen.'

'Ook op een beeldscherm?' vroeg ik.

'Maakt niet uit. Een aura is er, als je het kunt zien, dan zie je het.'

'Bij mij ook?' vroeg Sterre.

Lies glimlachte, ze gaf geen antwoord. 'Kleuren zijn frequenties', zei ze. 'Elke kleur zegt iets over de energie. Rood, groen, geel, blauw, paars. Hoe donkerder de kleur, hoe slechter de energie, even simpel gezegd. Geen kleur wil zeggen geen energie. En wat ik bij haar zie,' ze wees op Elena, 'is een intens donkerpaars gebied rond haar heiligbeen. Daar.' Met haar vinger wees ze naar een punt ergens onder Elena's buik. 'Het is een beetje moeilijk te zien, want de camera staat er schuin boven, maar de kleur is zo donker dat hij uitstraalt. Dat is haar Swadḥisthana, en de energie daar is negatief. Dat betekent iets.'

Sterre leunde verder naar voren en staarde naar het punt dat Lies had aangewezen. 'Wat betekent dat dan?' vroeg ze.

'Daar kan ik weinig over zeggen. Daarvoor zou ik haar moeten ontmoeten. En kijk nou eens hier.' Ze bleef wijzen alsof wij konden zien wat zij zag. 'Hier zie je helemaal niets. De chakra's bij haar navel, haar hart en haar keel hebben geen enkele uitstraling. Zien jullie daar iets?' Ze keek ons aan. 'Nee, natuurlijk niet', zei ze. 'En in dit geval ligt dat niet aan jullie.'

'Wacht even,' zei Sterre, 'als je niet weet wat het betekent, waarom zitten we er dan zo naar te kijken?'

'Omdat het IETS betekent. Die drie chakra's staan droog. Navel, hart en keel. Dat is, dat is ...' Ze schudde haar hoofd. 'Dat is niet normaal. Dat betekent het in ieder geval. Je navelchakra zegt iets over je ik, over je identiteit, over je zelfverzekerdheid. Als dat droog is, is er iets met je ego aan de hand. Dat kan niet anders. Je hartchakra is cruciaal, het is de verbinding tussen de onderste drie en de bovenste drie, tussen je instinct en je bewustzijn. Als dat leeg is, dan is de balans in je leven zoek. Hou het daar maar op. Je keelchakra is de verbinding tussen je hart en je hoofd, daar komen denken en voelen bij elkaar. Bij haar is dat ook dicht, er komt niets uit, geen kleur, geen straling. Niets.' Ze zweeg en keek naar de vrouw. 'Maar dan, hier', ze wees op het voorhoofd van Elena. 'Hier spuit het eruit en dat betekent bijna altijd hetzelfde. Ze droomt zo veel dat ze visioenen heeft. Dat ze zich voorstellingen maakt van hoe het zou kunnen zijn. Als je Ajna zo actief is, zo ver openstaat, en als de andere chakra's tussen je Swadhisthana en je Ajna droog zijn, dan jaag je alle energie die je hebt in één keer van je heiligbeen naar je voorhoofd. Dwars door alles heen. Dat is een vlucht, een vlucht in waanbeelden', zei Lies. 'Ik weet niet wat er daar gebeurt, maar zij zoekt bescherming in waanideeën. Daar is ze veilig, daar kan niets haar meer raken.' Ze keek naar het scherm, raakte het met haar vingers aan. 'Daarom lacht ze.'

25 Blijven opletten, buurman

Er was geen enkel bewijs voor de verhalen van Lies. Op het scherm zagen we twee vriendinnen, jonge vrouwen, die aan het geiten waren met een computer. E-mailtjes sturen, beetje surfen. Giebelen en draaien. Lulu en Gracie. Op de achtergrond nog een paar andere vrouwen, een zat er in een tijdschrift te bladeren, een andere was met een mobiele telefoon in de weer. De mannen liepen rond, de kamer in en dan weer uit. Kwamen terug met een flesje bier of iets te eten. De vrouwen keken nauwelijks op als een van de mannen iets deed. Als je niet beter wist, zou je denken dat het een soort woongroep was. Ontspannen. Nergens enige aanwijzing van dwang of narigheid.

We staarden een tijdje naar het beeld. Bijna drie kwartier lang veranderde er nagenoeg niets. Een van de vrouwen stond op, liep de kamer uit en kwam terug met twee mokken thee. Er gebeurde heel erg weinig.

'Hoelang wil je hiernaar kijken?' vroeg Sterre. 'Dit kan dagen zo doorgaan en wat verwacht je eigenlijk?'

'Van wie?'

'Van hen.' Ze wees naar het scherm. 'En van mij. Ik ben zo meteen weg.' Ze zweeg. 'Dus ik weet niet wat jullie plan is? Vertrekken jullie ook of willen jullie blijven? Wat is de bedoeling? Heb je wel een bedoeling?'

'Nee', zei Lies. 'Behalve dat ik niet naar de jachthaven terugga.'

'En dan?' vroeg Sterre. Ze keek mij aan.

'Ik wil een paar dagen uit het zicht zijn', zei ik. 'Dat huis in de gaten houden via de webcam, wat e-mailen, en verder wil ik dat die lui denken dat ik er niet meer ben. Dat lijkt me het beste.'

Sterre keek me aan. Ze staarde naar me, haar ogen leken midden in mij te kijken, naar een punt halverwege mijn voorhoofd en mijn achterhoofd. Een plek waar anderen normaal gesproken het bestaan niet van weten, laat staan dat ze het kunnen zien. 'Je geeft geen antwoord, buurman', zei ze. 'WAAR wil je dat doen? Hier?'

Ze pakte een tas en een rugzak. Kleren, toiletspullen, twee laptops, twee mobiele telefoons, boeken, iPod, en een kwartier later stond ze met al haar spullen bij de voordeur. Ze gaf me haar reservesleutel, deed de deur open en ging naar buiten. Op de stoep draaide ze zich om. 'Als je er over een week nog bent, dan ...' Ze maakte haar zin niet af. 'Je blijft gewoon zo lang als nodig, oké?'

Ik knikte.

'En als je vertrekt, gooi je de sleutel door de brievenbus.'

Ik knikte weer. 'Dank je', zei ik.

Ze leunde naar voren, alsof ze me een zoen wilde geven, en stompte me in mijn buik. Niet hard, maar hard genoeg. 'Blijven opletten, buurman!' Ze lachte. 'En nu moet ik racen.'

Weg was ze. Sterre.

In het huis van een ander doen alsof je thuis bent, is een vreemd gevoel. Stukje bij beetje eigen je je dingen toe; eerst het espresso-apparaat en de kopjes en de bordjes en de glazen, dan de grotere dingen, de stoelen en de tafels. Voor je het weet, heb je een vaste plek: ik zat in de rechte stoel, Lies in de makkelijke. Ik zat aan de lange kant van de tafel, bij de muur, Lies aan de korte kant. Opeens was dat zo. Met z'n tweeën zaten we te wachten, we wisten geen van beiden waarop.

'Ik ben gewoon achter jou aangehobbeld', zei Lies. 'Dat kwam me wel goed uit, dan hoefde ik nergens over na te denken.' Ze zweeg even. 'We zijn hier omdat ik niet in een hotel wilde. Alhoewel jij het niet heel erg vindt, geloof ik.' Ze stompte me tegen mijn schouder. 'We zitten hier niet omdat jij zo'n hekel aan Sterre hebt.'

'Nee', zei ik. Lies kon aura's van een beeldscherm lezen, ik vroeg me af welke kleuren ze tussen Sterre en mij had gezien.

Ze lachte. 'Leuke meid', zei ze. Ze wachtte tot ik zou reageren, ze wilde dat ik iets over Guus zou zeggen, dat ik nog steeds van haar hield. Dat zag ik aan haar ogen, aan haar hele gezicht. Ik kon het even niet opbrengen.

'Jij moet de politie bellen', zei ik. 'Ze laten weten waar je bent. Aangifte doen. De verzekering inschakelen. Die mannen hebben je boot opgeblazen, dat kun je toch niet over je kant laten gaan?'

'Wraak en vergelding', zei Lies Ze balde een vuist en zwaaide er onzeker mee in de lucht. 'Niet mijn sterkste kant.'

Bellilog 25.10.07

Wat is het nou? Gaat het om de kick, de ervaring, het grote moment? Is dat het? De hoogtepunten en dieptepunten, de feesten, de liefdes, de gevechten, de overwinningen en het verlies, en is de rest tussendoor alleen een soort vulsel? Of gaat het juist om al die maanden en jaren van rust, waarin er niets gebeurt, en zijn de heftige gebeurtenissen niet meer dan verstoringen van het geluk? En zo ja, waar zijn die dan?

Niet bij mij, bij mij gaan de hoogte en de diepte naadloos in elkaar over. Misschien is dat de nieuwe standaard: geen rust. Geen uit-knop. Rampgebied zonder remmen. Klinkt bekend. En ligt dat nou aan mij of is de hele wereld zo? Doe ik het of gebeurt het? Want dit is niet normaal. Elke keer loop ik een *disaster area* in alsof het de winkel op de hoek is.

Geluk is een instelling, *sure*, maar welke?

26 Een Trekkie

Op het politiebureau leken ze nauwelijks in ons geïnteresseerd. We moesten lang wachten voordat iemand tijd voor ons had en toen het eindelijk zover was, had de agent moeite ons te geloven. Hij geloofde wel dat de Muladhara van Lies was, dat kon ze ook bewijzen, en hij wist dat de boot was afgebrand en half gezonken. Hij geloofde zelfs dat de brand was aangestoken. Als dat zo was, dan zou dat snel genoeg uit het onderzoek blijken. Zeker als er inderdaad een molotovcocktail was gebruikt. Daar vinden ze altijd resten van terug. Het waren de Oekraïense mannen die hem dwarszaten. Hij kreeg op geen enkele vraag een bevredigend antwoord.

'Mannen uit Oekraïne, zegt u?'

'Waarschijnlijk, ja.'

'U weet het dus niet zeker? Dan weet u ook niet wie het zijn?'

'Nee.' Ik wist waar ze zich ophielden en ik had ze zien lopen op de steiger, maar eigenlijk had ik alleen de man met de puntschoenen herkend.

'En waarom zouden deze mannen uw boot in brand willen steken?'

Omdat ik aan boord was. Maar als ik dat zei, moest ik ook vertellen dat had ik ingebroken in het huis aan de Lauriertuin. Dus haalden we onze schouders op en keken we als schaapachtige slachtoffers naar de agent.

'We denken dat mijn dochter er iets mee te maken heeft', zei Lies. 'Mijn dochter is advocate en bemoeit zich met hun zaken.'

'Uw dochter is advocate?'

'Was advocate.'

'Was?'

'Ze is uit de orde gestapt en is een tijdje weggeweest.'

'Weg? Waarheen? Naar het buitenland? Naar Oekraïne?'

'Nee, ze ...' Lies maakte haar zin niet af. De gevangenisstraf van

Guus zou de politie verder op het verkeerde been zetten. 'Dat doet er ook niet toe', zei ze.

'En waar is uw dochter nu?'

'Dat weten we niet.'

Het gesprek draaide rond in kringetjes. Dingen die wij niet wilden vertellen en dingen die de politie niet geloofde, vulden elkaar naadloos aan.

'Laat maar', zei Lies na verloop van tijd. 'Ik doe aangifte van brandstichting en vernieling van mijn schip. Daar gaat het om. De rest moet u maar uitzoeken.' Ze gaf zonder blikken of blozen het adres van Guus in Monster als haar eigen adres.

'Waarom doet u dan hier aangifte en niet daar?'

'Maakt dat wat uit?' Lies begon nijdig te worden.

'Nee, het is een vraag.'

'We hebben allemaal vragen, meneer.'

Op de stoep voor het politiebureau haalde ze een paar keer diep adem om haar woede te bedwingen. 'Ik ben eraan gewend dat mensen me niet geloven', zei ze. 'Als ik over de spirituele kant van het leven begin, luisteren mensen beleefd en wachten ze tot ik uitgepraat ben. Ondertussen horen ze niet eens wat ik zeg. Jij ook, meneer Belli-ventje.'

'Ik luister altijd naar wat jij zegt!'

'Luisteren, ja, omdat je netjes opgevoed bent, maar je gelooft er geen bal van. Waar of niet?'

Ik zweeg.

'Als ik met de politie praat, ligt het anders. Ik ben ex-mevrouw Van Donee, de weduwe van een advocaat, ik heb meer dan twintig jaar tussen boeren, tuinders, wethouders en burgemeesters geleefd. Ik weet hoe dat werkt. Toen werd ik al gek van al die mannetjes met hun regeltjes en afspraken. Nu kan ik er helemaal niet meer tegen. Hier, hou even vast', zei ze en ze duwde me haar tas in handen. Ze zweeg, liet haar armen langs haar lichaam vallen, rechtte haar rug en sloot haar ogen. Twee, drie minuten lang stond ze daar in volmaakte rust. Om haar heen de brommers, auto's, bussen, vrachtwagens en fietsers van Amsterdam-Noord. De drukte en het lawaai leken haar niet te bereiken, alsof ze op de mute-knop van de radio had gedrukt. Alleen al door naar haar te kijken, hoorde ik de stadsgeluiden zelf ook minder. Alles om me heen viel weg, Lies zoog me mee in een moment, het heden dat er eerst niet was en dat me opeens niet meer losliet. En daar in die drukte was de afwezigheid van Guus zo groot dat ik wist dat we haar gingen halen. Waar ze ook was.

De verzekering verwees Lies naar een website waar ze formulieren moest downloaden, die kon ze dan printen, invullen, ondertekenen en opsturen. De Muladhara was goed verzekerd, er kwamen alleen een berg bureaucratie, controles en allerlei andere administratieve noodzakelijkheden bij kijken.

'Het is goed dat u bij de politie aangifte hebt gedaan, mevrouw', zei de vrouw aan de telefoon. 'Dat vereenvoudigt de zaak.'

'Voor u misschien', zei Lies en daarmee had ze de verhouding neergezet. Ze vulde alles in, deed wat er van haar werd gevraagd en wilde er verder niet meer over nadenken. Ze wilde ook geen afspraak maken, dat was nergens voor nodig. 'Nu zoeken ze het maar uit', zei ze en ze trok zich terug op de bank in de zitkamer van Sterre.

De middag en de avond strekten zich uit als een akker zonder gewas. Ik zat aan het tafeltje in de keuken, liep naar de supermarkt op de hoek, dronk thee, at koek, keek uit het raam, dronk meer thee, maakte iets te eten. Wachtte. Lies mediteerde en vastte om haar lichaam weer bij haar te brengen. Ze dronk alleen water. 'Even geen woorden, woorden verdringen alles', zei ze en daarna zei ze niets meer.

Voor mij was het een soort wonder. Iemand die zo gericht was op contact met anderen, iemand met een natuurlijke drang om te praten, kon die drang uitzetten en het contact helemaal loslaten. Op zichzelf zijn, met zichzelf zijn. In stilte. Daaruit sprak een beheersing waar ik bewondering voor had.

Ondertussen gold die stilte ook voor mij. Lies bewoonde de zitkamer, voor mij bleven de keuken en de slaapkamer over. Ik zat een tijdje op bed, keek wat televisie, naar programma's die me acuut ongelukkig maakten, zapte rond tot ik een journaal vond. Wetenschappers pleitten voor het afschaffen van de zomertijd, grote NAVO-operatie in Uruzgan, honderdveertig Nigeriaanse meisjes verdwenen in de prostitutie, handel in jonge asielzoekers, spanning rond PKK loopt op, Turkije voert aanvallen uit in Irak, hogere winsten bedrijven, huizenverkoop stijgt, omzet van de Italiaanse maffia is twee keer zo hoog als die van Fiat. Geweldig. Op geen enkele zender een nieuwsbericht over een uitgebrand schip in een jachthaven in Zeeland. De aanslag, want dat was het, was alweer verdrongen door de rest van de wereld. Zo belangrijk was het niet. Ik zette de televisie weer uit en pakte mijn mobiel. Ik opende het menu: nieuw bericht schrijven.

Aan wie?

Niet meer aan Guus. Dat had ik nu zo vaak gedaan en er was geen enkel antwoord op gekomen. Ze reageerde niet. Het was alsof ik voor haar niet meer bestond. Ik wilde een bericht sturen waar ik antwoord op kreeg. Contact met een ander. Een ander dan Guus. Dat voelde als verraad, alsof ik haar in de steek liet, en toch moest het. Voor mij. Mijn vingers vlogen over de toetsjes van mijn mobiel.

Jouw bed is erg groot voor in je eentje

Naar Sterre. Ik voerde haar nummer in en drukte op Verzenden. Weg was het bericht. Ik staarde naar het schermpje. Nog geen twintig seconden later piepte mijn mobiel. Antwoord.

Ja, cool hè!

Zo snel. In Moskou was het midden in de nacht en ze reageerde onmiddellijk. Alsof ik bij haar in de kamer stond. In de tekentjes op het scherm zag ik haar enthousiasme, haar wil, haar energie.

Spaceship Bed-terprise, on a mission through the galaxy

Dit keer kwam het antwoord nog sneller.

Buurman! Een Trekkie?

Beelden uit de serie drongen zich aan me op, de mannen en vrouwen in hun zogenaamd moderne ruimtepakken, de eindeloze zoektocht door de ruimte, de kleuren en de geluiden. Ik typte.

Beam me up

Ik wachtte op haar antwoord. Het was kort.

☺

Einde bericht. Ik staarde naar het schermpje. De conversatie was afgelopen. Woorden verdringen alles, had Lies gezegd, en zo was het. Gelukkig wel. Ik draaide me om in bed en viel in slaap.

Pas de volgende dag, aan het begin van de middag, begon mijn laptop te piepen. In het huis aan de Lauriertuin gebeurde iets.

27 Alles wijkt

Een vrouw aan het tafeltje met de computer. De webcam zond één beeld uit, het enige wat er veranderde, waren de personen die in dat beeld verschenen. Deze vrouw had ik eerder gezien, zij was degene die samen met Elena aan de computer had gezeten, de eerste keer dat de verbinding tot stand kwam. Lulu. Ze typte. Rechts onder in het scherm was te zien wat ze schreef, een e-mail, in krukkig Engels. Dit had ik al zo vaak gezien dat er niet eens meer naar keek. Het hele plan sloeg nergens op. Ik was een gluurder in een huis waar niets gebeurde. Er werden geen klanten ontvangen. Nooit. De vrouwen werden ergens heen gebracht waar ze hun werk deden en dan kwamen ze weer terug. Hun werktijden waren onvoorspelbaar, vaak 's avonds en 's nachts, maar soms ook in de middag of 's ochtends vroeg. Nu eens gingen ze allemaal tegelijk en dan was het huis in één keer leeg, dan weer bleven er twee of drie vrouwen achter in het huis, altijd met minimaal een van de mannen.

Ik keek naar het scherm en probeerde erachter te komen waarom mijn computer had gepiept. Sterre had een aantal triggers ingebouwd, zodat ik werd gewaarschuwd als er iets ongebruikelijks gebeurde. Als in het huis de computer aan of uit werd gezet, dan gaf mijn computer een kort signaal. Dat was de reden, ik had al uren niet meer gekeken en in de tussentijd was de computer waarschijnlijk uitgezet en nu weer aan.

Piep.

Pas na een tijdje drong het tot me door dat ik zat te staren. Weggedreven op mijn eigen gedachten. Ik zag mijzelf zitten, aan een tafel in een kleine woon-eetkamer, zesendertig jaar oud. Had ik tien maanden lang gewacht op iets wat er niet meer was? Was het ooit iets geweest? Wat hadden Guus en ik samen? Door bizarre omstandigheden bij elkaar gekomen en daarna door haar gevangenisstraf weer uit elkaar. Alle contact met Guus was heftig, niets was makkelijk. Zij deed wat zij wilde en zolang ik daarin meeging, leek het heel wat.

Zo werkte het. Ik had me zo volledig gericht op haar vrijlating dat ik niets anders meer zag. Nu zij er niet was, werd het langzaam duidelijk dat ze er al veel langer niet was. Ik had onze relatie aan de gang gehouden. Dat kon ook niet anders, want zij zat in de gevangenis. Het was logisch dat ik het werk deed, dat ik naar haar toe ging en niet andersom. Onontkoombaar logisch. Ik deed wat ik wilde en wat ik moest en dat voelde goed. Daarom duurde het ook zo lang voordat ik besefte wat er aan de hand was. Sterre had me wakker geschud, geschopt, maar ik draaide er nog steeds omheen. Een deel van mij was al verder, door, en een ander deel kon Guus niet loslaten. Ik wou dat ik mijzelf kon achterlaten, mijn eigen idee, mijn eigen zorg, mijn eigen gevoel. Alles wat ik voor haar had gedaan, had ik toch niet voor niets gedaan? Of voor mijzelf? Of juist wel? Had ik mijn eigen droom gaande gehouden en had Guus me mijn gang laten gaan?

Zo ver weg was ik, vragen over Guus werden vragen over mijzelf en daar had ik net zomin antwoorden op. Dat hoefde ook niet. Soms is de volgende vraag net zo verhelderend als een antwoord. Ondertussen keek ik naar het scherm. Het beeld veranderde nauwelijks, op de achtergrond liep iemand de kamer uit en even later kwam iemand anders binnen. Ik registreerde bewegingen zonder erbij na te denken. Als een trage golfslag gleed ik heen en weer tussen het beeld en mijn gedachten, tot mijn computer een tweede signaal gaf. De piep klonk hard en doordringend. Op het scherm flitste een woord: WEBCAM. Het lichtte drie keer op en verdween weer. Het beeld in het kader onderin veranderde, er was geen e-mailtekst meer te zien, maar een zwart vlakje zonder beeld. De vrouw die bezig was met de computer, keek omhoog naar haar eigen webcam. Voor het eerst zag ik haar gezicht helemaal, recht van voren. Ze was bezig een webcam-chat op te zetten met iemand. Onder in het beeld verscheen een chatbar, de eerste zinnetjes toonden zich letter voor letter. Simpel en kort.

Hi
Same 2 u
Miss u
Me 2, u ok?

De andere chatter kwam in beeld, het zwarte kadertje rechts lichtte op en daarin verscheen Guus. Ze keek recht in het cameraatje en lachte. Haar lach trof me als een vuistslag, mijn hele lichaam reageerde, een doffe pijn trok van mijn ogen naar mijn kuiten. Guus zwaaide en voor ik wist wat ik deed, zwaaide ik terug. Pas toen mijn hand voor de tweede keer heen en weer ging, bedacht ik dat zij mij helemaal niet kon zien. Ze wist niet dat ik haar zag. Mijn hart bonkte, ik werd overvallen door een vreemde combinatie van paniek en enthousiasme. Ik wilde schreeuwen en roepen. Guus. Ik kon niet veel van haar zien, maar ze zag er goed uit. Haar ogen stonden goed, vrolijk, intens. Als ze iets typte, keek ze even naar haar toetsenbord en daarna meteen weer naar de camera. Het duurde even voordat ik mezelf weer onder controle had.

Sterre had me uitgelegd wat ik moest doen. Ze had een icoontje toegevoegd op het bureaublad, ik hoefde er alleen maar op te klikken en dan zou een klein programmaatje zich in de chat wurmen en zich via de internetverbindingen nestelen in de computer van degene met wie de webcam-chat werd gehouden. Daardoor kon Sterre erachter komen waar die ander was. Letterlijk. In welk land, in welke stad en zelfs in welke straat. Ik zocht het icoontje, klikte erop, wachtte tot het programmaatje was gestart en schakelde weer terug naar het beeld.

'Daarna nergens meer aan zitten', had Sterre gezegd.

Guus typte korte vragen en opmerkingen die niet leken te kloppen met de uitdrukking op haar gezicht.

Not good here

En dan glimlachte ze weer naar de camera. Lulu reageerde net zo vrolijk.

U talk 2 Dmytro
Tomorrow
And my family, my mother
Maybe

Kleine conversaties in gebrekkige taal. Guus hield de vraag af, maar als Lulu wilde dat zij met haar familie zou praten, met haar moeder, dan zat Guus ergens in Oekraïne. Ik staarde naar het beeld en probeerde in de achtergrond aanwijzingen te vinden. Voorzover ik het kon zien zat ze in een lege kamer. Achter haar hoofd zag ik alleen kale muren. In een hoek van de kamer was een deur. De kamer was klein, de afstand van Guus tot de deur was nog geen drie meter. Hoe ik ook keek, meer dan dat kon ik uit het beeld niet opmaken. Ik pakte mijn mobiel en sms'te Sterre.

Er is nu contact!!!!!

Tien seconden later kreeg ik een bericht terug.

Ik prik erin

Nog een paar seconden later volgde een tweede bericht.

Nergens aankomen!!!

Op het scherm van mijn computer begonnen dingen te veranderen. Een nieuw kader opende zich in de linker bovenhoek. In het kader verschenen opdrachten en programmaregels die Sterre vanuit Moskou via mijn computer naar de computer van Lulu stuurde. Kennelijk kon ze net zo eenvoudig in die van mij als in die van Lulu.

Mijn mobiel piepte.

Is dat 'r?

Sterre bediende twee apparaten tegelijk. Waarschijnlijk zat ze ondertussen ook nog gewoon te werken aan een andere computer. Ze dacht en handelde sneller dan machines konden verwerken.

Guus, ja

Het kadertje verdween weer van het scherm. Guus en Lulu chatten verder. Lulu vertelde dat ze nu alweer goed verdiende en wat van haar schuld kon afbetalen, dat ze op en neer waren geweest naar Antwerpen voor een groot feest bij een klant thuis.

Mooie vrouw!!!

Ik glimlachte. Sterre wist vaak de juiste dingen te zeggen. Nu weer. Guus was een mooie vrouw. Ze kende haar niet en zei dus alleen iets over wat ze zag. Niet moeilijk doen. Een mooie vrouw. Zodra ik het las, voelde ik me goed en even later wist ik niet meer waarom ik me zo goed voelde. Dingen begonnen steeds meer door elkaar te lopen. Computers, netwerken, mensen, mijn eigen gedachten. Onder aan het scherm ging de chat verder.

I stay in my room, my room ok
Be careful
My room ok

'Wel verdomme, daar is ze!' Lies was achter me komen staan, ze wees naar Guus op het beeldscherm. 'Kijk haar dan, alsof er niets aan de hand is.' Ze staarde naar haar dochter. 'De troela', zei ze. 'Zit zij nu ook in dat huis?'

'Nee. Sterre zoekt het uit.'

Lies boog zich naar het scherm.

'Hoe ziet ze eruit?' vroeg ik.

'Sterk', zei Lies. 'Guusje is altijd sterk. Dat is de ellende. Ze is een tempel voor haar Manipura, haar navelchakra en haar hartchakra draaien als een machtige tandem. Ik ken niemand die zo doelgericht is als mijn Guusje.' Ze legde haar vingers op het beeldscherm alsof ze haar kon aanraken. 'Alles wijkt voor haar', zei ze. 'Alles wijkt.'

28 Ik wil een naam

Guus zat in Odessa. Via het IP-adres van de computer had Sterre haar getraceerd.

'In Malinovsky Rayon, zo heet het daar', zei Sterre. 'Dat is geen echt adres, maar dichterbij kan ik niet komen. Ze heeft een verbinding via een soort groepsnummer. Volgens mij is het een wijkje in de stad. Dat moet je zelf maar even uitzoeken.' Ze had ook nog een e-mailadres, een ingewikkelde naam bij een Oekraïense provider. 'Het lijkt erop dat ze het adres van iemand anders gebruikt,' zei Sterre, 'want er zitten ook allerlei berichten in de box die helemaal niets met haar te maken hebben. Ze heeft wel een computer met een gewoon toetsenbord, want wat die lui hier gebruiken, daar kun je geen normaal Engels mee schrijven.'

De naam zei me niets. Malinovsky Rayon klonk als een spoorwegemplacement, iets uit een vroegere wereld. Tegelijkertijd had ik bij de naam Odessa een romantisch idee van een mooie stad aan de Zwarte Zee. Hoe die twee bij elkaar hoorden, daar kon ik me geen voorstelling van maken.

Lies en ik keken elkaar aan over de tafel in de keuken. Ik had mijn laptop uitgezet en opgeborgen in mijn rugzak. Nu ik wist waar Guus zat, stond ik opeens voor een heel andere vraag. Wat moest ik ermee? Moest ik er überhaupt iets mee? Een dag geleden wist ik het nog zeker, we zouden haar gaan halen, waar ze ook was. Nu wist ik het niet meer.

Lies schoof haar stoel naar achteren en stond op. 'We moesten maar eens gaan', zei ze. 'Ik kan hier niet blijven hangen.' Ze pakte haar tas en mijn rugzak en zette ze in de gang. Ze waste alle vuile kopjes en glazen af en ruimde op in de zitkamer. 'Doe jij de slaapkamer', zei ze.

Een kwartiertje later hadden we het huisje aan kant. Ik deed de voordeur op slot en liet de sleutel door de brievenbus glijden, precies zoals Sterre had gevraagd. Het was alsof ik iets achterliet wat groter was dan het kleine stukje metaal. Ik keek nog een keer om me heen, naar de huiselijkheid en naar de aanwezigheid van Sterre, die in alle dingen zat.

'Ik wil terug naar de jachthaven', zei Lies. 'Daar is het nu wel weer veilig. Die mannen zitten allang weer in dat huis.'

We namen de bus en de tram, zaten zwijgend naast elkaar in het openbaar vervoer, naar het hotel aan de andere kant van de stad om haar auto op te halen.

Vanaf de steiger was de aanblik nog erger dan de foto in de krant deed vermoeden. De bovenbouw van de Muladhara was volledig uitgebrand, de mast was afgebroken, de romp stak half onder water. Daar waar de tank had gezeten, was een gapend gat.

'Laat mij maar even', zei Lies.

Heel voorzichtig stapte ze van de steiger op het deel van het schip dat nog boven water uitstak. Ze hield zich vast aan allerlei uitstekende delen en schuifelde voetje voor voetje over het schuine dek naar achteren zodat ze naar binnen kon kijken.

Ik liep terug over de steiger naar de parkeerplaats bij de ingang. Het was stil in de jachthaven, de schepen lagen ingepakt te wachten op het volgende seizoen. Bij het kantoortje stond iemand, een man die ik niet eerder had gezien, iets kleiner dan ik, stevig gebouwd, blond. Ik schatte hem achter in de veertig.

'Is Lies daar?' vroeg hij en hij wees in de richting van het schip.

Ik knikte.

Hij ook.

'Ik ben Jens van de Geend', zei hij. 'Dit is mijn jachthaven.'

Ik stelde me voor. Hij luisterde niet, keek me niet eens aan.

'Ik ga even naar haar toe', zei hij en hij liep weg.

Ik liep naar mijn auto, die ik daar twee dagen geleden had laten staan. Ik haalde de sleutel uit mijn zak en maakte het portier open. Voorzichtig voelde ik met mijn vingers langs de binnenkant van het portier, daar waar de man naar binnen had geleund om de weg te vragen. Er zat niets, nergens vond ik een vreemd apparaatje. Ik knielde op de grond en voelde op de bodem van de auto, onder de bestuurdersstoel. Steentjes, papiertjes, een grijs geworden pepermuntje van zeker een jaar oud. Ik stond op, deed het achterportier open en ging ook daar op mijn knieën zitten. Ik keek onder de zitting van de bestuurdersstoel en zag een klein, donker doosje tegen de rails van het onderstel aan liggen. Het was ongeveer zo groot als een aansteker. Ik pakte het en bekeek het in het daglicht, draaide het om en om. SMART TRACKER stond erop. Meer niet. Hard plastic. Ik schudde het heen en weer. Aan een kant zat een minuscuul rood lampje. Het was uit. De batterijen waren waarschijnlijk leeg. Voor de zekerheid liep ik ermee naar de kade en liet het in het water vallen. Heel even bleef het drijven, daarna zonk het. In het donkere water verdween het bijna onmiddellijk uit het zicht. Er was niets meer van te zien. Om me heen de wind en de zachtjes kreunende stagen. Mijn mobiel piepte in mijn broekzak. Bericht van Karl.

Ik heb iets. Op kantoor.

Ik stuurde onmiddellijk een antwoord.

Wat?

Karl wilde het niet zeggen, ik moest het met eigen ogen zien en dat kon alleen in Amsterdam. Liefst vandaag nog.

Lies en Jens kwamen samen terug van het schip. Jens met een arm om haar heen. Lies stil. Hij keek naar haar en zij keek naar de punten van haar schoenen. Of naar het water.

'Wat wil je doen?' vroeg ik.

'Lies blijft even bij mij', zei Jens. 'Hè, Lies?'

Ze knikte.

'Dat is beter', zei Jens.

Lies keek me aan. Verloren, op zoek naar houvast. 'Er is hier nog zo veel te doen', zei ze. 'Iemand van de verzekering is al langs geweest en vroeg naar me, het wrak moet worden opgeruimd, ik moet kijken of er nog iets te redden valt. En wat moet ik in Amsterdam? Of ergens anders?' Ze schudde haar hoofd en keek naar de restanten van haar schip. 'Als je dat ziet, dat is toch ...' Ze viel stil en keek om zich heen. Opeens richtte ze zich weer tot mij. 'Ga jij Guus halen?' vroeg ze op een toon die nauwelijks ruimte liet voor tegenspraak.

Ik lachte. 'Als ik het niet doe, dan doe jij het zeker?' Zo probeerden we er een grap van te maken, een mislukte grap, want we wisten allebei hoe serieus het was. 'Bel', zei ik. 'Koop een nieuwe mobiel en bel, sms, e-mail of wat dan ook. Ik wil weten hoe het gaat. Ook als je niets te zeggen hebt, wil ik het weten.'

Jens gaf zijn telefoonnummer en zijn adres, hij woonde vlakbij, en even later namen we afscheid. Ik reed weg van de jachthaven, Lies had een veilige plek gevonden.

Nu ik nog.

'Dit komt van een surveillancecamera hier op de hoek van de straat', zei Karl. 'Net buiten het terrein.' Omdat er een tijdje geleden naast ons kantoor een soort feestkeet was geopend, was de overlast in de buurt toegenomen en waren er camera's opgehangen. Karl drukte op een toets en het donkere beeld begon te bewegen. Rechts bovenin werden de tijd en de datum weergegeven: 03.12 uur, 15 oktober. Een donkere auto reed de straat in en parkeerde op de hoek. Een Mercedes. Ik hoefde het nummerbord niet eens te zien, ik kende het kenteken uit mijn hoofd. Het portier ging open en een man stapte uit. Hij verdween uit beeld.

'Voor mij wilde je dat niet doen', zei ik. 'Beelden uit beveiligingscamera's halen. Dat is heilloos, zei je.'

Hij staarde even voor zich uit, dacht na en schudde zijn hoofd. 'Daarvoor heb ik geen excuus', zei hij. 'Dit is dichterbij, ik kan er makkelijker in, ik heb er zelf mee te maken, dat is allemaal waar en het is geen geldig excuus. Mijn fout.'

'Dan is het goed.' Karl was goed, honderd procent. Hij had met het grootste gemak een of ander technisch verhaal kunnen ophangen waar ik helemaal niets van zou begrijpen, dat ik alleen maar zou kunnen accepteren. Als hij eenmaal op jargon overschakelde, was ik verloren. Dat wist hij en hij deed het niet. Hij was eerlijk als programmeertaal. Dit is dit en dat is dat. Als je daar moeilijk over ging doen, dan ging je liegen en dan werkte het niet meer. Dan werkte niets meer.

Karl spoelde de opname vooruit. 03.31 uur, dezelfde nacht. De man kwam terug met een laptop onder zijn arm en stapte in. De auto reed weg. De opname was afgelopen. De diefstal van de laptop was door een camera opgenomen. De dief was zichtbaar, en het was dezelfde man die Elena had opgehaald; het was dezelfde man die in het huis aan de Lauriertuin woonde; het was dezelfde man die Guus had opgehaald. Die had mijn laptop meegenomen en opeens wist ik hoe hij was binnengekomen.

'Guus had een sleutel', zei ik. Ongeveer een jaar geleden had ik haar een sleutel van het kantoor gegeven, omdat dit mijn enige adres was in Amsterdam. Nu wist ik ook wat ik had gevoeld in haar huis in Monster. Haar sleutel hoorde daar in een van de keukenlaatjes te liggen. 'Zij kende ook de code.'

Karl zweeg. In zijn ogen was zijn woede te zien. 'Aan hoeveel vriendjes en vriendinnen heb jij een sleutel gegeven?' vroeg hij. 'Is dat jouw idee van beveiliging? Dan kan ik al die kastjes met die codes net zo goed laten weghalen.'

'Eén', zei ik. 'Alleen aan Guus.' Ik moest mijn best doen om hem te overtuigen. Zelfs nu het kantoor een nieuw slot had, wilde hij zeker weten dat ik niet zomaar iedereen een sleutel gaf.

Hij wees naar de man op het scherm. 'Is dat een vriendje van haar?'

'Daar lijkt het wel op', zei ik. De sleutel en de code moesten van Guus zijn gekomen. De code had ze hem gewoon mondeling kunnen geven, de sleutel had de man waarschijnlijk uit haar huis in Monster gehaald. Met die twee kon hij simpelweg binnenlopen en weer weggaan. Zij had hem gestuurd, dat was de enig mogelijke conclusie. Zij had hem gevraagd om mijn laptop weg te halen. Waarom? Wat stond er in mijn computer dat zij nodig had? Waarom had ze het niet gewoon aan mij gevraagd? Ik had iets wat zij wilde hebben en wat ze niet aan mij kon vragen. Ik begreep er niets van. De afstand tussen Guus en mij werd steeds groter.

'Hoe kom jij hieraan?' vroeg ik.

'Uit het surveillancesysteem van de politie', zei Karl. Hij keek schuldbewust. 'Het zat me toch niet lekker. Ik wilde weten wie hier binnen was geweest. Dit is mijn pand en ik wil niet dat vreemden hier zomaar in en uit kunnen. Gisteren zag ik die camera hangen. Die hangt er al meer dan een jaar, maar na een tijdje zie je ze niet eens meer. Dan vergeet je ze. En dus heb ik in het systeem gekeken.' Hij zweeg en keek me aan. 'Dat laatste heb ik NIET gezegd. Begrijp je?'

'Het kan me niet schelen wat je hebt gezegd', zei ik. 'Ik wil weten wat je nog meer kunt en wat je gaat doen.'

Karl keek naar het beeldscherm, spoelde de opname terug, zette het beeld stil en wees naar de auto. 'Ik kan het beeld verbeteren, lichter en scherper maken, en dan heb ik zo het kenteken van die auto.'

'En dan?'

'Dan kunnen we erachter komen van wie die auto is.'

'Hoe?'

Hij lachte. 'Dat ga ik jou niet vertellen. Geloof mij nou maar. Als ik dat kenteken heb, dan is de eigenaar niet ver weg.'

Ik lachte ook. En noemde het kenteken. Toen Karl niet reageerde, herhaalde ik het nog een paar keer. Tot hij in actie kwam. We lachten geen van beiden meer.

Karl schoof achter een computer en begon aan een digitale tocht die ik niet kon volgen. Terwijl hij klikte en typte, legde hij uit wat hij aan het doen was. The Pattern bouwde veel van de platforms waarop verschillende systemen draaiden en met elkaar verbonden konden worden. Zo konden de surveillancecamera's van de politie, van het ministerie van Buitenlandse Zaken, van de ambassades en de consulaten en van veel bedrijven en grote internationale organisaties aan elkaar worden geschakeld tot één groot systeem. Zelfs de camera's van Rijkswaterstaat en van de Rijksdienst voor het Wegverkeer konden erbij worden getrokken.

'Daar verdienen wij ons geld mee', zei Karl. 'Iedereen heeft zijn eigen systeempje en dat is natuurlijk mooi. Als je die allemaal met elkaar kunt laten praten, dan heb je opeens een netwerk waar je heel wat anders mee kunt.' Hij lachte. 'Kost een paar centen,' zei hij, 'maar dan heb je ook wat.'

'En jij begrijpt al die systemen?' vroeg ik.

Hij haalde zijn schouders op. '"Begrijpen" is een groot woord', zei hij. 'Je begrijpt een systeem pas echt als je het niet meer nodig hebt.' Hij klikte nog een paar keer. 'Ik kan overal in, omdat ik het platform in kan. Dat platform hebben wij gebouwd, wij onderhouden het, we komen er elke dag. Ik ben de onderhoudsdienst van het hotel met een sleutel die op alle deuren past. Ik kom overal om reparaties uit te voeren, ervoor te zorgen dat alles het doet, en niemand die me ooit ziet.' Hij werkte verder aan de computer. 'Wat ik nu doe, mag natuurlijk niet, dat is duidelijk. Maar als ik het niet doe, dan doet niemand het. Zij hebben het systeem, het staat er, het wordt elke dag groter. Elke maand komen er meer camera's bij. Iedereen doet het. In de bus, in de tram, in de trein, in het stadion, op straat, je kunt het zo gek niet bedenken of er hangen wel camera's alles digitaal te registreren en draadloos te verzenden. Geweldig. En driekwart van de tijd kijkt niemand naar die beelden. Niemand. Alle opnames gaan volledig automatisch naar een opslag, waar ze worden bewaard. Hebben wij ook gemaakt. Interface naar platform plus interface naar archiefdienst, ook op het platform. Klaar. Als je platform maar goed is, dan is het plug-and-play.' Op het beeldscherm van zijn computer verscheen een digitaal formulier met de gegevens van de Mercedes. 'Hier. Dat is hem.'

Ik las.

'Dieter Müller?' vroeg ik. Dat was de naam van de eigenaar. Ik had nergens iemand gezien die in de verste verte leek op een Dieter Müller. 'Wie is dat? Woont die aan de Lauriertuin?' Ik had alleen Slavische types gezien, bleek en blond en groot.

'Volgens dit systeem woont hij in Zoetermeer', zei Karl. Hij wees naar een adres op het scherm. 'Okergeel vijftien.'

'Is dat een straat?'

'Daar wel, kennelijk. Het moet een bestaand adres zijn, anders zou het systeem het niet accepteren. De registratie is gekoppeld aan het straatnamen- en postcoderegister en aan nog een aantal andere databanken, dus als je daar zomaar iets invult, wordt de registratie geweigerd.'

Zoetermeer lag ongeveer tien kilometer van het huis aan de Lauriertuin. Op zich betekende dat niets, ik zocht naar een verband, een connectie tussen de mensen in het ene huis en de eigenaar van de auto in het andere.

'Nu hebben we een naam zonder gezicht', zei ik. 'Ik heb Dieter Müller nog nooit gezien, maar ik weet zeker dat hij niet degene was die daar met die laptop onder zijn arm liep.'

'Misschien zat hij achter het stuur.'

Ik schudde mijn hoofd. De man achter het stuur had ik bij de gevangenis gezien. Die twee reden samen. Zo zeker als wat. 'Heeft die Dieter nog meer auto's?' vroeg ik.

Karl aarzelde. 'Hoe ver wil je hiermee gaan?'

'Tot ik weet wie die mannen in de Lauriertuin zijn. Of in ieder geval die ene die ook hier binnen is geweest. Ik wil weten wie ik tegenover me heb. Nu zijn het alleen zonnebrillen en zwarte pakken. Ik wil een naam. Een echte naam.'

29 Gewoon zoals ik het zeg

De boosheid zat in mijn armen en benen, trok aan mijn spieren als koorts, gooide mijn ademhaling in de war. Guus zou nooit iets doen waardoor ik in gevaar zou komen, maar nu bleek dat ze iets had gedaan waar ik me niet overheen kon zetten. Stampvoetend liep ik door het lege kantoor. Karl werkte onverstoorbaar verder, van het ene systeem naar het volgende, en deed alsof hij me niet hoorde. Uit pure frustratie probeerde ik Guus nog een keer te bereiken op haar mobiel. Ze nam niet op. Op sms-berichten kwam geen antwoord. Guus werkte samen met die mannen. Iets anders kon het niet betekenen. Ze werkte samen met dezelfde mannen die de boot van haar moeder in brand hadden gestoken. Het werd steeds erger.

Met dat besef brak mijn liefde voor haar: Guus bracht me in gevaar. Ik wilde het niet, het kon niet, en toch gebeurde het. Buiten mij om en binnen in me. Woedend trapte ik tegen een stoel, hij stuiterde door de kamer.

'Ga jij even naar buiten', zei Karl. Hij stond op, nam me bij de arm, bracht me naar de voordeur en zette me eruit. 'Loop maar een paar keer om het gebouw heen. Het regent, dat is goed voor je.'

Met grote, driftige passen liep ik langs het kantoor naar de kade. Het IJ lag donker en wild onder de zware wolken, het koude regenwater striemde in mijn gezicht. Ik voelde het en het deed me niets. Ik ging zitten en liet het harde weer zijn werk doen. Langzaam zakte mijn opwinding en veel te laat besefte ik hoe nat ik was geworden. Rillend stond ik op en ging weer naar binnen. Door en door koud. En kalm.

Ik kleedde me uit, hield alleen mijn onderbroek aan. De rest van mijn kleren hing ik over verwarmingsradiatoren. Met een beker soep uit de automaat trok ik me terug in mijn kamer. Voorzichtig slurpte ik kleine slokjes, heet en zout. Ik belde Jens en vroeg naar Lies.

Ze luisterde zonder me te onderbreken, minutenlang liet ze me praten, tot ik niets meer te zeggen had. Daarna waren we allebei stil. Ik wachtte.

'Morgen', zei ze. 'Nu niet.' Ze hing op.

Karl maakte me wakker. Ik was op de grond gaan liggen en daar in slaap gevallen. Mijn schouder en heup deden pijn van de harde vloer.

'Aankleden', zei Karl. Hij had mijn kleren meegenomen. 'Ze zijn droog.'

Met stijve ledematen stond ik op. Mijn broek, mijn overhemd en mijn jack waren warm en zacht, behaaglijk. Buiten was het donker. Terwijl ik sliep, was de avond gevallen. Karl deed de lichten uit en samen liepen we naar de uitgang. Hij gaf me een papiertje met een telefoonnummer.

'Dat is het nummer daar in huis. Vaste lijn. Staat op naam van ene Freek Klaassen. Dat nummer belt naar Lauriertuin zes. De rest duurt langer dan ik had gedacht', zei hij. 'Ik heb nog wel een paar dagen nodig voor ik een naam heb. Ergens in een huurcontract, een mobiele telefoon of de internetaansluiting moet die te vinden zijn.' Hij schakelde het alarm in. 'Waar ga jij nu heen?'

'Naar huis', zei ik. Als Lies naar de jachthaven kon, waarom zou ik dan niet naar mijn flat kunnen? Karl deed de deur voor me open en ik stapte naar buiten.

'Doe je voorzichtig met Sterre?' zei hij.

'Hoe bedoel je?' vroeg ik. Andere vragen schoten door mijn hoofd. Wat weet jij daarvan? Hoe weet jij dat? Waar bemoei je je mee? Heb jij soms iets met haar? Moet ik iets weten? Is ze labiel of zo? Ziek? Iets anders? Wat?

'Gewoon, zoals ik het zeg. Meer niet.' Karl deed de deur achter ons dicht en draaide de sleutel om. 'Of je voorzichtig met haar bent.' Hij keek me aan.

'Sterre is er niet.'

'Dat weet ik. Ik heb haar zelf naar Moskou gestuurd.' Hij keek me aan en lachte. 'Niet daarom', zei hij. 'Maak je geen zorgen.'

'Het is langgeleden dat ik zo in de war ben geweest', zei ik.

Karl lachte weer en sloeg me op mijn schouder. Ter geruststelling, waarschijnlijk. Het voelde als een klap om me wakker te schudden. 'Ik dacht dat jij met Guus was', zei hij.

'Dat dacht ik ook.'

30 Wachtwoord

Als jij denkt dat niemand begrijpt wat je doet, dan denk je verkeerd. Dan verberg je je echte gedachten. En weet je wat ik denk? Ik wou dat ik wist wat jij dacht. Ik wou dat ik wist wat jij denkt. Nu.

Login.

Klik.

'I'll let you be in my dream if I can be in yours.'

31 You buying?

Ik ging niet naar huis. Ik ging niet naar bed. Ik ging niet voor de televisie hangen. Ik ging niet uit het raam zitten kijken, niet drinken. Ik ging geen chinees halen en ook geen pizza. Alles in mij was in verzet. Ik bleef in mijn auto zitten en pakte mijn laptop. Zodra ik met de mobiele verbinding op internet was, klonk er een piepje. De computer in de Lauriertuin stond aan. Bijna automatisch klikte ik op een van de icoontjes die Sterre had geïnstalleerd en het beeld van de webcam verscheen. De zitkamer was leeg, er zat niemand aan de computer. Bij de deur stonden wat tassen en koffers. Ik pakte een headset uit mijn rugzak, startte Skype en belde het nummer dat Karl me had gegeven. Via Skype konden ze niet zien door wie ze werden gebeld. De telefoon ging vijf keer over voordat de deur openging. Een grote man kwam binnen en liep met driftige passen naar de telefoon in de hoek van de kamer.

'Yes?' Hij had een zwaar accent.

Nu ik iemand aan de lijn had, wist ik opeens niet wat ik moest zeggen. Ik had contact met een bordeel, of in ieder geval een huis met een soort callgirls of escortvrouwen, dus ik kon naar een vrouw vragen.

'Yes?' klonk het weer. 'Vlodo?'

'Gracie', zei ik.

De man was even stil. *'You want Gracie?'*

'Yes.'

Stilte. Op het scherm zag ik hem staan. Hij bewoog niet, het leek of hij stond te denken. Langzaam draaide hij zich om en keek naar de deur.

'You want Gracie?' vroeg hij weer.

'Yes.'

'Gracie is gone', zei hij. Ik zag hem met de telefoon aan zijn oor naar de deur lopen. *'Okay?'*

'No. Gracie is good', zei ik. *'I want Gracie.'*

'No, no!' schreeuwde de man. *'Gracie no good. No good. You wait.'* Ik zag hem kijken naar de telefoon in zijn hand, hij drukte op een knopje en het geluid viel weg. Er klonk een stompzinnig muziekje. Hij had me in de wacht gezet. Hij legde de telefoon neer, trok de deur open en verdween de gang in. Even later kwam hij weer terug met een andere man, dik en blond. De twee schreeuwden tegen elkaar. Geluidloos voor mij, ik zag alleen hun heftige gebaren en vertrokken gezichten. De agressie knalde van het kleine scherm, even dacht ik dat ze elkaar te lijf zouden gaan.

Een derde man kwam de kamer binnen en deze herkende ik, het was een van de mannen die Elena hadden opgehaald. Hij trok de twee andere mannen uit elkaar en kalmeerde ze. Het leek alsof hij commando's uitdeelde, bevelen waar naar werd geluisterd. De rust keerde weer. De eerste man pakte de telefoon.

'Just one minute', hoorde ik en daarna werd ik weer in de wacht gezet. Het vrolijke muziekje klonk in mijn oren. Hij legde de telefoon neer en de drie mannen verlieten de kamer. Ik luisterde naar het deuntje, gekmakende muzak.

Opeens vloog de deur weer open en Elena werd de kamer in gesmeten. Op blote voeten, haar armen om zich heen, bleef ze staan. De drie mannen kwamen binnen. Twee van hen bleven bij de deur staan, de derde liep door naar Elena en midden in zijn loop haalde hij uit. De vertraagde, schokkerige beelden via de webcam maakten het erger. Het leek harder. De man raakte Elena vol in haar zij, onder haar armen. Ze viel opzij, kon nog net haar evenwicht bewaren en probeerde weg te lopen. Met een paar passen was hij weer bij haar, hij greep haar arm en sleurde haar mee naar de andere twee mannen. Hij praatte tegen haar en zette haar tussen de twee mannen in, zodat ze geen kant meer op kon, zei nog iets en stompte haar weer in haar zij.

De adem stokte in mijn keel, ik kon niets doen. Hij sloeg om haar pijn te doen, dat was aan zijn houding te zien, voeten iets uit elkaar, goeie balans, rustig, mooie korte swing van de rechterarm. Bestudeerd bijna, hij wist wat hij deed, had erop geoefend. Daar slaan, op die plek, onder de oksel, kort, niet doorslaan, maar wel fel, hard en terug. Dat het echt pijn doet, en dan nog een keer. Kleine beweging van het bovenlichaam, beetje schouder erin. HARD! KORT! En terug. Kijken. Het muziekje veranderde in een vrolijk deuntje.

Haar lichaam schokte en verstilde. Ze stond bewegingloos en onderging de klappen alsof ze wist wat er kwam. Alleen de korte schok van haar lijf verraadde de kracht van de klap. Ze schreeuwde niet, ze rende niet meer weg, ze sloeg niet terug. Ze verdedigde zich door de pijn de baas te blijven, haar ogen in een traanloze staar terwijl ze werd afgetuigd. Haar lijf werd gestraft voor iets wat ik had gedaan. Met iedere klap drong dat dieper tot me door. Ik wilde schreeuwen, gillen, dat ze moesten stoppen en ondertussen klonk het debiele muziekje in mijn oren. In machteloze paniek keek ik naar het ongegeneerde geweld dat ik niet begreep. Waarom werd zij zo mishandeld? Wat had ze gedaan? Wat had ik gedaan?

Elena zakte in elkaar. De mannen naast haar grepen haar vast, trokken haar weer overeind en sleepten haar naar de telefoon. Ze praatten tegen haar, wezen naar de telefoon, praatten nog meer. Het leek alsof het geweld voorbij was. Elena schudde haar hoofd en onmiddellijk sloeg de man haar weer. Ze viel achterover op de bank. Weer praatte hij tegen haar. Ze knikte. Hij zei nog iets. Ze knikte weer. Hij wachtte, keek op haar neer en gaf haar de telefoon. Ze drukte op het knopje, de muziek verdween en haar stem klonk dun en breekbaar, omgeven door een angstaanjagende stilte. Mijn handen en armen trilden.

'Yes?'

'Elena? Gracie?'

'Yes?'

Ik moest iets zeggen om haar vertrouwen te winnen, om haar te laten weten dat het goed was, dat ik geen bedreiging voor haar vormde. 'Ik ben van Guus', zei ik.

Ze gilde.

Op het scherm van mijn computer zag ik hoe ze de telefoon wegsmeet, door de kamer. De mannen reageerden razendsnel. Twee grepen haar vast en trokken haar de kamer uit. De derde man raapte de telefoon op.

'Hello?'

Ik zei niets.

'You buying?' vroeg hij.

'No', zei ik. Ik begreep niet eens wat hij bedoelde. Wat moest ik in vredesnaam van hem kopen?

'Okay', zei hij. Hij verbrak de verbinding. Ik zag hem de telefoon neerleggen en de kamer uit lopen. Er was niemand meer. Niets meer te horen. Ik staarde naar het lege, stille scherm en schrok me kapot toen er vlak naast mijn oor op het raam werd geklopt. Een politieagent keek me aan en maakte met zijn hand een gebaar dat ik het raampje open moest doen.

'Alles in orde, meneer?' vroeg hij, en ondertussen schoten zijn ogen van links naar rechts door mijn auto. Hij zag mijn computer en glimlachte. 'Nog een leuke late chat?'

Woorden bleven in mijn mond hangen, alleen in gedachten kon ik alles zeggen wat ik wilde zeggen. Ik wees naar de computer, naar het beeld van de webcam, waar nu een volstrekt normale woon-eetkamer te zien was. Kon overal zijn. Nederland heeft honderdduizenden van dat soort kamers.

De agent glimlachte nog steeds beleefd. 'Moet u niet naar huis?'

Onwillekeurig wees ik naar het gebouw een paar honderd meter verderop. De agent keek niet eens, hij glimlachte alleen, en opeens drong de betekenis van zijn vraag tot me door. Hij vroeg niet of ik een huis had, een gebouw met kamers, hij vroeg of ik bij iemand hoorde.

Er kwam even niets in me op.

32 Als jij gaat, ga ik mee

Het geweld ging niet weg. Het bleef achter mijn ogen zitten, ik voelde het in mijn eigen lichaam. Mishandeling in de prostitutie was niet ongewoon, ik had ook wel verhalen gehoord over hoeren die door pooiers worden gedwongen dingen te doen die ze niet willen doen. Of wel. Het was niet altijd duidelijk waar precies de dwang begon, behalve als er geslagen werd. Dat begreep ik ook nog wel, daarbuiten had ik eigenlijk geen idee hoe het er aan toeging. Ik moest denken aan de chakra's, aan de verkleurde aura's die Lies had gezien en had beschreven. Nu kon ik me er iets bij voorstellen. Ik vroeg me af hoe Gracie kon leven met dergelijk geweld, waarom ze er niet vandoor ging. Of zou dat alleen tot meer geweld leiden? Tot ander geweld? Elke gedachte riep nieuwe vragen op.

Het beeld van de webcam stond als een soort bureaublad op mijn scherm. Er gebeurde niets. De tassen en koffers die de afgelopen nacht nog bij de deur hadden gestaan, waren weg. Ik staarde naar het beeld van een troosteloze kamer. Het ene moment wilde ik dat de vrouwen de kamer binnen zouden lopen en aan tafel gingen zitten of op de bank, alsof er niets aan de hand was. Dan weer hoopte ik dat ze niet meer zouden terugkomen.

Wat Guus ermee te maken had, begreep ik nog steeds niet. Ik ging ervan uit dat ze de vrouwen wilde helpen. Na wat ik had gezien, was daar meer dan genoeg reden toe. Maar waarom zat ze dan in Odessa en niet bij die vrouwen in het huis? De mannen wisten van Guus, ze kenden haar, ze hadden haar zelf opgehaald. Hadden zij haar naar Odessa gebracht? Of gestuurd?

En dan Gracie. Ik had tegenover haar gezeten, ze had me aangekeken, aangeraakt, haar armen om me heen geslagen, haar lippen op mijn lippen. De mishandeling voelde ik harder dan ik voor mogelijk had gehouden. Hier in Nederland was dat toch gewoon verboden? Dat was in elk Europees land verboden. Kon ik niet naar de politie gaan, het verhaal vertellen en een aanklacht indienen? De politie had Lulu en Gracie al een keer opgepakt, anders hadden ze niet in de gevangenis gezeten. Ze waren dus ook al een keer veroordeeld. Waarschijnlijk waren ze hier illegaal. De hele setting in het huis aan de Lauriertuin wees daarop. Ik staarde naar het scherm, naar het beeld van de lege kamer.

Ik kan niet tegen dingen die niet kloppen, dat heb ik al van kleins af aan. In Dordrecht groeide ik op met een sterk besef van wat wel hoort en wat niet. Allemaal gebaseerd op het geloof van mijn moeder en de burgerlijkheid van mijn vader. Sinds hun scheiding was hij veel van die benepen moraal kwijtgeraakt, maar in de buitenwijk van Dordrecht was ons gezin dichter bij God en ver weg van hoeren en verdovende middelen. Bij ons was het netjes, de narigheid zat allemaal in Rotterdam en Amsterdam. Daar waren de criminelen, daar was geweld, daar werden mensen vermoord en in elkaar geslagen. Boven de grote rivieren nam de onbetrouwbaarheid toe. Wij woonden tussen die rivieren, in de frontlinie, waar het noordelijke verderf werd tegengehouden. Mijn moeder maakte zich altijd zorgen, over de toekomst van het land en over de toekomst van haar kinderen. Haar drie zonen moesten netheid en zuiverheid vanuit Dordrecht in zich meenemen, waar ze ook naartoe zouden gaan. Dat was haar overtuiging, tot mijn jongere broer hun blinde opvattingen ontvluchtte en niet meer terugkwam voordat hij zijn eigen innerlijke mismatch had opgelost. In het buitenland begon hij aan de jarenlange behandeling om een vrouw te worden. Kees werd Kirsten. Daar had de god van mijn moeder geen rekening mee gehouden en haar overtuiging kwam zo sterk onder druk te staan dat ze nog maar twee kanten op kon: eruit breken of er nog dieper in opgaan. Ze koos voor het laatste.

Door Kirsten werd de ban gebroken, ons gezin viel uit elkaar en kwam later hechter terug. Wij waren niet meer wie we moesten zijn, de ongewenste meetlatten die altijd langs ons leven werden gelegd, werden opgeborgen. Mijn ouders gingen uit elkaar, mijn vader trok naar Den Haag, dichter bij zijn werk. Mijn broer Peter boekte een vlucht naar Australië. Daar zat hij nu nog. Kirsten was in Amsterdam Vince Batte tegengekomen, een nerd met modegevoel, die nog een tijdje voor The Pattern had gewerkt en die nu was uitgezonden naar Zuid-Afrika. Kirsten en Vince waren altijd op pad.

Het gevoel van wat er wel of niet klopt, bleef ondanks al die veranderingen overeind. Mijn ouders hadden dat er zo in geramd dat het een instinct was geworden. Dat instinct stuurde nu de ene waarschuwing na de andere. Mijn vader zou zeggen: bemoei je er niet mee. Hij liet de controle over aan de politie en andere instanties. Mijn moeder zou zeggen: dat laat je niet gebeuren. Zij vond dat iedereen zijn verantwoordelijkheid had, het maakte niet uit waar. Bemoeien was een plicht. Vinger opsteken en rugdekking door God. Diezelfde neiging had ik ook, ik wist waar die drang vandaan kwam. Ik leek op mijn moeder en naarmate ik ouder werd, zag ik de overeenkomsten duidelijker. Eropaf, vooruit! Prima. Ik ben een bemoeial, dat zit in mijn karakter. Daarom was ik ook adviseur geworden, een professionele bemoeial. Mijn moeder doet het voor de Heer, ik doe het voor mijn gelijk en voor het saldo op mijn bankrekening. Het vak is me op het lijf geschreven. In mijn werk heb ik mijn ervaring en mijn kennis om anderen te vertellen wat ze moeten doen en hoe ze het moeten doen. Daarbuiten miste ik de rugdekking die mijn moeder had; God speelde niet in mijn team. Bovendien sloegen die Oekraïners heel hard.

Uiteindelijk was dat geen argument. Hard slaan was geen reden om weg te lopen. Een bemoeial zijn was geen reden om door te gaan. Ik wist dat ik steeds meer risico liep, dat mijn kansen om het geweld te ontlopen kleiner werden. En ook dat was geen reden.

Mijn gedachten waren omtrekkende bewegingen, ik probeerde mezelf tegen te houden. Natuurlijk had ik geen enkele behoefte om mijn krachten te meten met die mannen, ik had genoeg gezien om te weten hoe hard ze ingrepen als ze zich bedreigd voelden. Guus zat daar middenin en wat ik ook dacht van de manier waarop ze was vertrokken, ik geloofde niet meer dat ze vrijwillig met die mannen was meegegaan. Dat soort vrijwilligheid was dwang. Diep van binnen wist ik wat ik moest doen. Verantwoordelijkheid blijft, je laat elkaar niet los. Dat is de enige echte reden.

Karl had twee namen gevonden. 'Vraag me niet hoe', zei hij. 'Ze kloppen, meer hoef je niet te weten.' Hij was nog bezig met het uitzoeken van hun contacten hier in Nederland en dat ging nog even duren. 'Die lui zitten in een of ander los-vast netwerk waar ik mijn vinger niet achter kan krijgen. Daar kan ik niet tegen.'

Hij zette ze op de mail en even later had ik ze thuis op mijn scherm. Dmytro Derdo en Volodymyr Lyulka, met hun adressen in Odessa. Foto's erbij. Dmytro herkende ik meteen. Hij was de man die Elena bij de arm had toen ze de gevangenis verliet. Hij was ook degene die haar gisteren had gestompt en geslagen alsof hij zijn oefeningen deed in de sportschool. De andere man leek op de chauffeur van de Mercedes, helemaal zeker wist ik het niet, hem had ik minder goed gezien. Dmytro en Volodymyr. Ik printte de informatie en hield het vel in mijn handen. Voor het eerst had ik iets concreets, namen en adressen.

Ik belde Sylvia Koper in Rotterdam en sprak af om haar die avond te ontmoeten in hetzelfde café. Zij wist meer over Dmytro en Volodymyr dan ze me de vorige keer had verteld. Ze had de mannen van de Nederlandse militaire inlichtingendienst watjes genoemd. Nu begreep ik waarom ze dat had gezegd en daar wilde ik meer over horen.

Daarna belde ik Lies. Ze luisterde en vroeg me wel drie keer om de namen van die mannen te spellen. Zodra ik de verbinding verbrak, zou ze die namen omzetten in cijfers en er numerologische waarden aan toekennen. Meestal dacht ik dat ze dingen zag die er niet waren. En soms wilde ik dat ik kon zien wat zij zag.

'Als jij gaat, ga ik mee', zei ze.

'Dat lijkt me een erg slecht idee.' Ik moest er niet aan denken dat ik met Nulpuntvijf op sleeptouw in Odessa op zoek moest naar Guus. Ze zou me alleen maar hinderen, in de weg lopen. Als ik snel moest schakelen, zou zij me vertragen. 'Wat heb je daar te zoeken?' vroeg ik.

'Ik wil die man in zijn ogen kijken', zei ze.

'Dat overleef je misschien niet.'

'Dan maar niet.' Daarin klonk een felheid die ik nog niet van haar kende. Ze was niet opgewonden, ze was overtuigd van wat ze moest doen. 'Ik hoef hem niet te bekeren of zo en ik wil ook geen excuses, dat interesseert me niet. Ik wil zien wat dat voor mens is. Dat soort ken ik niet. Ik wil zien wie hij is. Op mijn manier.' Ze zweeg, ook in haar vastberadenheid bleef ze trouw aan zichzelf. 'Als ik het niet overleef, dan heb ik nergens meer last van.' Ze wachtte op een bevestigend geluid van mij; toen dat uitbleef, ging ze door. 'De verzekering zeurt me aan mijn kop over van alles wat volgens hen niet klopt. Ambtenaren. En bij Jens kan ik ook niet blijven. Die verwacht dingen waar ik nu helemaal geen zin in heb.'

Dat begreep ik. Ik kon haar ook niet aan haar lot overlaten in dat verlaten oord.

'Mik, ik wil Guusje terug', zei ze. 'Ze is mijn dochter.'

Je laat elkaar niet los.

'En het is ook niet zo dat jij mij meeneemt. Ik ga.'

'Kom dan om te beginnen vanavond maar naar Rotterdam. Daarna kun je altijd nog zien.'

Ik had nog niet eens een plan of ik moest het al veranderen.

33 Dmytro en Vlodo

Met een grote tas en een kleine tas stapte ze uit de trein op het Centraal Station van Rotterdam, ze had alles bij zich wat ze nodig had, kon overal in een bed kruipen en de volgende dag weer verder zien. Ze was ontheemd en ze leek er al bijna aan gewend. In anderhalve dag tijd was Lies veranderd; ik ook, maar minder dan zij. Zij had geen thuis meer en het was beangstigend om te zien hoe snel ze zich had aangepast. Ze omhelsde me kort, haalde een hand door mijn haar en haakte haar arm in de mijne. Zwijgend stapte ze naast me voort.

De aanslag op haar boot had haar hard geraakt en nu ze het wrak zelf had gezien, was de klap echt aangekomen. De verzekering zou de schade waarschijnlijk wel vergoeden, maar daarmee had ze de Muladhara nog niet terug. Een nieuwe boot kon nog zo mooi zijn, haar verleden zat er niet in. Haar boeken, foto's, brieven, haar schriften, alles was weg.

Samen liepen we naar de kade, naar het café. Ik hield de deur voor haar open, binnen was het warm. Sylvia zat er al, groot en rood, aan hetzelfde tafeltje. De koningin van haar eigen domein. Ze begroette me alsof we elkaar al jaren kenden en ze bekeek Lies alsof er iemand van de belastingdienst was binnengekomen.

'De moeder van Guus', zei Lies.

Sylvia knikte. 'Had ik moeten zien', zei ze. 'Mijn fout. Mevrouw Van Donee, gaat u zitten.'

'Inderlaan', zei Lies. 'Ik heb mijn eigen naam gehouden.'

Sylvia keek haar onderzoekend aan, er was iets wat ze niet direct kon plaatsen. 'Lies Inderlaan?' vroeg ze.

Lies knikte.

'Lies Inderlaan van de auralezingen en de energiebanen?'

'Onder andere', zei Lies en ze lachte bescheiden. Ze had een naam bij een groeiende groep mensen die haar inzichten en interpretaties waardeerden. Sylvia Koper, de Rotterdamse rouwdouwster, was wel de laatste die ik tot die groep zou hebben gerekend.

'Ik ben Eska', zei Sylvia. 'Es Kaa, Sylvia Koper, dat ben ik.' Ze wees met een glanzend rood gelakte nagel op zichzelf.

Lies keek haar met open mond aan. Op haar website had ze een forum waar mensen vragen konden stellen en konden praten over spirituele ervaringen en tekens. Lies gaf advies en begeleidde hen in het vinden en lezen van de tekens die zich elke dag om ons heen manifesteren. Iedereen op het forum gebruikte een schuilnaam, zodat privé-aangelegenheden privé bleven. Eska was een van de trouwste bezoekers van haar website. Sylvia stond op, liep om het tafeltje heen en gaf Lies een zoen op haar wang. De twee vrouwen waren ongeveer even oud, maar ze konden niet meer van elkaar verschillen. De een was netjes-alternatief met kralen en kleuren, de ander goedkope chic met naaldhakken en lak voor haar, nagels en schoenen. De een zonder make-up, de ander opgemaakt alsof ze er een prijs mee moest winnen. De een met een zachte stem, de ander met een stem die overal bovenuit klonk. Ze begrepen elkaar met veel minder woorden dan ik nodig had en ze hadden het over dingen die ik om te beginnen al moeilijk kon volgen. Ik vroeg me af waar de spirituele kant van Sylvia Koper zat, want die had ik nog niet gezien.

'Je dochter en ik kennen elkaar van de beschermde opvang, zal ik maar zeggen.' Sylvia bestelde koffie en jenever, driemaal, en legde haar hand op die van Lies. 'Trek je van mij niks aan', zei ze. 'Ik zeg altijd wat ik denk. *N'importe quoi*.'

Lies lachte. 'Kan ik wel tegen.'

Sylvia leunde naar achteren en keek me aan. 'Wat kan ik voor je doen? Vorige keer kwam je hier druipend binnen, nou zit je erbij alsof je een zoen van een tankwagen hebt gehad. Gaat het wel goed?'

Ik schoof het vel papier met de namen en adressen van de Oekraiense mannen naar haar toe. 'Over deze twee wil ik het hebben.'

Sylvia keek en las. Ze zei niets.

'Over wie ze zijn, waar ze vandaan komen, wat ze doen, met wie ze werken hier in Nederland, waar ze zijn als ze niet in de Laurier-tuin zijn. Dat soort dingen.'

Sylvia reageerde niet. Ze legde haar handen op tafel en bleef roerloos zitten.

'Ik weet wel iets,' zei ik, 'kleine stukjes, maar ik zie het geheel niet. Ik kijk en kijk en kijk en ik heb de hele tijd het gevoel dat ik het belangrijkste mis.'

'En nou denk je dat ik dat voor je kan oplossen?' Sylvia leunde nog steeds naar achteren, alsof ze zo veel mogelijk afstand wilde houden. Ze schoof het papier naar me terug. 'Dmytro is een schat. Wat wil je nog meer weten?'

'Dmytro tuigt vrouwen af', zei ik.

'O ja? En hoe weet jij dat?'

'Dat heb ik gezien.'

'Mooi. Wat kom je dan aan mij vragen?'

'Elena.'

Ze reageerde niet. Ik vertelde wat ik had gezien, hoe ze geslagen werd. 'Heel hard. Niet één keer, maar wel tien keer.' Ik sprak langzaam, de woorden kwamen met moeite hardop uit mijn mond. Sylvia keek me aan. Ze perste haar lippen samen tot een streep.

'Gracie?'

Ik knikte.

Ze zweeg. Haar blik leek aan mijn ogen vast te zitten. Ze knipperde niet en ze week niet. Ze keek. Ze zoog me in zich op, in complete rust en tegelijkertijd volledig actief.

'Een schat van een vent, ik zei het al', zei ze uiteindelijk. 'En nu?'

'Nu zijn ze weg.'

'Je bent ze kwijt?'

Ik knikte.

'En Gracie en Lulu?'

'Ook. Meer weet ik niet.'

Sylvia keek naar mij en daarna naar Lies. Ze aarzelde. Hier zat ze goed, in haar eigen kroeg, tussen haar eigen muren. Een vesting van haarzelf. Mensen om zich heen. Hier maakte zij de dienst uit. 'Jullie hebben daar niks te zoeken', zei ze. 'Jullie zijn nette mensen.'

'Wat moet Guusje met die lui?' vroeg Lies.

Sylvia leunde voorover. 'In de gevangenis heeft ze Gracie en Lulu opgevangen. Twee hoertjes. Lieve meiden, hoor, maar compleet d'r af. Ken je ze? Jullie hebben haar toch gezien, Gracie? Zo'n dromer, zit met d'r hoofd overal. Dat is de ellende met die meiden. Ze denken dat ze de wereld gaan ontdekken, of weet ik veel wat ze denken, en ze gaan gewoon de handel in.' Ze keek me aan. 'Hoe is het met 'r? Het is zo'n lieverdje.'

Lies, Sylvia en ik zaten zwijgend bij elkaar. Het was alsof Gracie zelf aanwezig was, alsof ze ons aanraakte. Soms kun je zo sterk aan iemand denken dat die ander er opeens is. Dan ontstaat er een verbondenheid die dwars door alles heen gaat. Door rede en door feiten, door argumenten en door beter weten. Sylvia's ogen vulden zich langzaam met tranen. Haar handen lagen plat op tafel.

'Dat is nou Gracie', zei ze. 'Die meid, daar gaat je hart van open.' Ze gebaarde naar de barman. 'Komen die borrels nog of moet ik ze bij de buurman gaan halen?' Gracie had haar geraakt, mij ook, dat deelden we, maar voor haar lag het dichterbij. Sylvia Koper was een Rotterdamse madam, een gewezen madam, uit de tijd dat een bordeel nog een huis was en hoeren nog een vak hadden. Bij Maison Koper kwamen de havenbaronnen en de energiebazen, de reders en de industriëlen. Zij bediende de mannen met macht en de mannen met geld. 'Wij hadden de beste meiden', zei ze. 'Toen ik twintig was, had ik meer kapitaal tussen mijn benen dan ik wist. Ze kwamen allemaal.' Tot de vrouwen uit Thailand, Afrika, Oost-Europa, Rusland en Oekraïne overal beschikbaar leken.

'Daar is niks van over', zei Sylvia. 'Wij hadden een huis, wij hoorden bij elkaar. Niet dat het nou allemaal feest was, want dat was het niet, maar wij hadden een plek waar we hoorden, waar we elkaar konden vasthouden als dat moest. En reken maar dat het moest. Dan gebeurde het ook.' Ze sloeg met haar vlakke hand op tafel. 'Dan gebeurde het. En nu? Die meiden zijn handel, meer niet. Ze hebben geen cent, helemaal niks, en hier worden ze gewoon verkocht aan de een of andere Jan voor wie ze dan zijn investering bij elkaar moeten zuigen en neuken.' Ze lachte hard en cynisch. 'Zijn investering, laat me niet lachen. Voor vijfduizend euro heb je een mooie griet. Volledig opgeleid', zei ze. Dat betekende dat die meiden geen kant op konden. Ze hadden geen papieren, geen paspoort en geen geld. 'Soms worden ze door hun eigen broers verkocht aan een handelaar. Zo begint het. Zodat de familie wat geld heeft. Dus daar kunnen ze ook nooit meer naartoe.'

Nu begreep ik pas wat ik al die tijd niet had gezien. *Are you buying?* Dat had Dmytro mij gevraagd. *Are you buying?* Hij wilde weten of ik Gracie wilde kopen. Niet voor een uur of een middag of een avond. Nee, kopen. Gracie kopen. Om haar te hebben en te laten werken.

Door mijn opdrachten voor het ministerie van Justitie wist ik iets over de vrouwenhandel, niet veel. Ik had onderzoeksrapporten en beleidsplannen gelezen, ik kende het probleem en was op de hoogte van de moeilijkheden bij de bestrijding ervan, maar mijn kennis was abstract. Het ging over aantallen en bewegingen, over toename en verwevenheid met andere vormen van criminaliteit. Niet over mensen en zeker niet over mensen die ik kende.

'Mijn meiden werden niet gekocht of verkocht', zei Sylvia. 'Nooit. Niemand heeft mij ooit gekocht. Dat KAN niet. Ik heb gewerkt, ik heb altijd gewerkt, maar ik ben nooit verkocht.'

De barman kwam met een dienblad en zette drie koffie en drie borrels op tafel. Sylvia wachtte niet. Ze pakte haar jenever, sloeg het glaasje in één keer achterover en zette het terug op het dienblad.

'Doe er nog maar een', zei ze. Terwijl de jenever naar beneden zakte, roerde ze in haar koffie. Ze smakte met haar lippen. 'Oké', zei ze. Ze nam een beslissing en haar houding veranderde. Sylvia deed niets half, ze deed iets niet of ze deed het helemaal. Daarom hield ze anderen zo lang mogelijk af. Ze pakte het papier met de namen weer. 'Deze twee ken ik', zei ze. 'Dmytro en Vlodo, die zijn een paar keer op bezoek geweest in de gevangenis. Ze trekken zich nergens wat van aan en de politie let toch niet op. Anderen ken ik niet. Lulu en Gracie vertelden wel van alles, maar de helft van de tijd kon ik er geen touw aan vastknopen. Ze hadden het altijd over broers en vrienden die hen gingen helpen en weet ik veel. Mannen, altijd over mannen. Hopeloos.'

'Wat is Dmytro voor een man?' vroeg ik.

'Een mooie man', zei Sylvia zonder enige aarzeling. 'Een echte vent. Groot. Als hij binnenkomt, dan kijk je. Ik kan niet anders zeggen. Pakt je in waar je bij staat, en dan heb ik toch heel wat kerels gezien. Zo'n man die je aankijkt en in je kijkt.' Ze priemde een vinger in mijn borst. 'Hier. Kun je niks tegen doen. En een baas. Iedereen moet doen wat hij zegt en dat doen ze ook. Ook al weten ze dat het stom is. Dan nog. Ik hou er wel van. Ik moet hem niet, maar ik weet wat ik zie. En hij heeft macht. Macht over mensen. Echte macht. Dat is Dmytro. En Vlodo doet gewoon alles wat Dmytro zegt.' Ze zweeg en keek me aan. 'Begrijp je?'

Ik knikte.

Sylvia bleef me nog een tijdje aankijken, tot ze opeens haar blik wegdraaide, naar Lies. 'Hij begrijpt het niet', zei ze. 'Jij wel, dat zie ik. Hij heeft gezien dat Gracie een pak slaag kreeg, maar jij hebt iets anders gezien.' Ze leunde over de tafel heen. 'Wat heb jij gezien, Lies Inderlaan?'

'Ik heb Gracie gezien.'

'Ik ook.'

'Van binnen', zei Lies.

34 Meiden

Guus kon niet meer terug. Toen ze Gracie en Lulu eenmaal kende, wilde ze de twee vrouwen niet meer loslaten en was ze, stap voor stap, verder met ze meegegaan. Sylvia had het zien gebeuren, ze kende het uit haar eigen leven, de drang om te helpen, om ervoor te zorgen dat er een eind zou komen aan de mishandeling en vernedering.

'Dit is mijn café', zei Sylvia. 'Mijn eigendom, helemaal. Ik kan die twee meiden hier zo neerzetten. Morgen, als het moet. Hebben ze een baantje, verdienen ze een centje. Iedereen blij, behalve ik, want dan heb ik overmorgen Dmytro op de stoep.'

'Wat doet Guusje in Odessa?' vroeg Lies.

'Daar komen ze vandaan, Dmytro, Vlodo en die andere kerels. Die wonen niet hier.'

'Ze hebben een huis vlak buiten Den Haag.'

'Dat is niet van hen. Nooit. Daar zitten ze even. Ze zijn hier om geld op te halen, om handel te brengen, om te kijken of alles nog goed gaat. Lulu is al weg en Gracie moet weg. Die hebben gezeten, hun namen staan geregistreerd in allerlei systemen en dat kunnen ze niet hebben. Ze hebben hier geen marktwaarde meer. Dmytro wil in geen enkel systeem staan. Zijn handel komt helemaal nergens in voor. Die meiden moeten het land uit, terug naar waar ze vandaan komen, en dan in de aanbieding. Weg ermee.'

Nu Sylvia had besloten te praten, vertelde ze alles wat ze wist en langzaam ontstond er een beeld van de handel van Dmytro, de man uit Odessa die schijnbaar ongemerkt overal zijn gang kon gaan. Hij ronselde de vrouwen in Oekraïne, die vrouwen waren van hem. Hij regelde het transport naar de westerse landen van de Europese Unie.

'Als ze eenmaal binnen de grenzen van de EU zijn, kunnen ze overal naartoe', zei Sylvia. De politie liep achter of liep er omheen, de politiek wilde er niets mee te maken hebben. 'Die vrouwen zijn hier illegaal, dus ze hoeven er ook niets mee. Zeker tegenwoordig niet meer. Illegalen moet je oppakken, opsluiten en dan uitzetten. Denk je dat die handelaren daarvan onder de indruk zijn?'

Niemand had er zin in, niemand wilde zijn vingers eraan branden, niemand zag er het belang van in. 'Het blijven hoertjes,' zei Sylvia, 'en dan denkt iedereen: Jij moest toch zo nodig? Wat wil je nou? Wel hoer zijn en niet misbruikt worden? Voor de meeste mensen hoort dat gewoon bij elkaar. Daar zijn ze voor en daar krijgen ze voor betaald, dus ze moeten niet zeuren.'

Oppakken, wegjagen, vastzetten, pesten, van de ene wijk naar de andere. Ik had stapels beleidsplannen gelezen, het ene nog mooier dan het andere. Ook over vrouwenhandel. Dat was verboden en moest met alle mogelijke middelen worden bestreden. In grote bewoordingen werd gesteld dat Nederland geen vrouwenhandel zou tolereren. Nederland was een voorbeeld. Als je niet beter wist, zou je denken dat het hier helemaal niet voorkwam. En ik wist niet beter.

De praktijk was anders. Sylvia wist niets van het beleid, zij keek om zich heen, naar de meiden op straat en naar de clubs die overal in en rond Rotterdam werden geopend, een tijdje draaiden en dan weer dichtgingen. Ze sprak de mannen die ze kende, van vroeger en ook een beetje van nu. De moderne seksondernemer opereerde op een heel eigen manier. De legale prostituee was voor hem niet interessant, de marges waren te klein en bovendien hadden de vrouwen hem niet nodig. Daar moest je buitenlandse vrouwen voor hebben en dan vooral vrouwen van buiten Europa. Daar zat marge op. Ronselen, binden, transport, import, inkoop, verkoop.

'Zo moeilijk is het niet', zei Sylvia. 'Als je sperziebonen uit Kenia kunt verhandelen, kun je ook Lulu's uit Oekraïne importeren.'

'Waarom trappen die vrouwen erin?' vroeg Lies.

'Sommigen omdat ze het willen. Niet dit, ze willen geen sekshandel zijn, maar ze willen weg uit hun land. Zo snel mogelijk. Ze hebben alleen geen idee waar ze in terechtkomen. Ze willen iets heel anders dan wat ze krijgen. Ik zit niet meer in de business en ik ben daar nooit geweest, in die landen, dus ik weet niet hoe het daar is en hoe het daar werkt, maar ik ken meiden. Ik weet wat ze denken en dromen als ze jong zijn.' Ze keek naar Lies. 'Hoe oud ben jij?'

'Drieënzestig.'

'Ben je een jaar jonger dan ik. Je weet waar ik het over heb. Waar of niet?'

Lies knikte. 'We zijn zelf nog meiden', zei ze.

'Als je het maar weet', zei Sylvia. Ze keek naar de grote tas, die Lies naast haar stoel op de grond had gezet. 'Ben je op pad?' vroeg ze.

Lies lachte. 'Zoiets', zei ze. Daar liet ze het bij.

Ik niet. Om Sylvia's onvoorwaardelijke hulp te krijgen, moest zij weten wat er met ons aan de hand was. Ik vertelde wat er was gebeurd, de manier waarop ik was gevolgd en de aanslag op de Muladhara en onze vlucht. Sylvia luisterde. Ze stelde geen vragen, ze onderbrak me niet, ze liet me praten en al die tijd keek ze van Lies naar mij en weer terug.

Lies haalde haar schouders op. 'Vroeger zei ik altijd: brand is erger. Daar moet ik nu iets anders op verzinnen.' Ze probeerde het kleiner te maken dan het was. Lies hield er niet van als de aandacht te veel op haar kwam te liggen. 'Ik vind wel een plek. Bij Michael op de bank, bijvoorbeeld.' Ze kneep me in mijn arm.

'Ik ga wel op de bank', zei ik.

Sylvia wilde er niets van weten. 'Geen sprake van', zei ze. 'Jij gaat met mij mee, mamma Guus. Zonder jou liep ik nu nog als een kip zonder kop hier door de haven. Ik heb dan wel vastgezeten, maar door jou weet Eska beter wie ze is en wat ze moet doen.'

Ze stond op, liep om de bar heen en opende een kastje ergens tussen de bierglazen en de wijnglazen. Ze kwam terug met een klein boekje in haar hand. 'Mijn bijbel', zei ze. Uit haar tas haalde ze een leesbril, ze bladerde door het boekje tot ze had gevonden wat ze zocht. 'Volgens mij ken ik nog iemand daar', zei ze. 'Als je naar een vreemd land gaat, moet je contacten hebben.' Ze sloeg een bladzijde om en tuurde door haar bril naar de kleine lettertjes.

'Waarvoor zat jij eigenlijk in de gevangenis?' vroeg ik.

'Gaat je nog steeds niks aan.' Ze keek niet eens op en bladerde ver-

der in haar adresboekje. 'Iets met vergunningen', zei ze even later.
'Drankvergunningen?'
Ze schudde haar hoofd. 'Wapenbezit.'

35 Ik was er al in

'Duidelijk een negen', zei Lies. 'Merk je meteen. Ze doet bijna alles op intuïtie.'

Ik wist niet of dat goed was of slecht. Meestal hadden de kwalificaties van Lies daar weinig mee te maken. Zij had het over duidingen, over energie en stromen en kenmerken waardoor je anderen beter kon begrijpen. Lies Inderlaan, Nulpuntvijf en nu mamma Guus, schoof onverstoorbaar op haar doel af. Ze legde een hand op mijn schouder. 'Sylvia is heel goed', zei ze. 'Daar hebben we wat aan.' Ze wreef even over mijn bovenarm.

'Jij misschien. Ik moet morgen weer aan het werk.' Er was geen ontkomen aan, deadlines trokken aan me, opdrachten konden niet langer wachten, klanten verwachtten me terug. De volgende dag begonnen de afspraken en besprekingen die ik vooruit had geschoven om deze afgelopen week met Guus te kunnen zijn. Morgen stond op het punt om los te barsten. Ik had gedacht dat ik daar stuiterend van energie aan zou kunnen beginnen. Niets was minder waar, ik had er geen zin in, mijn hoofd stond er niet naar en mijn hart was ergens anders. Het liefst liet ik alles uit mijn handen vallen om Guus te zoeken. De verplichtingen voor het bedrijf en voor de klanten vielen me zwaar. Het voelde alsof ik geld verdienen boven al het andere stelde en dat voelde heel erg verkeerd.

'Morgenochtend acht uur op kantoor, tien uur ministerie van Justitie in Den Haag, overleg met acht man, en om half drie moet ik in Arnhem zijn.' De dagen daarop zouden een aaneenschakeling van vergaderingen, gesprekken, interviews, rapportages en terugkoppelingen zijn. Van 's ochtends vroeg tot laat in de avond.

We stonden op de stoep voor het café, het was nacht en koud. 'Laat me weten waar je zit', zei ik. Als Lies vertrouwen had in Sylvia, dan zat het wel goed. Zij ging weer naar binnen, ik liep naar het station.

De nachttrein naar Amsterdam was bijna leeg, ik reisde alleen met mijn gedachten en halve dromen. Het onverwachte koppel Lies en Sylvia, hoe mensen elkaar vinden, dwars door alles heen. Tussen Den Haag en Schiphol sliep ik, ongemakkelijk, met mijn kin op mijn borst, opgevouwen. Bij Lelylaan werd ik weer wakker, pijn in mijn nek en mijn gedachten bij de volgende dag: werk en meer werk, en de korte nacht die ik nog had.

Klanten eisen alles van je. Gelukkig maar, ze blokkeren gedachten aan andere dingen. Alles heeft haast, alles is belangrijk en alles gaat voor al het andere. Heerlijk. Ik dompelde me onder in de hectische gewichtigheid en de opgewekte doelgerichtheid van een grote organisatie. Het ministerie zat midden in een reorganisatie en moest tegelijkertijd de beleidslijnen voor de komende jaren uitzetten. De omgang met vreemdelingen, de pardonregeling, de controle op immigratie, asielaanvraag, verlening van verblijfsgunningen, opvang, uitzetting, het waren allemaal onderwerpen die met de publieke opinie te maken hadden. Elke dag. Het werd steeds moeilijker om beleid te ontwikkelen en uit te voeren, bij alles moest rekening worden gehouden met doelgroepen en belangengroepen en geld. Intern moest iedereen weten hoe de organisatie ging veranderen en wat dat zou betekenen, extern moesten tijdig de juiste mensen worden betrokken bij de beleidsvorming en de ontwikkeling van instrumenten voor de uitvoering. Communicatieplannen werden opgesteld, aangepast en veranderd en iedere dag bleek het anti-vreemdelingen sentiment in het land toch weer groter dan gedacht. Peilingen gaven aan dat de kiezers almaar verder opschoven naar een harde, compromisloze aanpak. Er moesten strenge regels komen. Rechters moesten strenger straffen, procedurefouten mochten geen effect meer hebben op een zaak. Meer gevangenissen, meer politie. Het vertrouwen in het systeem was zoek en ondertussen konden de mensen die in het systeem werkten de hoeveelheid regels en opdrachten allang niet meer aan. Zo ontstonden de mazen in het net, waar ook de vrouwenhandel doorheen glipte.

Betere communicatie moest een oplossing bieden, omdat veel van de problemen werden veroorzaakt door verkeerde verwachtingen en onhaalbare eisen. Dat was mijn werk. Geweldig werk. Ik was ruim een week weggeweest en tijdens mijn afwezigheid was alles blijven liggen. Ik werd binnengehaald als een verlosser.

Wat wilde ik nog meer?

Tussen de afspraken door belde ik een medewerker die gespecialiseerd was in de mensenhandel, de moderne slavernij. Ik wilde weten wat er bekend was over Oekraïne, over bendes die van daaruit opereerden. De grootste aandacht ging uit naar de Afrikaanse landen, Nigeria en Sierra Leone, maar de vrouwen kwamen overal vandaan. Rusland en Oekraïne waren belangrijke landen in de handel.

'Vaak weten we niet waar we het moeten zoeken', zei de man. 'Per jaar worden er wereldwijd naar schatting achthonderdduizend mensen verhandeld en vorig jaar hebben we hier in Nederland minder dan zevenhonderd slachtoffers kunnen registreren. Niet meer. Terwijl wij toch een belangrijk land zijn in die handel.' In zijn stem klonken wanhoop en berusting door elkaar. Nederland was nog steeds een open land, aantrekkelijk voor handelaren, en de vrouwenhandel was ongrijpbaar. Mensen kwamen het land in en verdwenen, naar Duitsland, Frankrijk, Italië, en een paar maanden later waren ze weer terug. De laatste tijd concentreerde het onderzoek zich op Servië en andere Midden-Europese landen.

'Uit Oekraïne zijn een paar concrete gevallen bekend', zei hij. 'Dat wil zeggen, we hebben een paar vrouwen kunnen registreren. Verder weten we niets, niet wie erachter zit en niet wie de handel concreet drijft. Ze werken waarschijnlijk via Polen of Duitsland.' Hij zou nazoeken wat er precies bekend was en als hij iets vond, zou hij het laten weten.

De stapel verslagen en rapporten op mijn bureau kon niet langer wachten. Ik zette mijn computer aan en terwijl hij opstartte, haalde ik koffie uit de automaat op de gang. Met het bekertje installeerde ik me weer aan het bureau, gedachteloos tikte ik mijn gebruikersnaam en wachtwoord in om toegang te krijgen tot de systemen van het ministerie. Het beeld veranderde en een klein vierkantje verscheen midden op het scherm.

Deze gebruiker is al ingelogd.

Mijn reactie was vertraagd. Waarschijnlijk had ik een typefout gemaakt in het wachtwoord waardoor ik er niet in kwam, dacht ik. Ik wilde opnieuw beginnen, toen de betekenis van de melding pas echt tot me doordrong. Al ingelogd. Ik was al ingelogd. Ik kon niet nog een keer inloggen. Ik had geen fout gemaakt, ik kon mijn naam en wachtwoord nog honderd keer invoeren en dan zou ik er nog niet in komen, want ik was er al in.

Sprakeloos staarde ik naar het scherm. Ik duwde op de enter-toets, op de escape-toets, de backspace. Er gebeurde niets. Tegen beter weten in zette ik de computer uit, startte opnieuw op en probeerde weer in te loggen. Hetzelfde resultaat. Het systeem weigerde iemand die al was toegelaten nog een keer toe te laten.

Ik belde de helpdesk en vroeg wat er aan de hand was. Hadden ze in de week dat ik afwezig was de loginnamen en wachtwoorden wéér omgegooid? Was er iets in het systeem veranderd? Waarom kwam ik er dan niet in?

Het antwoord was hetzelfde als ik al van de computer had gekregen. 'Het betekent dat er al iemand is ingelogd met jouw naam en wachtwoord. Normaal gesproken hoor jij dat zelf te zijn', zei de man van de helpdesk.

'Ik ben het niet', zei ik. 'Kunnen jullie zien wie het is? Welke computer? Waar?' Terwijl ik de vragen stelde, begreep ik wat er aan de hand was: mijn eigen gestolen laptop. Daarin stonden alle codes en wachtwoorden die ik gebruikte. Ik zat verbijsterd in mijn stoel, hier had ik geen seconde aan gedacht. Dmytro kon met mijn laptop inloggen bij het ministerie en wie eenmaal in het systeem zat, met mijn codes, had bovendien toegang tot veel van de subsystemen. Welke computer het was, wist ik dus al. Ik hoopte dat iemand me kon vertellen waar die computer was en wat hij aan het doen was.

Daarvoor moest ik bij een andere afdeling zijn. Systeembeheer en beveiliging hield het gebruik van de computers en de bestanden van het ministerie in de gaten en zij waren niet van plan me iets te vertellen. De beveiliging was gebonden aan strikte regels, niemand kreeg informatie over de activiteiten van anderen.

'Maar het is MIJN computer!' zei ik.

'Dan hoeft u het niet te vragen', zei de man.

'Juist wel, mijn computer is gestolen en iemand anders is ermee aan de slag.'

'Hebt u die diefstal gemeld?'

Ik zweeg. Van de inbraak op kantoor had ik niet eens aangifte gedaan. Het was te klein en welbeschouwd was er niet eens ingebroken. Ik had de diefstal zeker niet gemeld op het ministerie, het was gewoon niet in me opgekomen. Daarmee had ik een cruciale regel overtreden en kreeg ik helemaal nergens meer antwoord op. Ik vroeg ze om dan tenminste mijn huidige wachtwoord ongeldig te maken zodat er geen misbruik van gemaakt kon worden, zodat degene die er nu mee ingelogd was uit het systeem geknikkerd zou worden. Elk verzoek liep vast op een regel. Aangezien ik de diefstal niet had gemeld, werd ik afgevoerd van de lijst gebruikers en werden mijn vragen niet meer in behandeling genomen. Bovendien was ik een externe en had ik geen recht op welke informatie dan ook. Ik zou via mijn opdrachtgever opnieuw moeten worden aangemeld en dan was het maar de vraag of ik door de *security*-test zou komen. Ik had tenslotte een van de belangrijkste regels geschonden. Onmiddellijk greep ik de telefoon en belde. Mijn opdrachtgever was niet beschikbaar, hij was in bespreking en kon niet worden gestoord. 'Vanmiddag wordt het ook moeilijk', zei zijn secretaresse. 'En morgen ...' De ene onmogelijkheid volgde op de andere.

Ik zat vast, opeens kon ik mijn werk niet meer doen. Dmytro zou nu ook uit het systeem worden gegooid, dat was zeker. Maar zonder toegang tot het netwerk van het ministerie kon ik nergens bij, al mijn werk zat in het gebruikersplatform. Ik kon op mijn laptop aan de gang gaan en mijn werk uploaden naar het net zodra ik er weer in kon. Of ik kon met de code van iemand anders werken. Dan moest ik iemand vinden met dezelfde toegang als ik en die had zijn code zelf nodig.

Het was stom dat ik de diefstal niet had gemeld. Ik had de bank gewaarschuwd en andere instanties die met mijn eigen zaken te maken hadden. Mijn pincodes waren veranderd en binnen een dag was alles weer veilig. Dat iemand bij een van mijn klanten wilde inbreken, was een heel andere gedachte. Dmytro had mijn laptop gestolen, dat wist ik zeker, en dus was hij degene die nu in de systemen van Justitie zat te rotzooien. En dan was de vraag: wat deed hij? En hoe? Hij leek me niet het soort man dat goed met computers overweg kon, ik wist niet eens of de man wel voldoende Nederlands sprak om het te begrijpen. Het hele beeld klopte niet. Dmytro en Vlodo waren zware jongens. Fysiek inbreken en stelen, dat paste bij ze. Misbruik van informatietechnologie niet. Dat was nerd-werk. Weten waar je moest zijn in de ambtelijke structuur paste ook niet bij ze. Dat paste bij Guus.

Bij die gedachte leek het alsof alles even stilstond en daarna geluidloos in elkaar klikte. Het was een inzicht waardoor alle onbegrijpelijke feiten en informatie opeens bij elkaar gingen horen, waardoor de chaos een compositie bleek en uit al het getetter in je hoofd een melodie doorbrak.

Guus.

Zij was het verbindende element, dat kon niet anders. Zij had Dmytro en Vlodo naar mijn kantoor gestuurd met de opdracht mijn laptop weg te halen; zij had een reservesleutel van het kantoor en ze kende de code van de alarminstallatie; zij wist dat ik voor Justitie opdrachten deed waardoor ik toegang had tot het netwerk van het ministerie; zij wist hoe en waar ik mijn toegangscodes bewaarde en zij was jurist. Zij wist hoe ze binnen die ambtelijke systemen moest vinden wat ze zocht, ze kende het jargon, de regels en de procedures. Guus had het halve wetboek in haar hoofd, zij had niemand nodig om haar wegwijs te maken. Er kon maar één conclusie zijn: Guus werkte voor Dmytro en Vlodo. Onder dwang of niet, zij hielp ze. Ik had geen idee waarmee.

Met een nijdige klap smeet ik een stapel dossiers van het bureau. Machteloos keek ik naar de rondvliegende papieren.

Het werd steeds erger.

36 Hangen in de tijd

Verder werken was zinloos. Ik maakte nieuwe afspraken, pakte mijn spullen en vertrok. Ik wilde dat gebouw uit, ergens anders zijn. Vanuit het ministerie stak ik door de Korte Houtstraat, langs Defensie, naar het Plein, dat aan één kant wordt begrensd door de Tweede Kamer, aan een andere kant door Sociëteit De Witte en aan de twee overgebleven zijden door cafés en restaurants. In de zomer was het Plein één groot terras, nu zat iedereen binnen. Eind oktober, een koude wind sneed dwars over de open ruimte. Ik stak het Plein over naar de Korte Vijverberg. Daar aan het eind wilde ik oversteken naar De Posthoorn aan het Lange Voorhout, waar ik me ging terugtrekken in de vergeten tijd van het café.

Ik was net voorbij het Mauritshuis, op de Korte Vijverberg, aan de ene kant de statige huizen, aan de andere kant het water van de Hofvijver. De lucht brak open en de zon scheen fel door de opening in de wolken, het licht kaatste van het water en van de ramen er omheen en verblindde me. Het leek alsof de stad zich optilde uit de grauwheid en de vochtige bedomptheid van zich wilde afschudden. Even knipperde ik met mijn ogen, ik draaide me om, weg van de ergste schittering, en keek recht in het gezicht van Dmytro. Een zware zonnebril op zijn neus. Vlodo naast hem, met net zo'n bril. Zwarte jassen. Groot en breed, ze blokkeerden de weg achter me.

'Hi', zei Dmytro met meer Slavisch accent dan in een woord van één lettergreep past. Een lach gleed over zijn gezicht, nergens een spoor van humor. Naast hem stond Vlodo, bewegingloos, zijn rechterarm iets gebogen in de plooi van zijn zwarte jas. De loop van een pistool stak eruit: klein, grijs, geluidsdemper. Ik grinnikte, een man met een pistool, midden op straat in Den Haag, dat is belachelijk. Daarom. Een giechel kwam onbedwingbaar in me naar boven en ik wees naar het wapen.

Dat redde me waarschijnlijk. Door mijn reactie keek Vlodo even opzij, naar zijn baas, Dmytro. In die seconde drong het tot me door wat er ging gebeuren. Dmytro en Vlodo dachten niet na over geweld, ze deden wat ze wilden. Ze hadden tassen vol pistolen, geen van alle te traceren natuurlijk. Die hadden ze niet alleen voor de handel, die gebruikten ze. Ik zwaaide mijn rugzak van mijn rug en hield hem voor mijn borst, tussen Vlodo en mij in. Vlodo keek weer naar mij en schoot. Twee keer. Knipperde niet met zijn ogen. Alles werd samengeperst. Ik hoorde de doffe ploppen, het gedempte geluid, wist wat het was, en bijna gelijkertijd voelde ik de dreun, de slag tegen mijn borst. En nog een. Het geluid en de klappen werden één, een eeuwigheid, uitgerekt tussen de twee schoten. Toen ging ik onderuit. Met een gil die uit een ander mens leek te komen, hard en snijdend hoog, viel ik achterover. Ik dacht aan Lies, aan Gijs, aan Sylvia, aan Sterre, aan Ahmed en aan nog tien anderen.

Ik dacht niet aan Guus.

Om me heen stonden agenten en mensen die wilden weten wat er was gebeurd. Zo dicht bij het Binnenhof, om de hoek van het torentje van de minister-president, was altijd politie aanwezig. Te voet, op de fiets, in de auto. Op mijn gil was direct gereageerd. De eerste agent had twee mannen zien wegrennen, maar voor hij bij me was, waren ze al verdwenen.

Ik lag nog steeds op straat, met mijn rug op de stenen. Mijn rugzak voor mijn borst, armen er omheen, in shock, starend naar de hemel. Opklaring in donkere lucht. Felle zon. Drukke stemmen. Ambulance. Een agent met een fietshelm, die zei dat er geschoten was. Wel tien keer. Commando's en vragen. Een verpleger, en nog een, groene en blauwe pakken, handen die voorzichtig aan mijn armen begonnen te pulken. Vragen, vragen, vragen. Hoe ik me voelde. Of ik ze kon zien. Of ik pijn had. Wat er was gebeurd. Ze trokken mijn armen van mijn borst, zodat ze mijn rugzak konden weghalen. Ze bekeken me, tilden me op een brancard en schoven me de ziekenwagen in. Daar werd ik aan allerlei apparatuur gekoppeld, doorgemeten en voor controle naar het dichtstbijzijnde ziekenhuis gebracht. De politie bleef in de buurt.

Er bleek niets met me aan de hand. Ik had geen schotwond, geen gat in mijn lichaam, nergens wat voor wond dan ook. Enkel een schram op mijn linkerhand en die was zo klein dat ik hem niet eens had opgemerkt. Handen voelden, duwden, draaiden en trokken aan me om te kijken of alles het nog deed en alles deed het. Ik was in shock, dat wel.

Achter in een politie-auto werd ik op hoge snelheid meegenomen naar het hoofdbureau van politie, om de hoek van het Vredespaleis. In een kamer zaten twee mannen en een vrouw op me te wachten. Rechte stoelen aan een rechte tafel. Blauw tapijt op de vloer, witte muren, wit plafond. Een raam.

'Gaat u zitten.'

Ik ging zitten.

'Hoe voelt u zich? Gaat het alweer?'

'Prima', zei ik. 'Hebt u mijn rugzak?'

Een van de mannen reikte achter zich en legde mijn rugzak voor me op tafel. Leeg. 'De inhoud wordt nog onderzocht', zei hij. 'Dankzij uw laptop en de papieren zit u hier nog. De computer houden we nog even hier om de kogels eruit te halen. Hij doet het nu toch niet meer.'

We lachten, allemaal. Vrolijkheid. Ik kreeg koffie en had het gevoel dat ik er niet was. Het kon nog een paar dagen duren voordat de shock was verdwenen, had de arts gezegd. Tot die tijd bleef ik drijven. Helder en wazig tegelijk.

'Nee, ik heb ze niet zien aankomen', zei ik. Hoe ver moest ik teruggaan? Wat moest ik hier vertellen en wat niet? De diefstal van mijn laptop, moest ik daar beginnen? Of nog verder terug, bij Guus in de gevangenis?

'Hebt u enig idee wie het waren?' vroeg de vrouw.

Ik gaf de namen, Dmytro Derdo en Volodymyr Lyulka. Adressen in Oekraïne had ik ook. 'In mijn rugzak zit een print waar het allemaal op staat.'

'Hoe weet u zo zeker dat zij het waren?'

'Omdat ik ze ken. Ik weet wie het zijn.'

Het was even stil. De drie politiemensen keken elkaar aan. 'En wie zijn dat dan?' vroeg de vrouw. 'Waarom wilden ze u vermoorden, want daar kunnen we wel van uitgaan.'

Ik leunde met mijn ellebogen op de tafel en wreef met beide handen over mijn gezicht. Ik wilde de vragen eruit wrijven. Ik voelde me omsingeld door gebeurtenissen, opgesloten achter muren van waanzin. Waarom wilde Dmytro mij dood hebben? Het antwoord was nauwelijks te geloven. Ik wist iets over Dmytro en Vlodo, over wat ze deden, ik had ingebroken in het huis, ik was ze gevolgd, ik was lastig voor ze geweest, tot op zekere hoogte. Blijkbaar genoeg om mij als een bedreiging te zien. Dmytro wilde me weg hebben. Ik had niets van hem gestolen, hij wel van mij. Dat was het absurde.

'Ik weet het niet', zei ik. Weer voelde ik die bevreemdende afwezigheid. Ik wreef over mijn armen en benen in een poging weer één te worden met mijn lichaam.

'Hebt u het koud?'

Ik schudde mijn hoofd. Ook dat voelde raar. Alsof mijn schedel om mijn hersenen heen draaide. Los. Ik zuchtte en begon te vertellen. Onderbroken door vragen, checks en herhalingen, vertelde ik. Niet dat ik in het huis had ingebroken, ook niet van de *hack* in hun computer waardoor ik via de webcam had kunnen spioneren. Dat leek me beter, zo helder was ik nog wel. Nu mijn laptop door de kogels was geliquideerd, zou niemand het programmaatje van Sterre meer kunnen vinden.

Ze luisterden, maakten aantekeningen, namen het hele gesprek op. Het leek alsof ze mijn verhaal over sekshandel voor kennisgeving aannamen. Prostituees uit Oekraïne? Ze keken me glazig aan, bladerden in hun aantekeningen.

'U werkt voor het ministerie van Justitie', zei een van de mannen uiteindelijk. Daar waren ze in geïnteresseerd. De rapporten in mijn tas waren van Justitie. Nu wilden ze weten of de aanslag met mijn werk te maken had. De vraag was logisch.

Ik had geen antwoord. Ja en nee. Zou kunnen. Ik denk het niet. Wat ik doe, is voor buitenstaanders nauwelijks interessant. Zeker niet voor Dmytro. Toch bleven ze erover doorvragen.

'Wat moeten twee Oekraïense pooiers met plannen voor organisatieverandering en beleidsontwikkeling van het ministerie?' zei ik. 'Ze kunnen het niet eens lezen. Nee, het is niet mijn werk bij het ministerie, maar het feit dat ik voor het ministerie werk. Ze willen iets daar. Ze DOEN iets, vraag me niet wat. Ze gebruiken mijn toegangscodes, dat weet ik wel.' Daar moest de politie naar kijken. Namen en adressen natrekken, contact zoeken met de politie in Odessa. Wie zijn het? Waar komen ze vandaan? Vragen tuimelden door mijn hoofd. Moest ik ze vertellen dat Guus daar was? Of zou dat het verhaal alleen maar ingewikkelder maken? 'Het gaat om die vrouwen', zei ik. 'Niet om mij.'

'Op wie hebben ze dan geschoten?' vroeg een van de politiemannen. Drie paar ogen staarden me aan, wachtend op het antwoord waarmee ik mijn eigen verhaal weer zou ontkrachten.

De deur ging open. Een man stak zijn hoofd naar binnen.

'We zijn zover', zei hij.

Met de hele groep liepen we door de hal, de trap op naar de eerste verdieping. Aan het eind van een gang was een veiligheidssluis, en aan de andere kant van de sluis was de monitorkamer van de Haagse politie. Zeven videotafels stonden opgesteld in een driekwart cirkel. Elke tafel had zes grote flatscreen monitoren in twee rijen: drie onder en drie boven. Op de bovenste drie schermen was het beeld verdeeld in vier kwadranten, zodat elke tafel vijftien verschillende situaties toonde. Zeven tafels, honderdenvijf locaties. De beelden kwamen van surveillancecamera's die overal in de stad hingen. Vierentwintig uur per dag, zeven dagen per week werden die locaties geobserveerd. Aan elke tafel zat iemand de beelden in de gaten te houden, zwijgend, de hand op een soort joystick waarmee ze van de ene camera naar de andere konden schakelen en waarmee ze sommige camera's ook konden bedienen. Ik zag mensen lopen door winkelstraten, geld pinnen, sjouwen met tassen, praten met elkaar, zoenen, fietsen, in auto's in een tunnel, wachten voor een stoplicht, wandelen over het Binnenhof. Er kwam een oproep binnen van een agent op de fiets. Controle van twee verdachte personen. Aan een van de monitortafels werd geschakeld en het beeld van die locatie verscheen op het scherm. Bij de ingang van het station werden twee donkere jongens aangehouden. Via het microfoontje in de helm van de agent konden we meeluisteren. Verdenking van drugshandel, lastige types.

'Wij zijn de extra ogen', zei de politieman naast me, overduidelijk trots op het geavanceerde systeem. 'Van hieruit kunnen we zien of er anderen bij betrokken zijn, of iemand iets achter de hand houdt of ergens iets laat vallen.' De camera zoomde in en toonde de twee jongens en de agenten. 'Als er versterking nodig is, dan zien wij dat van hieruit eerder dan de man of vrouw op straat. We kunnen ook waarschuwen.' Hij nam me mee naar een van de andere tafels. 'We hebben de beelden van het incident opgeroepen', zei hij, 'en wij willen graag dat u even meekijkt. Normaal gesproken doen we dat niet, maar nu hebben we graag zo snel mogelijk zekerheid.' Hij wees op een van de monitoren en even later zag ik mijzelf de Korte Vijverberg op lopen. De camera moest ergens aan een lantaarnpaal hangen, hoog. De hele lengte van de straat was zichtbaar, tot aan de hoek bij het Mauritshuis. Ik liep een paar meter en achter mij kwamen twee mannen de hoek om.

'Stop', zei de politieman naast me.

Het beeld stopte. Ik zag mijzelf midden in een pas, mijn linkerbeen naar voren, voet nog net niet op de grond. Dmytro en Vlodo in hun zwarte jassen ongeveer tien meter achter me.

'We kunnen nu niet verder op de gezichten inzoomen', zei de man. 'Alleen digitaal, want dit is een opname, en dan verlies je wel heel veel kwaliteit.' Op zijn teken werd het afspelen hervat.

Ik zag Dmytro en Vlodo dichterbij komen, ze naderden snel. Ik zag weer de zon door de wolken breken, fel licht viel over de kade. Het water glinsterde. Ik draaide mijn hoofd weg, de twee mannen vlak achter me. De herkenning, ik zag het moment waarop ik moest lachen. Ik zag het. Ik lachte. Vlodo keek naar Dmytro, ik trok mijn rugzak van mijn schouder en slingerde hem naar voren. Dat was het, ik slingerde de tas. Het was de beweging, de snelheid. Mijn verdediging leek een aanval. Vlodo reageerde instinctief en schoot. Ik zag het gebeuren. Mijn beweging en daarna de schrikreactie. Misschien was het nooit zijn bedoeling geweest om te schieten. Misschien wilden ze alleen dreigen, intimideren, een paar klappen uitdelen. Als ik rustiger had gereageerd, was het daarbij gebleven. Die mogelijkheid was er en ik zou er nooit meer achter komen of het zo was, want Vlodo schoot. Twee keer. Ik voelde de dreunen in mijn borst.

'Stop', zei de man.

Het beeld bevroor, ik viel al, maar lag nog niet op de grond. De eeuwigheid die ik toen voelde, werd voor mijn ogen neergezet. Digitaal. Ik hing in de tijd.

'Nu inzoomen', zei de man.

Langzaam kwam het beeld dichterbij.

'Stop', zei ik. Ik deed een stap naar voren en wees naar de man links. 'Dat is Dmytro', zei ik. 'En die rechts met het pistool is Volodymyr.'

37 Rampen zijn de norm

De opname werd verder afgespeeld. Eindelijk zakte ik helemaal in, viel achterover, harder dan ik me herinnerde. Ik staarde naar mijzelf, naar mijn val. Het was alsof ik mijn schreeuw weer kon horen. Ik zag Dmytro en Vlodo reageren, wegdraaien, lopen. Vlodo, die nog een paar stappen terug deed, naar mij keek. Dmytro riep. Bij de hoek van de straat verscheen een agent, ver weg. Dmytro sleurde Vlodo mee en ze holden de andere kant op, de hoek om. Het beeld uit. Ik staarde naar mezelf, naar de manier waarop ik daar lag, iets meer dan vier uur geleden. Stil. Heel erg stil.

De man aan de monitortafel schakelde naar een andere opname en we zagen de mannen langs de schouwburg rennen en langs het ministerie van Financiën. Daar staken ze over. Op elke straat en elke hoek waren ze geregistreerd door een volgende camera. In die buurt was de surveillance intens.

Opeens waren ze weg. Ze waren achter de Franse ambassade om gelopen. 'Waarschijnlijk zijn ze de Kanonstraat in gegaan', zei de politieman. Het bleek een grote naam voor een klein straatje. Daar konden ze doorsteken naar de Nieuwe Uitleg, waar geen camera meer hing. Ze waren verdwenen in de kleine straatjes achter de ambassades. 'De eerstvolgende camera hangt bij het provinciehuis. Op de beelden van die camera zijn auto's te zien die het wijkje uit komen. Kunt u daar ook even naar kijken?'

Op een ander scherm zag ik van een behoorlijke afstand een auto uit een straat komen en rechts afslaan. Even later nog een, en nog een. Allemaal auto's die ik nog nooit had gezien. Een Volvo, een Renault bestelbus en een Toyota. Meer niet. Daarna kwam er bijna een kwartier lang geen auto meer uit de Nieuwe Uitleg.

'Waarschijnlijk zijn ze doorgelopen, door de Maliestraat, die is maar kort, en van daaruit kun je alle kanten op.' De politieman schudde zijn hoofd. 'Het had niet veel gescheeld', zei hij. 'Maar daar hebben we niets aan.'

Mijn rugzak had twee keurig ronde gaatjes vlak naast elkaar. Ik kreeg hem niet meer terug. Alles bleef achter op het politiebureau als mogelijk bewijsmateriaal. Het Openbaar Ministerie deed aangifte, een aanslag met een vuurwapen werd hoog opgenomen. Alleen mijn persoonlijke papieren mocht ik meenemen. Ik kreeg een visitekaartje van een van de politiemensen; als ik nog iets wist, dan moest ik bellen. Eind van de middag stond ik weer op straat. Ik wist precies waar ik was, de Burgemeester Patijnlaan in Den Haag, en toch was ik totaal de weg kwijt. Links het Vredespaleis, rechts naar de Koninginnegracht, naar het station, de stad uit. Op de stoep voor het politiebureau probeerde ik te bedenken wat ik moest doen. Ik wilde niet terug naar Amsterdam. Niet naar mijn flat. Niet naar kantoor. Ik belde Gijs om te vertellen wat er was gebeurd. Het was een kort gesprek. Ongemakkelijk, omdat ik me geen raad wist en omdat het praten erover me tegenstond.

'Vraag Josien of ze al mijn afspraken afzegt', zei ik. Dmytro had mijn oude laptop en daarin stond mijn agenda met de afspraken die ik had gemaakt voordat de computer werd gestolen. Hij kon per dag zien waar ik zou zijn. Zo had hij me waarschijnlijk ook gevonden bij het ministerie van Justitie. Ik wilde verdwijnen, onvindbaar zijn. Dat leek me rustiger en veiliger.

Gijs was even stil. Afspraken afzeggen was slecht voor het bedrijf, klanten hielden er niet van. Voor vandaag was het geen probleem, morgen konden we nog uitleggen, maar uiterlijk overmorgen moest ik weer aan het werk zijn. 'Bij Justitie worden ze echt heel ongeduldig', zei hij.

'Bij Justitie kom ik er niet eens meer in.'

Gijs geloofde het niet. Wilde het niet geloven. Keer op keer moest ik dingen herhalen, tot ik er duizelig van werd.

'Gijs, nu even niet', zei ik en ik verbrak de verbinding.

De klap, de shock en de vermoeidheid begonnen samen te komen. Gedachten ontglipten me, herinneringen kwamen onaangekondigd boven. Ik liet los. Liet mijn lichaam zelf beslissen wat er in me opkwam. Beelden, ideeën, dromen, angsten. Ik glimlachte en rilde. Ontspande. Ik werd breedbeeld, panorama, driehonderdzestig graden. Ik zag alles tegelijk en kon het allemaal laten gaan. Ik was nog steeds in shock.

Links af, daarna nog een keer links, automatisch liep ik naar het Zeeheldenkwartier. Vanuit de Anna Paulownastraat was het twee keer rechts en twee keer links naar de Barentzstraat. Naar mijn vader. Daar had ik behoefte aan. Geen zakelijke vragen, geen politievragen, geen opgefokt gedoe. Mijn vader redderde voor me, maakte koffie, zette kopjes op tafel, stuurde Miranda, zijn vriendin, naar de bakker om iets lekkers te halen. Ik liet het over me heen komen en vertelde niets over de aanslag. Ik was bezig met iets, dat zei ik. En Guus was verdwenen, dat ook.

'Ze zit in Oekraïne', zei ik. Ik hield me op de vlakte, daar had ik beter zicht op de omgeving. Mijn vader hoorde me aan en glimlachte. Sinds mijn ouders uit elkaar waren, was hij makkelijker geworden. Hij hoefde niet meer alles wat mijn moeder deed en dacht te verdedigen, hij hoefde van zijn kinderen niet meer te verlangen dat ze haar overtuigingen respecteerden. Dat deed ze nu zelf. Hij was acht jaar ouder dan mijn moeder, tegen de vijfenzestig, en hij had een vrijheid van leven die hij gedurende zijn hele huwelijk niet had gehad.

'Ik hield van je moeder', zei hij altijd. 'Maar ik had steeds meer moeite haar te volgen.' Zo was hij, als het al aan iemand lag, dan lag het aan hem, niet aan haar. 'Geloof is een schip op de oceaan', zei hij. 'Ik woon op het land.' Hij was pragmatisch en zachtmoedig. Ik hoop altijd dat ik daarin op hem lijk, alhoewel ik het fanatieke van mijn moeder af en toe in mijzelf herken. Via zijn computer checkte ik mijn e-mail, stuurde een paar berichten. Vijf minuten, meer niet. De koffie smaakte goed. Miranda bracht appelsleetjes, op kleine bordjes met een vorkje erbij.

'Ze zitten hier ook overal', zei ze. 'Russische winkel, een Russisch café. De buurt is aan het veranderen, hè, Walter.'

'Oekraïne', zei ik.

Mijn vader lachte. 'Vroeger kon je hier 's nachts niet op de fiets over straat, zo gevaarlijk was het. Dit was een soort achterbuurt. Dat geloof je nu niet eens meer, zo netjes is het geworden. Die Russen zijn andere dan waar Michael het over heeft.' Hij maakte zich zorgen over mij. De problemen die hij zag, benoemde hij vanuit zijn ervaring, vanuit het werk dat hij bijna veertig jaar had gedaan. 'Ik ben een verzekeringsman', zei hij. 'Ik denk in gemiddelden, dat heb ik altijd gedaan. De uitschieters neem je voor lief, want het gaat altijd om het gemiddelde. Op de grote aantallen maakt het niet uit of er een keer een flinke afwijking naar boven of naar beneden is. Zo werkt het. Maar jij ...' Hij duwde zijn wijsvinger midden op mijn borst. ' ... bij jou is het anders. Laat ik het zo zeggen, ik zou niet weten welke polis ik jou moest verkopen. Jij hebt zo veel uitschieters dat het gemiddelde de afwijking is. Daar is geen polis voor.'

Behalve de opdracht die Ahmed en ik net voor een verzekeraar hadden gedaan, had ik me nooit in zijn vak verdiept. Het interesseerde me niet. Verzekeren was saai. Intens saai. Nu gebruikte mijn vader zijn regels om mij uit te leggen wat hij zag en daardoor zag ik opeens dat ik het zelf precies zo deed. Zijn regels waren DE regels. Iedereen dacht zo, onwillekeurig. Zo worden we opgevoed. Gemiddelden, gemiddelden, gemiddelden. Daar gaat het om. Dat is normaal, daar stuur je op. Iets uitzonderlijks is een afwijking. Dat is niet normaal. Het is erg en vreselijk, en het is niet normaal. Mijn laptop was gestolen. Schande! Niet normaal. De boot van Lies was in brand gestoken. Ramp! Niet normaal. Nu zal het toch wel afgelopen zijn met de rare gebeurtenissen, anders kloppen de gemiddelden niet meer.

Zo dacht ik ook en ik was me er niet eens van bewust. Na elk voorval dacht ik dat het weer normaal zou worden. Ik vroeg me geen seconde af wat eigenlijk normaal was. Juist daarop had mijn vader gewezen. In mijn geval was de afwijking normaal en ik moest er dus rekening mee houden dat die afwijkingen zouden blijven komen.

'Dat komt niet door jou', zei mijn vader. 'De wereld is veranderd. We hollen van de ene ramp naar de andere en doen alsof elke ramp een uitzondering is. Overstromingen, oorlogen, ziektes, aanslagen, instortende economie, het gaat maar door. De laatste tijd denk ik dat het andersom is. De rampen zijn de norm, regeren is het opruimen tussen de rampen door. Gemiddelden tellen niet meer.' Hij staarde uit het raam. 'Moeilijk plannen maken', zei hij. 'Jij nog koffie?'

Bellilog 29.10.2007

Laptop – *chesttop.*

'Man is the information he carries.'

LETTERLIJK!

Ik ben niet dood.

En ik ga ook niet dood.

Shit!

Adem in, adem uit.

Adem in, adem uit.

Terugtrekken, ergens in een hol. Als een dier. Klein maken en stil zijn.

Regroup.

38 Koop een mens

Sylvia wachtte me op bij de voordeur van het café in Rotterdam, en nam me mee naar haar huis een paar straten verderop. Als ik wilde verdwijnen, moest ik onderduiken en dat kon niet bij mijn vader. Mijn directe familie was te makkelijk te vinden, die stond in het telefoonboek. Bij Sylvia hoefde ik me even geen zorgen te maken, het enige verband tussen haar en mij was haar telefoonnummer in mijn mobiel. Ze had Lies in huis, ik kon er nog wel bij. Sylvia was weer helemaal de oude madam die haar kinderen moest beschermen tegen de buitenwereld.

Lies vuurde bezorgde vragen op me af die ik geen van alle kon beantwoorden. Ik deed alsof het allemaal niets betekende, wimpelde de bezorgdheid weg. Lies moest voortdurend met haar handen controleren of ik nog wel helemaal heel was. Ze plukte aan me, probeerde mij en zichzelf gerust te stellen met klopjes op mijn schouder en mijn arm. Tot Sylvia het genoeg vond. Ze gaf me een handdoek en zette me in de badkamer.

'Eerst douchen en dan kippensoep', zei ze en ze sloot de deur.

Ik had het harder nodig dan ik wist. Terwijl het warme water over me heen stroomde, vonden de pistoolschoten een vaste plek. Daar waar ik de klappen tegen mijn borst had gevoeld, precies daar werd nu een kras gezet. Een markering. GERED DOOR ZIJN LAPTOP, dat zou er op een bordje naast kunnen staan. Hier was het. Het teken brandde zich in mijn geheugen.

De kippensoep was heet en zout en werd direct door mijn lichaam opgenomen. Vloeibare energie. Sylvia had al een kamer voor me klaargemaakt, als ik wilde kon ik zo naar bed. Hier zou ik nog jaren kunnen blijven. Dan hoefde ik nooit meer iets te doen. Sylvia had een kast van een huis, oud, zeker zeven kamers. Hoge plafonds, hoge ramen. 'De heren hebben goed voor me gezorgd', zei ze toen ik er een opmerking over maakte.

'Volgens mij heb jij voor jezelf gezorgd.'

'Dat ook.' Ze glimlachte. 'En dat moeten jullie ook doen,' zei ze, 'want zo gaat het niet goed.'

'Ik begrijp het niet', zei ik. 'Eerst Lies d'r boot en nu dit. Wat heb ik gedaan dat ze zo tekeer moeten gaan?' Dat was het probleem waar ik keer op keer tegenop liep. Ik had Dmytro heel erg kwaad gemaakt. Ik had iets gedaan, iets waar ik me niet van bewust was, iets waarmee ik hem had gekwetst, geraakt, beledigd, bedreigd of al die dingen tegelijk. Als ik maar wist wat, dan kon ik daar iets aan doen. Dan kon ik het gebruiken om Dmytro uit te schakelen. 'Nog één keer', zei ik. 'Ik ben ze gevolgd, ik ben in hun huis geweest, ik heb daar rondgekeken, ik heb een mail verstuurd vanuit hun computer, ik heb een sigaartje meegenomen. Dat is alles. Later heb ik ze bespioneerd via hun webcam. Om Guus te vinden. En dat is gelukt. Ik heb ze één keer gebeld. Klaar. Daarna ben ik ermee opgehouden. Dus wat heb ik nou gedaan?'

Sylvia stond op en liep naar de gang. Ze kwam terug met haar jas aan 'Hier heb ik een borrel bij nodig', zei ze.

'Heb je niets in huis?' vroeg ik. Ik bleef liever binnen.

'Thuis drink ik niet', zei Sylvia. 'Ik heb nooit drank in huis. Daar begin ik niet aan.'

Aan haar eigen tafel in het café wachtte ze tot de barman het glaasje voor haar had neergezet, een kelkje met een kop erop. Voorzichtig nam ze het steeltje tussen duim en wijsvinger en bracht het zonder te morsen naar haar mond. Ze nam een slokje en zette het glaasje weer neer. Al haar bewegingen precies en gecontroleerd. Ze trilde niet en ze aarzelde niet, ze haastte zich niet en ze treuzelde niet. Ik roerde in mijn koffie, Lies in haar thee. Er waren niet veel mensen in de kroeg, maandagavond was niet de drukste avond. Kleine gesprekken, af en toe klonk er een lach. Sylvia keek om zich heen en overzag haar domein. Het was een goed, ouderwets café. Bruin, met tafelkleedjes en bierviltjes.

'Het heeft niks te maken met wat jij hebt gedaan', zei Sylvia. 'Hij is bang voor wat jij zou kunnen doen. Jij weet wie hij is, jij kunt hem vinden, jij weet wat hij doet. Dat is gevaarlijk en daarom moet je weg.' Ze zweeg even. 'En hij vindt het lekker. Dat is wat je niet begrijpt.'

'Meer niet?' vroeg ik.

'Eer en trots en machismo en nog een hele hoop andere dingen. Daar kun je het niet mee eens zijn of je kunt het onzin vinden, maar je kunt het begrijpen. Dit niet.'

'Krijgt hij een kick van geweld?' vroeg ik.

'Niet van geweld', zei Sylvia. 'Van gelijk hebben en gelijk krijgen. Hij vindt dat hij gelijk heeft, en één ding moet je goed begrijpen, hij is niet amoreel. Helemaal niet. Hij ziet zichzelf als de beschermer van de goede zaak.'

'Welke goede zaak?' vroeg Lies.

Sylvia zwaaide met haar armen. Het kon van alles zijn. 'Ik ken dat soort mannen, ik heb er honderden gezien, meer dan me lief is. Ze zijn er altijd geweest en ze zullen er altijd zijn. Mannen, grote mannen, sterk, met een goed verhaal en een pak geld op zak. Altijd geld. Cash, geen creditcards, geen pinpassen. Contanten, zo veel mogelijk biljetten. Daar strooien ze mee. Geld, wapens en coke. Die drie. Mijn vak zit er vol mee, dat soort kerels. Meiden vallen als een blok voor ze, tien tegelijk.'

'Macht', zei Lies.

Sylvia knikte. 'Proost!' zei ze.

De macht om te doen wat ze wilden, zich van niemand iets aan te trekken. Het was bijna een romantisch idee. Niemand die iets over je te zeggen had, geen politie, geen belasting, geen controle. Leven in een eigen wereld, zonder bureaucratie, zonder rompslomp. Met romantiek had het niets te maken.

'Welke macht?' vroeg ik.

'Om ze te kopen. Wat is er mooier dan het kopen van een mens?' Sylvia keek me aan, ze daagde me uit het niet met haar eens te zijn. Haar inspanning was tevergeefs, de vraag was te bizar.

'Dat is het mooiste wat er is!' zei ze. 'Probeer je dat eens voor te stellen: je koopt een ander leven, een mens. Het kostbaarste wat er is en jij koopt dat! Als je dat kunt, dan heb je het gemaakt. Dat is de top, hoger kun je niet. Zo werkt dat. En als je zo veel geld hebt dat het niet meer uitmaakt, als je denkt dat je stijl hebt, koop je een hoer, voor het volle bedrag, legt er nog een paar duizendjes bovenop, en dan gebruik je haar niet. Je koopt haar om haar te hebben, om te kunnen doen wat je wilt en het dan niet te doen.' Ze nam een slok van haar borrel. 'Dat zijn er maar een paar, zo rijk zijn de meesten niet. Die kopen om te gebruiken. Een leven. Een lijf. Hoeveel is die? En die? Wat moet je voor haar hebben? Afdingen, kopen, meenemen. De tijden zijn veranderd, de rest is nog precies hetzelfde gebleven. Die meiden hebben niks en wat ze hebben, wordt uitgewoond.'

De macht om een ander te kopen, zoals Sylvia het beschreef, moest verslavend werken. Mensen te zien en te behandelen als verhandelbare lijven. Het ging veel verder dan ik had gedacht. Dmytro was geen seksondernemer die een bordeel opzette en daar vrouwen liet werken terwijl hij de organisatie en alle bijkomende praktische zaken voor zijn rekening nam. Dit was handel op een ander niveau. Mijn hoofd tolde. Wat deed Guus daar? Waarom?

'Ik ga.' Steeds weer kwam dat stomme besluit terug.

'Naar Odessa?' vroeg Lies.

'Als ze je heeft verraden, lijkt me dat een reden om niet te gaan', zei Sylvia.

'Guus is geen verrader.' Dat dacht ik. Dat wilde ik denken, misschien wel tegen beter weten in. Als ze zich had ingewerkt in de bende, wat deed ze dan? Was ze het liefje van Dmytro? Of van een van die andere mannen? Die konden overal vrouwen krijgen, jonger dan Guus. Wat moesten ze met een eigenwijze Nederlandse vrouw van tegen de veertig?

Lies en Sylvia praatten op me in met argumenten waarom ik niet naar Odessa moest gaan, waarom ik me gedeisd moest houden en moest wachten tot het allemaal voorbij was. Elke reden die ze gaven, draaide ik om en overtuigde me ervan dat ik juist mijn spullen moest pakken en op het vliegtuig moest stappen. Ik wist dat Lies onmiddellijk met me mee zou gaan. Dat had ze al gezegd. Ik hoefde alleen een beslissing te nemen.

'Hier kan ik de straat niet meer op', zei ik. 'Dan moet het maar daar.'

39 Thee? Melk? Cola?

Midden in de nacht begon mijn mobiel te piepen. Ik graaide aan de verkeerde kant van het bed en had een paar seconden nodig om erachter te komen waar ik was. De slaapkamer bij Sylvia. Ander huis, ander bed.

'Hé, buurman!' Sterre klonk alsof ze net onder de douche vandaan kwam. 'Zin in telefoonseks?'

Hoe deed ze dat? Het was daar twee uur later dan in Nederland, half vier in de ochtend, en dan nog was ze verpletterend vrolijk. Telefoonseks?

'Ben je nou wakker?' zei ze. Ze lachte. 'Van jou hoor ik niks, dus ik bel zelf maar even.'

'Om deze tijd?' Ik wreef in mijn ogen.

'Dan blijft het tenminste hangen', zei ze. 'Ik had al naar mijn huis gebeld. Daar wordt niet opgenomen. Waar zit je?'

'Overal.' Net op tijd bedacht ik dat ik tegen niemand kon zeggen waar ik was. Ik wilde niet gevonden worden, ook niet toevallig of door een vergissing. Ik vertelde wat er was gebeurd en waarom ze niets van me had gehoord. Die twee dingen hadden eigenlijk niets met elkaar te maken, ik misbruikte de gebeurtenissen om mijzelf een geldige reden te geven. Dat ik er gewoon niet aan toe was gekomen, wilde ik niet zeggen. Kinderachtig en veelzeggend. Argwaan en aantrekkingskracht ineen.

Ze merkte het niet, Moskou was een lange stroom hectisch werk en late feesten. Daarbij vergeleken was Amsterdam een dorp. De Russische jacht op succes was hard en dwingend, ze werkte veertien uur per dag, was vijf uur per dag met iedereen op stap, in bars en clubs en restaurants, en lag vijf uur in bed. Het ging maar door en het was nog lang niet afgelopen.

'Dus blijf ik zeker nog twee weken', zei ze. 'Ik denk nog wel langer.'

Vanuit mijn bed naar haar bed, duizenden kilometers ertussen.

Een nacht samen gaf geen recht op het leven van een ander, de ochtend daarna ook niet. Een voordeursleutel al helemaal niet, een ding is geen recht. Bovendien had ik hem in haar woning achtergelaten. Het was aftasten, kijken wat er was. Dingen zeggen en horen wat de ander daarop terugzegt. Lies en ik hadden ons domweg bij haar naar binnen gedrongen, de nacht en de volgende ochtend waren niet meer dan een oplossing. Nu wilde ze weten of er iets anders was. Bij haar. Bij mij.

'Die telefoonseks gaat zeker niet meer door?' vroeg ik.

'Jij moet doen wat je niet laten kunt', zei ze. 'Ik hou ook van mijn mobiel, maar er zijn grenzen.'

Zeggen waar je van houdt, van wie je houdt. Het kon, we stonden allebei op het randje, dansten er omheen en trokken ons weer terug. De woorden waren te groot. Lies wist hoe die dingen werkten: één deel lot, één deel balans en één deel bewustzijn. En al je chakra's moesten openstaan, natuurlijk, de energie moest vrij kunnen stromen. Kosmos, lichaam, aarde, alles is verbonden. Dat op zijn minst. Ik zat hier met een putdeksel op mijn kruin en wist niet eens waar de lichtknop zat. De rationalist. Dubbel-acht. Karl had gezegd dat ik voorzichtig met haar moest zijn. Geen pijn doen. Alsof ik dat zou willen.

'Ga je nog naar Odessa?' vroeg ze.

'Wat weet jij daarvan?'

'Waarom moest ik het anders voor je uitzoeken?'

Blijven opletten, buurman. 'Ja,' zei ik, 'ik ga naar Odessa, maar om een andere reden dan je denkt.'

Ze was even stil, ik kon haar ademhaling horen, alsof ze naast me zat. 'Wat denk ik dan?' vroeg ze.

'Dat ik van Guus hou.'

'Dat is toch ook zo?'

'Dat is niet de reden waarom ik ga. Ik ga omdat ik niet anders meer kan.'

Ze reageerde niet.

'Ik ga omdat ze mij misbruikt.'

Ze begon te lachen. Het klonk inderdaad opgeblazen en overdreven.

‘O ja, wat doet ze dan met je?’ Sterre lachte nog steeds. ‘Doet het pijn?’

‘Ze gebruikt mijn login om iets bij Justitie te doen. Ik weet niet wat. En omdat zij dat doet, lig ik eruit.’

Sterre bleef het geestig vinden. Dat zou iedereen moeten doen, vond ze. Justitie hacken en je sporen uitwissen. ‘Dat is natuurlijk wat ze doen’, zei ze. Nooit opgepakt, nooit veroordeeld, nooit geregistreerd. ‘Als ik het goed begrijp, dan wil die Dmytro in geen enkel systeem staan.’

‘Hij stond er om te beginnen al niet in’, zei ik. ‘Hij was niet opgepakt.’

‘Iemand anders dan’, zei Sterre. ‘Hij moet er toch een reden voor hebben?’

Na het telefoontje lag ik klaarwakker in bed. Beelden van de afgelopen dag spookten door mijn hoofd. Ik kende ze zo langzamerhand, beter dan me lief was. Vooral die opname van mijzelf, in elkaar zakkend op de stoep van de Korte Vijverberg. Die kon ik niet meer zien. Die wilde ik niet meer zien. Toch bleef het beeld maar terugkomen. Het liefst had ik er een paar whisky’s overheen gegoten, onverdund. In dit drankvrije huis ging dat niet lukken. Ik stond op, trok een broek aan en liep naar beneden, naar de keuken. Meer koffie wilde ik niet. Thee? Melk? Cola? Ik deed de ijskast open en vond een pak sinaasappelsap. Ik schonk een glas in, pakte een citroen uit de schaal, sneed hem doormidden en kneep een helft uit in het glas. Het zuur sneed door mijn maag en verlegde de aandacht van mijn hoofd naar mijn lichaam. Ik nam het pak en de andere helft van de citroen mee naar de eetkamer en ging aan tafel zitten. In het donker. Het huis was stil en buiten was het stil. Door het dubbele glas van het raam zag ik de Maas als een geluidloze zwarte stroom voorbij trekken. Kleine kopjes op het water. Iedere keer als het beeld van de monitor weer opkwam, nam ik nog een slok zuur.

Perfect.

40 Dit gesprek leidt niet tot een oplossing

Gijs schold niet. Dat was niet zijn stijl. Hij vloekte ook niet. Daar was hij te netjes voor. Hij liet een eindeloze stilte vallen, zo lang dat ik er zenuwachtig van werd.

'Typisch', zei hij uiteindelijk. Het cynisme droop ervan af. 'Het werk ligt hier tot aan het plafond en jij gaat er vandoor.' Hij vond dat ik alles uit mijn handen liet vallen om achter een of ander onzinnig idee aan te hollen. Ondertussen kon hij het opknappen. Het ergste vond hij nog wel dat ik niet naar Amsterdam wilde komen en ook niet ergens anders met hem wilde afspreken. Ik wilde hem niet eens vertellen waar ik zat. 'Je laat een assistent een presentatie doen en komt zelf niet opdagen', zei hij.

'Omdat hij me niet nodig had!' schreeuwde ik. 'Het was beter voor hem en beter voor ons!'

'Het was onverantwoordelijk. Misschien moet je eens overwegen of je je uit het bureau moet terugtrekken', zei hij. Dat was zijn manier van schelden, en het kwam veel harder aan. Gijs en ik hadden het bureau samen opgericht, we hadden het samen gemaakt tot wat het was, een klein bureau met grote klanten. 'We doen het samen en als je dat niet kunt, dan heb ik me kennelijk in je vergist.' Hij verbrak de verbinding. Ik had hem nog nooit zo kortaf meegemaakt. Gijs was altijd degene met wie ik kon praten, alles was bespreekbaar, hij was degene die de oplossingen zocht, zelfs daar waar ze er niet leken te zijn. Ik wilde helemaal niet uit het bureau, het was ons bureau en daarom ook mijn bureau. Of ik er wel of niet was, daar had hij niets over te zeggen. Dit was niet goed, ik was niet van plan het erbij te laten zitten en belde nog een keer.

'Zeg het maar', zei Gijs. Kil.

Ik schold wel. En ik vloekte. Dit kon ik er niet bij hebben. Ik had steun nodig, geen veroordeling. Kritiek was tot daaraan toe, sommige dingen hadden beter of anders gekund. Zelfs dat lag gevoelig bij mij, want ik had tenslotte niets gedaan.

Gijs wachtte rustig tot ik klaar was. 'Tot zover heb ik nog niets nieuws gehoord', zei hij.

'Bij Justitie kan ik even niet meer naar binnen', zei ik.

'Dat had je al gezegd, en gisterenmiddag stond hier iemand van de beveiliging van het ministerie op de stoep om te controleren wat we hier hebben. Hij heeft niets meegenomen, zelfs niets aangeraakt. Dat hoefde ook niet. Maar die klant zijn we kwijt. Dat is duidelijk.'

Justitie was een van onze grootste, trouwste en vooral een van onze belangrijkste klanten. Het was een soort keurmerk. Als je voor Justitie werkte, was je goedgekeurd. Op alle fronten. Je was eerlijk, je was goed, je was betrouwbaar, je was degelijk en je kon ingewikkelde situaties aan. Dat stempel hadden we en dat was goud waard. Als de opdrachten aan ons bureau werden beëindigd, werd dat stempel niet alleen afgenomen, het werd ook omgedraaid. Niet formeel. In de wandelgangen zouden we keihard onderuit gaan. Daar zouden we opeens die jongens zijn die er bij Justitie uit geknikkerd waren. Met zo'n bureau wilde niemand meer werken. Voor Gijs van Olde Nieland was dat een blamage die zijn familie nauwelijks zou kunnen accepteren. Naar een Van Olde Nieland werd geluisterd en een Van Olde Nieland ging uiterst behoedzaam om met zijn invloed, altijd in stilte en altijd op de achtergrond. Dat een van hen zou worden uitgesloten, was ondenkbaar. Voor zijn familie zou het bevestigen dat hij niet met mij in zee had moeten gaan. Gijs had zich nooit iets aangetrokken van de meningen van zijn vader en anderen in zijn familie, hij kende mij, wij hadden jaren samengewerkt bij een groot, internationaal adviesbureau. Hij wist wat ik kon, ik wist wat hij kon. We vulden elkaar aan. Nu, voor het eerst, leek het alsof hij de kant van zijn familie zou kiezen.

'Je bent er met je hoofd niet bij', zei Gijs, 'en dat kan niet. Adviseren is honderd procent. Als je minder doet, kun je er beter mee ophouden. En jij doet veel minder. Al een hele tijd. De manier waarop jij bij herhaling in foute situaties terechtkomt, is een indicatie voor je gebrek aan betrokkenheid.'

Dat kwam hard aan. Zijn afstandelijke adviseurstaal deed pijn en bracht een reeks gedachten op gang die ik niet meer onder controle had. De ene leidde onafwendbaar tot de volgende, alsof ze aan elkaar vastzaten. Als hij vond dat ik al een hele tijd minder deed dan ik moest, dan had hij zijn mond open moeten doen. Maar hij had nooit iets gezegd. Als hij het niet had gezegd, dan wilde hij het niet zeggen en als hij het niet wilde, dan vond hij het niet nodig of niet goed dat ik wist wat hij van me dacht. Stel dat hij het niet nodig vond, dan had hij me al afgeschreven, en als hij het niet goed vond, dan vertrouwde hij me niet en had hij me ook al afgeschreven. In dat geval vertelde hij ook niet wat hij deed en deed hij dingen zonder mij erin te kennen. Ik werd bijna misselijk van de ronddraaiende gedachten. Gijs was zijn klanten en zijn relaties aan het redden, zijn netwerk moest worden afgeschermd en daar hoorde ik niet bij.

'Je gaat om met criminelen', zei hij. 'Wat je ook van Guus vindt, iets anders kan ik er niet van maken.'

Met moeite beheerste ik mezelf. Gijs wist precies hoe het in elkaar zat, hij wist het net zo goed als ik. Hij was erbij geweest. Hij kende Guus, hij wist wie ze was.

'Ze is veroordeeld en heeft in de gevangenis gezeten en nu is ze op pad met een stelletje pooiers uit Oekraïne. Wat wil je dat ik denk?'

Ik zweeg.

'Jij zou beter moeten weten dan daar achteraan te hollen. Je hebt geen idee van de schade die je aanricht.' Zijn stem klonk hard en definitief, alsof hij een deur dichtdeed. 'Mijn reis naar China heb ik al afgezegd. De klant piept en de kans is groot dat ik de opdracht kwijt ben, maar ik kan nu niet weg. Ik heb al mijn tijd nodig om hier de zaak onder controle te houden.' Hij nam afstand en liet merken dat hij teleurgesteld was. Het ergste was het toontje dat hij erbij aansloeg. Teleurgesteld, ja, in zichzelf, hij had namelijk beter moeten weten. Hij trok zich terug op een afstand die er altijd was geweest. Het was de lafheid van de man die zich superieur voelt.

Ik ontplofte. Ik schreeuwde door de telefoon, al mijn frustratie van de afgelopen week kwam los en Gijs kreeg die over zich heen. Terecht. Als hij me niet kon steunen, dan had hij elk recht om zich beter te voelen verspeeld. Zo zag ik het.

‘Ik geloof niet dat dit gesprek tot een oplossing gaat leiden’, zei hij en hij hing op.

Trillend van woede belde ik een ander nummer. Karl nam onmiddellijk op.

‘Wat Gijs ook zegt of doet de komende tijd, ik ben partner van BON Consult totdat IK zeg dat het niet zo is. Laat je niets wijsmaken.’

Karl grinnikte. ‘Klinkt als een probleem waar ik niet tussen hoor te zitten’, zei hij.

‘Dan zijn we het eens.’

Hij lachte weer. Karl was een onnavolgbare man. Hyper intelligent en tegelijkertijd zakelijk en praktisch. Hij kon systemen analyseren en bouwen waar een hele stad op kon draaien en hij kon mensen tot een team maken. Hij had een radar voor aanstellers en mensen met praatjes en hij was snoeihard als iemand hem kunstjes flikte. ‘Ik bemoei me nooit met de huwelijksproblemen van anderen’, zei hij.

‘Gijs en ik zijn niet getrouwd.’

‘Dan heb je niet opgelet’, zei hij. ‘Partners in een bedrijf zijn met elkaar getrouwd. Meer dan met hun vrouw. En jij hebt niet eens een vrouw.’

41 Alles klopt

Voor de tweede keer in twee weken zat ik zonder computer. Het begon een irritante gewoonte te worden. Lies zat ook zonder en Sylvia had alleen een oude bak die het moderne internet nauwelijks meer aankon. In de dichtstbijzijnde computerwinkel zochten we twee laptops uit. Eenvoudige modellen, draadloze modems ingebouwd, helder scherm. Bij de kassa duwde Sylvia me zowat opzij. Lies en ik mochten niet betalen.

'Als jij onvindbaar wilt zijn, dan moet je vooral niet pinnen of met je creditcard in de weer gaan', zei ze. 'Dan hebben ze je binnen een dag gevonden.' Ze haalde een overmaatse portemonnee uit haar tas. 'Bovendien is die ene voor mij.' Ze keek de verkoopster aan. 'Hoeveel is dat bij elkaar?' Ze haalde een stapel bankbiljetten tevoorschijn, allemaal dezelfde. 'Gaat niks boven een biljet van vijftig', zei ze. 'En contant vind ik het lekkerst. Ik hou van contant', zei ze. 'Zo ben ik opgegroeid. Alles wat ik heb verdiend, was allemaal contant. In mijn tijd kwamen de heren niet met een pinpasje voor een meid. Dat deed je niet. De meisjes kregen geld, echt geld. Flappen, dan had je wat. De heren kwamen binnen met een rol in hun zak. Honderd voor een beurt en driehonderd voor een nacht. Cash op tafel. Zo'n vent die dan vraagt of-ie hier kan pinnen, daar heb ik nooit aan kunnen wennen. Dan had ik er al gelijk geen zin meer in. Rot op met je pasje.'

De verkoopster keek haar met almaar groter wordende ogen aan. Het was een meisje van net in de twintig.

'Dat is dan achthonderddrieënzestig vijfenzeventig', zei ze.

'Ik had het niet over jou, hoor, kind', zei ze tegen het meisje. 'Maar je weet dat ik gelijk heb. Met zo'n stukje plastic kan iedereen doen alsof hij miljonair is. Beetje zwaaien met zo'n ding, weet jij wat er op die rekening staat? Misschien staat er wel helemaal niks op. Nee, een vent die met contanten binnenkomt, dan weet je precies wat je hebt. Hoe dikker de rol, hoe groter de lol. Geloof mij maar.'

Sylvia telde achttien briefjes af en hield er nog zeker twee keer zo veel over. Ze stak de rest terug en borg haar beurs weer op in haar tas. 'En je moet ophouden met die mobiel van je', zei Sylvia tegen mij. 'Die dingen kunnen ze ook overal vinden.'

Ik lachte. Voorzover het de bankpassen betrof, had ze gelijk, alle transacties werden geregistreerd. Mobiele telefoons waren ook traceerbaar, omdat ze voortdurend op zoek waren naar de dichtstbijzijnde zendmast. De techniek om een specifieke telefoon te lokaliseren was ingewikkelder dan het vinden van een creditcard transactie en kon alleen worden aangewend met speciale toestemming. Niemand kon daar zomaar een beetje gebruik van maken. Bovendien was het verkeerde voorzichtigheid. Als ik naar Oekraïne wilde, dan had ik geld nodig. Tickets, hotels, kleren, eten, alles moest worden betaald.

'Dat doe ik wel', zei Sylvia. Ze duwde me de winkel uit. 'Voordat we vertrekken, wil ik alles geregeld hebben.'

Ik was sprakeloos.

'Lies en ik hebben het erover gehad en wij zijn het eens', zei Sylvia. Ze roerde in haar koffie. Om ons heen de drukte van het restaurant van het warenhuis, mensen met tassen in de ene hand, een dienblad in de andere, op zoek naar een derde hand om te kunnen betalen. Het stadscentrum was anoniem en veilig.

Lies knikte. 'De verstoring is te groot', zei ze.

'Als je de dingen bij elkaar optelt, weet je dat het niet ophoudt', zei Sylvia. 'Die mannen versterken elkaar.'

'Allebei zes', zei Lies.

'Dan weet je het wel', zei Sylvia. Ze stak een hand omhoog en begon met de wijsvinger van haar andere hand af te vinken. 'Emotioneel. Helemaal.'

'Niks spiritueel', zei Lies. Ze schudde haar hoofd, alsof zo veel gebrek aan spiritualiteit op zichzelf al bijna onvoorstelbaar was.

'Ze handelen puur vanuit emotie. Ik voel dit, dus ik doe dat. Direct.' Sylvia maakte een stomp-beweging.

'Geen balans tussen boven en beneden.' Lies schudde nog steeds haar hoofd.

'Sterke energie, heel sterk, maar allemaal aan één kant.' Lies en Sylvia keken elkaar aan. Sylvia vinkte een tweede vinger af. 'En kom niet aan hun familie of aan hun huis, want dan heb je oorlog. Dan slaan ze keihard terug.'

'Weer die emotie', zei Lies.

'Ongeremd. Familie en huis, dat is hun hart. Alles gebeurt hier.' Ze sloeg met een hand op haar borst.

Derde vinger. 'En ze zijn de baas. Anderen zijn afhankelijk van ze. Dat moet.'

'Dat is een levensvoorwaarde voor ze', zei Lies. 'Soms is dat moeilijk te begrijpen. Zij hebben anderen nodig, de hele tijd. Die onderwerpen ze, zo moet je dat zien. Anderen hebben niet zelf het recht om beslissingen te nemen, om te kiezen voor dit of dat. Ze zijn afhankelijk en zessen, deze zessen in ieder geval, doen er alles aan om dat zo te houden.' Ze zweeg.

Ik dacht aan de vrouwen in het huis aan de Lauriertuin. De afhankelijkheid was onmiskenbaar. Ze volgden de mannen zonder verzet. Dmytro en Vlodo dwongen ze, met geweld, dat had ik gezien, en met een andere, onzichtbare macht.

'Ik ben bang dat Guusje daar nooit meer uit komt', zei Lies. 'Het is een draaikolk van onbalans.' Ondanks de gunstige cijfers op de dag dat ze werd vrijgelaten, leken de tekens nu alleen maar slechter te worden.

Lies en Sylvia hadden een plan gemaakt waar ik in eerste instantie niet eens in voorkwam. Ik luisterde met stijgende verbazing naar Sylvia. Zij bleek een steeds vreemdere combinatie van kwaliteiten: eerst afwachtend, zelfs afhoudend, tot ze de ander had goedgekeurd en dan nam ze het over. Ze was doortastend en voorzichtig, grof en gevoelig. Lies en zij spraken dezelfde taal, alleen hun achtergrond was heel anders. Sylvia had geen kinderen, met haar vak was dat ook logisch. Ze had ook geen man. 'Nooit gehad', zei ze. 'Na zo veel mannen werkt dat niet meer. Ik ken er wel duizend. Niet allemaal even goed, natuurlijk.' Ze lachte. Ze had een paar van die mannen gebeld, haar netwerk was oud, maar het waren allemaal Rotterdammers die wisten wat er in de wereld te koop was. Harde havenmannen en nette stadsheren, ze kende ze allemaal. Via hen had ze contacten in Odessa gelegd. In minder dan twee dagen had ze adressen en namen van mensen die haar verder konden helpen. 'Dat is ex-sovjet daar, als je daar geen mensen kent, kom je nergens. Geld en gunsten. Het is allemaal zo corrupt als de neten, maar zo doen zij dat nou eenmaal.'

'Met briefjes van vijftig', zei ik.

'En van honderd en van vijfhonderd en net zo veel als nodig is.' Sylvia was sterk, ze toonde wat ze had en wat ze kon. Een negen, had Lies gezegd. Sylvia had een onverzettelijkheid die geen tegenspraak duldde. Nadat ik de beslissing had genomen, trok ze de leiding naar zich toe. Zij gingen naar Odessa en als ik me netjes gedroeg, dan mocht ik mee. Zo lagen de verhoudingen opeens. 'Wat had jij gedacht daar te gaan doen?' vroeg ze. 'Bij het toeristenbureau de weg vragen?'

Ze boekte tickets via een bevriend reisbureau. Cash betaald, verzekering op basis van nog meer contanten. Visa waren niet nodig. Inentingen ook niet. Ze kocht koffers, tassen en kleren. Een nieuwe rugzak voor mij. Ik mocht niets meer doen. Ik moest onvindbaar zijn. Ik zette mijn telefoon uit en er daalde een rust over me die ik al lang niet meer had gehad. Ik kon niet bellen en niet gebeld worden. Ik had geen contact meer met kantoor. Niet met Gijs, niet met Ahmed en niet met Karl. Sylvia was streng en naarmate de voorbereidingen vorderden, begon ik het voordeel van haar aanpak te merken. Of ze gelijk had of niet, deed er niet eens meer toe, de communicatiestilte werkte als een trechter. Nu ik met niemand meer sprak, behalve met Lies en Sylvia, merkte ik pas hoezeer al dat praten afleidt, hoe het je alle kanten uit stuurt en altijd weer een nieuwe mogelijkheid opent, waardoor je uiteindelijk niets doet. Informatie, meningen, feiten, voor elke keuze is een sluitende verdediging te vinden.

Alles klopt, dat is de ellende.

Door de afzondering kon ik mijzelf voorbereiden op wat we gingen doen. Wat ík ging doen, want ondanks de stoere praat van Sylvia was ik ervan overtuigd dat ík straks in Odessa over straat liep op zoek naar Guus.

'Je spreekt de taal niet eens', zei Lies.

'Wie wel?' vroeg ik.

Sylvia reageerde niet. Ze zat met een leesbril op haar neus door haar adresboek te bladeren. 'We moeten eigenlijk nog een of andere hoge ambtenaar hebben', zei ze. Ze keek me aan. 'Kun jij niet via die vriendjes van je bij Justitie aan een naam komen?'

42 Een onomkeerbare krak

Sylvia vroeg onmogelijke dingen, alsof het de gewoonste zaak van de wereld was. Op de grens van bovenwereld en onderwereld, dat was voor haar normaal.

'We moeten iemand hebben die iemand kan bellen, zo'n vent die je eigenlijk niet wilt kennen en die het doorkiesnummer van de hoofdcommissaris bij de hand heeft.' Ze lachte. 'Vroeger kende ik zo'n man. Die belde af en toe, of hij een paar dagen een koffer bij mij kon stallen of zo.'

'En wat zat daar dan in?'

'Geen onderbroeken.' Meer zei ze er niet over. Ze schoof zo'n koffer bij een van de meiden onder het bed tot hij hem weer kwam ophalen. 'Geen vragen', zei ze. 'Nooit. Dat deden we niet.' Aan haar ogen was te zien dat ze die tijd miste, de tijd dat ze meedraaide, dat zij een schakel was in een half zichtbaar netwerk van mannen die altijd ergens wat te regelen of te verbergen hadden. 'Hij wist dat het bij mij veilig was. Al lag de officier van justitie de volgende dag met een van de meiden boven die koffer, begrijp je? Bij mij kwamen de mannen niet om onder het bed te kijken. Dat konden ze thuis doen.'

Via mijn werk voor Justitie had ik een aantal mensen ontmoet bij het leger en zelfs bij de speciale diensten, maar die kon ik niet zomaar bellen. Ik had hun nummers niet eens. Mijn werk had te maken met beleid en met communicatie, niet met operaties of uitvoering.

'Kun je die man dan niet bereiken?' vroeg ik.

Sylvia haalde haar schouders op. 'Ik heb hem al zeker vijftien jaar niet meer gezien. Ooit had ik wel een telefoonnummer van hem.' Ze stond op, liep naar een commode en begon in de lades te zoeken.

'Hoe heet hij?'

'Meestal heette hij Serge. Of Leonid. Of iets anders.' Ze rommelde in een laatje, haalde er een stapeltje papieren uit, brieven, briefkaarten, losse velletjes. Opeens zag ik haar leeftijd, zoals ze daar stond, leesbril op haar neus, fel rood gelakte nagels, iets te zware mascara, bleke huid. Ze was van een andere tijd, niet eens zo heel lang geleden. Toen ik geboren werd, was zij dertig, op de top van haar roem in een stad waar de hele wereld kwam. Geen internet, geen mobiele telefoons, geen sms, geen e-mail, geen satellietverbindingen, geen pinpassen of creditcards. Twee netten op de televisie. Alle contact ging per brief of mensen kwamen zelf langs, en dan waren ze er ook. Voor haar. 'Nu hebben ze een mobiel aan hun oor en kijken ze langs je heen', zei ze. 'Ze zijn nergens meer, want ze zijn overal bereikbaar. En bereikbaar is geen plek.' Dat miste ze, de afzondering van samenzijn. De mannen van Sylvia Koper kwamen voor haar en dan was er niemand anders. 'Hij noemde mij altijd "Koop". "Hé, Koop," zei hij dan, "bij jou ben ik veilig, nergens anders." Hij kwam een keer binnen met een maat van hem en toen is hij drie dagen gebleven. Die maat ook. Non-stop. Ze zijn de deur niet uit geweest. Omdat hij het lekker vond, want hij had niks te klagen. De meiden deden hun best, daar zorgde ik wel voor. Maar dan was hij ook drie dagen totaal onvindbaar. Verdwenen. Dat bedoel ik.' Ze legde het stapeltje papieren terug en pakte een volgend stapeltje. 'En nooit zaniken over geld. Nooit.' Ze trok een velletje uit de stapel. 'Verdomd, hier is het.' Ze leek zelf verbaasd. Ze staarde naar het papiertje in haar handen, knipperde met haar ogen en vijftien, twintig jaar vergleden. De dagen dat de Sovjet-Unie uit elkaar viel, en de jaren daarna, waren drukke tijden voor de specialisten van de KGB. Iedereen had bescherming nodig, iedereen had behoefte aan getrainde beveiligers met goede contacten. De madam keek naar de naam van een man die duidelijk meer voor haar was geweest dan alleen maar een man.

'Denk aan mijn hart', zei ze. Ze gaf me het papiertje.

Een naam en een telefoonnummer, meer stond er niet op. Ik liep ermee naar de telefoon. 'Zullen we het proberen?'

Sylvia zei niets, ze durfde niets te zeggen, bang dat haar herinnering zou breken onder haar woorden. Ze keek alleen naar me, naar mijn handen.

Ik pakte de telefoon en toetste het nummer in. Nog voordat ik halverwege was, klonk er een drietonige piep. Ongeldig nummer. Waarschijnlijk nog uit de tijd van de Sovjet-Unie. Het kon een nummer in Rusland geweest zijn, of in Georgië, Oekraïne, Kazachstan of nog heel ergens anders. De Sovjet-Unie had vijftien republieken, die na 1991 allemaal zelfstandig waren geworden. Serge kon overal zitten.

'Sorry', zei ik.

'Geeft niet.' Sylvia probeerde nonchalant te doen, een achteloos gebaar met haar hand kon niet verbergen dat de tranen in haar ogen stonden. Zomaar. Ze zweeg, draaide zich om en liep de kamer uit.

Minutenlang liep ik met het papiertje in mijn hand heen en weer. Steeds weer keek ik naar die naam en het nummer. Ging zitten, stond weer op. Na een kwartier ging ik de deur uit, liep de paar straten naar mijn auto. Ik wilde lucht en land en ruimte. Langs de Maas reed ik de stad uit, langs Krimpen, en iets voorbij Lekkerkerk de polders in. Bij Benedenberg zette ik de auto stil en stapte uit. Begin november was droog en koud, de laatste dagen was de temperatuur bijna tien graden gezakt. Het vlakke, groene land strekte zich voor mij uit. Onder bleek licht leek het nog platter en weidser dan het al was. Alles wees erop dat ik de grootste vergissing van mijn leven zou begaan, ik had niets te zoeken in Odessa. Ik zou Lies en Sylvia moeten tegenhouden in plaats van hen mee te sleuren. Ik zou me op mijn eigen leven en mijn eigen werk moeten concentreren. Ik zou naar Gijs moeten luisteren.

Ik zou ... Ik zou ...

Ik haalde mijn telefoon uit mijn zak, zette hem aan en belde de politie in Den Haag om te vragen of ze al verder waren met het onderzoek. Een echt antwoord kreeg ik niet. Ze waren bezig. Het duurde lang. Het was ingewikkeld. Processen verliepen nou eenmaal traag. Teleurgesteld verbrak ik de verbinding. Als we moesten wachten tot alle internationale procedures waren doorlopen om in Oekraïne iets te mogen uitzoeken, dan waren we over een jaar nog niet verder. Ik kende de regels en de eindeloze bureaucratische werkwijzen. Bij Justitie hadden ze er elke dag mee te maken. Lies, Sylvia en ik hadden meer kans iets te weten te komen, met de juiste contacten waren we sneller en effectiever. Lopend over het smalle weggetje door de polder belde ik Sterre en vroeg haar of zij wist hoe je iemand kon vinden in Rusland als je alleen een valse naam had en een telefoonnummer dat niet meer bestond.

Ik zag mijn achtervolgers pas toen ik alweer bijna bij Sylvia was. Voordat ik de drukte van de stad bereikte, lette ik nauwelijks op, mijn gedachten dreven heen en weer. Sterres stem klonk nog in mijn hoofd, vrolijk en vol energie. Ze maakte klanken die bij mij bleven hangen. Langzaam zakte ik de Maasboulevard af, de Boompjes. Het was druk, mijn gedachten verdwenen en het verkeer drong zich aan me op. Vlak voor de Erasmusbrug zag ik de auto. Sylvia woonde aan de kade, een paar honderd meter voorbij de oprit van de brug. Niemand wist van Sylvia Koper, haar naam was nog nergens genoemd of gezien. Zolang ik daar weg bleef, was het er veilig. Een onbekend adres moest onbekend blijven. Dat was het nu nog, dat wist ik zeker, in de polders buiten Rotterdam had ik hun auto niet gezien en daar zou hun aanwezigheid me zeker zijn opgevallen. Ze hadden me bij het binnenkomen van de stad ergens gevonden. Wat ik ook deed, ik mocht ze niet naar haar huis leiden. Als we dat adres kwijtraakten, waren we verloren.

Om me heen stond het verkeer stil. Stoplichten. Rechts was een zijstraat. Twee auto's achter me stond de Mercedes die ik nu al dagen niet had gezien. Hoe ze me hadden gevonden, wist ik niet, en toch reden ze daar. Donkerblauw, kenteken dat ik uit mijn hoofd kende, zelfs in spiegelbeeld. Achter de voorruit twee zonnebrillen. Steeds hetzelfde patroon: ze vonden me en volgden me. Ze zochten me op in een huis, een boot, een woning, een lege straat en daar kwamen ze in actie. Elke keer weer. Alsof Nederland een of ander klein dorp was waar je elkaar de hele tijd tegenkwam.

Het stoplicht sprong op groen en een paar auto's konden doorrijden. Daarna stond alles weer stil. Het verkeer zat muurvast. Ik keek in mijn spiegel en zag de auto weer. Ik wist niet wat ik moest doen om van ze af te komen. Ik voelde nu zelf hoe Lulu en Gracie vastzaten in hun greep. Wat Dmytro had, liet hij niet meer los. Wat hij wilde hebben, kreeg hij. Ooit. Hij ging door met een ijzeren geduld en een beangstigende vasthoudendheid. Er kon maar één afloop zijn.

En die wilde ik niet. Ik wilde niet eindigen in een brandend huis of in een ongeluk of eenvoudig met een kogel in mijn kop. Ik wilde het niet.

In mijn andere spiegel zag ik een fietskoerier naderen, nu eens op de weg, dan weer over de stoep. Hij weefde en schoot langs de stilstaande auto's. Opeens trok hij zijn fiets weer de stoep op en zette hem tegen de gevel van een kantoor. Hij belde aan en even later ging hij naar binnen.

Ik aarzelde geen seconde, zette de motor van mijn auto af, trok het sleuteltje uit het contact en stapte uit. Ik sprintte tussen de auto's door naar de stoep, greep de fiets en sprong erop. Achter me hoorde ik schreeuwen en roepen. Ik trapte en schakelde, vijftig meter verder draaide ik een zijstraat in en verdween over de kades en door straten van de oude haven van Rotterdam. De Terwenhaven, linksaf, de Glashaven, brug over de Leuvenhaven, de Posthoornstraat. Zo hard als ik kon, fietste ik door, keek niet één keer om. Door. Door. Ik kende Rotterdam niet goed, alleen de buurt rond het Centraal Station. Daar wilde ik heen. Naar de menigte. Blaak over, verder het centrum in, linksaf, Coolsingel over, de winkelstraten in. Nog eens rechts, een lange, rechte straat, Weena over. Daar dumpte ik de fiets, rende tussen de trams door en liep het station in, door de gangen en aan de andere kant er weer uit. Midden tussen de dubbele stroom mensen, honderden die het station in wilden en honderden die er net uit kwamen, stond ik stil. Hijgend keek ik om me heen. De zonnebrillen die ik vreesde te zien, waren er niet. Ik wachtte. Een minuut. Twee minuten. Nog een minuut. Ik bewoog niet, ik keek.

Ik was alleen met al die mensen om me heen.

Hier moest een eind aan komen. Ik had mijn auto achtergelaten midden op een van de drukste kruispunten van de stad. De politie zou hem wel weghalen en mij proberen te vinden. Een bon sturen. Ik ging niet terug naar mijn eigen huis en ik ging niet meer naar kantoor. Het ministerie van Justitie had de relatie met BON Consult, dus met mij, verbroken. Ik stond op straat in een stad die de mijne niet was en moest ongezien het huis van Sylvia bereiken.

Ze hadden me weer gevonden. Nauwelijks een kwartier nadat ik de politie en Sterre had gebeld, zaten ze al achter me. Dat kon niet. Ik keek om me heen en dacht na. Eigenlijk wist ik niet wat ik moest denken. Hoe ik ook mijn best deed, iedere keer werd ik gevonden. Niemand wist waar ik was, behalve Lies en Sylvia, en die twee vertrouwde ik. Volledig. Hier stond ik in de menigte, onvindbaar, dacht ik. Verborgen in grote aantallen. Ik zag de mensen lopen, ieder met zijn eigen doel, zijn eigen dromen en zijn eigen angsten. Onzichtbaar voor anderen. Veilig in de wetenschap dat hun leven van hen was en van niemand anders. En direct daarna zag ik de beveiligingscamera's die overal rond het plein hingen, die het station en de buurt er omheen dag en nacht in de gaten hielden. De camera's waarmee de politie in Den Haag de hele aanslag op mij had opgenomen, de camera's die overal in dit land hingen. Camera's voor bewaking en camera's voor opsporing, voor verkeersinformatie en voor wegenbelastingcontrole. Samen vormden ze een groot systeem van mechanische ogen aangesloten op een digitaal geheugen. Karl kon in dat systeem komen om uit te vinden wie er in ons kantoor had ingebroken. Dan konden anderen het gebruiken om mijn auto te vinden en te volgen. Het kleine apparaatje dat ik in mijn auto had gevonden, was maar een van de manieren waarop ik werd gevolgd. Andere manieren waren overal aanwezig, werden steeds groter.

Sylvia had gelijk, ik moest veel voorzichtiger zijn en alle mogelijke manieren waarop ik kon worden gevolgd uitschakelen. Ik pakte mijn telefoon, maakte hem open en haalde de simkaart eruit. Ik liet hem op de grond vallen en zette de hak van mijn schoen erop. Langzaam draaide ik mijn voet heen en weer tot ik een kleine, onomkeerbare krak voelde.

'Laatst gepeilde locatie: Centraal Station Rotterdam', zei ik hardop.

Niemand die het hoorde.

Bellilog 2.11.2007

Ik ben net geen één meter tachtig, scheelt een halve centimeter. Ik heb blauw-grijze ogen, blondachtig haar. Ik ben stevig, maar niet dik. Zweet nooit, ook niet aan mijn voeten. Ik heb een brede mond, goeie tanden, weinig vullingen. Gewoon voorhoofd, flinke kaak. Minder haar dan vroeger. Weinig baardgroei. Ik ben makkelijk in de omgang, stel weinig eisen. Eet eigenlijk alles. Rook niet. Drink wel, en niet alleen voor de gezelligheid. Geen sport, geen fitness. Ik zou wel willen, maar het komt er nooit van. Te druk, geen zin. Ik hecht niet aan dingen, spullen, huis, auto, wat dan ook. Doet me niks.

Is het weg, dan is het weg.

Volgende.

Dat is het dus niet. Het is niet dat ik mijn dingen mis. Toch mis ik iets, steeds sterker. Het is alsof ik iedere dag een beetje dunner word.

43 Universum zonder betekenis

Het vliegtuig vertrok om elf uur 's ochtends, inchecken om negen uur. De vorige dag had Sylvia me meegenomen naar een telefoonwinkel. Daar zochten we een pre-paid-aanbieding uit die het ook in het buitenland deed. *Sim only.*

'Doe maar een telefoontje en tien van die aanbiedingen', had Sylvia tegen de verkoper gezegd en ze had nog eens dertien biljetten van vijftig afgeteld. Het telefoontje zat nu, opgeladen, in mijn rugzak met tien sim-kaarten, tien verschillende telefoonnummers. Allemaal aangemeld en direct bruikbaar.

'Kun je tien keer bellen?' zei Sylvia. 'Dat moet genoeg zijn. En als je moet mailen, gebruik je mijn adres.'

Met z'n drieën schoven we aan in de rij voor de incheckbalie, Sylvia voorop, dan Lies, dan ik. Het voelde alsof ik me had ingeschreven voor een culturele groepsreis waarvan de gemiddelde leeftijd wat hoger lag dan ik had verwacht. Op reis met twee vrouwen die ouder waren dan mijn moeder, elk met een eigen reden om mee te gaan. Elk met een geloof in wat zij ging doen. Lies werd gedreven door een diepe verontwaardiging, een boosheid die groter was dan zijzelf, waar zij zich aan overgaf, met een goed humeur en altijd met een waakzaam oog voor de tekens die ons omringden. Voor Sylvia was het een heilige plicht, in haar wereld moest je voor elkaar opkomen. De advocate had dat gedaan in de gevangenis, daarom verdiende zij het nu dat een ander voor haar opkwam. In dat soort dingen was Sylvia Koper erg rechtlijnig. Bovendien was het een manier om in actie te komen, zoals ze dat vroeger deed. Ik zag het in haar houding, rechtop en vierkant, de kracht van de overtuiging.

'Anders zit ik de rest van mijn leven in mijn café', zei ze. Haar onuitgesproken reden was de onverdunde haat die ze voelde voor mannen als Dmytro. Iedere keer als hij ter sprake kwam, zag ik haar ogen samentrekken. Zij dacht aan de meiden, altijd. De meiden. In haar herinnering waren zij een familie, een team. Je deed wat je deed en je zorgde voor elkaar. Als een van de meiden werd mishandeld, dan ging de hele club om haar heen staan. Met z'n allen. Zo'n vent kwam er niet meer in. Dat was hun zekerheid, hun veiligheid. Mannen als Dmytro draaiden de zaak om, die ontnamen de meiden elke veiligheid. Ze wist het allang, ze had het gezien in de gevangenis, bij Lulu en Gracie, die daar door een kronkel in de wet terecht waren gekomen. Wat de advocate had gedaan, dat kon zij niet. Sylvia was een knokker, een ouderwetse paratroeper. Daar sloot ik me bij aan, haar duidelijkheid verhulde mijn eigen twijfel. Ik ging voor Guus en ik ging niet voor Guus, nog steeds werd ik heen en weer geslingerd tussen verlangen en de gedachte dat ik haar nooit meer wilde zien. Ik ging voor mijzelf, zo eerlijk was ik nog wel. Door Guus te vinden, kon ik mijzelf vrijpleiten. Zij kon bewijzen dat ik geen schuld had aan de inbraak in het systeem van Justitie. Zij wist wat er was gebeurd en alleen zij kon ervoor zorgen dat ik weer overal kon binnenkomen. Of ik in de toekomst nog adviseur kon zijn, hing van haar af.

Daarom ging ik. Over andere redenen maakte ik me geen illusies meer.

Sylvia zwaaide met de boarding passes. *'Allez, mes enfants'*, zei ze.

Niet echt een clubje waar Dmytro en Vlodo onmiddellijk erg bang van zouden zijn.

Odessa Airport was klein en slecht onderhouden, de landingsbaan leek een lang, opgelapt stuk asfalt. Ze hadden hun best gedaan om het wegdek zo vlak mogelijk te houden en ondanks de gebrekkige reparatietechniek was dat nog aardig gelukt. Het vliegtuig hobbelde naar het platform. Via een aangeschoven trap stapten we uit. De wind gierde om mijn oren, het was koud en guur. Rillend liepen we naar het gereedstaande busje, dat bracht ons naar de terminal. Een groot woord. Het was een gebouw met aan beide zijden een ingang en een uitgang. Daartussen zaten de douane en de *groundcrew*. Voor we het wisten hadden we allemaal een stempel in ons paspoort en stonden we in de hal. De aankomsthal en de vertrekhal waren één ruimte. Aan de ene kant was een koffiecounter waar je ook een broodje kon krijgen. Drie tafeltjes met elk twee stoeltjes. Drie statafeltjes. Vier stalen banken waarop reizigers konden wachten. Achter een reclamebord lag een hondje te slapen. Aan de andere kant van de hal waren een bank en een wisselkantoor. Alles was er overzichtelijk. Sylvia wisselde geld, grote stapels grivna verdwenen in haar tas. Het was goed om uit Nederland weg te zijn. Hier draaiden wij de zaken om, ik was niet meer de opgejaagde, hier gingen we zelf op zoek. Dat gaf rust en ruimte. Na weken achterstand had ik eindelijk het gevoel dat ik een voorsprong had. Als het erop aankwam, was Guus de enige die Dmytro en zijn mannen kon terugroepen, kon overhalen mij met rust te laten. Zij zat midden in hun organisatie, zij deed dingen voor ze, dus zij kon met ze onderhandelen. Daarom wilde ik mijn voorsprong niet meer loslaten. Hoe klein die ook was.

Naast de uitgang stond een groep mannen, taxichauffeurs, die om het hardst riepen om onze aandacht te trekken. Sylvia leidde ons langs hen heen naar buiten.

'Altijd de laatste nemen, anders betalen we te veel', zei ze. Ze keek om zich heen, aan de rand van de parkeerplaats stond een man. Hij wenkte.

'Adjessa', zei hij. 'Adjessa.'

We laadden de koffers achter in zijn oude Japanse auto en stapten in. Sylvia en Lies op de achterbank, ik voorin naast de chauffeur. Sylvia gaf naam en adres van het hotel, de man knikte, herhaalde het een paar keer, startte en reed weg. Rammelend en piepend, met onregelmatige snelheid, zocht de auto zijn weg. Niet lang. Vijfhonderd meter verder stopte de chauffeur langs de kant van de straat.

'One minute', zei hij en hij reikte onder het dashboard, trok aan een hendel om de motorkap los te maken en stapte uit.

We keken tegen de geopende motorkap aan, een zwart vlak plaatstaal. Langs de zijkant zag ik de chauffeur bewegen, zijn armen met opgestroopte mouwen reikten langs het motorblok. Hij trok ergens aan, duwde en kneep en even later gooide hij de motorkap weer dicht en stapte in.

'Contact', zei hij. *'No problem.'*

We reden verder, langzaam, voorzichtig leek het wel, alsof hij het herstelde contact niet wilde verbreken door te abrupt te rijden. Hij pakte een cd uit een doosje en stopte hem in de speler. Uit overmaatse speakers die ergens achter in de auto lagen, vulde een dwingende stem de auto.

'This is the voice of Enigma.'

De chauffeur gaf gas. Er kon nu kennelijk niets meer fout gaan.

'Close your eyes and breathe deep.'

Even had ik het gevoel dat de auto zou opstijgen, dat ik weer de lucht in zou gaan, nog voordat we Odessa hadden bereikt.

'Let the music be your guide.'

Een groot en pathetisch koor zong 'In nomine Patre', de dreunende beat vergde het uiterste van de getergde schokbrekers. Met het volume op drieëntwintig hield de wereld op te bestaan. Ik was beland in een universum zonder betekenis. De oude auto kreunde en zuchtte. Ik voelde me meer verwant met de gepijnigde techniek dan met de zwelgende mens. Als mij aan de hemelpoort ooit de keuze wordt gesteld: vriendje van Enigma of van een stervende Japanse auto, dan kies ik het tweede.

Als er een hemelpoort is.

Ik keek achterom, naar Lies en Sylvia op de achterbank. Vier grote ogen staarden me aan. Geen van drieën wisten we nog waar we terecht waren gekomen. Begeleid door de bombastische muziek, onder een grijze lucht en over grijze wegen, reden we langs een eindeloze rij betonnen karkassen van levenloze gebouwen en grote stapels gehavend bouwmateriaal. De chauffeur manoeuvreerde om de grootste kuilen in de weg heen. Hij lachte.

'Adjessa good', zei hij. Hij stak zijn duim omhoog.

Langzaam naderden we het centrum van de oude stad, de taxi kwam nooit verder dan zijn derde versnelling. Het verval om ons heen was intens. Kapotte straten, kapotte huizen, kapotte stoepen. Het leek alsof er jarenlang een oorlog had gewoed. Sprakeloos staarden we naar de stad die zich voor ons ontvouwde. Het centrum zelf was nauwelijks beter. Hier en daar was een pand opgeknapt, maar hele straten leken alleen nog te blijven staan uit respect voor de mensen die ze ooit hadden gebouwd.

De chauffeur sloeg rechts af en nog een keer en stopte voor de deur van een hotel. Hij stapte uit en opende galant de portieren voor de dames achterin. Jankend metaal in uitgedroogde scharnieren. Sylvia betaalde en even later stonden we met z'n drieën voor de ingang van het hotel, Sylvia en Lies elk met een tas en een koffer. Ik met mijn rugzak. We waren aangekomen.

Maar waar?

44 Pindakaas optellen

Het duurde een halve dag voordat we ook mentaal in Odessa waren geland. De inhoud van mijn hoofd leek een vlucht later te hebben genomen. In de tussentijd bewoog ik mij onwennig door een onbekende wereld. Het hotel was prima, moderne kamers, goeie bedden, keurige badkamers, en de receptioniste was zo mooi dat mijn hart ervan stilstond. Elke keer als ze me aankeek, lachte ze nog ook. Naamloos, in een uniformpje, deed ze iedere keer alsof ze blij was me te zien. Zeker die eerste uren, terwijl mijn geest nog onderweg was, deed ze wonderen voor de acclimatisatie. Ze sprak Engels en een paar woorden Nederlands, overgehouden van een lange vakantie in Amsterdam. Ze gaf me een kaart van het centrum, speciaal voor toeristen met de straatnamen op twee manieren gespeld. Ze wees aan waar het hotel stond. We zaten vlak bij de haven en de belangrijkste straten van de stad. Odessa stak als een soort bult uit in de Zwarte Zee. Aan de ene kant was de haven, aan de andere kant liepen de stranden, het ene na het andere, gescheiden van de stad door een langgerekt park. Tussen de haven en de stranden lag de lange, brede trap die vanaf het standbeeld van de Duc de Richelieu naar de lager gelegen kade voerde.

Het was een internationale stad, nog steeds, meer op Rusland gericht dan op de eigen regering in Kiev. Catharina de Grote had Europese architecten aangetrokken om de stad te bouwen en ze had de Duc de Richelieu uit Frankrijk gehaald om de stad groot te maken. Odessa was een soort Klein Parijs. Wat Nice was aan de Middellandse Zee, dat was Odessa aan de Zwarte Zee. Uitbundig, mooi en vol handel. Hier kwam ooit de Russische elite voor vertier en ontspanning. De sovjets dachten er net zo over. Odessa had allure en stijl, het was een stad met smaak en hartstocht. Ondanks de vervallen staat was dat nog steeds zichtbaar.

'Vanavond zijn we toerist', zei Sylvia. 'Morgen gaan we aan het werk.' Het was zondagavond en pas de volgende dag zouden we iemand kunnen bereiken.

In de bar van het hotel was het rustig, soms leek het alsof we de enige gasten waren. Ik had het kaartje van de receptie meegenomen en een grote kaart van heel Odessa. Daarop was duidelijk te zien hoe klein de oude stad was ten opzichte van de rest. Achter het oude centrum strekten enorme wijken zich uit. Malinovsky Rayon lag een eind voorbij het station van Odessa. De kaart liet niet zien wat voor wijk het was, woonwijk, industrieel of allebei. Maar het was groot, groter dan de hele oude stad.

'Daar ergens zit ze', zei ik en ik wees naar het gebied op de kaart. Ik staarde naar de vale vlakken, nauwelijks door straten doorsneden, en vroeg me af hoe we daar ooit iemand zouden kunnen vinden.

Ik pakte de kaart van het centrum en wees de straat aan waar volgens de receptioniste de meeste cafés en restaurants te vinden waren, Deribasovskaja, iets meer dan tien minuten lopen van het hotel.

'Jij gelooft alles wat dat mens zegt', zei Lies. 'Die hoeft maar met haar ogen te knipperen en jij gaat plat.' Sylvia en zij lachten, ze hielden me in de gaten, de hele tijd. Het was alsof ik met twee moeders op pad was, en mijn eigen moeder zat er niet eens bij.

'Reden te meer om te controleren of het klopt', zei ik.

Deribasovskaja was een brede voetgangersstraat en al meer gerestaureerd dan andere delen van de stad. Er waren moderne winkels en zelfs een splinternieuw winkelcentrum, cafés, bioscopen en restaurants. De straat was genoemd naar José de Ribas, de zoon van een Spaanse consul die in 1772 tekende bij het Russische leger en daar opklom tot de rang van admiraal en commandant van de Zwarte Zee-vloot. 'Deribas' werd hij in Rusland genoemd. Nu was de straat met zijn naam het meest westerse stukje van Odessa. Het verleden en de toekomst leken hier overal dichter bij elkaar dan in Nederland. Buiten op straat was de achteruitgang nog steeds gaande, de herinnering aan betere tijden was er voelbaar. Binnen was het andersom, in de cafés leek Nederland opeens mijlenver achter te liggen op de nieuwe Oekraïner. Overal zaten mensen met laptops en mobiele telefoons. Eten werd naast de computer geserveerd. Aan het tafeltje naast ons zaten een man en een vrouw, zij had een telefoon aan haar oor en een tweede in haar hand. Terwijl ze praatte, stuurde ze een sms-bericht. Tussendoor overlegde ze met de man over wat ze zouden bestellen. Zij was de schakel tussen drie werkelijkheden, parallelle werelden die in haar samenkwamen. Mensen praatten, belden en e-mailden tegelijk. Ze waren overal en nergens, samen en toch niet. Aan alle wanden hingen grote flatscreen televisies waarop zonder onderbreking modeshows werden vertoond, zonder geluid. Vrouwen en mannen die in catwalkpas op ons af kwamen lopen, agressief mooi. Confronterend door de eindeloze herhaling van de beelden. Het ging maar door.

In het café zelf was het net zo. Vrouwen liepen erbij alsof ze uit een modetijdschrift waren gestapt. De een na de ander. Lange benen in onmogelijk strakke broeken. Hoge hakken, tien centimeter. Hoogblond of diepzwart. Lange wimpers, volle lippen. De receptioniste viel erbij in het niet.

Mannen gingen gekleed volgens een soort maffia-mode die wij in het Westen niet gewend waren. Alles zwart. Zwarte leren jasjes en jacks, zwarte broeken, zwarte shirts, zwarte sokken en schoenen. En alleen de allerduurste merken. Het stel aan de tafel naast ons was bleek en erg blond. Hij was groot, zwaargebouwd en breed.

'*Très slave*', zei Sylvia.

Hij droeg een zwarte coltrui met een zware, gouden ketting. Zijn zwarte jas hing over de rugleuning van een stoel. Hijzelf zat op de bank langs de muur, zo ver onderuit gezakt dat zijn ogen nauwelijks boven het tafelblad uit kwamen. De vrouw naast hem zat nog steeds te bellen en te sms'en. Hij legde zijn hoofd in haar schoot. Gedroeg zich als een kroelende vechthond.

Uit de speakers aan het plafond stroomde Frank Sinatra, 'Come fly with me'. Aan alle tafels zaten stelletjes, mensen van mijn eigen leeftijd, en allemaal waren ze op stap met een overdaad aan apparatuur. Links van ons zat een blonde, rechts een zwarte vrouw. Bij geen van beiden had het haar zijn natuurlijke kleur. Het was geverfd, hard en uitgesproken, hun schoonheid was totaal verschillend. Bij de blonde was haar mond het centrum van haar gezicht. Bij de vrouw met het zwarte haar waren het de ogen. De ogen en de mond. Naar de hersens of naar het lichaam. Flauwekul natuurlijk, gedachten die in mijn hoofd spookten. We waren omgeven door tegenstellingen. Overal waar ik keek, zag ik iets wat ik niet verwachtte.

Sylvia dronk haar glas leeg en zette het neer. 'Kom, we gaan', zei ze.

Lies knikte, opgelucht. 'Ik voel me hier net een koe', zei ze.

We zwierven door de straten, donker al, koud, op zoek naar een restaurant. De ene straat in, een hoek om, een andere straat. Overal mensen. We liepen soms naast elkaar, soms achter elkaar om anderen de ruimte te bieden.

'Hé!' riep Lies opeens. Ze draaide zich om en liep achter een man aan. Ze wees. Ik keek. Ze wees weer, naar een kleine man. Dikke jas aan. Korte nek, voorzover dat te zien was. Kaal hoofd, geen hoed. 'Meneer!' riep Lies in het Nederlands. De man reageerde niet. Hij stak schuin de straat over en liep met driftige, korte passen van ons weg.

'Die man', zei Lies. 'Ik ken die man. Dat weet ik zeker. Ik ken hem.' Ze sloeg haar handen voor haar ogen en concentreerde zich, midden op de stoep.

'Ben je hier dan eerder geweest?' vroeg Sylvia.

'Uit Nederland', zei Lies. 'Ik heb hem in Nederland gezien, maar waar?'

Sylvia en ik wachtten geduldig. Ik keek nog achterom, de man was verdwenen. Lies liet haar handen weer zakken en schudde haar hoofd.

'Het komt wel', zei ze. 'Niet meer aan denken, dan komt het vanzelf.' Ze stak haar arm door die van Sylvia. 'Waar gaan we heen?'

'Niks fancy's.'

Eten, geen aanstellerij, dat was wat we wilden. Ik had honger, trek in een vol bord. Een paar straten verderop vonden we wat we zochten, een druk restaurant, eenvoudig, geen westerse pretenties, geen televisieschermen aan de muren, bediening in klederdracht. Je kunt niet alles hebben.

Een meisje bracht ons naar een tafel in de hoek. De menukaarten waren goedkope multomapjes met geplastificeerde bladen. Onbegrijpelijke gerechten, nergens een woord Engels. Om ons heen gezinnen met kinderen, gemoedelijke sfeer, hoop herrie van pratende en lachende mensen. Opvallend weinig mobiele telefoons. Hier kwamen mensen om te eten. Grote borden met enorme porties vlees werden geserveerd, mannen wreven vergenoegd in hun handen. Halve liters bier en glaasjes wodka. Hoog tempo, de serveersters liepen af en aan.

Midden in de ruimte stond een microfoon op een standaard, op de grond ernaast een speaker met ingebouwde versterker. Op een tafeltje lag een accordeon.

'Straks wordt het nog gezellig', zei ik.

Lies staarde naar de menukaart, zij was met haar gedachten heel ergens anders. 'Ik ken dit alfabet niet', zei ze.

'Dan ben je niet de enige', zei ik. Ik lachte.

'Nee, nee, nee', zei ze. 'Dit is een ander alfabet en dat betekent dat ik hier niet kan tellen. Ik heb in Nederland de waarde van de namen van Dmytro en Vlodo uitgerekend en die is natuurlijk helemaal verkeerd. Hun namen, de waarde die ze van hun ouders hebben meegekregen, moeten in dit alfabet worden gespeld. Anders kan ik net zo goed pindakaas optellen.'

Ik reageerde niet. Het was te makkelijk.

Vijf mensen werden binnengeleid, naar een grote tafel schuin naast ons. Twee mannen, twee vrouwen en een meisje van een jaar of elf. Twee bevriende stellen, een met dochtertje, samen uit. Begin dertig, jong. De mannen trokken hun jasjes uit en een van hen, een blonde met stekeltjeshaar en keiharde grijs-blauwe ogen, droeg onder zijn zwarte jasje een witte trui. Daar overheen een bruin leren schouderholster, de kolf van het pistool stak zwart en zwaar onder zijn oksel vandaan. Het holster hield hij aan en niemand keek ervan op. De bediening niet, de mensen om hen heen niet. Nog een tafeltje verder zat een stelletje heftig te tongen. Ook dat was hier normaal.

Sylvia, Lies en ik zaten sprakeloos te kijken. De man met het holster was één bonk spieren, elke beweging die hij maakte, had een enorm surplus aan vermogen, alsof hij met een F16 door Zoetermeer reed. Zijn vrouw was dun als een spijker. Hij was breed, had een bleek, Slavisch hoofd met ruime wangen, alsof hij de hele tijd zijn mond vol had. Lippen vooruit. Kleine oren. Zijn dochtertje had een roze truitje aan, ze droeg een paardenstaart, die opgewekt heen en weer zwiepte. Zijn vrienden vonden hem dol en lachten om alles wat hij zei. Wij zagen alleen de kolf van zijn pistool en zijn roestvrijstalen ogen.

'Rotterdam is echt geen stad voor lieverdjes', zei Sylvia. 'Daar doen ze alles wat niet mag, hebben ze ook altijd gedaan. Maar dit heb ik er nooit gezien.'

'Een politieman op een avondje uit', zei Lies.

'Volgens mij maakt dat geen enkel verschil.' Sylvia schudde haar hoofd. 'Als dit politie is, dan weet ik genoeg.'

Twee jonge vrouwen liepen naar het midden van de zaak, een van hen pakte de accordeon en zette de versterker aan, de ander pakte de microfoon. Ze keken elkaar aan, telden geluidloos de maat en zonder enige introductie begonnen ze. Slavische liedjes, krullend en jankend, met vibrerende uithalen en slepende melodieën.

'De advocaat', zei Lies opeens, dwars door de muziek heen. Ze moest hard praten. 'Dat was hem, die man! Dat was de man die tegelijk met mij Guusje kwam bezoeken, in de gevangenis. Die man die niet met mij samen wilde. Dat was hij.'

Bellilog 05.11.2007

Ik begrijp geen woord van wat ze hier zeggen. Allemaal even vrolijk, dat wel. Mensen kijken me aan en lachen. Misschien lachen ze me uit, dat zou ik dan nog begrijpen, maar dat geloof ik niet. Ze zijn beleefd en tegelijkertijd een beetje vreemd en overdreven. Dit land is tussen dingen in, tussen tijden en manieren. De stoepen zitten vol gaten, de bussen zijn oud, de trams zijn oeroud. Ze zien eruit alsof ze met extra stukjes plaat en planken bij elkaar worden gehouden. Trolleybussen zijn zo versleten dat ze soms nauwelijks bij de halte weg kunnen komen. Overal lopen roedeltjes honden te scharrelen. In parken liggen ze in het gras, onder de bomen of midden op de paden. In de stad loopt er soms eentje een tijdje met me mee in de hoop dat ik iets voor hem heb. Scharminkels.

Bij een auto staan twee mannen. Voet op de bumper, fles bier in de hand. Dat hoort hier. Een man heeft een fles bier. De ene man duwt met zijn voet, zodat de auto wiebelt. Oude Lada. Hij neemt een slok bier en kijkt de andere kant op, alsof er van die kant iets komen zal, anders dan bumpers en bier. Er komt niets. Hij drinkt het laatste uit de fles, schroeft de dop er weer op en zet de lege plastic fles voorzichtig rechtop in de hoek van een raamkozijn. Tien meter verderop is een afvalbak, maar dat is tien meter en hij hoeft die kant niet op.

Ik herken alles los van elkaar, beelden.

Oude bus, ja.

Man met een fles bier, ja.

Loslopende hond, ja.

Gat in de stoep, ja.

Pistool, ja.

Al die dingen heb ik al gezien, maar niet zoals hier. En ik versta ze dus echt niet.

45 De afwezigheid van alles

Sylvia veegde de kruimels toast van haar jasje en schoof haar bordje weg. 'Laat mij vandaag maar doen wat ik moet doen', zei ze. 'Het gaat even duren voordat ik iedereen heb gesproken.' Ze bestelde nog een potje koffie en begon in haar adresboekje te bladeren.

Lies knikte en trok zich terug. Ze had behoefte aan een dag stilte en concentratie. 'Ik heb het gevoel dat ik hier kopje-onder ga. Dat is niet erg, zolang mijn ademhaling goed is.' Ze legde een hand op mijn arm en kneep zachtjes. 'Daar moet ik even aandacht aan besteden.' Ze glimlachte, streek met een hand door Sylvia's haren en ging weer naar boven. 'En ik zou weleens willen weten wat die advocaat hier moet.'

De aanwezigheid van de man met de korte nek was onverwacht. Toeval is overal en bijna nergens toevallig. De enige reden voor hem om hier te zijn, was Guus. Wat had hij met haar te maken? En waarom had hij niet gereageerd op straat?

'Omdat hij het helemaal niet was', zei Sylvia. 'Daarom. Jij ziet dingen die wij niet zien en soms zie je dingen die er niet zijn. De eenvoudigste verklaring is meestal de beste, dus daar hou ik het op.'

Lies schudde haar hoofd. 'Hij was het', zei ze. Ze twijfelde niet. Alleen de bewaking van de gevangenis kon ons vertellen wie die man was en dat zouden ze nooit doen. Die informatie was niet beschikbaar.

Ik liep die dag. Ik wilde een idee krijgen van waar ik was, hoe de stad eruitzag, wat we waar konden verwachten, en dat kon het best lopend. Dan bleven de richting en de afstanden het best hangen. Dan werden de gebouwen bakens en kregen de straten elk hun eigen beeld.

Het oude centrum was vrij simpel, een kleine matrix die niet helemaal gelukt was. Vier grote straten – Poesjkinskaja, Richeljevskaja, Jekaterininskaja en Preobrazhenskaja – liepen parallel van het station naar de passagiersterminal in de haven. Daar aan het eind lagen ook de bezienswaardigheden en het uitgaanscentrum van de stad. De grote kerk, de opera, het paleis, de mooiste huizen en alle cafés en restaurants die iets voorstelden. Die vier grote straten werden doorkruist door kleinere straten die soms wel en soms niet doorliepen. Op de kaart zag het er overzichtelijk uit.

Malinovsky Rayon lag schuin achter het station, ik schatte het op ongeveer anderhalf uur lopen. Wat ik daar dacht te vinden, wist ik niet. Ik wist niet eens of Guus daar nog zat. Na die ene keer dat ze zich via de webcam had gemeld, had ze niets meer van zich laten horen. Of er nog iemand in het huis aan de Lauriertuin was, wist ik ook niet. Sinds mijn eigen laptop was gesneuveld, had ik geen contact meer kunnen maken. De webcam was onbereikbaar geworden. Ik stak de kaart opgevouwen in mijn zak, nam mijn mobiele telefoon mee en liep de stad in. Gedurende de nacht waren de wolken verdwenen, de stad lag onder een strak blauwe lucht. Een felle zon scheen door een koude wind. De versleten kleuren van de gebouwen lichtten op, blauw, groen, geel en roze. In haar hoogtijdagen moest Odessa een vrolijke, feestelijke stad zijn geweest. Het was overal nog te zien, meer dan tweehonderd jaar later, de grote namen die de stad hadden gemaakt, hingen nu aan de laatste restjes van het feest, naast die van dichters en Sovjetleiders.

Naarmate ik verder van het uitgaanscentrum verwijderd raakte, nam de uitbundigheid van de oude gebouwen af. Bruin en geel en soms oranje overheersten. Ik liep kriskras, heen en weer tussen de grote straten. Het was overal druk, veel mensen op straat, lopend, pratend en altijd en overal bellend. Door Preobrazhenskaja liep een tram. Ik stapte in en ging op een keihard houten bakje zitten. Keek uit het raam. Het trammetje zwoegde en ploeterde om met een paar passagiers vooruit te komen, het leek of elk onderdeel zich verzette tegen het werk. Twee haltes verder stapte ik weer uit, lopen was sneller.

Aan het eind van de straat sloeg ik rechts af en kwam in een ander deel van de stad. Er waren minder winkels, minder cafeetjes en minder mensen. Grote gebouwen stonden iets verder terug van de weg en het was niet duidelijk of het kantoren waren of flats. Met de kaart in de hand liep ik verder, links en rechts afslaand, door straten waarvan ik de namen niet eens kon uitspreken.

Om me heen werd het steeds stiller, de straten werden leger. Hier en daar liep nog iemand, een grote vrouw met een tas. Alles aan haar was groot. Ze was lang, breed en zwaar. Rood-roze-paars geverfd haar dat aan het uitgroeien was. Gekleed in groen, oranje en zwart. Ze gleed door de straat, in haar ene hand de grote plastic tas, in haar andere hand een telefoontje. Ze belde niet en ze werd niet gebeld. Ze keek recht voor zich uit, niet somber, niet vrolijk. Geluidloos.

De wind ging liggen en opeens voelde ik de stralen van de zon. In een lange, grijze straat met aan weerszijden lage fabrieksgebouwen was geen geluid te horen. Ver weg knetterde een oude motor. De vrouw met de tas liep voor me uit, onder de bijna kale bomen door, net als ik. In de schaduw, dan weer in het felle licht. Er stonden drie auto's geparkeerd, oud en wrakkig. De vrouw sloeg links af, ze stopte even bij twee mannen die aan een auto aan het sleutelen waren. Fles bier in de hand. Ze praatten, in de stilte ving ik klanken op die als kleine wolkjes door de straat dreven.

Ik ging rechts af. Een paar honderd meter verder kwam ik in een rond parkje. Er wandelden wat stelletjes met een kinderwagen, mensen met een hond of met elkaar. Midden in het groen stond een gebouwtje, half ingestort, een omgevallen stapel bouwmateriaal ernaast. Niemand die ernaar omkeek. Er was geen café, geen restaurant, geen barretje, geen tentje. Er was geen reclame, nergens, geen poster, geen lichtbak, zelfs geen kapotte. Er was alleen het groen van het gras, het bruin van de ongeplaveide paden er doorheen, het gedesintegreerde asfalt van de weg er omheen en de kale bomen in de zon. Er klonk geen auto en geen muziek, alleen de stemmen en de voetstappen. Ik stond stil en keek.

De doelloze loomheid zou er in een verstild beeld triest uitzien, en dat was het niet. Mensen slenterden en praatten, riepen hun hond, bogen zich over kinderwagens, hun vertraagde beweging was bijna uitnodigend. Het tempo was aanstekelijk. Hier was de moderne tijd nog niet begonnen. Hier was het verleden blijven hangen.

Ik liep door een korte straat, aan weerszijden flatgebouwen die per zijstraat hoger leken te worden. Aan het eind van het straatje stuitte ik op een brede vierbaansweg, ooit aangelegd voor grote hoeveelheden verkeer, nu te groot voor de paar auto's die er reden. Aan de overkant lag Malinovsky Rayon.

Het was een oud industriegebied en een oude woonwijk in een groots opgezet plan. Vervallen fabrieken en immense communistische woonkazernes vormden samen een onafzienbare wijk van megalomaan arbeidsidealisme. Genoemd naar een van de helden van de Sovjet-Unie, Rodion Malinovsky, de generaal uit Oekraïne die tijdens de Tweede Wereldoorlog commandant was aan het tweede front, die tijdens de slag om Stalingrad de tankbrigade van Hoth de pas afsneed, de man die Roemenië bezette en Hongarije. Die man, een van de beroemdste zonen van Oekraïne, was geëerd met een ongehoorde hoeveelheid gewapend beton, zonder kleur en zonder liefde. Hierbij vergeleken was de Bijlmer een soort Disneyland. De enige overeenkomst tussen Malinovsky Rayon en het oude centrum was het verval, voor de rest kon het verschil niet groter zijn.

Veel bedrijfsgebouwen stonden leeg, grote en kleine. Ramen waren er niet meer, alleen zwarte gaten in het achtergelaten beton. Hier en daar waren de eerste tekens van renovatie zichtbaar. Een enorme doe-het-zelfzaak, een hele rij kleurige vlaggen wapperend langs de parkeerplaats. Twee autodealers voor veel te dure merken, in dit deel van de stad reden Wolga's en Lada's. Rokende uitlaten, oude techniek die meer lawaai maakte dan snelheid. Straten waren zo slecht onderhouden dat er van een wegdek nauwelijks meer sprake was. Gaten, kuilen, sporen, verzakkingen, en soms was al die narigheid nog opgebroken ook.

Ik stak over en liep het rayon in. Een rechte weg liep kilometers ver tussen de grote blokken. Er waren weinig straten, de nummering verliep in reeksen waar soms de helft uit ontbrak. 1 3 9, 24 26 30, 20 22 36. Het was er stil. Na een paar honderd meter kwam er een jongen aangepingeld, voetbal aan zijn voeten. Hij was alleen met zijn bal, dribbelde, maakte een schijnbeweging, kapte, draaide en verdween tussen twee woonblokken. Een man in een zwart leren jack liet zijn hondje en zijn kat uit. Waarheen? Ik keek om me heen en probeerde te begrijpen waar hij vandaan kwam, waar hij woonde. De jongen met de bal was weg, ik zag hem niet meer en ik hoorde hem niet meer. Hij was ergens naar binnen gegaan, waar wist ik niet. Ik zag niet waar de ingang van een gebouw was.

De man met zijn diertjes schuifelde verder, langs de versleten straat liepen kleine grasstroken. Hij rookte een sigaret en keek ook om zich heen. Niet naar mij. De lelijkheid was er intens, het verval was niet meer in te halen. Er heersten een stilte en een leegheid die ik niet kende. Hier was de afwezigheid van alles.

Hier ergens was Guus.

46 Het is al gelukt

Er was feest in het hotel, nét waar ik zin in had. Overal liepen mensen, mannen in keurige pakken, zwart, overhemd en das, glimmende schoenen, glimmende haren, glimmende ogen. Vrouwen in kleurig lang, nu eens wijd en zwierig, dan weer strak als een tweede huid, hoge hakken, haren in alle soorten en kapsels, lang en kort, opgestoken en in enorme golven, geblondeerd of gitzwart. Ergens uit het gebouw klonk muziek, ritmische golven van koper en strijkers deinden door de gangen. De vrolijkheid was goed op gang en beloofde nog veel uitbundiger te worden. Er werd gelachen, gezongen en gedanst en buiten bij de ingang werd gerookt.

'Bruiloft', zei Lies. Ze zat in een hoekje van de bar met een schrift en een boek. Leesbril op haar neus. 'De bruidegom is nu al zat en het diner moet nog beginnen.'

Personeel van het hotel liep af en aan tussen een van de grote zalen en de bar en de keuken. Grote hoeveelheden glazen en flessen werden aangevoerd. Zwijgend zat ik naast Lies en ik keek naar de mensen, het feest, het gedoe.

'Veel vrouwen', zei ik.

'Denk jij weleens aan wat anders?'

'Kijk dan. Of verbeeld ik me maar wat?'

Lies deed haar leesbril af en keek om zich heen. Vanuit de hoek waar we zaten, hadden we zicht op de hele bar, de gang naar de zaal en de lobby bij de uitgang. Voortdurend waren groepjes mensen op weg naar de deur om te roken. Mannen en vrouwen. Hoe langer we keken, hoe meer het begon op te vallen. Mannen waren nooit alleen, ze waren altijd met vrouwen. Eerst leek dat vooral aardig, goed gemixt, mensen die bij elkaar hoorden. Na een tijdje zag je pas de drang die erachter zat, de geforceerde vrolijkheid. Lies stond op en liep naar de lobby, draaide daar om en liep langzaam terug. Ik zag haar aan het eind van de gang de zaal in gaan en een paar seconden later er weer uit komen. Vriendelijk glimlachend kwam ze terug naar haar stoel.

‘Ruim drie vrouwen voor elke twee mannen’, zei ze. ‘Er zijn iets meer dan zestig mensen in totaal en er zijn zo’n veertig vrouwen en bijna vijfentwintig mannen. Inclusief het bruidspaar.’

Ik knikte. ‘Zie je wel’, zei ik. Lies kon tellen als geen ander.

‘Opmerkelijk’, zei Lies. ‘En wat weten we nu?’

‘Dat er hier meer vrouwen zijn dan mannen.’

‘En?’

‘Verder niets.’

We keken weer naar het feestgedruis. Lies pakte haar bril. ‘Moet je horen’, zei ze. Ze bladerde in haar schrift tot ze de aantekening gevonden had die ze zocht en begon te vertellen. Ze had de dag gebruikt om zich opnieuw te centreren, om zich opnieuw te plaatsen in deze omgeving, waar de energie andere banen volgde en een heel ander niveau had. Ze had de verstilling opgezocht, zich opengesteld en geprobeerd de energiebanen te vinden en erin op te gaan. ‘Er is hier van alles’, zei ze. ‘Energie spreekt overal dezelfde taal, je hoeft alleen je plaats erin te vinden.’

Voor Lies begon ieder zoeken in haarzelf. Het vertrekpunt moest duidelijk zijn, zeker zijn. ‘Als ik de weg naar Utrecht zoek,’ had ze weleens gezegd, ‘dan moet ik eerst weten of ik in Groningen ben of in Maastricht. In het ene geval moet ik naar het zuiden, in het andere naar het noorden. Dat vindt iedereen logisch. Maar zonder plaatsnamen en wegnummers beginnen we opeens moeilijk te kijken. Waarom? Zoeken is zoeken.’ Dat is wat ze hier deed. Ik deed het precies andersom, ik ging meteen op pad, rondlopen en de stad verkennen. Plaatsbepaling was voor mij fysiek, ik keek niet naar mijzelf, ik keek naar de omgeving. Dan wist ik waar ik was. Lies was eerst ergens en dan pas ging ze kijken waar dat was en hoe het er was.

‘Er is hier iets wat ik niet kan plaatsen’, zei ze. Ze bewoog haar vingers alsof ze aan de lucht wilde krabben. ‘Een onbalans, en ik weet nog niet of het door mij komt of dat het iets is van hier. Het gaat te vlug.’ Ze keek me aan. ‘En jij?’ vroeg ze.

En ik? Ik vertelde waar ik was geweest en wat ik had gezien. Dat ik af en toe dacht dat we onszelf een hopeloze opdracht hadden gesteld.

‘Om te beginnen is het geen opdracht, dus het is zeker geen hopeloze opdracht’, zei Lies. ‘We zijn hier en we doen.’

‘Ik wil wel dat het lukt.’

Lies legde een hand op mijn arm. Ze keek me lang aan, zo lang dat het bijna ongemakkelijk begon te worden. ‘Dat weet ik’, zei ze. ‘Het is al gelukt.’

Dat was me te makkelijk. Als het al gelukt was, dan hoefden we niets meer te proberen, dan konden we morgen het vliegtuig terug nemen naar Nederland. Als het al gelukt was, wanneer was het dan gelukt? Voordat we vertrokken of nadat we hier waren aangekomen? En waarom had ik daar niets van gemerkt?

‘Zo lust ik er nog wel een’, zei ik.

Ze klopte me op mijn schouder, streek even door mijn haar. ‘Een andere heb ik niet’, zei ze en ze lachte. ‘Sylvia komt pas na het eten weer terug, dus wij moeten vanavond voor onszelf zorgen. Ik ga nog even naar boven. Zien we elkaar hier over …’ Ze keek op haar horloge, het was iets voor zessen. ‘Over een uurtje of zo?’

Ik zat alleen in de bar, te wachten, ik wist niet waarop. Tot Sylvia iets te weten zou komen. Tot we een contactpersoon hadden hier, iemand die ons door de vreemde stad kon leiden, die in Malinovsky Rayon de weg wist. Dat zou een enorme hulp zijn. Ik wachtte tot er iets zou gebeuren, ik wachtte op een teken, een signaal. Ik wist niet eens of Guus hier nog was en dat was een verwarrende gedachte. De man met de korte nek was hier wel, dat betekende iets. Als Guus niet in Odessa was, dan was ze niet ver weg.

Aan de bar bestelde ik een biertje. Na een paar slokken viel het me op dat passerende vrouwen naar me keken. Toen ik er met Lies zat, gebeurde dat niet. Nu keken ze me ongegeneerd aan en zodra ik terugkeek, glimlachten ze. Draaiden met hun ogen en hun billen. Keken om.

Ik ook en ik moest erom lachen. Het was het feest, de alcohol en vast en zeker nog allerlei andere dingen. Huwelijken en hormonen. Zoiets. Dan gebeurt er van alles. Er kwam een man aan, ouder dan ik, tegen de vijftig schatte ik hem. Twee vrouwen, een aan zijn arm, de ander aan zijn hand. Hij liep achter de bar om; de vrouwen lieten hem los en bleven aan mijn kant van de bar staan. De man pakte een glas, schepte ijsblokjes uit een bak, goot er een plens wodka overheen en hield zijn glas omhoog. Naar mij.

'Welkom in Adjessa', zei hij.

De vrouwen lachten.

Je zou er zo aan kunnen wennen.

Bellilog 06.11.2007

Nulpuntvijf gelooft van alles: dat we verbonden zijn, dat we onze identiteit moeten loslaten – dat om te beginnen, je lichaam is niet van jezelf – en dat alle kennis bij elkaar optelt, dat de energie van de aarde en de energie van de kosmos verbonden worden door haar energie, en door die van mij en die van alle andere mensen en dieren. Ze gelooft dat ze altijd en overal één kan zijn met het geheel en één zal zijn; als ze doodgaat, wordt ze deel van de energie van de aarde en daardoor blijft ze deel van het geheel. Ze gelooft dat mijn leven wordt verteld door mijn tekens, dat we naar een nieuwe fase van organisatie gaan, samenleven, dat mijn geest verder is dan mijn bewustzijn en nog veel meer. Maar daar gaat het niet om. Iedereen mag geloven wat hij wil.

Als ik bij haar ben en we zijn samen op zoek naar Guus – haar dochter, mijn Guus, al weet ik niet meer wat daar nog van over is – dan zie ik haar werken en geloven en zekerheden gebruiken die ik niet ken en dan denk ik: Nee, nee, nee, zo zit het niet. Zo zit het niet, want ... En dan hapert het. Want wat geloof ik dan?

Wat geloof ik?

Ben ik hier alleen maar om mijn tijd vol te maken?

Is dat het?

En waarmee dan? Met momenten en woorden? Nu, straks, dit woord, dat woord?

Geloof ik dat? Echt?

Wat doe ik hier dan? Hier? In Odessa?

47 Geld werkt hier niet

'Hier kennen ze nog de waarde van connecties', zei Sylvia. Ze grijnsde en sopte een Oekraïense croissant in haar koffie met melk. 'Wat een heerlijk land!' Ze nam een hap van het druipende broodje, servet onder haar kin, en genoot van de ochtend.

Het was stil geworden in het hotel. Het feest had tot laat geduurd; toen Lies en ik terugkwamen van het restaurant was het nog in volle gang. Pas om een uur of twee 's nachts was de band opgehouden en anderhalf uur later waren de laatste auto's weggereden. Sylvia hadden we niet meer gezien. Nu zat ze erbij alsof ze beter had geslapen dan ooit. Lies en ik hadden kleine ogen van slaapgebrek.

Sylvia was de hele vorige dag bezig geweest om een gids voor ons te regelen, iemand die met ons mee kon en die ons verder kon helpen. 'Het is een circuit waar je in moet', zei Sylvia. 'En je moet bovenin beginnen, bij de baas van de baas van de baas en dan werk je naar beneden tot je iemand hebt die opdracht krijgt om met ons mee te gaan.'

'Iemand die Engels spreekt, hoop ik.'

'Beter. Nederlands. En ze heet Petra.'

Ze had blauw haar, een ongezond witte huid en zwarte kleren. De combinatie zag er intimiderend uit. Ze schudde handen en zei dingen als: 'Waar is de koffie?' en 'Nou, daar zitten we dan.' Ze lachte veel en vaak, alsof alles een grote grap was. Petra was geboren in Odessa. Op haar veertiende hadden haar ouders hun kinderen en spullen gepakt en waren ze het land uit gevlucht.

'Hier was alles een puinhoop', zei ze en ze lachte weer. 'Na de Sovjet-Unie was er in Oekraïne opeens niemand meer de baas. Niemand. Alleen de maffia. Niet de Italianen. Onze eigen maffia. Hechte criminele groepen uit de tijd van de Sovjet-Unie, uit de tijd dat mannen naar de goelag werden gestuurd en daar bendes vormden. Daar komt niemand meer tussen. Het zijn netwerken met connecties op alle niveaus, bij banken, bij de overheid. Overal. Heel hiërarchisch, strak georganiseerd. De politiek is er ook op allerlei manieren bij betrokken, daarom is het zo moeilijk om grip op ze te krijgen.' Na de ineenstorting van de Sovjet-Unie viel ook het gezag weg en konden ze doen wat ze wilden. De wet was er niet meer. Er was wel politie, maar de bendes waren veel sterker. Zij hadden ook veel meer wapens.

Criminelen heersten in Odessa en ver daarbuiten. Alle problemen vielen in het niet bij de chaos die de Oekraïense maffia aanrichtte. Hun macht was gebaseerd op bruut geweld en moord. Het leven in Odessa was zo onveilig dat een stroom vluchtelingen op gang kwam, onder andere naar Nederland. Petra's ouders kwamen in Groningen terecht en daarna in Haarlem. 'Daar ben ik naar de middelbare school gegaan', zei Petra. 'Daar zitten al mijn vriendinnen eigenlijk. En ik heb nog in Amsterdam gestudeerd. Niet lang.' Ze had zich opgegeven voor de politieacademie en was aangenomen. Ze lachte. 'Nu ben ik weer hier.'

Na bijna tien jaar onrust en geweld zette de overheid de tegenaanval in. De politie kreeg meer bewapening en de opdracht om eerst te schieten en pas daarna vragen te stellen. De misdaadbendes werden aangepakt zonder rechtspraak en zonder processen, ze werden met pistool en geweer bestreden, op straat en in hun huizen.

'De begraafplaatsen liggen hier vol jonge mannen', zei Petra. 'Duizenden, tussen de twintig en dertig jaar oud. Niet alleen door toedoen van de maffia, dat gaat al eeuwen zo. Elke keer als er iets is, gaan de Oekraïense mannen eraan. Sinds Stalin is dat al zo. Ik zou niet weten hoeveel mannen hier zijn verdwenen.' Ze zweeg, haar lachje werd steeds kleiner. 'Wij vrouwen, wij weten dat.' Ze keek Sylvia en Lies aan. 'Te weinig mannen. Nu nog steeds. Ga maar naar een club of een disco, dan zie je het meteen. Hier zijn de vrouwen de jagers en de mannen de prinsen. Iedere vrouw is op zoek. Een man en dan trouwen, zo hoort het. Als je eenmaal getrouwd bent, dan maakt het niet meer uit. Ook niet als je gaat scheiden omdat je man twee vriendinnen heeft die half zo oud zijn als jij. Dan ben je getrouwd geweest. Dat is ook goed. Dan tel je mee.'

'En jij?' vroeg Lies.

Petra had een vriend, uit Nederland, een Oekraïense jongen die ze daar had leren kennen. Samen waren ze teruggekomen. 'Maar hier zeggen we dat we getrouwd zijn, anders begrijpen mensen het niet.'

De criminele bendes waren van de straat verdreven. Niet verslagen, daarvoor waren ze te groot en te rijk geworden. Ze waren gedwongen hun activiteiten in ieder geval gedeeltelijk te legaliseren en het openlijke geweld te stoppen. Nu hadden ze min of meer nette zaken waar ze hun miljarden in onderbrachten.

'Rijke mensen zijn hier heel erg rijk', zei Petra. 'Veel rijker dan in Nederland. En de armen zijn echt heel arm. Vooral buiten de stad, in de dorpen, niet eens zo ver weg. Daar is helemaal niets. Daar is geen toekomst, zelfs nu, vandaag de dag, is er niets. Daar is alleen maar verleden, herinneringen aan nog meer ellende. Vrouwen daar doen alles om weg te komen. Ook de vrouwen hier uit de buitenwijken. Je hebt geen idee.'

Mede daardoor waren de huwelijksbusiness en de vrouwenhandel zo succesvol. De ene was ongeveer legaal en de andere was zo crimineel als maar kon. In beide gevallen werd er aan vrouwen geld verdiend.

'Veel geld, want de vrouwen doen wat de mannen willen.'

'En als ze dat niet doen, dan is het geweld niet ver weg', zei ik.

Petra lachte, anders deze keer. Het was de lach van iemand die iets wist waarvan ze dacht dat iedereen dat wist. 'Geweld is hier nooit ver weg', zei ze. 'Welkom in Odessa.'

Het was de tweede keer in vierentwintig uur dat iemand dat tegen me zei. Deze keer klonk het heel anders.

Ze nam ons mee in haar auto, diep Malinovsky Rayon in. Tijdens mijn wandeling de vorige dag was ik niet verder gekomen dan de rand van de wijk. Hoe verder we doordrongen, hoe groter het verval. Ergens pruttelde een rokende Wolga die met een slakkengang op weg was van de ene straat naar de andere. Af en toe stopte Petra en keek ze op een kaart, sloeg dan links af of rechts, tuurde naar de gebouwen en dan weer op de kaart. Achterin zaten Lies en Sylvia, ze staarden naar de troosteloze, grijze straten die zich kilometer na kilometer uitstrekten.

'Weet je zeker dat ze hier zit?' vroeg Sylvia. 'Wat moet ze in godsnaam hier?'

'Als ze zich heeft binnengewerkt in een bende in de vrouwenhandel, dan kan ze op een aantal plaatsen zitten', zei Petra. 'Hier is een goeie plek, want hier kan niemand je vinden en hier kun je dus van alles doen. Of ze zijn in een of andere super luxe villa in de beste wijk van Odessa. Daar worden de meisjes lekker gemaakt voor een leven in rijkdom. Zogenaamd. Of ze is ergens in een of ander dorp op het platteland, waar ze disco's afstruinen en meisjes oppikken. Als ze daar zit, dan kun je het vergeten, dan vind je haar nooit.'

Ze draaide een hoek om, keek nog een keer op de kaart en naar de gebouwen buiten. 'Hier moet het ergens zijn.' We wisten alleen dat Guus in een bepaald deel van Malinovsky Rayon zat, dat deel had Petra opgezocht. 'Deze straat hier', ze wees door de voorruit naar een lange straat die zich voor de auto uitstrekte, 'en de straat waar we net uit komen.' Ze wees naar achteren. 'Dan de straat die parallel loopt aan deze.' Ze wees naar een punt ergens achter de desolate flatgebouwen. 'En dan verderop een andere dwarsstraat. Dat is bij elkaar één blok en in dit blok zit ze, volgens jullie opgave. Of zat ze in ieder geval.' Ooit waren de straten geasfalteerd geweest, nu waren het modderige lanen, stukken bestrating leken tussen de plassen te drijven.

Ik opende het portier en stapte uit. Donkere wolken gleden hoog boven de flats en gebouwen. Er was nergens kleur, alles was in verschillende tinten grijs. Donkergrijs. Er was niemand te zien, niet op straat, niet achter de ramen. Langzaam liep ik verder de straat in. Petra zette de motor van de auto af en opeens was het geluid van de wind het enige wat ik hoorde. Alsof ik in een verlaten stad was. Geen stemmen, geen muziek, geen slaande deuren, geen auto's of brommers, geen vrachtwagens, geen vliegtuigen in de lucht. Ik liep een meter of honderd de straat in en stopte. Ik zou in twintig of dertig minuten het hele blok om kunnen lopen en wat dan? De straten zagen er allemaal hetzelfde uit. Moest ik zo'n gebouw in en op goed geluk op deuren kloppen en vragen of mensen een Nederlandse vrouw hadden gezien? Er konden wel duizend woningen zijn in die enorme kolossen. In stilte keek ik naar de gebouwen. Wat deed Guus hier? Was ze een bemiddelaar? Tussen wie en wie? Hielp ze de vrouwen? Dat leek logisch, maar waarmee hielp ze ze dan? En waarom vond Dmytro dat goed? En dan nog een keer: waarom hier? Het stomme beton gaf me geen antwoord.

Ik liep terug naar de auto en stapte weer in. Lies en Sylvia keken me zwijgend aan, alsof ze verwachtten dat ik verslag zou doen. Petra wachtte geduldig.

'Hoeveel mensen wonen hier?' vroeg ik.

'In dit blok? Moeilijk te zeggen', zei ze. 'Vroeger, toen het hier vol was, had je het snel over een paar duizend bewoners. Nu ...' Ze schudde haar hoofd. 'Honderd? Vijfhonderd? Achthonderd? Meer dan de helft van de woningen staat leeg. Dat weet ik wel.'

'Kunnen we bij de gemeente uitzoeken wie hier wonen?'

'Bij de gemeente?' Petra keek me aan met oprechte verbazing in haar ogen. 'Hoe zou de gemeente moeten weten wie hier wonen? Ik werk bij de politie van deze stad en ik weet al nauwelijks welke straat dit is. Ik zou niet eens weten wie ik moest omkopen om daarachter te komen.'

Malinovsky Rayon was ondoordringbaar. Zelfs geld werkte hier niet.

Verslagen reden we terug, Petra stuurde de auto voorzichtig langs de kuilen en de gaten in de weg. Het was een opluchting om de benauwende wijk achter ons te laten, de vergane glorie van het oude centrum zag er opeens een stuk beter uit. Vrolijk.

'Stel dat je haar vindt,' vroeg Petra, 'wat denk je dan te doen?'

'Haar mee terug nemen naar Nederland', zei Lies.

'Oké, denk even mee. Als ze hier tegen haar zin zit, dan moet je heel iemand anders overtuigen om haar te laten gaan. Iemand die waarschijnlijk geen enkele boodschap heeft aan jullie. Ook al ben je haar moeder. En als ze hier niet tegen haar zin is, dan is ze hier uit vrije wil en waarom zou ze dan mee teruggaan?' Met die vraag parkeerde ze de auto voor het hotel. Het was dezelfde vraag die ieder van ons zich al vaak had gesteld, maar nooit hardop had uitgesproken.

'Denk erover na. Ik zoek vanmiddag uit wat we over deze mannen weten.' In haar hand had ze een briefje met daarop de namen van Dmytro en Vlodo en nog een paar anderen. 'Morgenochtend ben ik er weer, zelfde tijd.'

48 Het is geen decoratie

Sterre was kortaf, ze had het waanzinnig druk. Geen tijd om te praten, geen tijd voor iets anders dan werk. Het project in Moskou stond onder enorme druk.

'Het moet hier eind van de maand af zijn, dus je begrijpt ...'

Ik begreep. Deadlines waren heilig, klanten waren onvoorspelbaar. Iedere verandering leidde tot dagen extra werk, maar niet tot extra dagen.

'Ik ben het niet vergeten', zei ze. 'Echt niet. Ik heb al een paar keer snel gekeken, en ik denk dat ik wel wat kan vinden, alleen niet nu. Ik moet iets meer tijd hebben.'

Dat was niet eens waarom ik haar had gebeld. Ik had haar gebeld om haar te horen, haar stem, haar enthousiasme. Odessa was in hetzelfde deel van de wereld als Moskou en ik wilde horen of we daardoor dichter bij elkaar waren.

'Ik bel je morgen', zei ze. 'Dit nummer?'

'Ja', zei ik.

Ze verbrak de verbinding en pas daarna herinnerde ik me dat ik dat nummer niet meer mocht gebruiken. 'Eén keer bellen', had Sylvia gezegd, 'en dan weg ermee.' Ik klikte het telefoontje open en trok de sim-kaart eruit. Brak hem doormidden. Gooide hem in de prullenmand. Uit mijn koffer haalde ik een nieuwe en stopte hem erin. Nummer twee, ik had er nog acht.

De middag verstreek. Lies zat in haar kamer en wilde niet gestoord worden. Sylvia sliep. Ik wandelde door het oude centrum, keek naar de gebouwen en liep naar de trappen van Odessa. Onder het standbeeld van de Duc de Richelieu keek ik uit over de haven van de stad. Grauw en grijs, ik had er binnen de kortste keren genoeg van. De beroemde trappen waren breed en recht, eigenlijk was er niets moois aan. Ik had het koud, de waterige wind sneed door mijn jas. De straten glommen van het water. Luxe terreinwagens reden overal, de ene nog groter dan de andere, met namen die avontuur, natuurkracht en overwinning beloofden. Glanzend zwart, getinte ramen. Sterk en patserig. Ondanks het verval in de stad was er veel geld. 'Rijke mensen zijn hier echt rijk', had Petra gezegd. Op straat zag je het niet, behalve die enorme auto's. Er waren geen opgepoetste huizen, geen afgezette wijken om het arme volk te weren. In de restaurants kwam de glitter tevoorschijn, met veel goud en edelstenen. De vrouwen van rijke mannen waren soms wandelende displays, voorzover ze nog konden lopen in hun superstrakke kleren en op hun duizelingwekkend hoge hakken. Vrouwen werden hier getoond, geshowd. Uitgaan deden ze in vol ornaat, meestal van een Italiaanse ontwerper. Gekleed om iedereen te laten zien hoe het moest, elke vezel op zijn plaats. De rijke klasse was hier chic, hoerig en malafide.

Door miezerige regen slenterde ik verder. Dook een café in, dronk koffie en keek afwezig naar de mensen om me heen. Een tweeslachtig gevoel zat me dwars, al een paar dagen, en elke dag werd het sterker. Ik deed wat ik moest doen, daar was ik van overtuigd, maar mijn gedrevenheid was steeds meer iets op zichzelf. Hoe langer ik Guus zocht, hoe verder ik van haar af leek te staan. Dat gevoel. Alsof ik een lange reis maakte om afscheid te nemen. Een bedevaart.

In het hotel zaten Lies en Sylvia op me te wachten. Aan een tafeltje in de bar, gebogen over een vel papier dat ze voor zich hadden uitgespreid. Lies had een kaart gemaakt van de buurt waar we die ochtend waren geweest. Cirkels, lijnen en cijfers gaven iets weer wat ik niet kon bevatten. Ze had de numerologische duiding van het alfabet gevonden en was aan het rekenen geslagen. Het was haar uitleg, haar interpretatie van alles wat ze had gezien. Op haar manier begon ze te vertellen. Niet dwingend, maar zo overtuigd dat het weinig ruimte liet.

Sylvia knikte en vulde details aan.

Ik had er geen zin in, ik wilde geen gezelschap en ik wilde niet praten. Zo veel was er niet te zeggen. We zaten hier vast tot Petra of iemand anders ons meer kon vertellen. We waren toeristen en dat beviel me helemaal niet. Bovendien wilde ik even niets horen over tekens, stralen en andere voorspellingen. Ik wilde niet weten of de zon goed stond of de maan verkeerd. Ik wilde concrete dingen: adressen, telefoonnummers, e-mailadressen. Ik wilde weten waar ik naartoe moest.

'Lies, je bent een schat,' zei ik, 'maar voor mij even geen broodje karma. Even geen wierook en pasteltinten, alsjeblieft.'

Van achter het tafeltje wierp ze me een felle blik toe. 'Ik doe niet aan geuren en kleuren', zei ze; ze was verontwaardigd. 'Het is geen decoratie.' Met een nijdig gebaar vouwde ze het papier op en stopte het in haar tas.

Ze had gelijk. Het was geen decoratie, niet voor haar. Ze had nooit wierook, ze hield niet eens van pasteltinten. Pas toen ik het had gezegd, besefte ik wat ik had gezegd. Al die tijd had ik de paraferna-lia er gewoon bij gedacht. Uit gemakzucht. Desinteresse. Niet serieus nemen. Wat dan ook. Wie spiritueel is, brandt wierook.

'Mijn fout', zei ik.

'Dank je.'

'Maar evenzogoed, als je het niet erg vindt.'

Ze stond op, pakte mijn arm, nog steeds touchy-feely, altijd even aanraken. Mijn schouder, mijn wang, mijn haar. 'Nee hoor, jongen', zei ze.

Bellilog 07.11.2007

Ik voel me net een vliegveld.

49 Hier zitten we dan

Ze had drie adressen meegekregen van haar chef. Met de kaart van Odessa op tafel legde Petra uit waar die waren. Vanuit het hotel gezien, was elk adres een andere kant op.

'Niet één ervan is in Malinovsky Rayon', zei ze. 'Dat wil niet zeggen dat ze daar niet zijn. Het betekent alleen dat wij het niet weten. En zoals ik gisteren al heb uitgelegd, is de kans daarop nogal groot.' Ze wees naar een punt op de kaart. 'Ik stel voor dat we hier beginnen en dan zo rond rijden.' Met haar vinger beschreef ze een soort cirkel langs de drie adressen. Ze vouwde de kaart op en nam ons mee naar de auto. 'En alleen verkenning. Niets anders.'

'Orders van de baas?' vroeg Sylvia.

'En van zijn baas.' Petra lachte. 'Hij wil niet dat u iets overkomt.'

Het eerste adres was niks. Zodra we de straat in reden, was het al duidelijk. Het was niet eens zozeer de armoede die overal vanaf straalde, dat was in Malinovsky Rayon net zo. In het rayon was een anonieme ruimte waarin ik me Dmytro, Vlodo en de rest wel kon voorstellen. Het huis in de nieuwbouwwijk buiten Den Haag had diezelfde kwaliteit. In deze straat was dat niet. Het was er klein en benauwd, alles stond er te dicht op elkaar. Het was een straatje met oude, korte, Russische vrouwtjes met zware, bruine jassen, met lappen omwikkelde pantoffels en versleten plastic tassen.

Petra parkeerde de auto tegenover nummer 83, waarschijnlijk het slechtste huis in de hele straat. We stapten uit en keken naar een bouwval. De deur hing scheef in de sponning, op de eerste verdieping ontbrak een raam. Een oud gordijn wapperde door de opening naar buiten. Van de tweede verdieping was niet meer dan de helft over.

Lies schudde haar hoofd.

'Hier is niets', zei Sylvia.

'Misschien is het huis wel van Dmytro, maar doet hij er niets mee. Is het alleen eigendom', zei Petra.

Ik stak de straat over en zette mijn schouder tegen de voordeur. Krakend schoof het vermolmde hout over een stenen vloer. Van de onderkant van de deur brak een stuk af. De gang lag vol rotzooi: afval, stenen, een oude matras, planken. Aan het eind van de gang was de trap naar de eerste verdieping. De treden hielden halverwege op, het bovenste deel was ingestort. Water sijpelde langs de muren naar beneden. Petra stond achter me en keek over mijn schouder mee naar binnen.

'Oké, volgende', zei ze.

Na bijna drie kwartier rijden stopten we in een buurtje bij de haven. De omgeving was industrieel, grijs, utilitair. Alles was er gericht op de schepen en de eisen van de haven. Groot transport moest dag en nacht door kunnen, hoge kranen en laadbruggen torenden boven de huizen uit. Loodsen en opslagterreinen. En achter alles de hoge stalen wanden van de vrachtschepen. In Amsterdam was zo'n buurt juist de meest gewilde locatie, hier was het wat het was, het industriële was nog geen mode geworden. Ook hier hadden Dmytro en Vlodo niets te zoeken.

'Hoe kom je aan die adressen?' vroeg ik.

'Van het bureau', zei Petra. Ze keek me niet aan.

'Heb je ze zelf opgezocht?'

'Hoezo?' Ze ontweek de vraag.

'Omdat dit nergens op slaat, dat zie je toch zelf ook.'

'Nou, rustig maar', zei Lies.

'Ik ben rustig.'

'Je hoeft haar toch niet aan te vallen?'

'Wie dan wel? Moet ik het tegen jou hebben? Of tegen Sylvia? Ik wil weten wat we hier aan het doen zijn, want dit klopt niet.'

Petra antwoordde niet.

'Of zie ik dat verkeerd?'

Niemand reageerde.

'Oké, dan weten we dat', zei ik. Ik was woedend.

Achter me deed Sylvia haar portier open en stapte uit. Ze liep om de auto heen, opende het portier van Petra en wenkte.

'Even', zei ze. Poeslief. Ze glimlachte zelfs.

Petra stapte uit en Sylvia deed het portier achter haar dicht. Ze schoof een hand door Petra's arm, als moeder en dochter liepen de twee vrouwen weg van de auto. De wind blies hun haren alle kanten op, regen spetterde op het asfalt.

'Nou, Mik, hier zitten we dan', zei Lies.

Ik reageerde niet. Zwijgend keken we naar de twee buiten. Petra stopte en trok haar arm los. Ze schudde haar hoofd, keer op keer. Gooide haar armen in de lucht. Ze schreeuwde. Sylvia leek er niet van onder de indruk. Onverstoorbaar pakte ze Petra's arm weer en liep een paar passen door. Door rustig te blijven, dwong ze Petra mee te lopen. Ze had een ijzeren regie. Ze stopten. Nu was Sylvia degene die losliet. Ze keek om zich heen. Draaide zich om. Liep een paar passen door, keerde om. Stond stil tegenover Petra. De twee vrouwen keken elkaar aan, secondenlang. Sylvia knikte, stak haar hand weer door Petra's arm en samen kwamen ze terug naar de auto.

Met druipende haren stapten ze in. Petra startte de auto.

'Sorry', zei ze.

'En?' vroeg ik.

'Later', zei Sylvia. 'Niet nu. Vooruit, *on y va*.'

50 De traagheid van mijn stappen

Terwijl ze reed, belde ze, sprak met iemand in het Russisch. Mooie, zachte klanken, alles wat ze zei, klonk vriendelijk. Ze zei heel vaak 'ja', dat verstond ik. Ze lachte niet één keer. Verbrak de verbinding en liet het mobieltje in de zak van haar jas glijden.

'Dat ze op het bureau weten waar we zijn.' Een mededeling.

Buiten schoof de stad voorbij. We verlieten het havendistrict en reden terug naar het centrum. Niemand sprak. Wat Petra en Sylvia hadden besproken, wist ik niet. Ik was ervan overtuigd dat Sylvia al haar connecties in stelling had gebracht, van boven naar beneden, zoals ze dat zelf zei. Aan de reactie van Petra te zien, had dat geholpen. Er was een doelgerichtheid in haar gevaren die ze eerder niet had.

Ook Sylvia was opvallend stil, waarschijnlijk om Petra niet verder in verlegenheid te brengen. Ze keek ons niet aan, liet haar blik naar buiten dwalen, wachtte tot de confrontatie was opgelost.

Zo dicht als we in de kleine auto op elkaar zaten, zo groot leek de afstand.

'Hier', zei Petra na een klein half uur. We stonden stil. Aan de ene kant van de auto was een park, aan de andere kant stonden grote, vrijstaande villa's met enorme, smeedijzeren hekken er omheen. Vergulde punten. Camera's aan de muren. Petra wees naar een huis een eindje verderop. 'Nummer twaalf', zei ze. Ze had haar auto er niet pal tegenover geparkeerd. Dat alleen al was een verschil.

Het was een groot huis, lichtblauw en grijs. In de zomer moest het een lust voor het oog zijn, nu leek de vrolijke kleur van de muren misplaatst. Er was niemand te zien, niet in de tuin, niet op de stoep, niet op de straat. Ook het park leek verlaten. Een paar minuten lang zaten we te kijken, de ruiten van de auto begonnen te beslaan.

'Is dit echt een van hun adressen?' vroeg ik.

Petra knikte. 'Van Dmytro Derdo in ieder geval. Die andere, Volodymyr Lyulka, bezit geen huis, niet hier in Odessa. Dat huis daar is van Derdo, dat is zeker.'

'Dat weten jullie? Derdo en Lyulka zijn bij jullie bekend?'

'Natuurlijk.'

Meer antwoord kreeg ik niet. Dat ik het moest vragen, was al belachelijk. De karige informatie die we van de politie kregen, was zo onbetrouwbaar dat ik soms niet meer wist wat ik nog kon geloven.

'Kunnen we naar binnen?' vroeg ik. 'Aanbellen?'

'Dat lijkt me niet verstandig', zei Petra. 'We hebben geen mensen bij ons, we hebben geen bevoegdheid en we hebben geen aanleiding. Als we nu aanbellen, komen we niet eens voorbij het hek.'

Ik keek naar het huis. We waren te ver weg om iets te kunnen zien. De ramen waren donkere gaten.

'Rij eens door naar het eind van de straat', zei ik. 'Dan daar omdraaien en langzaam weer terug.'

Petra startte de auto en deed wat ik had gevraagd. Op de terugweg was het huis aan mijn kant van de auto en had ik beter zicht.

'Langzamer.'

'Dat valt op.'

'Alles valt hier op, dus dat maakt niet meer uit.'

Ik tuurde naar het huis, naar de ramen, om te zien of er ergens beweging was. Er was niets. Half twaalf, eind van de ochtend.

'Er zijn mensen, dat zie je aan de auto's die ernaast staan, maar wie dat precies zijn ...?' Ze maakte de zin niet af.

'Dat weet je niet of dat zeg je niet?'

Vanaf de achterbank legde Sylvia een hand op mijn schouder. 'Niet doen', zei ze.

Weer was het even stil. Het huis verdween achter ons. Petra parkeerde. Ik draaide me om in mijn stoel en keek naar Lies. Ze had sinds de laatste stop bij de haven niets meer gezegd. Ze had haar handen in haar schoot gevouwen en haar ogen dicht.

'Lies?'

'Ja?' Ze hield haar ogen dicht. Ze bewoog niet.

'Wat denk jij?' vroeg ik.

Het duurde even voordat ze reageerde. 'Ik kan het hier niet goed zien', zei ze. 'Eigenlijk zou ik even uit de auto moeten.' Ze wachtte niet op toestemming van Petra of Sylvia, maar stapte uit. Even later stonden we met z'n vieren op de stoep. Petra zenuwachtig. Lies pakte haar handen en hield ze vast.

'Ik ben zo klaar', zei ze. Opeens legde ze een hand op Petra's voorhoofd en wreef heel kort. 'Al die zenuwen ... Nergens voor nodig', zei ze.

Petra verstilde. 'Hoe...?'

Lies legde een vinger op haar lippen. Ze liep in de richting van het huis, tot ze er vlakbij was. Daar stond ze stil. Met haar ogen dicht draaide ze om haar as. Heel langzaam. Ze stopte, keek links en rechts, keek naar het blauwe huis. Langzaam liep ze naar het huis toe. Voor het hek stond ze stil. Weer draaide ze om haar as, wachtte even en kwam teruglopen. Ze stopte naast me en stak haar hand door mijn arm. 'Kom', zei ze.

'Ze is hier, dat weet ik zeker. Ergens in deze buurt.' Lies zat rustig op de achterbank en vertelde over de aanwezigheid die ze voelde, over de kenmerken van de energie van haar dochter. 'Er zijn hier veel mensen, dus het is af en toe een beetje een rommeltje, daar moet ik doorheen kijken.' Ze keek ons aan. 'Meer zie ik niet, dus meer kan ik niet zeggen.'

Tot mijn eigen verbazing vond ik dat het meest concrete wat ik die hele ochtend had gehoord. We waren met Petra op stap gegaan om feiten te horen en te zien. Dingen die kloppen. Na meer dan twee uur rondrijden geloofde ik Lies meer dan de politie van Odessa. Sylvia wilde niet zeggen wat er aan de hand was en Petra was zenuwachtig om niks. Ik vertrouwde haar niet meer. Lies vertrouwde ik wel. Ik geloofde de helft van haar ideeën niet, maar haar gevoel betekende meer dan ik had gedacht. Ik klampte me vast aan fantasieën, dromen van een moeder, bedenksels van een vrouw die hier in Oekraïne net zo de weg kwijt was als ik. Misschien wilde ik dat ze gelijk had en geloofde ik haar daarom. Dat was altijd de vraag: doe ik het zelf of doet een ander het? Stond Lies echt zo open voor de energiestromen om ons heen dat ze die kon voelen en lezen? Of hoorde ik gewoon wat ik wilde horen? Lies had geen reden om te liegen, geen reden om onzin te verkondigen. Petra wel. Dat was het verschil. Allebei zeiden ze wat ze geloofden. Petra geloofde dat ze ons moest tegenwerken; ze was gestuurd om ons bezig te houden, niet om ons te helpen. Lies geloofde wat ze zag en de afgelopen weken had ze het altijd goed gezien. Of dat nou spiritueel was, mystiek, transcendent of niet was niet eens interessant.

Ik pakte de kaart van de stad uit mijn zak en vroeg Petra aan te wijzen waar we waren. Ongeveer drie kilometer van het hotel. Ze wees de route aan, Odessa heeft een makkelijk centrum, rechte straten die elkaar kruisen, een soort grid waarin je nauwelijks kunt verdwalen.

'Dan ga ik lopen', zei ik. Ik had behoefte aan de traagheid van mijn eigen stappen. Ik wilde meter voor meter zien waar ik was, ik wilde de stad om me heen voelen, ik wilde de auto uit. En ik wilde niet meer naast Petra zitten, haar aanwezigheid belemmerde mijn gedachten.

'Heb je een telefoon?' vroeg Sylvia.

'Met een nieuw nummer.' Ik stapte uit en wachtte op de stoep tot de auto uit het zicht was verdwenen. Ik liep naar de ingang van het park, ging zitten op een bankje en wachtte nog zeker vijf minuten. Tot er niets anders was dan de wind en de vochtige lucht die soms veranderde in regen en soms alleen als een natte handdoek om me heen lag.

51 Omdraaien lukt niet

Ik liep langs het huis, en daarna nog een keer. Niemand leek me op te merken en voor mij was er niets te zien. Er veranderde ook niets. Ik kon de rest van de dag op het bankje bij het park blijven zitten en wachten tot er iemand naar buiten kwam of naar binnen ging. En wat dan? De kans was groot dat er helemaal niemand kwam.

Met de kaart in de hand begon ik aan de terugweg, naar het hotel was het ongeveer drie kwartier lopen. Het eerste stuk moest ik vaak links en rechts afslaan, er was geen doorlopende weg vanuit het centrum naar het park. Ik liep over een brug, hoog over een spoorlijntje, en pas aan de overkant van het spoor begon de stratenmatrix van het centrum. Daar waren ook mensen, daar waren de winkels en kantoren en cafés. En verkeer. Naarmate het drukker werd, stonden de auto's soms dwars over de stoep geparkeerd. Bij een kruispunt stond ik op de hoek van de straat, de kaart in mijn hand, te kijken welke kant ik op moest. Kennelijk was ik toch ergens verkeerd gelopen, want de straatnamen op de kaart klopten niet met die op de huizen. Ik liep achter een geparkeerde auto langs om de naam van de volgende straat te kunnen zien. Het was een enorme, zwarte SUV, de daklijst stak boven mijn hoofd uit. Getinte ramen. Toen ik er voorbij was, keek ik om. Het raam aan de passagierskant was open. Een blonde vrouw hing achterover in de stoel, staarde naar het plafond van de auto, sigaartje tussen haar vingers. Zonnebril op.

Daar zat ze, zomaar, starend door de voorruit, alsof ze er al die tijd al had gezeten, alsof ze hier geboren was en hier thuishoorde. Ik wist niet of ik moest gillen of juist niet. Mijn hele lichaam reageerde, ik trilde. Voorzichtig liep ik terug naar de auto, tot ik er vlak naast stond. Guus had een strak leren jasje aan, gouden oorbellen in, ringen, een ketting om. Zo veel juwelen kende ik niet van haar.

'Hoi', zei ik.

Ze schrok. Keek me aan en vloekte. 'Wat doe jij hier?'

'Jou halen. Wat denk je?'

'Dat KAN niet!' Ze vloekte weer. Harder. 'Waarom heb je niets van je laten horen?'

'IK?'

'NIETS!' In paniek keek ze om zich heen. 'Al die tijd geen enkele reactie. Helemaal niets!'

Ze was fel en kwaad. Ik begreep het niet, ik begreep ook niet wat ze bedoelde. 'Hoe had ik dat moeten doen?' vroeg ik.

Ze leunde naar me toe. 'Ik heb het je gestuurd. Je hebt het gekregen, dat weet ik zeker. Ik heb je alles gestuurd! Alles laten weten!' Ze spuugde haar woorden in mijn gezicht. 'Data, namen, plaatsen, nummers, wachtwoorden, alles! E-mailadressen, het een na het ander. Ik heb je wel honderd sms'jes gestuurd. En ik heb niets van jou gehoord. Je hebt me laten barsten en nou kom je me opeens halen? Zo werkt het niet, Michael. Het KAN NIET!'

Ik greep de deurkruk en wilde het portier opendoen. Ze reageerde woest, met ongeremde kracht trok ze het weer dicht. Ze boog zich naar de andere kant, drukte op een knop en alle portieren gingen op slot.

'Ga weg', zei ze.

'Guus, ik zweer je, ik heb geen enkel bericht van je ontvangen. Niet een. Niet op mijn mobiel, niet via de mail.'

'Nee, natuurlijk niet. Denk even na. Ik ga toch niet berichten naar jouw mobiel sturen? Dan weten ze meteen wie je bent en waar je bent.' Ze zweeg en keek om zich heen. 'Ga weg! Alsjeblieft, ga weg. Als Dmytro je hier ziet, gaat het mis.'

'Wat moet ik doen, Guus? Zeg dan wat ik moet doen. Nu. Hier. Ik sta hier. Zeg dan iets! Waar kan ik je vinden? Waar ben je? Zit je in het blauwe huis? Ben je bereikbaar?' Ik wilde alles tegelijk vragen.

Guus duwde weer op een knopje en langzaam schoof het raam omhoog. 'Ga weg', zei ze nog een keer. Toen was het raam dicht en kon ik haar niet meer horen. Door de getinte ramen zag ik dat haar mond nog wel open- en dichtging, een paar keer. Geluidloos.

Dubbel glas.

Ze keek me niet meer aan.

Ik sloeg op het portier, trok aan de greep. Gooide mijzelf tegen de auto. Hij bewoog niet eens, het gevaarte was te groot en te zwaar. Het raam schoof weer naar beneden. Ze keek me aan, recht in mijn ogen.

'SODEMIETER OP!' schreeuwde ze. Onmiddellijk ging het raam weer dicht.

Ze schreeuwde tegen me. Op straat in Odessa, met gouden bellen in haar oren, met een zonnebril voor haar ogen, schreeuwde ze tegen me. Ze gaf me geen centimeter ruimte. Haar schreeuw als een neerstortend dak. Ik moest weg, maar het lukte me niet om me om te draaien. Het ging gewoon niet. Mijn voeten verzetten zich tegen de beweging. Omdraaien was te veel, het zou betekenen dat ik het met haar eens was. Zo voelde dat en daarom kon ik het niet. Ik ging weg omdat ze het vroeg, het eiste, niet omdat ik het wilde. Ook al begreep ik niet waarom, ik begreep dat ik niets meer te zeggen had. We waren uitgepraat. Voor nu. Dat begreep ik. Stap voor stap liep ik achteruit. Een meter, tien meter, twintig meter, tot ik achter een oud busje stilhield. Daar wachtte ik. Twee minuten, hooguit drie. Het duurde in elk geval een eeuwigheid.

Een deur ging open en Dmytro kwam naar buiten. Hij was groter dan ik me herinnerde. Zwart pak, zwart overhemd, zwarte das, zwarte schoenen. Hij zette een zonnebril op en liep naar de auto. Stapte in. Ik hoorde de doffe klap van het portier. Even gebeurde er niets. Een klein rookwolkje kwam uit de uitlaat. Achteruitrijlichten aan. De auto draaide van de stoep. Uit de binnenzak van mijn jasje haalde ik een pen en een papiertje. Schreef het kenteken op.

Pas toen de auto allang verdwenen was, begon ik weer te bewegen en te denken. De shock werd minder. Lies had gelijk gehad. Ik had Guus gezien, zij had mij gezien. Niets was wat het leek. Guus was met Dmytro, ze hing in zijn auto alsof ze er woonde. Tegelijkertijd was ze in paniek. Ze was kwaad en ze was bang.

En ze had iets gezegd.

52 De hele wereld een ruimte

Ik liep met Guus in mijn maag, in mijn hoofd, in mijn armen en benen. Mijn hart sloeg deuken in mijn ribben. Lies en Sylvia zaten in het café naast het hotel, een souterrain met een laag plafond, gele wanden en rode stoelen. Elk met een kom dampende soep voor hun neus. Een mand met grote hompen brood tussen hen in op tafel. Nog voordat ik ging zitten, begon ik te praten, woorden vielen uit mijn mond. Ik had moeite ze bij te houden. Hiervoor was ik gekomen, om Guus te vinden. Dat was gelukt. Ik haalde het briefje met het kenteken van de auto uit mijn zak en legde het op tafel.

'Dit kunnen ze zo natrekken, zelfs in dit land moet dat lukken. Een kenteken. Dat is zo'n beetje het makkelijkste wat er is. Onze Petra kan daar nauwelijks nog iets aan verknallen.'

'Petra doet wat haar gezegd wordt te doen', zei Sylvia. 'Meer niet.'

'Meer niet, dat is precies het probleem.'

'Ze heeft geen keuze.'

'O ja, krijgen we dat weer.' Het is het excuus van iedereen die te lam is om wat te doen. Er is altijd wel een regel of een wet of een baas of een afspraak die in de weg zit. Geen keuze. 'Ik dacht dat jij van bovenaf had geregeld dat zij ons zou helpen? Zo was het toch?' Ik verdraaide mijn stem om haar na te doen. 'Je moet bovenaan beginnen, bij de baas van de baas van de baas, en dan werk je naar beneden.'

Er viel een stilte. Sylvia en ik keken elkaar aan. Ik had haar beledigd. Belachelijk gemaakt. Met opzet. Zij wist het en ik wist het.

'Mik, ga zitten', zei Lies. Ze schoof een stoel naar achteren.

Zonder Sylvia's blik los te laten, ging ik zitten. Schoof de stoel aan en deed mijn mond open om nog wat te zeggen. Lies was me voor. Ze greep een stuk brood uit de mand en propte het in mijn mond.

'Eerst luisteren', zei ze.

'Het is anders dan ik dacht.' Sylvia hield zich kalm. Ze liet zich niet verleiden tot ruzie. 'Sorry.' Ze had gebeld, gevraagd en gepraat en uiteindelijk bleek de toegezegde hulp niet mogelijk te zijn. Er waren allerlei redenen, regels, andere zaken die voorrang hadden, bureaucratie. 'En de helft begreep ik niet eens', zei ze. 'Meneer Derdo geniet kennelijk een bepaalde bescherming.'

'Waarschijnlijk betaalt hij meer dan wij.'

'In dat geval kunnen we het vergeten', zei Sylvia. Een droge constatering. Dmytro Derdo had ongetwijfeld meer geld dan Sylvia Koper.

'Ik durf te wedden dat ze ook helemaal niet in dat blauwe huis zitten', zei ik. 'Wel daar in de buurt, maar niet in dat huis.'

'Dat gevoel had ik ook', zei Lies. 'Ik wilde het niet zeggen, niet waar Petra bij was, maar ik voelde Guus juist aan de andere kant. Daarom liep ik ook naar dat blauwe huis toe, om er zeker van te zijn.' Ze schudde haar hoofd. 'Petra wist dat, dat weet ik zeker. Ze was erg zenuwachtig.'

'En ze komt vandaag niet meer terug', zei Sylvia. Alle ondersteuning was opgeschort, de volgende dag zou Petra weer contact opnemen. Sylvia haalde haar schouders op, ze had er weinig fiducie meer in.

Odessa was opeens een onbekende stad. Zonder contacten leken de muren hoger, de deuren zwaarder en de ramen donkerder. Vanaf mijn hotelkamer belde ik Sterre. Ze was druk, nog drukker dan de vorige keer. Ze zei van alles, maakte haar zinnen niet eens af. Ik kon er geen touw aan vastknopen.

'Ben je naakt?' vroeg ik.

Ze viel stil.

'Dat werkt dus ook bij jou.'

Ze lachte. 'Eén-één', zei ze. 'Helaas voor jou zit ik hier met tig mensen om me heen, allemaal hongerige mannen. Als ik mijn kleren uitdoe, kom ik het pand niet levend meer uit.'

'Slecht plan.'

'Anders had ik het wel gedaan, hoor.' Ze lachte weer. 'Heb je een pen?' Ze gaf me het nummer van een mobiele telefoon. 'Dat is hem', zei ze. 'We werken hier aan een meta-platform voor de telecom, dus ik kon op een ander niveau inpluggen, achter de beveiliging en zo, en daar heb ik hem gevonden. Die naam is trouwens niet zijn echte naam. Hij heet heel anders.'

'Volgens mij heeft hij wel tien namen.'

'Als het er niet meer zijn. Wanneer kom je naar Moskou? Je bent er al bijna.'

Haar vraag sneed dwars door de snelle praat heen. Guus stuurde me weg, schreeuwde me weg. Sterre vroeg naar me. De tegenstelling was te groot, te snel na elkaar. Ik zocht een uitweg in omstandigheden.

'Of wil je niet meer?'

Haar vragen waren zo eenvoudig.

'Ik wil wel, maar ik kan niet. Net zoals jij niet naar Odessa kunt komen.'

'Als je het vraagt, ben ik er morgen.'

Ze maakte het steeds eenvoudiger. Vreselijk. Eenvoud is een blinde muur, alle bezwaren kaatsen terug, in je gezicht. Draaien helpt niet.

'Oké', zei ik. 'Graag. Nu. Kom.' Ik kon haar vrolijke lijf al bijna voelen.

Sterre reageerde uitgelaten. 'En hoe zou ik dat moeten doen? Ik kan hier helemaal niet weg. Dat zeg je net zelf.' Ze lachte. 'Ik wilde alleen even weten of je het zou vragen.'

Ze kon me alle hoeken van de kamer laten zien. En ik deed het nog graag ook. Soms was het net alsof de hele wereld één ruimte was.

'Denk aan me', zei ik.

'Jij ook.'

Ik verbrak de verbinding, klikte het telefoontje open, haalde de sim-kaart eruit en brak hem doormidden. Uit mijn tas pakte ik een nieuwe en stopte hem erin. Ik belde Sylvia op de telefoon van het hotel.

'Over tien minuten in de bar', zei ik. 'Wodka-ijs.'

53 Ik hoefde het alleen nog te pakken

Ze waren er eerder dan ik. Lies en Sylvia zaten aan een tafeltje met drie glazen voor zich. Lies schoof er een naar me toe.

'Dit is het beste idee van vandaag', zei ze. 'Proost.' Ze hief haar glas en nam een slok van de kleurloze drank.

De alcohol brak de spanning die er eerder was geweest. Ik bood mijn excuses aan voor mijn lompe gedrag. Sylvia verontschuldigde zich voor de verloren tijd en voor de onzin waar we aan mee hadden moeten doen. Lies kapte het af.

'Eén keer is wel genoeg', zei ze. 'Als je het te vaak zegt, slijten de woorden.'

Ik stak mijn hand uit naar Sylvia.

'Hier', zei ik. Ik gaf haar een opgevouwen papiertje.

Ze nam het aan en vouwde het open. Ze keek naar het nummer dat erop stond.

'Van wie is dat?' vroeg ze.

'Ach, namen', zei ik. 'Als je het belt, weet je het.'

Ze pakte haar mobiel en begon onmiddellijk het nummer te kiezen. Ik reikte over het tafeltje en dekte haar hand af. 'Volgens mij is het beter als wij daar niet bij zijn', zei ik.

Ze keek me lang aan, haar blik keerde zich langzaam naar binnen, naar haar geheugen, naar dagen die er niet meer waren. 'Wat heb je gedaan?' vroeg ze.

'Ik heb niets gedaan.'

Ze sloot het briefje in haar hand, pakte haar tas en nam de lift naar boven, naar haar kamer.

'Mag ik weten waar dit over gaat?' vroeg Lies toen ze weg was.

Ik schudde mijn hoofd. 'Als het is wat ik hoop dat het is, dan vertelt zij het wel.'

'En als het dat niet is?'

'Dan gaat het nergens over.'

Het duurde nog drie wodka's voordat ze terug was. Ik zag niet alles even scherp meer. Lies ook niet. De lunch was niet stevig genoeg geweest om de drank op te vangen. Sylvia was dronken van iets heel anders. Ze kwam in een rechte lijn op me af, trok me uit mijn stoel en omhelsde me.

'Hé, Koop', zei ik.

Ze stompte me. 'Er is er maar één die dat zeggen mag.'

'En hij is er nog.'

Ze knikte. De telefoon was maar één keer overgegaan voordat Serge opnam. Alsof ze elkaar de dag tevoren nog hadden gesproken. Sylvia vertelde en vertelde en vertelde. Ze raakte niet uitgepraat. 'Hij weet alles nog', zei ze.

'Jij ook.'

Ze lachte. 'Hij komt zodra hij kan. Hier naartoe.'

'En wanneer is dat?'

Ze spreidde haar armen, haalde haar schouders op en schudde haar hoofd. 'Geen idee, maar ik zal er zijn.'

De avond eindigde in een restaurant waar overvloedig en zwaar eten werd geserveerd, begeleid door de dreunende klanken van een live band. Ze zongen Engels op een manier die alleen in Oekraïne werd verstaan. Aan alle muren weer de non-stop modeshows op bijna levensgrote flatscreens. Ik at vlees en aardappelen soppend in een glimmende jus, laag na laag werd de alcohol in mijn lichaam begraven onder nauwelijks verteerbare middelen. Lies hield het bij groentes onder een dikke plak gesmolten kaas. Sylvia was de enige die het niet nodig had. Ze prikte in kunstig gevouwen buideltjes van bladerdeeg gevuld met zalm, kaviaar en zure room. Dronk champagne.

'Op ons', zei ze.

Lies en ik beantwoordden de toast met glazen water. We moesten schreeuwen om elkaar te verstaan. Sylvia vroeg iets, maar haar woorden gingen verloren in het geluid. Na een paar pogingen gaven we het op. Ik at en keek naar de modellen op de televisie. Ik was nooit eerder ergens geweest waar mode zo agressief werd gepromoot. Niemand keek ernaar. Dat hoefde ook niet. Het was overal.

In de pauze van de band leunde Sylvia over tafel en herhaalde haar vraag. 'Wat zei Guus eigenlijk? Zei ze nog iets anders dan dat je weg moest?'

'Ze zei dat ze me alles had gestuurd, wel honderd sms-berichten. Dat ze me alles had verteld.' Lies en Sylvia keken me aan, wachtend op meer. 'Ik heb niets ontvangen. Niets.'

'Waar heeft ze die berichten dan naartoe gestuurd?'

'Niet naar mij.' Haar woorden klonken weer in mijn hoofd en nu pas hoorde ik wat ze had gezegd. 'Ik ga toch niet berichten naar jouw mobiel sturen? Dan weten ze meteen wie je bent en waar je bent.' Dat had ze gezegd. En nog iets, ze had nog iets gezegd. Ik sloot mijn ogen en probeerde me te herinneren wat het was. In de opwinding had ik niet goed genoeg naar haar geluisterd. Ik had vooral haar boosheid en haar afwijzing gehoord. En haar voortdurende herhaling dat ik niets van me had laten horen. Zij had me alles gestuurd. Dat zei ze. Alles. Namen, adressen, data, wachtwoorden. Alles. En nog iets. Ik was er vlakbij, ik had het gevoel dat ik het alleen nog maar hoefde te pakken, zo dichtbij.

Met een enorme dreun zette de band weer in. Elke gedachte die ik had, loste op in een brij van geluid.

Ik lachte. Sylvia ook.

We konden het zelf niet eens horen.

54 Kom je nog terug?

Het.

De volgende ochtend werd ik wakker met dat woord. Het. Dat kleine woordje stond met neonletters in mijn hoofd. Het. Dat had ze gezegd. Het. Ze had me alles gestuurd en ze had het gestuurd. Het. En ik had 'het' gekregen. Dat was zo'n beetje het eerste wat ze zei.

In het donker staarde ik voor me uit, mijn gedachten bleven ronddraaien om de dingen die Guus had gezegd. Het. Gestuurd. Gekregen. Zeker.

Het.

Ik probeerde me te herinneren wat ik allemaal had gedaan, die eerste dagen dat ze er niet meer was. Naar de boot van Lies, naar Monster, naar de loods van Guus, naar huis, de vrijdagavond met Sterre en de zaterdag daarna. Haar briefje op het tafeltje bij de deur. Beelden schoven over elkaar heen. Mijn gestolen laptop, de lege plek op mijn bureau. De ontmoeting met Sylvia in Rotterdam en het volgen van de auto waarmee Gracie werd opgehaald. De inbraak, de webcam, de tocht terug, gevolgd worden, de brand op de boot van Lies, en ergens tussen al die herinneringen door dwarrelde een klein briefje van de post. Opeens zag ik het. Een pakje dat niet kon worden afgeleverd omdat ik er niet was. Ik zag het formuliertje voor me, wit en oranje, het logo van het postbedrijf en het bijna onleesbare handschrift van de postbode. Ik had het papiertje opgevouwen, in mijn zak gestopt en er niet meer aan gedacht. De post zou nog een keer proberen het af te leveren, dus ik hoefde niets te doen. Daarna was ik het vergeten. Er was geen pakje gekomen. Geen nieuw briefje. Ik telde terug in mijn hoofd. Woensdag waren Lies en ik bij de gevangenis om haar op te halen. Donderdag kwam ik weer thuis en lag het briefje van TNT er. Vrijdag was ik de hele dag niet thuis geweest. Dat was twintig dagen geleden. Ik wist niet hoelang ze bleven proberen een pakje af te leveren, na verloop van tijd zouden ze er wel mee ophouden en het terugsturen naar de afzender. Het briefje zat waarschijnlijk nog steeds in de zak van de broek die ik toen aanhad. Die had ik in de was gegooid en daar lag hij nu nog.

Het.

Zou dat het zijn?

Ik pakte mijn telefoon en dacht na. Ik moest iemand bellen die bij mij thuis langs kon gaan, het briefje kon zoeken en het pakje kon ophalen, waar het dan ook was. Normaal gesproken zou ik Gijs hebben gebeld. Deze keer niet. Hij zou weigeren en dat wilde ik niet meemaken. Mijn zus en mijn broer waren er niet. Mijn vader zat in Den Haag, onhandig. Ik zou Karl kunnen vragen en die zou het zeker doen. Uiteindelijk belde ik Ahmed. Hij werkte in dezelfde kamer als ik, hij kon de reservesleutel van mijn flat gewoon uit mijn bureau pakken zonder dat hij iemand iets hoefde te vragen. Het was kwart over zes 's ochtends in Odessa, kwart over vijf in Nederland. Vrijdagochtend. Erg vroeg, maar ik kon niet meer wachten.

Een slaperige Ahmed nam op.

'Wie haalt het in zijn hoofd om zo vroeg te bellen?' zei hij. Het was niet eens een vraag.

'Michael', zei ik.

Hij reageerde niet. De stilte aan de lijn duurde lang.

'Ik ben het, Michael', herhaalde ik.

'Ja, ja ... shit', zei hij. De slaperigheid was veranderd in verwarring. 'Waar ben je? Hoe gaat het?'

Het gesprek kwam langzaam op gang. Ahmed stelde beleefde vragen en gaf zelf eigenlijk nergens antwoord op. Hij draaide overal omheen. Hoe het op kantoor was, het werk, de opdrachten, of het nog liep.

'Ja, nee, prima', zei hij. Hij gaf geen enkele specifieke informatie.

Dan niet, dacht ik. Ik vroeg hem de sleutel uit mijn bureaula te pakken, even bij mij thuis langs te gaan, briefje uit de broekzak te halen en het pakje op te halen. Dan zou ik weer bellen om te vragen wat erin zat.

Hij kwam met de ene uitvlucht na de andere. Het was druk, hij had geen tijd, hij zou die dag eigenlijk helemaal niet op kantoor zijn.

‘Waar moet je dan heen?’ vroeg ik.

Hij aarzelde, een fractie van een seconde. Ik hoorde hem denken, ik hoorde de zenuwen in zijn ademhaling.

‘Leiden’, zei hij.

‘Niet waar.’

Hij schrok, niet voorbereid op een botte ontkenning van mij. ‘Wel waar’, zei hij.

‘Wel waar? Wat is dat voor antwoord? Dat zijn geen woorden die een adviseur gebruikt. Een adviseur heeft onder alle omstandigheden een antwoord dat klopt. Ik weet dat jij dat kunt en jij weet dat, dus dit is gelul.’

Hij zweeg.

‘Wat is hier aan de hand?’

‘Gijs vindt ...’ Hij zweeg.

‘Gijs wil niet dat jullie met me praten? Is dat het?’

Weer aarzelde hij even. ‘Hij vindt het beter als we voorlopig geen contact hebben, tot er beter zicht is op jouw situatie.’

Praatjestaal. Ik was aan de andere kant van de advieswereld terechtgekomen, daar waar de tactische logica wordt uitgedeeld, waar de verzachtende woorden hun gaten slaan. Even geen contact. Beter zicht op jouw situatie. Met andere woorden: zoek het zelf maar uit, wij zijn er niet.

‘Dat bij Justitie is echt een enorme stinker geworden’, zei Ahmed. ‘Gijs is de afgelopen week alleen maar bezig geweest met *damage control*.’

Gijs was bezig mij zo ver mogelijk van hem en van het bedrijf weg te houden. Hoe groter de afstand, hoe liever het hem was. Ik was een rotte plek geworden. Uitsnijden en wegdoen, dat was de manier. Snel en duidelijk, zodat iedereen kon zien dat het probleem er niet meer was. Handen wassen en door. Ontslag volgt. Zoiets. Ik kon niet worden ontslagen, ik was mede-eigenaar. De advocaten van Gijs zouden een andere truc uit de doos moeten halen om van me af te komen. Geen probleem, Gijs had de beste advocaten van het land.

‘Dit gaat helemaal niet over kantoor, daar heeft het niets mee te maken. Dit is persoonlijk, voor mij.’ Ik wilde Ahmed niet onder druk zetten. Ik was nog altijd zijn baas, net zo goed als Gijs. Daarin zat precies de gevoeligheid. Als ik hem zou opdragen het te doen, kwam hij in een onmogelijke positie: doen wat Gijs zei of doen wat ik zei. Dat zou ik verliezen. Ahmed had iedere dag met Gijs te maken en zolang ik er niet was, kon hij mij negeren. Alleen als hij niet tussen mij en Gijs hoefde kiezen, kon hij iets voor me doen. Ik praatte op hem in, zei wel tien keer dat ik hem niet in de problemen wilde brengen en dat daar ook geen kans op was. 'Je haalt iets en we bellen. Meer is het niet. Hé, Ahmed, kom op, waar hebben we het over? Ik zou het ook voor jou doen, dat weet je.'

'Door jou werk ik bij BON.'

'Anders had je wel bij een ander bureau gezeten. Bij een groter bureau dat minder problemen heeft. Ik was gewoon slim genoeg om je aan te nemen.'

'Ja, ja.' Hij lachte. 'Kom je nog terug?' vroeg hij.

'Dat is wel de bedoeling.'

'Daar hou ik je aan.' Hij lachte weer. 'Bel vanmiddag maar, om een uur of drie. Dit nummer.' Hij verbrak de verbinding.

Het was bijna zeven uur, we hadden meer dan een half uur aan de telefoon gezeten. Ik liet me achterover vallen in de kussens van het bed, klikte het mobieltje open, haalde de sim-kaart eruit en brak hem doormidden.

Nog zes.

55 Wachtwoord

Herkenning, weten wie je voor je hebt of achter je of naast je. Teken van vertrouwen, van verbond, van gelijkheid. Dat je bij elkaar mag binnenkomen. Overal. Altijd.

Just say the word.

56 Niet logisch

Wachten is een kunst en kunst is niet altijd waar je op zit te wachten. Minuten leken van graniet, alsof ze een voor een moesten worden losgehakt. Ik had niets te doen, ik wilde niet in de bar van het hotel blijven hangen met Lies en Sylvia, ik had geen zin in gezelligheid. Ik wilde alleen maar weten wat er in het pakje zat. Meer niet. Ik liep de stad door, terug naar de straat met het blauwe huis. Ik liep de hele straat af, in beide richtingen, om te zien of ik ergens de auto van Dmytro kon vinden. Overal stonden grote SUV's, zelfs ook van hetzelfde model, maar dan in een andere kleur of met een ander kenteken. Ik dronk koffie tot ik geen koffie meer kon zien. Om drie uur belde ik.

'Het is een telefoon.' Ahmed klonk teleurgesteld. Hij had zich waarschijnlijk iets spannenders voorgesteld. 'En hij lag helemaal niet op het postkantoor, maar bij je buren. Je hebt nog geluk dat er iemand thuis was. Dus luister, het is een mobieltje, en niet eens een erg nieuwe. Zo'n oud klapmodelletje.'

'Wat voor kleur?' vroeg ik.

'Rood met donkergrijs. Is die van jou? O, wacht, er zit een briefje bij van ...' Hij las. 'Oké, het is opgestuurd door de vrouwengevangenis. Het ding is van mevrouw Van Donee. Dat is toch die vriendin van jou? Op verzoek van mevrouw Van Donee gestuurd, verzoek op datum 14 oktober. Voor eventuele vragen ... blabla, enzovoort. Zegt dat je iets?'

Ik zag het toestel onmiddellijk voor me. Ik had het zo vaak gezien. Waar ze ook ging, Guus had altijd haar rood-grijze mobieltje in haar hand. Ik zag de beweging van haar duim waarmee ze het toestel openklapte, de zwaai van haar hoofd om haar lange haar uit de weg te krijgen, voordat ze het toestel naar haar oor bracht. Guus had me haar eigen telefoon gestuurd, zodat ze berichten kon sturen zonder dat iemand erachter kon komen wie die berichten ontving.

Zodat ik onbekend kon blijven.

'Het ladertje zit erbij', zei Ahmed. 'Dat is maar goed ook, want hij is hartstikke leeg.' Hij rommelde wat en plugde het in. 'Ogenblikje, dan zet ik hem aan.'

Ik hoorde hem frunniken met het apparaatje. Een kleine piep.

'Oké, pincode', zei Ahmed. 'Weet jij de pincode van dit toestel?'

Die wist ik. Net zoals Guus mijn codes wist. Ik kon haar kantoor in, zij kon mijn kantoor in. Huis, telefoon, computer, bank, alles. Al mijn dichte deuren kon zij openmaken. 'Ik heb je alles gestuurd.' Geen geheimen. Ik gaf Ahmed de code. Even later begon het toestel te piepen.

'Bericht', zei Ahmed. 'Nog een. En nog een.' Daarna hield hij op.

Wekenlang hadden Guus en ik berichten gestuurd naar en ingesproken op de voicemail van een mobiele telefoon die in een doosje bij de buren lag.

'Eenenveertig berichten', zei Ahmed. 'Moet ik ze voorlezen?'

'Kun je ze uittypen en mailen?'

'Liever niet.'

Ik zweeg.

'Vanavond', zei Ahmed. 'En deze onthou ik.'

'Ik ook', zei ik. 'Ik betaal altijd alles terug.' Ik gaf hem het e-mailadres van Sylvia en verbrak de verbinding. Sim-kaart eruit, doormidden, nieuwe erin.

Nog vijf.

Sylvia had het kenteken van Dmytro's auto doorgegeven aan Petra en aan Petra's baas. 'Ze waren erg geïnteresseerd', zei ze, 'en erg beleefd. Ze vonden het geweldig dat we dat nummer hadden gevonden en ze waren ook erg blij dat ik ze had gebeld.'

'Met andere woorden?'

'Daar horen we nooit meer wat van.'

Het was onbegrijpelijk. Niemand zei iets negatiefs. Niemand zei dat we ons nergens mee moesten bemoeien, er werd ons niets verboden. We waren hier en konden onze gang gaan. De enige tegenwerking die we ondervonden, was dat mensen niet meewerkten. Dat ze ons probeerden bezig te houden, sightseeing van Odessa in plaats van onderzoek. Dat deden ze dan zo klungelig dat we het meteen in de gaten hadden.

'Het is net alsof we wel hier mogen zijn, alleen niet te dicht in de buurt', zei ik. 'Alsof de politie hier zelf ook tussen twee kampen in zit. Anders zouden ze toch gewoon nee antwoorden op alles wat we vragen? Dan waren we klaar.'

Die avond schoven we weer aan in de modieuze rij eters en drinkers. Vrijdagavond in Odessa was als een doorkijkje naar de toekomst. Hét café van de stad, aangeraden door de receptioniste van het hotel, was groot en ruim. Het pand uit het eind van de negentiende eeuw was nu omgebouwd tot loungebar met overmaatse stoelen en banken. Enorme kussens. Zachte kleuren. Het hele restaurant was een vertoon van merken en accessoires. Onbegrijpelijke muziek stroomde uit de speakers in alle hoeken van het restaurant. Aan een vierkante tafel zaten twee stellen. Vier mensen. Twee van hen hadden een mobiele telefoon in hun hand en sms'ten, ze staarden naar hun schermpjes, duimen flitsten over de kleine toetsen. Af en toe knikten ze of maakten ze een geluid om aan te geven dat ze er nog steeds bij waren – waarbij? – en gingen ondertussen door met hun berichten. Ze waren ergens anders en toch ook weer niet. Ze leefden op een abstract niveau, in contacten en momenten, niet in plaatsen en gezelschap. Dat duurde te lang.

Het was een wereldse en luxueuze omgeving, mensen stonden voortdurend met elkaar in contact en waren overal bereikbaar. Het was moeilijk voor te stellen dat iemand hier onvindbaar zou zijn, dat mensen in deze stad verborgen konden worden. Het leek de moderne wereld maal tien. Elk bericht, elk telefonisch contact, elke wifiverbinding kon worden getraceerd, vastgelegd, afgeluisterd. Het was ook moeilijk voor te stellen dat juist hier de vrouwenhandel zo omvangrijk was, de mensen om ons heen waren zelfbewust, vertrouwd met hun positie en hun rechten. Hier in het uitgaanscentrum van de stad was het grootcommunistisch verleden van Malinovsky Rayon ondenkbaar. De tegenstellingen waren groot en daarin zat waarschijnlijk de ruimte die door mannen als Dmytro werd benut.

'Het lijkt wel een kroeg op Mars', zei Lies. 'Een café in een kunstmatige atmosfeer. Als we hier de deur uit lopen, moeten we ruimtepakken aan.' Ze rilde, ze was niet op haar gemak. 'Dat Guusje hier alleen is, dat kan ik niet bevatten.'

'Dit is geen land om alleen te zijn', zei Sylvia. 'Het is hier hard.'

Ik leunde achterover in de grote stoel, biertje in mijn hand, en keek naar het café op Mars. Was het leven hier hard? Ik zou het niet weten. Onbekend was het zeker. De taal, de verhoudingen, die vreemde mengeling van flitsende moderniteit en communistische traagheid, waardoor je de hele tijd het gevoel had dat een van de twee niet echt was.

FOUT. Dat was fout nummer één. Ze waren allebei echt. Heel echt. Juist de combinatie van die twee was zo meedogenloos.

De Slavische muziek had plaatsgemaakt voor een internationale loungebeat, een eindeloos herhaalde variatie op vier tonen lag als een deken over de mensen en hun gesprekken. Heel langzaam draaide de opmerking van Lies door mijn hoofd – dat Guus er alleen was – en met iedere draai verzamelde hij meer gewicht. Waarom gingen wij er de hele tijd van uit dat zij hier alleen was? Ze was met Dmytro en Vlodo en nog wat andere mannen, ze was met Gracie en Lulu, of wat hun namen dan ook waren, en andere vrouwen. Ze was met een hele groep. Niet haar groep. Ze was alleen in die groep. Dat dachten we. Alleen. En dat was niet logisch. Ik verstarde in mijn stoel. Die gedachte klikte zich vast in mijn hoofd, als een bergbeklimmer die zijn musketonhaak op een hoger punt aan de rots vastklikt.

Dat was niet logisch.

Niemand ging alleen vanuit Nederland naar Oekraïne om zich hier binnen te werken in een illegaal netwerk van vrouwenhandel. Daar had niemand wat aan. De vrouwen niet en Guus al helemaal niet. Zij moest een contactpersoon hebben, iemand aan wie ze dingen kon doorgeven en aan wie ze vragen kon doorspelen. Ze had me alles gestuurd, dat had ze gezegd, de wachtwoorden, de data, de namen, de adressen. Had ze mij dan als haar contactpersoon gezien?

Dan was dat op een vreselijke manier mislukt. Het kon niet. Ook dat was niet logisch. Dan had ze er van tevoren iets over moeten zeggen.

Niet logisch.

En waarom had ze zo tegen me geschreeuwd? Als ze me alles had gestuurd, alle informatie die van belang was, waarom moest ik dan weg? Ze wilde niet dat Dmytro me zou zien, dat kon ik begrijpen. Hij hoefde niet te weten dat ik hier was. Liever niet zelfs. Dat was het niet. Het was de manier waarop ze tegen me tekeer was gegaan, de angst die erin zat, de felheid van haar woorden. Alsof ik iets verstoorde, iets in gevaar bracht. Iets. Bracht ik haar in gevaar? Mijzelf? Waarom had ze me dan alles gestuurd? Ook al had ik niets ontvangen, dat kon zij niet weten.

Het was niet logisch.

Guus was hier niet alleen. Dat was logisch.

Wie was haar contact? De man met de korte nek en het kale hoofd? Die. De man die niet met Lies samen op bezoek wilde bij Guus. De man die niet reageerde als iemand hem herkende. De man die er zo gewoon uitzag dat je hem onmiddellijk vergat. Die man.

De omweg van de logica sloot zich met trage stappen aan bij de rechtstreekse verbinding van het gevoel. Zodra die twee elkaar gevonden hadden, ontstond er een onwrikbaar geheel. Als heipalen op zand.

What else is new?

57 Ik ben geen telefoonboek

Midden in de nacht las ik de berichten uit het telefoontje van Guus. Het was een overzicht van de laatste twee weken, langer werden voicemails niet bewaard. Mijn eerste eigen berichten stonden er niet meer bij, die van Guus ook niet. Ahmed had alles uitgetypt. Keurig. Letterlijk. Mijn eigen woorden staarden me aan vanaf het beeldscherm van de computer.

Waar ben je? Waar ben je? Waar ben je?

Uitzichtloos.

Ik schudde mijn hoofd en concentreerde me op wat Guus had geschreven. Sms-berichten. Haar verhaal, haar vragen en informatie in stukjes van maximaal honderdzestig tekens, inclusief de spaties. Vol afkortingen en getallen. Ze probeerde zo veel mogelijk in de beperkte ruimte te proppen, af en toe leek het wel geheimschrift. Het waren uiteindelijk veel meer dan eenenveertig berichten. Ahmed schreef dat ze nog de hele middag waren blijven binnenkomen.

Stukje bij beetje kreeg ik zicht op wat ze aan het doen was. Niet helemaal, omdat de berichten uit de eerste dagen er niet meer waren. Met terugwerkende kracht kreeg ik uitleg, voorzover ik die nog nodig had. Het merendeel van haar berichten was intussen achterhaald. De namen van Dmytro en Vlodo kende ik al, ik wist dat ze me achtervolgden, ik wist dat ze hardhandig waren, ik wist dat ik voorzichtig moest zijn, ik wist dat ze zelf in Odessa zat. Al die dingen wist ik en toch was het geruststellend om het te lezen, om te weten dat ze me had gewaarschuwd, dat ze steeds in de gaten had gehouden hoe het met me ging. Andere namen zeiden me niets. Ten Have? Die naam kwam twee keer voor. Zonder telefoonnummer of e-mail. Was dat haar contact? Ze had me adressen gestuurd, een in Malinovsky Rayon, een hier in de stad, een buiten de stad. Wachtwoorden voor klanten, wachtwoorden voor de handel, wachtwoorden om van een afstand in computers te kunnen komen, in Nederland en hier in Odessa. Wachtwoorden om me te beschermen als ik in de problemen zou komen. Ze had het allemaal gestuurd. En steeds, aan het eind van elk bericht, dezelfde opmerking: niet terugbellen. Ik had haar kunnen bereiken via tijdelijke e-mailadressen die ze me doorgaf en die ze geheim kon houden. Ze schreef korte, emotionele berichtjes over Lulu en Gracie, dat ze ze niet kon laten gaan. Ze schreef waarom ze me niets had verteld.

- Ik heb niets gezegd, omdat ik het anders niet had gedaan. Alleen als ik mijn mond hield kon ik aan mijn beslissing vasthouden. Niet terugbellen. gvd

Honderdnegenenveertig tekens.

Met het verstrijken van de dagen werden haar sms'jes korter. Ze vroeg waarom ik niet mailde, waarom ze niets van me hoorde. Ze vroeg waar ik was, wat ik aan het doen was. We hadden elkaar dezelfde vragen gestuurd en geen van beiden hadden we antwoord gekregen. Later waren er berichten, zo kort dat ik ze drie keer moest lezen.

- Fout, fout, fout
- Stom wijf
- Waarom doet ze dat dan ook?

Geen uitleg. Alleen de drang om haar gedachten op te schrijven en met iemand te delen.

- Niet terugbellen. gvd

Er stond veel in de berichten en er stond veel niet in. Waarom had ze mijn laptop laten stelen? Om in het computersysteem van Justitie te komen, dat wist ik. Guus zei er niets over. Ze vertelde niet wat ze dan zocht in dat systeem. Niets over het misbruik van mijn identiteit, over wat dat betekende. Niets, geen woord, alsof het niet was gebeurd, niet belangrijk was. Dat stak, juist van haar. Een paar woorden waren genoeg geweest, veertig tekens, ik had niet veel nodig. De brand op de boot van haar moeder, geen woord. Na een paar uur zag ik alleen nog maar de pijnlijke gaten in het staccato verslag. Ik deed geen oog dicht. Niet terugbellen, gvd, inderdaad.

Lies en Sylvia lazen de berichten de volgende dag. Keurig geprint. Vellen vol. Elk bericht met datum en tijd. Lies staarde lang naar de laatste bladzijde.

'Dit is niet goed', zei ze.

Sylvia legde met een klap de papieren op tafel. 'En ik zal je zeggen waarom: madame vertelt nergens wat ze aan het doen is. Nergens. Een sentimenteel berichtje dat ze de meiden niet alleen kan laten. Nou, mooi. Prachtig. En ik weet dat ze het meent, maar het is geen uitleg. Het is niks. Wij zijn hier met z'n drieën en schieten niets op. Dan zal zij in d'r eentje de zaak wel even regelen? *Jamais!* Ondertussen wil ze dit en ze wil dat en je kunt haar hier bereiken en dan daar en dan helemaal niet. Je mag nooit terugbellen en ze vertelt niets. Typisch advocaten.' Ze zweeg. 'En geen woord over jouw boot', zei ze tegen Lies. 'Dat is fout.'

Haar samenvatting was hard. Ze zei precies wat ik had gedacht en niet wilde toegeven. Guus was ergens mee bezig waar ze mij niet bij wilde hebben. Ze wilde wel dat ik wist waar ze was en dat ik haar kon bereiken, ook al was dat maar af en toe. Ze wilde me op afstand en dat was ik niet. Ik zat ongeveer om de hoek.

Lies was stil, ze keek naar de berichten die voor haar op tafel lagen en schudde langzaam haar hoofd. 'Ze zegt van alles', zei ze. 'Ik weet hoe ze is, ik weet wat ze zegt en wat ze doet wanneer ze kwaad is of opgewonden of zenuwachtig. Ze kan vloeken, Guusje, ze kan schelden tot het behang van de muren komt. Ze kan koppig zijn en haar mond houden, en dwars, en ze kan praten tot je haar in alles gelijk geeft. Maar dit ken ik niet van haar.' Ze wees op de korte berichten die mij ook waren opgevallen. 'Dit gaat niet over iemand anders, ze heeft het over zichzelf.' Ze staarde naar het papier. 'En het laatste bericht is van vijf dagen geleden. Hier. Voordat we in Odessa aankwamen', zei ze.

Dat klopte met de reactie van Guus in de auto, het klopte met haar paniek en haar onbereikbaarheid. Ik had pal voor haar gestaan en niet tot haar kunnen doordringen. Ergens was er iets fout gegaan, Guus had het zelf ge-sms't – *Fout, fout, fout* – en wat haar plan ook was, kennelijk had ze geen uitweg. Ze had geen *fall back*, geen achterwacht, geen noodknop, niemand die kon ingrijpen.

'We moeten dat huis vinden', zei ik.

Lies en Sylvia knikten.

'Dat op zijn minst', zei Lies.

'En dan ga ik naar binnen.'

Ze zwegen.

'Waarom zijn we anders hierheen gekomen?' vroeg ik. 'Laten we dan gewoon teruggaan naar Nederland.'

'Alsof dat een reden is', zei Lies.

'Nee, dat is geen reden, maar weet jij iets anders? Moeten we wachten? Waarop? Tot ze weer verdwenen zijn? We weten dat ze daar ergens zitten, waarschijnlijk aan dezelfde straat als dat blauwe huis. Jij dacht dat je wist waar ongeveer.'

'Dat is niet zeker', zei Lies. 'Ik voel dingen en ik zie dingen, soms, ook niet altijd. Ik ben geen telefoonboek.'

'Voorlopig ben jij hier de enige die iets weet', zei ik.

Het was een koude, heldere dag. Met z'n drieën stonden we op de stoep voor het blauwe huis. Lies met haar ogen dicht, heel stil.

'Hier moet ik even over voelen', zei ze.

Sylvia en ik bleven op een paar passen afstand. Lies deed haar ogen open en keek om zich heen. Ze liep een paar huizen verder en sloot haar ogen weer.

'Ik weet nooit wat ik moet geloven', zei Sylvia zachtjes. 'Behalve dat ik iets wil geloven. Dat moet toch?' Het was geen vraag. Ze zweeg en keek naar de rustig bewegende vrouw op de stoep.

Lies draaide zich naar links, wachtte en keek. Ogen dicht. Naar rechts, wachtte en keek. Een paar passen vooruit, stilstaan, draaien. Haar handen nu eens voor zich uit, dan weer langs haar lichaam. Weer een stukje verder, naar het volgende huis. Ze vertelde niet wat ze aan het doen was, ze praatte niet. Ze was niet in trance of in extase. Ze keek en luisterde naar dingen die ik niet zag of hoorde. Dat was het verschil.

'Als ik moet kiezen tussen de paus en Lies, dan weet ik het wel', zei Sylvia. 'Ook al kan ze hier niets vinden, dan kies ik voor haar.'

Nulpuntvijf.

'Ik ook', zei ik.

Lies was lang bezig, ze liep bijna de hele straat af en weer terug, voordat ze ons weer zag staan. Ze keek strak voor zich uit en zei niets. Ze stak haar hand door mijn arm en dirigeerde me naar de overkant van de straat, naar het park. Pas toen we op ruime afstand van de straat waren, hield ze stil.

'Ik weet het niet', zei ze. 'Het is hier ergens, van nummer achtentwintig tot nummer vierendertig, in dat stuk van de straat herken ik dingen die ik nergens anders voel. Daar kan ze zijn.'

'Daar kan ze zijn? Van nummer achtentwintig tot nummer vierendertig? Daar kan ze zijn?' Ik kon mijn teleurstelling nauwelijks verbergen. Tegen beter weten in had ik gehoopt dat ze naar één huis zou wijzen. Daar! Als door magie gevonden. Daar is het.

'Meer kan ik niet doen', zei Lies. 'Sorry.'

Sylvia en ik liepen terug naar de ingang van het park en keken naar de overkant van de straat. De nummers 28 tot 34 waren naar links. Ik was voor die huizen langs gelopen, had door de hekken gekeken, gezocht naar de auto waar Guus in had gezeten. Alle huizen aan deze straat waren groot en goed beveiligd met zware hekken. Ze hadden allemaal een voortuin, zijtuin en waarschijnlijk ook een achtertuin, dat laatste was vanaf de straat niet te zien. Wel liep er vaak een breed pad om het huis heen. Camera's waren overal, op de hekken en aan de buitenmuren van de huizen. Ramen donker.

'Dat zijn zeven huizen', zei ik. De straat had maar één kant, aan de overkant lag het park, en dus telden de nummers gewoon door, even en oneven aan dezelfde kant. 'Zeven huizen', zei ik nog een keer.

'Dat is beter dan een hele stad', zei Sylvia. 'Zo kun je het ook zien.'

De verbetenheid die al dagen in mij aan het groeien was, kreeg nu de overhand. Dit was het punt waarop ik niet meer wegging. Hier liep de streep. Als ik nu weer terugging naar het hotel, dan zat ik over drie weken nog te trutten. Ik moest erop vertrouwen dat Lies me de goeie kant op had gewezen. Ik liep naar het bankje voor de ingang van het park en ging zitten.

'Ooit moet er iemand naar binnen gaan of naar buiten komen. Tot die tijd blijf ik hier zitten.'

Het duurde nog zeker tien minuten voordat ze me achterlieten. Ze zouden koffie komen brengen en iets te eten en voor me zorgen. Twee moeders.

'Ik heb mijn telefoon; als er iets is, bel ik wel.'

Vanaf het bankje keek ik ze na, zoals ze samen de straat uit liepen, op weg naar het centrum, twee vrouwen die net zo halsstarrig op zoek waren als ik, die net zo overtuigd vasthielden aan het doel, die net als ik over alles konden twijfelen, zelfs over wát we hier kwamen doen, maar niet over dát we het gingen doen. De mensen met wie Guus op pad was, hadden ons alle drie geraakt. Hard geraakt. We deden ons best om niet wraakzuchtig te zijn, vooral Lies was daar goed in. Het ging niet om vergelding, dat interesseerde haar niet. Sylvia en ik waren daar minder grootmoedig in, voor ons gold wel degelijk dat er iets rechtgezet moest worden. Iets vereffend moest worden. Lies hield onze negatieve emoties klein. Vanuit haar cijfers, chakra's en energiestromen stuurde ze ons ongemerkt steeds naar de andere kant, een positieve kant. Dat het af en toe behoorlijk vaag werd, hoorde erbij. Wraak en vergelding zijn lekker concreet, dat is het grote voordeel.

Langzaam drong de kou door mijn kleren. De houten zitting was hard en werd steeds harder. De wind kwam vanuit het park en floot onder het bankje door. In de straat gebeurde weinig. Af en toe kwam er een auto langs. Traag. In deze wijk leken de mensen geen haast te hebben. Een uur ging voorbij. Ik was al twee keer op en neer gelopen om mijn lichaam op gang te houden en om het houten gevoel uit mijn billen te laten zakken.

Na twee uur stopte er een taxi. Lies stapte uit met een plastic tas. Ze bracht een thermoskan koffie, een paar broodjes en koekjes, handschoenen, een das en een pet. Ik zag eruit als een dakloze, vooral de plastic tas maakte het beeld compleet. 'Doe je voorzichtig, Mik?' zei ze. Ze liep terug naar de taxi. Draaide zich om. 'Als we niks horen, kom ik over een paar uur weer.' Ze stapte in en een minuut later was ik weer alleen.

De koffie was goed. De broodjes ook. Ze waren op voordat ik er erg in had. Ik zat. Ik liep. Ik keek. Ik luisterde. Uur na uur. Een clubje honden snuffelde rond het bankje tot er geen kruimel meer te vinden was. Na een tijdje scharrelden ze weer verder en trokken zich terug onder wat struiken. Ik stond op en liep naar de ingang van het park en terug. Ging weer zitten. De straat in de gaten houden. Zeven huizen in de gaten houden. Het was voornamelijk wachten. Wachten op iets wat niet gebeurde. Of wachten op iets anders dan ik dacht dat zou kunnen gebeuren. Wachten op iets waarvan ik hoopte dat het onvermijdelijk was.

Niets is zeker. Vooral het onvermijdelijke niet.

Het werd donker. Zonder licht daalde de temperatuur vijf of tien graden, de kou drong overal doorheen. Mijn voeten en benen leken steeds zwaarder en steeds verder weg. Lies bleef langer weg dan ze had gezegd, pas na bijna drie uur was ze er weer. Met verse hete koffie en honderd excuses. Sylvia had van alles te doen.

'Ze kreeg net een telefoontje en ging wat afspreken', zei Lies. 'Met die Serge.' Serge zou komen en Sylvia was op van de zenuwen. 'Die man doet iets met haar', zei Lies.

'Deed iets met haar', zei ik.

'Het is wel aandoenlijk om te zien.' Ze kwam naast me op het bankje zitten. 'Die harde Sylvia Koper, daar blijft niets van over zodra ze die man aan de lijn heeft.' Ze legde een hand op mijn arm. 'Heel lief dat je hem hebt gevonden voor haar.'

Ik lachte. 'Niet alleen voor haar', zei ik. 'Serge is ex-KGB. Een zware jongen. Zo'n man die met één telefoontje de hele politiemacht van Odessa aan de praat krijgt, en waar kerels als Dmytro en Vlodo heilig respect voor hebben. Zo'n soort man. Begrijp je?'

‘Handig’, zei Lies.

Ik knikte. ‘Vroeger deed hij alles voor Sylvia. En zij voor hem.’

‘Een beetje respect kunnen we hier wel gebruiken’, zei Lies. Ze stond op en sloeg haar jas recht.

Lies Inderlaan. Onder al haar alternatieve en spirituele bevlogenheid was ze ook gewoon een nette mevrouw die hechtte aan goede manieren. Ik stond ook op en sloeg mijn armen om haar heen. Hield haar vast. En zij mij. Op een stoep in Odessa.

Als je er bent, maakt het niet meer uit waar je bent.

58 Telecom versus ijzerwaren

De kou zat in mijn botten. Heel langzaam was ze steeds verder naar binnen gekropen, gesijpeld, tot een bevroren gevoel zich diep in mijn lijf had genesteld. Ik rilde van binnen uit. Op mijn plek op het bankje was ik sinds het donker was geworden bijna onzichtbaar. Er was geen straatlantaarn bij de ingang van het park, al het licht was aan de overkant van de straat, bij de huizen. Ik was een vormeloze, donkere homp in de nacht. Als je niet wist dat ik er zat, dan zag je me niet.

Door een zijstraat naderden de koplampen van een auto, hij gleed geluidloos dichterbij. Pas toen hij langs reed, herkende ik het model. Ik herkende ook het geluid, de diepe grom van een V8. Zonder te bewegen keek ik naar de auto om te zien of hij zou doorrijden naar het stuk straat met de nummers 28 tot 34. Hij stopte. Bleef een tijdje stilstaan, pal voor me aan de overkant van de straat. Minutenlang gebeurde er niets. Opeens sprong er een hek open en de auto draaide de oprit op. Ik stond op en deed een paar passen dichterbij. Terwijl de auto onder de lantaarn door reed, zag ik het kenteken. Een paar seconden maar. Lang genoeg. Sommige nummers worden beelden die je herkent als gezichten. Dit was er zo een.

De beer was teruggekomen naar zijn hol.

Onmiddellijk trok ik me terug in het donker. Met trillende vingers toetste ik het nummer van Sylvia op mijn mobiel.

'We komen eraan', zei ze. 'Nu.' Ze had de hele nacht een taxi voor de deur gehouden om niet te hoeven wachten. 'Tien minuten, dan zijn we er.' Op de achtergrond hoorde ik Lies. 'Lies wil weten welk huis.'

'Nummer vijfentwintig', zei ik.

Ik hoorde Sylvia lachen. 'Je zat ernaast', zei ze tegen Lies. Ze hing op.

Met een automatisch gebaar klikte ik mijn mobiel open, haalde de sim-kaart eruit, brak hem doormidden en gooide de stukjes tussen de struiken in het park.

Nog vier.

We stonden naast elkaar op de stoep. Ik wees naar de overkant. 'Daar zitten ze', zei ik. 'In dat grote, okergele huis met die toren.'

Lies keek geconcentreerd naar het huis. Ze liep om de taxi heen en stak over. Aan de overkant bleef ze even staan, draaide om haar as en kwam weer terug.

'Kom', zei ze. 'Nu is het mooi geweest.'

We stapten in en reden weg. De kou zat in mijn hele lichaam. Sylvia reikte een flesje wodka aan vanaf de achterbank. Twee slokken gleden naar binnen en trokken de rillingen met zich mee. Ik draaide de dop weer op het flesje en gaf het terug. Sylvia stopte het in haar tas.

'En nu?' vroeg ze.

'Morgen ga ik terug en dan koop ik daar een paar vrouwen', zei ik.

'Toe maar, meneertje', zei Sylvia. 'Vrouwen kopen. Maar niet in die kleren, hoop ik.'

Zwarte schoenen, zwarte sokken, zwart pak, zwart overhemd, zwarte das, zwarte jas en een zwarte zonnebril. Voor het eind van de middag zag ik eruit als een ander mens. Sylvia strooide met contanten alsof ze ze zelf drukte. Ik schreef de belangrijkste wachtwoorden en namen op een papiertje. Nu pas drong het tot me door dat Guus dit ene adres niet had doorgegeven. Niets was makkelijker geweest. Kennelijk wilde ze niet dat ik haar kwam opzoeken. *Niet terugbellen.* Dat had ze keer op keer laten weten. Al die tijd had ik haar berichten niet gehoord, nu wilde ik haar waarschuwing niet meer horen. Ik oefende een paar keer, zodat ik zonder haperen op het juiste moment de juiste dingen kon zeggen. Mijn telefoontje zat in mijn zak, twee extra sim-kaarten, en van Sylvia kreeg ik nog een indrukwekkende rol bankbiljetten.

'Lijkt meer dan het is', zei ze.

Ik zou me voordoen als klant. Met het wachtwoord moest ik binnen kunnen komen en eenmaal binnen zou ik rondkijken om te zien wie er allemaal waren, hoeveel mensen. Kijken of ik Guus zag of Lulu of Gracie, proberen contact te leggen. In het beste geval zou ik een van hen meenemen. Betaald, als het moest.

'Binnen een paar uur ben ik weer buiten', zei ik.

'En anders?'

'Anders morgenochtend.' Ik lachte. 'Weet ik veel. Wat kan er gebeuren?'

'Ze slaan', zei Lies.

'Dan krijg ik een paar klappen en dan gooien ze me op straat.'

'Of in zee', zei Sylvia.

Ik schudde mijn hoofd. Dat geloofde ik niet. Veel te omslachtig. Veel te veel gedoe. 'Waarom zouden ze? In het ergste geval ben ik een klant die niet koopt. Ik zal de eerste niet zijn.' Ik deed er opzettelijk luchtig over. Zodra ik me openstelde voor de gevaren en de bezwaren, zou ik niet meer gaan. Juist omdat ik wilde gaan, deed ik of het niet veel voorstelde.

'Je weet niet waar je het over hebt', zei Sylvia. 'Je denkt dat je weet wat het is, geweld, agressie. Je denkt dat je het begrijpt, maar zo is het niet. Je begrijpt het woord. Meer niet. Als Lies hier een aura ziet, dan denk jij dat je het begrijpt. Een aura. Dat is een woord. Je begrijpt niet wat ze ziet of hoe ze dat ziet.' Ze zweeg en keek me aan om te zien of ze tot me doordrong. 'Je denkt taal. Verder heb je geen idee. Dat daar is een andere wereld!' Ze wees naar buiten. 'Andere mensen. Je kunt net zo goed zonder ruimtepak uit de spaceshuttle stappen!'

'Ik ga niet om te vechten', zei ik. 'Ik wil alleen een paar dingen weten.'

'Dan moeten we in ieder geval de politie laten weten wat je doet en waar je bent.' Sylvia leek vastbesloten.

'Nee', zei ik. 'Petra is er alleen om ons de verkeerde kant op te sturen. Als we haar waarschuwen, dan mogen we het hotel niet eens meer uit. Ik ga daar naartoe en als het te lang duurt, dan bel je haar, of haar baas, of zijn baas. Dan weten ze wel wat ze moeten doen.' We keken elkaar aan. 'Je zult zien, in dat huis woont gewoon een oud vrouwtje met een teckel.'

Niemand die het geloofde.

'Serge komt overmorgen', zei Sylvia. 'We kunnen ook wachten tot hij er is.'

Het klonk redelijk, verstandig. Ik deed het niet. Na de nacht op het bankje wilde ik ze niet de kans bieden om weer te verdwijnen. 'We weten nu waar ze zijn', zei ik. 'En bovendien, als Serge hier is, dan moet hij ook weten wie er in het huis zijn.'

De taxi stopte op de hoek van de straat, ongeveer tweehonderd meter van het huis. Met elke stap die ik zette, leek de afstand groter te worden in plaats van kleiner. Sylvia had me bezworen me rustig te houden en nergens op in te gaan. 'Alleen praten', zei ze. 'Verder doe je niets. Niet drinken, geen alcohol. Hou je hoofd scherp. Een goeie klant laat zich niet in de luren leggen. Dat weten zij ook. Ze zullen van alles proberen om je lekker te maken, om je te verleiden. Daar zijn ze erg goed in. Niet doen. Zodra je binnen bent, moet je bezig zijn om weer buiten te komen.'

Ik stopte voor het hek en duwde op de bel. Even later klonk via de intercom een stem die ik niet begreep. Ik antwoordde in het Engels. Zei het wachtwoord van de klant. De intercom bleef even stil.

'Oké', zei de stem.

Het slot klikte en het hek draaide open. Allemaal elektrisch. Hoe ik hier uit moest in geval van nood, was meteen al onduidelijk. De bediening ging natuurlijk met een code. Ik haalde een van de simkaartjes uit mijn zak en terwijl ik het terrein op liep, propte ik het kunststof kaartje in het slot. Telecom versus ijzerwaren.

Dat was het. Meer had ik niet. Zo ontspannen mogelijk liep ik naar de voordeur, alsof ik al jaren in de handel zat. Houding, arrogantie. Dit moest lukken, praten was mijn sterke kant.

Bij de deur werd ik opgewacht door een korte, zware man. Zwarte kleding, net als ik. Ik herhaalde het wachtwoord en hij glimlachte. Zijn Engels was stroperig en rond van het Slavische accent. Hij knikte en wenkte me naar binnen.

'Uw eerste keer?' vroeg hij.

'Eerste keer hier', zei ik.

Hij lachte en deed een stap opzij om me door te laten. Ik deed mijn zonnebril af en stapte naar binnen. De spaceshuttle uit.

59 Mooi meisje, mooi kleertje

'Luxe' is een verkeerd woord. Te kort ook. Het woord zou tien keer zo lang moeten zijn om recht te doen aan de gouden overdaad die ik zag. Ik stond in de hal van het huis en de weelde straalde me tegemoet. Midden in de enorme marmeren ruimte stond een natuurstenen fontein. Water klaterde zachtjes uit gapende vissenbekken. Gouden kroonluchters, kristallen lusters, lichtschittering op de muren en de vloer. Gouden deurkrukken, gouden lichtschakelaars, gouden lichtarmaturen aan de muren. De gloed was diep en warm. Alles wat van goud kon zijn, was van goud. De rest was van marmer of van kristal. Het was imponerend, overdonderend en schokkend.

De man nam mijn jas aan en ging me voor door de hal, om de fontein heen, naar een deur aan de rechterkant. Hij legde zijn hand op de kruk en voordat hij de bijna drie meter hoge deur opende, zei hij: 'Eerst een kleinigheidje om in de juiste stemming te komen. Daarna is er tijd genoeg voor zaken.' Door zijn accent klonk zijn beleefdheid als een toneelstuk.

'Natuurlijk', zei ik en ik liep achter hem aan een grote kamer in. Aan een kant was een bar. Voor alle ramen hingen zware gordijnen, rood velours met gouddraad afgewerkt. Prachtig glanzende oude, houten vloeren, dikke tapijten, grote flatscreen tv's en negen meisjes, het ene nog mooier dan het andere.

'Dames, een klant', zei de man.

Ze stonden op en kwamen naar me toe. Staken hun hand uit en zeiden Engelse zinnetjes die ze hadden geleerd.

'How do you do?'

'Pleased to meet you.'

'What can I do for you?'

'Can I help you?'

'So nice to see you.'

Een lange, ononderbroken glimlach. Ik schudde hun handen en knikte beleefd. Aardig. Glimlachte ook.

De man stelde ze allemaal voor. Anna, Maria, Tanya en nog zes namen, die ik niet meer onthield. 'Later, dames', zei de man. 'De zaken gaan voor. Deze kant op', zei hij tegen mij. Hij nam me mee door een zijdeur, naar een andere kamer, en sloot de deur achter me. 'Zoals u ziet, alleen de beste vrouwen', zei hij. 'Puur Oekraïne, honderd procent.'

'En klaar om aan het werk te gaan', zei ik.

Hij lachte. 'Nee, dat nog niet. Deze meisjes zijn net begonnen. Alleen de beste kwaliteit. En elke week nieuwe', zei hij. 'U kiest hier. Anna of Maria of welke u wilt. Twee of drie of meer. Wij leveren bij u, in uw land, waar u maar wilt. En daar worden ze opgeleid. Getraind. In het land waar ze gaan werken, daar worden ze getraind. Door ons.' Hij keek me aan. 'Goeie training', zei hij. 'Alles wat nodig is. Voor u. De prijs is inclusief. En elke drie maanden herhaling, als dat nodig is. Alleen de beste, honderd procent Oekraïne.' Hij lachte. *'No problem.'*

Hij ging me voor naar een ander deel van het huis. Door deuren en gangen. Het huis was veel groter dan het er van buiten uitzag. De overdadige luxe werd minder, de kamers waren soberder ingericht, er was nergens meer iets van goud te zien. Hij stopte bij een deur. 'Wilt u iets gebruiken?' vroeg hij. Voordat ik kon antwoorden, deed hij de deur open en leidde me binnen in een tweede zitkamer met bar. Net zo groot als de eerste, ook met zware gordijnen voor de ramen en tapijten op een houten vloer. Hier zaten zes meiden in luxe lingerie. Net zo mooi als die meiden in de eerste kamer, alleen zonder de onschuld. Zonder de ongegeneerde verwachting van al het geluk dat komen ging. Dat zat er niet meer bij. Mijn zwarte pak was opeens helemaal op zijn plaats.

'This is the working section', zei de man. De baas was er nog niet, die zou over een uurtje komen, en in de tussentijd kon ik me laten overtuigen van de kwaliteit van de spullen. 'Eén meisje, twee. Alles kan.' Hij lachte.

Ik zag haar meteen. Achter in de kamer. Ze zat in een diepe stoel, haar benen onder zich gevouwen. Ze kende mij niet, ik kende haar van de webcam in Nederland. Lyudmila. Lulu. Terug in Odessa.

De andere meisjes had ik nooit eerder gezien. Uit beleefdheid keek ik ze allemaal even aan, liep rond, zei gedag. Beetje lachen en macho doen, de klant uithangen. De meiden boden zich aan. Het was makkelijker dan ik had verwacht. Bij Lulu hield ik stil.

'What's your name?' vroeg ik.

'Olga.' Ze stond op en nam me aan de arm mee naar de bar. Champagne. Dat hoorde. Ze leunde tegen me aan, haar handen begonnen al te werken. *'In my room'*, zei ze. Terwijl we de kamer uit liepen, zei de man iets tegen haar. Ze antwoordde. Kort, fel, moeilijk te plaatsen door de altijd zachte klanken van de taal.

In haar kamer hing een andere sfeer. Het professionele, chique bordeeldecor was aangevuld met haar eigen spulletjes: poppen, prentjes, foto's, doosjes met kettingen en armbanden, dingen van haar, van thuis, van waar ze vandaan kwam. Tastbare herinneringen. In de hoek van de kamer was een kleine kitchenette gebouwd: een aanrechtje, een kookplaatje, een ijskastje en een paar kastjes. Het was er schoon en opgeruimd. Netjes. Huiselijk bijna. De deur was nog niet dicht of ze begon haar kleren uit te trekken.

'Even wachten', zei ik in het Nederlands.

Ze keek me aan. 'Ah, Nederlands. Ik beetje spreken. Is goed.'

'Geen haast', zei ik.

'Nee.' Ze lachte. 'Alles goed.'

Ik liep naar een buffetkastje en pakte een pop, bekeek hem, legde hem neer. Ik pakte een van de foto's op. In een flits stond ze naast me, pakte de foto uit mijn hand en zette hem weer neer.

'No, no. No touch', zei ze. 'Oké, zo is goed.' Ze schoof met de foto heen en weer tot hij precies op dezelfde plek stond als voorheen. Daarna zette ze de pop terug. 'Klaar', zei ze. *'No touch.'*

'Waar is Guus?' vroeg ik. 'Is Guus hier?'

Ze verstijfde. Met haar handen op het buffetkastje. Ze antwoordde niet en ze keek me niet aan.

'Guus. Je kent Guus toch wel. Ghoes. Advocate. Is Guus hier?'

'Nee, geen Guus.'

'Guus is niet hier?'

'Nee, nee, nee. Geen Guus. Niet hier.' Ze zwaaide opeens met haar armen. 'Dit is mijn kamer. Mijn kamer. Hier niets, oké?' Haar armen hingen weer naar beneden, stil. Haar lichaam was rustig, haar ogen waren in paniek.

'Hier is het goed', zei ik. Haar kamer. In deze kleine ruimte was ze de Lyudmila die ze ooit was geweest, een meisje met haar foto's van thuis en haar knuffelbeesten. Alleen hier bestond dat meisje nog. Teruggetrokken op het kleinste stukje dat ze voor zichzelf kon houden. Dat van haar was. Haar kamer.

Ze haalde haar schouders op.

'En Dmytro?'

'Dmytro zorgt voor mij. Hij kent mijn vader. Mijn broer. Hij heeft mij gehaald, hierheen.' Ze zweeg. 'Voor Dmytro is ook moeilijk', zei ze. 'Hij is lief, ook.'

Ik knikte. 'En dit is jouw kamer.'

'Mijn kamer. Dit is mijn kamer.'

Er gebeurde iets wat ik niet begreep. Het was haar kamer en dat was zo belangrijk dat ze het de hele tijd herhaalde. Wat was er zo belangrijk? Wat wilde ze zeggen? Het was alsof ze me iets wilde duidelijk maken in geheimtaal. Haar kamer. Wat betekende dat? Het dwangmatige waarmee ze dingen terugzette op hun plek. Precies zo. Neurotisch. Had ze iets op? Een of ander middel? Coke? Wat? Opeens leek ze me vergeten. Ze liep de kamer rond en raakte haar spulletjes allemaal even aan. Heel kort. Als een inspectie, een *pre-flight*-controle. Ze draaide zich om, glimlachte en trok haar kleren uit. Alleen nog een bh en een slipje.

'Oké?' zei ze.

Heel erg oké.

De woorden van Sylvia dreunden in mijn hoofd: laat je niet in de luren leggen, ze doen alles om je te verleiden.

Check.

En daar zijn ze heel erg goed in.

Check.

Ik legde mijn handen op haar schouders en zette haar op de rand van het bed. 'Even wachten', zei ik weer, alsof ze een hond was. Iets anders kon ik niet bedenken. Ik pakte de enige stoel in de kamer, zette hem tegenover haar neer en ging zitten.

'Oké', zei ik.

Ze glimlachte.

Woorden wilden niet komen. Ik keek naar haar. Ze was ontspannen. Ik zag de vage restanten van blauwe plekken op haar lichaam. In haar zij en onder haar borsten.

Ze bleef glimlachen.

'Waar is Gracie?' vroeg ik.

'Amerika.' Ze begon te stralen. 'Amerika, bij vriend van haar broer. Heel goed. Gracie heel goed, oké?'

Ik schudde mijn hoofd. Dit verhaal had ik al gehoord en toen geloofde ik het ook al niet. 'Niet in Amerika', zei ik. 'Waar? Naar huis?'

Lulu lachte hard en scherp, met een geluid als een zweepslag. 'Huis! Ha! Nooit! Nooit naar huis. Nooit! Oké?' Ze schudde haar hoofd en spuugde op de grond. Ze sloeg haar armen om zich heen en haalde diep adem. 'Gracie ...' zei ze. Ze zweeg. 'Gracie weg', zei ze uiteindelijk. 'Gracie ...' Ze maakte een traag, vloeiend gebaar met haar hand. *'You know ...'* Ze zuchtte, haar ogen plotseling vochtig en slap. *'You know ...'*

In stilte keken we elkaar aan. Ik pakte haar handen en hield ze vast. Verder vragen had geen zin. Gracie was weg. Verkocht, doorverkocht, verhandeld. Ze zat nu waarschijnlijk in Duitsland of Frankrijk of Italië of misschien was ze weer terug in Nederland. Nadat haar naam met behulp van mijn computer uit het systeem van Justitie was gewist, kon ze weer gaan en staan waar ze wilde. Ik beet op mijn lippen. 'Gracie heeft succes in Amerika', zei ik.

Ze knikte. Forceerde een glimlach. 'Gracie altijd succes', zei ze. *'Big success.'* Ze zweeg en keek om zich heen. 'Ik niet.' Ze schudde haar hoofd. Na de gevangenis was ze in een hulpverleningsprogramma terechtgekomen. Ze hadden haar teruggestuurd naar Odessa, in een huis opgevangen en een baantje voor haar geregeld. Lopende band in een fabriek. Tien uur werken per dag voor zeven euro. Honderdvijftig euro per maand. Niet genoeg om van te leven, bij lange na niet genoeg om een mobiele telefoon te kunnen hebben, en zonder telefoon was ze verloren. Zonder de mogelijkheid om altijd en overal iemand te kunnen bellen die iets voor haar kon regelen. Binnen twee weken was ze alweer op zoek naar haar oude contacten, de mannen die haar hadden weggehaald uit de eindeloze leegte van het Oekraïense platteland. Een maand later was ze terug bij Dmytro en Vlodo. Bij de mannen en het geld.

'En geen Guus?' vroeg ik.

'Dit is mijn kamer', zei Lulu. Rustig nu.

'Jouw kamer in dit huis. Hier is het goed.'

'Mijn kamer is goed.'

'En het huis? Is het huis ook goed?'

Ze haalde haar schouders weer op. 'Mooi huis. Groot huis.'

'Niet goed?'

Ze zweeg. Keek me aan. Glimlachte. 'Goed', zei ze. 'Mijn kamer is goed.'

'En het huis?' herhaalde ik.

'Hier is begin, oké?' Ze ging verzitten. 'Enkeltje eerste klas.' Ze lachte. 'Meisje komt, hier, alles nieuw. Nieuw kleertjes, nieuw schoenen. Alles nieuw. Verwen. Mooi. Heb jij gezien? Daar?' Ze wees een kant op. 'Mooi meisjes. Beetje Engels leren. *Yes. No. I like you. Very nice. What can I do for you?*' Ze zweeg en pulkte aan de kanten afwerking van haar slipje. 'Een week. Twee week. Alles mooi, alles geven. Paspoort, papieren, alles. Is nodig voor werk in Europa. Vergunning. Ja? Visa. *Yes, very good.* Geen vragen. Heb jij vragen? Ga nog even mooi kleertje kopen met Vlodo of Ilja. Lief meisje. Ja? En dan komt werk. Mooi werk. Veel geld. In Duitsland, in Nederland, in ander land. Ja? Mooi. In de auto, weg. Alles in orde. Oké. Mooi meisje, jij goed werken, jij alles betalen, kleertjes, schoenen, reis. Jij alles betalen. Veel geld. Met mannen. Veel mannen. Ja? Veel mannen.' Ze keek om zich heen. 'Mijn kamer.' Ze lachte. 'Wil je neuken? Ja?'

60 Tede nado oetsjitsja

Dmytro klopte niet. Hij deed de deur open en stond in de kamer. Groot en dreigend, vooral omdat hij glimlachte. Het was een vrolijkheid die ik niet met hem deelde.

'Time for business', zei hij. Hij deed drie passen de kamer in, greep me bij mijn arm en tilde me uit de stoel omhoog, alsof ik geen gewicht had. Zijn hand klemde om mijn arm, lostrekken was onmogelijk, hij had meer kracht in elke vinger dan ik in mijn hele hand.

'Come', zei hij.

Moeiteloos stuurde hij me de gang op. Voor hij de deur achter ons dichtdeed, zei hij iets tegen Lulu. Daarna zei hij niets meer. Hij sleepte me door de gang, een trap af, door een deur, naar een ander deel van het huis. Nog een gang, nog een deur. Hij duwde me een kamer in. Een opvallend kale kamer. Groezelig witte muren, geen raam, zeil op de vloer, een bed, een tafeltje met een glas water en drie mannen. Mannen die ik niet eerder had gezien.

'Okay', zei Dmytro en hij liet me los. Deed de deur dicht.

Ik wreef over mijn arm, ik voelde zijn harde vingers tot diep in mijn spieren. Ik draaide me om en wilde iets zeggen. Ik wilde proberen te praten, vragen wat er aan de hand was, een opening zoeken. Dmytro keek me aan en keek langs me. Hij maakte een kort gebaar.

Het volgende ogenblik werd ik door twee mannen gegrepen. Ze duwden me met mijn rug tegen de muur. De derde man klemde een hand om mijn kaak, forceerde mijn mond open, stopte er een pil in, pakte het glas water en goot het leeg in mijn mond.

Ik slikte, ik kon niet anders, het was een automatische reactie op het water. De pil verdween door mijn keel. Nog een slok. Water droop langs mijn kin. Ik hoestte, spuugde de rest van het water uit. Verslikte me en stond naar adem happend met mijn handen in de lucht. De mannen lieten me los, een van hen sloeg me op mijn rug. Hard. Nog een keer. Ze lachten. Hoe meer ik proestte, hoe harder ze lachten.

'Don't worry', zei Dmytro. *'Is good pill.'*

Onmiddellijk grepen ze me opnieuw vast en begonnen mijn kleren uit te trekken.

'Hé!' riep ik. 'HÉ! NIET DOEN! *Come on!*' Ik probeerde me te verzetten, trok en maaide met mijn armen en benen. Mijn jasje scheurde, mijn broek ook. De drie mannen hadden geen enkele moeite met me. Ze lieten me in mijn onderbroek achter. Lachend liepen ze de kamer uit. Dmytro trok de deur dicht en deed hem aan de buitenkant op slot.

Ik hoorde ze door de gang weglopen, hun stemmen, hun lach. Daarna was het stil. Ik stond in mijn onderbroek op het zeil en vloekte. Al mijn kleren hadden ze meegenomen. Mijn geld, mijn telefoon. Ik keek om me heen naar de kale kamer. Zelfs het waterglas was weg. Een bed, een tafeltje. Meer was er niet. En de pil die ik had gekregen, die in me zat. Ik dacht aan het verraderlijke spul dat ik van Sterre had gekregen en de verlammende uitwerking die het op me had gehad. Ik reageerde niet goed op dat soort middelen.

Ik zat op het bed, geen idee van de tijd. Er kon een kwartier voorbij zijn of een half uur. Om me heen was het stil. Het bed kraakte een beetje als ik bewoog. De opwinding was weggezakt en het pilletje had geen merkbare uitwerking. Ik was helder, mijn hoofd voelde goed, dus het was geen middel om me uit te schakelen of zo. Ik vroeg me af wat de bedoeling was. Dmytro had me herkend, dat leek zeker, daarom had hij me opgesloten. Tot zover was het overzichtelijk. Zonder kleren of telefoon of wat dan ook. Ook dat was logisch. Opsluiten en geen contact. Ondertussen zat ik op het bed en wist ik niet waarop ik wachtte. Dat was de onzekerheid.

De groezelige muren hadden geen antwoord. Mijn malende gedachten ook niet. Ik keek en wachtte.

Na een poosje stond ik op en liep een rondje door de kamer. Zes passen de ene kant op, zeven de andere kant. Een ruime kamer. Alles in dit pand was groot. Ik liep nog een rondje. Leunde tegen de muur en dacht aan Lulu en Gracie, aan Guus en Sterre. Vrouwen in mijn hoofd. Ik klopte met mijn vuist op de muur. Het klonk als een halve meter beton. Na een tijdje kreeg ik een erectie. Hopeloos. Net wat ik nodig had. Een stijve in een bordeel. Ik probeerde er niet aan te denken, probeerde aan andere dingen te denken, aan een wasmachine, een stofzuiger, theedoeken, een kleed, een boodschappenkarretje, een rollator. Steeds bewuster zocht ik onderwerpen, beelden die de aandacht van mijn harde pik konden afleiden.

Het hielp niet. De pil die ik had gekregen, werkte uitstekend.

De deur gaat open. Dmytro smijt Lulu de kamer in. Ongeremd hard. Ze struikelt naar binnen, grijpt zich vast aan het bed, valt er overheen. Nog steeds in haar ondergoed. Blote voeten. Ze kijkt me niet aan, haar ogen zijn gefixeerd op Dmytro.

De drie andere mannen komen achter hem naar binnen. Een blijft bij de deur staan, de andere twee lopen door naar de andere kant van het bed. Sterk. Groot. Onderdanig. Iedereen kijkt naar Dmytro.

Hij glimlacht, loopt langzaam naar Lulu en slaat haar nog voordat hij stilstaat.

Ik spring op en schreeuw, wil me tussen Dmytro en Lulu dringen om hem te stoppen. 'Hé, mij moet je hebben!' gil ik. 'Zij heeft niks gedaan!'

Dmytro lacht en haalt uit. Zijn hand lijkt uit het niets te komen en raakt me midden op mijn borst. Alle adem is in één keer uit mijn lijf verdwenen. Ik kreun, schreeuw en word van achteren vastgepakt. Dmytro kijkt me aan en glimlacht, zo vriendelijk, zo ontspannen.

'It's okay', zegt hij en hij draait zich om naar Lulu. Hij grijpt haar arm en trekt haar van het bed, zakt even door zijn knieën, kromt zijn rug en slingert haar tegen de muur.

Ze gilt. Eén keer.

Dmytro legt zijn hand over haar mond en slaat haar achterhoofd tegen de muur.

Ze is stil. Geen tranen, geen geluid.

Hij rukt haar ondergoed van haar lijf en laat haar naakt staan. Tegen de muur. Ze rilt en dan slaat hij haar. Rustig. Beheerst. Haar arm, haar buik, haar schouders. Steeds een beetje harder. De blik in zijn ogen is helder en genadeloos.

Ik schreeuw.

Hij slaat haar en lacht. De andere mannen lachen ook. Haar pijn vult de kamer. Er is geen uitweg en ze zoekt geen uitweg. Ze is in zichzelf, ergens waar niemand anders ooit is geweest.

Dmytro schopt haar, tegen de zijkant van haar been, hoog. Hij is snel en lenig, elke klap of schop komt onverwacht. Ze is van hem, hij kan doen wat hij wil.

'Tede nado oetsjitsja', zegt hij. Zo kalm. Zijn stem klinkt bijna geruststellend. Alsof hij het beste met haar voor heeft.

Zijn woorden dringen niet tot me door, het zijn klanken die ik niet begrijp, klanken die hij herhaalt. En nog een keer. Hij slaat haar. Nooit haar gezicht, nooit haar borsten, nooit tussen haar benen. De spullen moeten intact blijven. Hij slaat tot ze tegen de muur in elkaar zakt.

De mannen lachen.

Hij pakt haar vast, trekt haar omhoog en gooit haar op het bed. De twee mannen aan de andere kant grijpen haar armen en houden haar vast. Ze ligt op haar rug. Hij knoopt zijn broek open. Met zijn stijve pik in zijn handen gaat hij tussen haar benen staan en kijkt haar aan. Hij trekt haar benen uit elkaar, duwt zichzelf bij haar naar binnen en neukt haar. *'Tede nado oetsjitsja. Tede nado oetsjitsja. Tede nado oetsjitsja.'* Hij herhaalt zijn woorden in het ritme van zijn seks. *'Tede nado oetsjitsja.'* Tot hij klaarkomt.

De mannen lachen. Ze juichen.

Mijn keel is rauw van het schreeuwen en gillen, mijn armen doen pijn van de ijzeren greep die de man op me heeft en ik heb nog steeds een erectie. Snoeihard.

Dmytro trekt zijn pik uit haar, zaad druipt op de grond, het interesseert hem allemaal niets. Hij draait zich om. Naar mij. Duwt zijn geslacht terug in zijn broek. Trekt de rits omhoog.

Pure macht.

'Now you fuck her', zegt hij tegen mij.

61 Ik ben twee dingen

Het kan niet. Ik schud mijn hoofd, wild, ongecontroleerd. Ik hoor niet bij deze mensen, ik doe niet wat zij doen. Deze mannen zijn gestoord.

'Nee', zeg ik. 'NEE!' Andere woorden heb ik niet. 'NEE!' Ik draai en trek en probeer los te komen. De man achter me klemt een arm om mijn nek en houdt me vast. Ik schop en spartel.

Dmytro slaat mijn benen weg, achteloos, met een overdaad aan kracht, en trekt mijn onderbroek naar beneden. Hij lacht. Iedereen lacht, behalve Lulu en ik. Mijn erectie voelt als verraad.

Dmytro wijst op mijn stijve. *'Yes, yes, you see! You like!'* zegt hij. *'You fuck. Go!'*

Met z'n tweeën duwen ze me tussen Lulu's benen. De mannen joelen. Steeds dichterbij.

'She is to fuck, it's okay', zegt Dmytro. *'She must learn.'* Dat is het, hij doet haar pijn omdat ze moet leren. Hij helpt haar, daarom kan hij het ook zo goed. Keer op keer. Hij is een harde leermeester, maar een goede. Hij doet het voor haar, voor al die vrouwen die zijn hulp nodig hebben. Hij slaat haar weer, op haar naakte lijf, dan dringt de pijn dieper door. Dat moet, anders luistert ze niet. Hij neukt haar omdat het goed is voor haar. Zij is er om geneukt te worden en dus is het zijn verantwoordelijkheid ervoor te zorgen dat ze het goed kan, dat ze alles doet wat een man wil. Onmiddellijk. Dat is haar werk, haar taak. Hij grijpt mijn pik en duwt me bij haar naar binnen. De man achter me laat me los en zet zijn knie in mijn achterste. Ik schiet naar voren.

'Yes!' schreeuwt Dmytro.

Onmiddellijk stap ik weer naar achteren, zo snel als ik kan, trek ik me uit haar terug, ik kan met moeite mijzelf bij elkaar houden. Mijn erectie jaagt op seks, mijn hoofd heeft een totaalverbod uitgevaardigd, een oekaze. Het mag niet. Alleen door me vast te klampen aan dat verbod, aan de onmogelijkheid, kan ik in de bekende wereld blijven. Dan weet ik waar ik ben en wat ik doe. Trillend sta ik tussen haar benen. De rand van de afgrond.

Misschien moet ik het gewoon doen.

De gedachte is er. Onvermijdelijk. Misschien moet ik het gewoon doen. Een hoer neuken. Is dat zo erg? Een hoer, *she is to fuck*. Het is haar werk. Mannen neuken, veel mannen neuken. Ik ben zo'n man, ik ben niemand. Als ik het doe, ben ik ervanaf. Dan zijn ze tevreden, dan hebben ze niets meer. Dat is de manier. Lulu kijkt niet eens. Ze ligt op bed en zegt niets. Ze wacht, ogen open.

'You don't like?' vraagt Dmytro.

Ik antwoord niet. Ik beweeg niet. Iedere beweging is verkeerd.

Hij komt naast me staan, zijn lippen naast mijn oor. Ik voel zijn adem in mijn nek.

'It is … very simple', zegt hij. *'You fuck her or he fucks you. Okay?'* Hij wijst naar de man achter me. *'No problem.'* Hij glimlacht naar me.

Ik schud mijn hoofd, mijn schouders, mijn hele lichaam. Dit kan ik niet. Dit gebeurt niet. Dit ís niet. Ik probeer alles uit te bannen, elke gedachte. Het is angst, macht, kracht. Alles tegelijk. Als ik het niet wil, dan gebeurt het niet. Ik wil het niet. Ik wil het niet. Ik wil het niet. Dus het gebeurt niet.

'Nee', zeg ik.

Het is stil.

'Are you sure?'

Zonder hem te antwoorden, doe ik nog een stap naar achteren, verder weg van Lulu. Ik kijk hem niet aan. Ik kijk niemand aan. Ik ben wie ik ben en dit doe ik niet. Vasthouden is het enige wat ik hier nog heb. Vasthouden.

'Okay', zegt Dmytro. Hij maakt een klein gebaar met zijn hand. Een van de mannen trekt Lulu van het bed, grist haar ondergoed van de vloer, duwt het in haar handen en doet de deur open. Ze glipt de gang in, geruisloos verdwijnt ze uit het zicht. Deur dicht. Even ontspan ik, opluchting, hou mezelf voor dat het is gelukt, Lulu is weg. Dan schiet Dmytro's hand naar voren. Met een flitsende beweging slaat hij me in mijn zij. Een rauwe steek schiet door mijn

lijf. Hij slaat weer. Ik probeer zijn slagen af te weren, maar hij is sneller en sterker. Hij raakt me met iedere slag, pijn golft door mijn lichaam. Zo snel en zo hard dat ik het niet kan verwerken. Hij slaat door en door, ik weet niet hoe vaak. Mijn lichaam lijkt verlamd, mijn armen en benen reageren niet. Plotseling schopt hij me in mijn knieën, luid gillend ga ik onderuit.

Ze lachen.

Drie man grijpen me beet en trekken me op mijn buik over het bed. Het gebeurt zo snel dat ik pas begin te schreeuwen wanneer het te laat is. Alles draait, gaat binnenstebuiten. Ik krijs en gil, het heeft geen enkel effect op ze.

'NO! STOP!' schreeuw ik.

Angst. Angst schiet door me heen en doet me verstijven, schakelt alle andere gedachten uit. Ik weet wat er gaat gebeuren, ik weet het. Dmytro heeft het gezegd. Ik geloofde het niet, het paste niet in mijn idee, in mijn denken. Nu weet ik het en nog voordat het gebeurt, gebeurt het. Angst zuigt me mee met een snelheid die ik niet kan bijhouden. Mijn huid gilt, mijn hart huilt, mijn ogen steken. Ik ben bang, bang voor wat er komt, bang voor de pijn, bang voor alles wat breken gaat. Bang voor de diepte die zich voor me opent.

En dan gebeurt het.

Twee mannen trekken mijn benen uit elkaar. Dmytro zit op zijn hurken en heeft mijn armen vast, een hand om elke pols. Het lijkt alsof mijn schouders uitscheuren. Hij kijkt me recht in mijn ogen en glimlacht. Als hij lacht, heeft hij een vriendelijk gezicht. Een man die je wilt vertrouwen.

'You like', zegt hij.

Ik schreeuw als de man in me komt en ik schreeuw tot hij klaarkomt. Mijn geluid is het enige wat ik heb.

Ze gaan weg. Ik hoor hun stemmen, hun gelach, hun voeten op de vloer. Ik hoor de deur dichtgaan en dan hoor ik de stilte. De stilte. De stilte. Ik lig op het bed en ben alles kwijt. Het duurt lang voordat ik me durf te bewegen, mijn lichaam wil het niet. Langzaam kruip ik helemaal op het bed, krul me op en probeer de pijn weg te denken. Het lukt niet, de pijn is wie ik ben. De pijn is het contact tussen mij en mijn lichaam. Breekbaar, zo breekbaar. De glimlach van Dmytro spookt voor mijn ogen. 'Voor Dmytro is ook moeilijk.' Woorden van Lulu. De klank van haar stem. Ik kan mijn gedachten niet volgen, ze komen en gaan voordat ze afgelopen zijn. Ik ril. Het is niet koud. Het is ver weg. Zo ver weg. Het duurt minuten, langer, een half uur. Stilte.

De pijn zakt, het schrijnende gevoel wijkt, ik herken mijn ademhaling weer, ik lijk op iets wat ik ken. Voorzichtig schuif ik over het bed naar het hoofdeinde. Leun tegen de muur. Trek mijn knieën op en vervloek alles en iedereen en mijzelf. Ik heb nog steeds een erectie. Probeer het te ontkennen. Sluit mijn ogen.

Net wanneer ik begin te denken dat ik het kan, dat mijn lichaam weer van mij begint te voelen, zijn ze terug. Ik ben hooguit anderhalf uur alleen geweest. Dmytro rukt me van het bed, sleurt me over de vloer en zet me tegen de muur, net als hij eerder deed met Lulu, en slaat me tot aan de rand van mijn bewustzijn. Weer trekken de mannen me op mijn buik over het bed. De tweede keer is langer en stiller. Ik schreeuw nog wel, een paar keer. Dmytro hangt aan mijn polsen, op zijn hurken, zijn gezicht vlak bij mijn gezicht, ik voel zijn adem op mijn wangen, in mijn neus. Zijn geur.

'Tede nado oetsjitsja', zegt hij. *'You must learn.'* En hij glimlacht.

Twee man tillen me van het bed en slaan een badjas om me heen. Ze zeulen me door de gangen, door het huis. Ik kan nauwelijks nog lopen, tussen mijn benen is alles rauw en open, mijn hoofd lijkt uitgeschakeld. Ze zetten me achter in een auto, aan elke kant van me stapt een man in. Twee man voorin. We rijden weg. Zitten is moeilijk. Mijn hele lijf doet pijn, zeurende pijn, stekende pijn, brandende pijn. Ik wil liggen, hang tegen een van de mannen aan om de druk van mijn billen te halen. Dmytro kijkt achterom.

Knikt.

Het gaat goed. Hij is tevreden. Ik zie het. Ik zie alles als losse onderdelen van een geheel dat er niet meer is.

De auto rijdt door Odessa. Het is nacht, donker. Hier en daar een licht. De mannen zijn rustig. We zijn op weg. Hoelang? Een half uur? Mijn lichaam kreunt onder de badjas, ik ril nog steeds.

Ze trekken me uit de auto, een donker gebouw in. Met mijn blote voeten over koude betonnen trappen omhoog tot we ergens naar binnen gaan. Een oud appartement. Kale kamers. Oude bedden, oude stoelen. Ze slaan me tot ik niet meer beweeg. Leggen me op mijn buik over een bed. Twee man aan mijn benen, Dmytro aan mijn polsen.

'Nee', zeg ik. Ik kan het zelf nauwelijks horen. 'Nee.'

Ik schreeuw niet meer. De derde man is groter en harder, hij doet er veel langer over om klaar te komen. Het is alsof ik word leeggepompt. Met iedere slag van zijn pik blijft er minder van me over. Ik begin mijzelf te vergeten. Mijn geheugen wordt vloeibaar. Mijn lichaam begint los te laten. Mijn vorm verdwijnt, het verband is weg. De eenheid is er niet meer. Mijn eenheid. Mijn eenheid breekt. Niet met een knal of een klap, hij wordt minder en minder en houdt op. Ik ben twee dingen en het tweede is niet meer van mij. Niemand zegt iets, niemand lacht. Alleen het zwoegende gehijg en het geluid van vlees tegen vlees. Echo in de kale kamer. Ik voel geen pijn meer, ik ben ergens terechtgekomen waar ik nog nooit ben geweest, diep in mijzelf, voorbij wie ik ben. Ik ben een idee, een slecht idee, meer niet.

'You must learn.'

Ze gaan weg. Ik hoor ze niet vertrekken, mijn zintuigen zijn ontregeld. Ik lig op het bed, geluidloos. Zie mijzelf als iemand anders, als een man die niet wil luisteren, die door Dmytro wordt toegesproken. Een man die nog veel moet leren.

Hij moet het leren, denk ik. Wat een zak! Hij moet het leren. Zo moeilijk is het toch niet? Wat een lul, hij ... ik ... hij.

Lulu. Ze staat naast me. De mannen pakken me vast en slepen me van het bed. Schrijnende steken schieten door mijn borst en mijn billen, diep mijn ingewanden in. Dmytro grijpt mijn ballen en houdt me vast.

Ik durf niet te bewegen.

Hij lacht om mijn niet-aflatende erectie. *'Now'*, zegt hij.

De mannen leggen Lulu op het bed, op haar rug. Ze houden haar armen vast. Waarom is onduidelijk, Lulu verzet zich niet, haar lichaam is vol nieuwe beurse plekken. Dmytro sleurt me aan mijn pik tussen haar benen en brengt me weer bij haar naar binnen. Hij slaat me in mijn rug en op mijn billen tot ik begin en doorga en niet meer kan stoppen en Lulu haar benen om me heen slaat. Ze kijkt me aan.

Ik zie mijzelf.

'Yes, you fuck me good', zegt ze.

62 Altijd hetzelfde gelazer

Ik lag op de grond, nog steeds naakt. Opgevouwen. Met mijn ogen dicht op zoek naar iemand die ik kende. Er was niemand.

Stemmen op de gang, gestommel en geroep. Lulu kwam binnen. Ze knielde naast me neer en nam mijn hoofd in haar handen. Ze keek me aan, haar ogen gloeiden, brandden, het deed pijn om haar te zien. Ze zei niets. Opeens liet ze me los, mijn achterhoofd knalde tegen de vloer. Ik had nergens controle over. Het kon me ook niets meer schelen. Gedachten had ik niet, herinneringen ook niet. Alles was dicht, gesloten. Ik dreef en probeerde iets van mijzelf terug te vinden, iets onaangetasts, iets wat nog heel was, ergens, hoe klein ook.

Hier lig ik goed, dacht ik. Als ik hier maar blijf liggen, is het goed. Bewegingloos. Urenlang, leek het. De harde, koude vloer voelde ik niet.

Ik voelde niets.

Voorzichtig keek ik om me heen. Mijn kleren lagen op een hoopje op de grond, midden in de kamer. Ik probeerde rechtop te gaan zitten, met mijn rug tegen de muur. Pijn schoot omhoog, van mijn billen naar mijn maag. Alsof alles in me kapot was. Ik hapte naar adem en rolde onmiddellijk weer om, op mijn zij.

Wachten. Ademen. De geur van de kamer. Het rook er naar kale steen en koud stof. Een paar minuten later probeerde ik het andersom, ik draaide tot ik op handen en knieën zat en stond langzaam op. Ik schuifelde, wankelde naar de deur en luisterde. Er was geen enkel geluid, geen beweging, geen stemmen. De deur zat op slot, ik trok en duwde, er zat geen beweging in. Vertwijfeld draaide ik me weer om, denken ging niet erg goed.

Een kamer met een bed. Geen stoel, geen tafel, geen kast. Door een raam op borsthoogte scheen vaal licht. Ik liep er naartoe, naakt, en stopte. Ik moest ongenadig plassen, er was niets wat ik daarvoor kon gebruiken. Uit het raam pissen lukte ook niet, het zat te hoog. Ik zou het bed erheen moeten slepen en daarop gaan staan. Ik zuchtte, ademde, probeerde energie te verzamelen die ik niet had, greep de rand van het bed en trok, de stalen poten schraapten piepend over de vloer. In de stilte van het gebouw klonk het geluid tien keer zo hard. De inspanning was goed voor me, ik had een doel, ik kon iets bereiken. Uit het raam klimmen, naar beneden springen of klauteren. Eindelijk had ik het bed onder het raam. Ik klom erop en ging staan, wankel. Ik keek naar buiten, vanaf de vierde of vijfde verdieping. Loodgrijs licht in een grijze omgeving. Overal waar ik keek grote, versleten woonkolossen. Ik herkende de straten, hier hadden Lies, Sylvia en ik rondgereden met Petra. Waarschijnlijk waren we hier voor de deur langs gereden.

Ik zat te hoog om naar buiten te springen. Beneden waren ook geen tuinen met bomen en struiken die mijn val zouden kunnen breken. Alles was er weggewerkt onder een laag beton. Goedkoop, geen onderhoud en dodelijk hard.

Ook een oplossing. Alles kon.

Ik bukte en draaide het raam open. Een snijdend koude wind stroomde naar binnen. Rillingen trokken door mijn lijf, ik had geen weerstand tegen de kou. Ik leunde naar buiten en bekeek de zijkant van het gebouw. Het was een gladde gevel zonder richels en zonder balkons. Naar beneden klimmen was onmogelijk. Ik trok mijn hoofd weer naar binnen, klom met mijn knieën op de smalle vensterbank en piste. De wind blies de helft weer terug.

Ik probeerde mijn kleren aan te trekken. Mijn onderbroek. Ik stapte verkeerd, raakte met mijn tenen verstrikt in de rand, mijn evenwicht haperde en ik viel om. Met mijn schouder raakte ik de rand van het bed en opeens was de pijn terug. Alle pijn. Alle pijn die ik had verdrongen, die ik was ontvlucht, kwam in één keer los en sleurde me met zich mee, daar waar pijn heen gaat, naar mijn hart, en er voorbij, naar mijn vezels, naar de diepste delen van mijzelf. Daar scheurde het.

De twee helften van mijn telefoontje lagen op het bed, de sim-kaart was eruit. Op mijn knieën kroop ik naar mijn kleren en zocht in de zakken van het jasje. Diep in een van de binnenzakken zat mijn reservekaart. Ze hadden hem niet gevonden, ze hadden er waarschijnlijk ook niet naar gezocht. Waarom zouden ze?

Onhandig frunnikte ik de kaart in het telefoontje, klikte de achterkant er weer op en zette het toestel aan, wachtte tot er contact was met een netwerk en belde Sylvia.

'Met mij', zei ik en ik zakte achterover op het bed. Ik vond het moeilijk om iets te zeggen, woorden wilden niet komen, ze leken allemaal even stom en belachelijk.

'Waar ben je?' vroeg ze.

'Malinovsky', zei ik.

'Hang iets uit het raam', zei Sylvia. 'Kan niet schelen wat. En blijf aan de lijn.'

Ik legde de telefoon neer en deed het raam weer open. Ik rukte en zeulde en trok het dek van het bed, haalde een oud laken eronder vandaan en bond dat met een uiteinde vast aan de klink van het raam. De rest gooide ik naar buiten. Het wapperde als een witte vlag. Het raam trok ik zo ver mogelijk weer dicht. Met het telefoontje in mijn hand ging ik terug naar het bed. Ik hoorde Sylvia praten en hield het telefoontje tegen me aan. Bibberend trok ik het dek over me heen. Ik was niet uitgeput, ik was niet gewond, ik was niet verzwakt. Ik was gesloopt. Al die tijd had ik het helemaal verkeerd begrepen. Dmytro moordde niet. Dmytro voedde op. Sylvia had het gezegd. 'Hij doet het voor de goede zaak.' Dat deed hij. Hij trainde. Hij brak het binnenwerk. Hij brak de wil. Hij brak mij.

Ik stond naast het bed. Aangekleed. Mijn broek en mijn jasje waren gescheurd, maar ik had ze aan. Sokken en schoenen ook. Het voelde goed, alsof de kleren een extra bescherming boden.

De tijd ging voorbij, ik had geen idee hoe snel of hoe langzaam. Op de gang klonk gestommel, schreeuwende stemmen. Woedende stemmen. Fout geluid.

Dmytro stormde naar binnen, met twee passen was hij me genaderd en sloeg me. Mijn reflexen lieten me in de steek, ik zag hem komen, maar mijn lichaam reageerde niet op de signalen die mijn hoofd gaf. Ik ging in één keer onderuit, tegen de muur. Hij sloeg en schopte. Dit keer duurde het even voordat hij zich kon beheersen, hij glimlachte niet. Achter hem trok een ander het laken naar binnen en deed het raam dicht. Hijgend stond Dmytro over me heen, zijn uitbarsting onder controle. Een bedrieglijke stilte hing in de kamer, de rust kon zo weer afgelopen zijn. Uit de zak van mijn jasje klonk de stem van Sylvia, klein, onherkenbaar, niet te verstaan. Dmytro trok me omhoog van de vloer, reikte in mijn zak en haalde mijn mobiel tevoorschijn. Het kleine apparaatje verdween bijna in zijn grote hand. Hij schudde zijn hoofd en smeet het tegen de muur. Het kunststof spatte uiteen. De andere man raapte de resten op en peuterde de sim-kaart uit het houdertje. De buitenwereld was weer afgesloten.

Zijn vuist trof me tegen de zijkant van mijn hoofd.

Oorverdovende herrie. Krakend hout en beukend geweld. Meer schreeuwende stemmen, splinterend glas. Alles kwam tegelijk. Ik hees mijzelf overeind, mijn rug tegen de muur, mijn hand aan de rand van het bed, en wachtte. Eerst staarde ik naar de gesloten deur van de kamer, daarachter werd gevochten. Ik probeerde uit de geluiden op te maken wat er gebeurde. Sloot mijn ogen en luisterde.

De deur ging open en twee, drie, vier mannen kwamen naar binnen. Wapens, uniformen. Mijn hoofd tolde, ik deed mijn ogen weer dicht en hield me vast aan het bed.

'Bellicher?' Een droge, afgeknepen stem. De man met de korte nek en het kale hoofd stond voor me. Hij keek me aan, geen idee wat hij dacht. Zijn blik bevatte geen mening. Hij keek om te zien of ik nog leefde.

'Als u zich er niet mee had bemoeid, hadden we de zaak hier kunnen oprollen', zei hij. 'Nu is de helft er vandoor.' Hij schudde zijn hoofd. 'U hebt onze infiltrant in gevaar gebracht. Met eigenwijze mensen zoals u is het altijd hetzelfde gelazer.'

Mijn mond hing open. Infiltrant, dat woord bleef hangen. Guus.

Guus was gestuurd, ze had zich laten rekruteren door de recherche of door welke dienst dan ook. Infiltrant. Het perfecte lokaas. Advocate, kent alle wetten en mazen, wil de meiden beschermen, heeft contacten waardoor ze in de computers van Justitie kan komen. Zij kan dingen bieden die de vrouwenhandelaren willen hebben. Zij kan het, gesteund door een team in Nederland. Een van de sms-berichten van Guus schoot door mijn hoofd.

'Ten Have', zei ik.

Hij knikte. 'We hadden alles onder controle.'

'Dat heb ik gemerkt.'

'Alleen dat u daar naar binnen zou gaan, dat hadden we niet voorzien.' Hij schudde zijn hoofd. 'Dat was niet normaal.'

'Niet normaal'. Die woorden klonken bekend. 'Als u zich niet met Guus had bemoeid, dan was ik hier nooit naartoe gekomen', zei ik. Mijn knieën knikten, ik kon met moeite overeind blijven. Mijn lichaam had geen energie meer. Alles draaide.

Ten Have werd opzij geduwd door een oudere en sterkere man, die hem kort en fel toesprak. Hij draaide zich om en riep iets door de deuropening. Drie man voerden Ten Have af. Alleen de oude man stond er nog. Achter zijn rug verscheen Sylvia. Ze schoot om hem heen en greep me vast.

'Hé!' riep ze. 'Mik! Hier blijven! Kijk me aan! Hier, in mijn ogen. Kijk naar me.'

Ik keek. Haar ogen priemden in de mijne.

'Oké', zei ze. 'Blijf staan. Blijf hier staan.'

Ze schoot weg en seconden later was ze terug met een schone deken. Mensen stroomden nu de kamer in. Het werd steeds voller en drukker. Overal herrie. Ze sloeg de deken om me heen en legde haar linkerarm om mijn schouder. Met haar rechter mepte ze iedereen opzij.

'Oké', zei ze weer. Ze bleef het maar zeggen. 'Oké, oké.' Niemand kwam meer bij me in de buurt, ze schermde me af, trok een muur van liefde om me heen. Alsof ik een van haar meiden was.

Bellilog 13.11.2007

Drijfzand, hier kan ik niet blijven hangen. Ik moet terug. *Regroup*. Droge grond onder de voeten. Hoe noem je dat? Ergens waar ik kan staan, kan lopen, waar ik de weg weet.

Waar een weg is. Want hier is niets. Niets te halen en niets te leren. Van geweld krijg je geen dieper inzicht in het leven, ik in ieder geval niet. Wat ervan overblijft, heeft niet meer betekenis dan een leven zonder geweld. Minder. Je leert ontkennen en liegen en terugtrekken. Dat leer je. Terugtrekken tot voorbij het punt waar je dacht dat er niets meer zou zijn. Al leer je niets, dan leer je dat je leven zich tussen de vezels van je lichaam kan verbergen. Zo ver weg dat je het zelf niet meer kunt vinden.

Ik leer leven zonder mijzelf.

Na twee dagen ben ik ergens. Hotel in Odessa. Mijn rugzak is er. Die ken ik. Daar kan ik mijzelf aan hangen, als het moet.

Zekerheden.

De pijn is weg. Net als de rest.

63 Niet synchroon

Sylvia hielp. Ze wist wat ze moest doen en ze deed het. Geen vragen, ze hoefde geen uitleg, ze had het al zo vaak gehoord. Niet over praten, niet terughalen. Erbij horen, samen. Ze hield me vast als het moest en liet me los wanneer het kon.

Lies was in shock. Ze vertelde niet wat ze zag. Mijn chakra's waren waarschijnlijk niet om aan te zien.

'Hoe is het?' vroeg ze.

'Ik voel me net jouw boot', zei ik.

Serge was er. Hij was de man die Ten Have naar de achtergrond had gewerkt en alleen daarom al een vriend. Door hem was er iets gebeurd, was ik weer vrij.

'Anders hadden ze je rustig daar achtergelaten', zei Lies. 'Je had hun plannen al genoeg verstoord en ze wilden Dmytro niet op de vlucht jagen.'

'Hij moest geloven dat jij een of andere mafkees was die in zijn eentje hier bezig was', zei Sylvia.

'Amen', zei ik.

Serge zei niets. Hij had de juiste persoon bereikt, waardoor de politie onmiddellijk in actie kwam. Internationale afspraken met het team van Ten Have werden opgeschort, de actie om de handel tot diep in Oekraïne in kaart te brengen werd doorkruist. Tegen de contacten en de macht van een ex-KGB-officier kon niemand op. Niemand waagde het tegen zijn wensen in te gaan. Ten Have was woest. In Nederland waren speciale taakgroepen, expertisecentra en een coördinatiecentrum opgericht om de vrouwenhandel aan te pakken. Deze actie was maandenlang voorbereid en had de eerste grote klapper moeten worden. Met Guus hadden ze iemand diep in de groep, iemand die wist wie de mannen waren, waar ze vandaan kwamen en waar ze hun contacten hadden. Serge was er niet van onder de indruk geweest.

'Hij kent dat soort mannen', zei Sylvia. 'Die lachen om de politie en de Nederlandse wet. Maximaal zes jaar en een controle die nergens op slaat. Zo pak je ze niet.'

Ik moest denken aan het verhaal over de manier waarop de politie hier de criminele bendes had aangepakt: eerst schieten, dan praten.

'Dat begrijpen ze', zei Serge. 'In Nederland denken ze dat dit soort mannen in de gevangenis zal leren dat ze fout zijn geweest en dat ze dan spijt zullen hebben.' Hij lachte. 'Je slaat iemand niet om daarna te zeggen dat je spijt hebt. Dat kan niet. Dat is onmogelijk. Ze hebben spijt als ze niet hard genoeg slaan. Of als ze te laat slaan. Dan hebben ze spijt.'

Ik wist precies wat hij bedoelde. Dmytro vond zichzelf niet wreed of gewelddadig. Hij deed wat hij moest doen, hij geloofde in wat hij deed. Hij was ervan overtuigd. *Tede nado oetsjitsja*, je moet het leren. Hij sloeg en verkrachtte net zo lang tot we hadden geleerd wat we moesten doen, wat ons leven was.

Serge was van het type dat terugsloeg. Sneller en harder, anders had het geen zin. Je bestreed mensenhandelaren en wapenhandelaren een voor een. Als je geluk had, dan pakte je er twee tegelijk.

'Het zijn vaak dezelfde kerels', zei hij. 'Wat moet je ermee? Omleggen en laten liggen.' Hij schudde zijn hoofd. Nu waren er vier of vijf mannen opgepakt en meegenomen. Zinloos. 'Voor je het weet, lopen ze weer rond en doen ze hetzelfde. Alleen nog harder, om de verloren tijd in te halen.'

Het was ongemakkelijk. Lies, Sylvia en Serge praatten en ik probeerde mee te doen. Wat er precies met me was gebeurd, wisten ze niet, en ik vertelde het niet. Als Lies mijn aura kon zien, wist ze genoeg. Sylvia had geen uitleg nodig. Ik deed mijn best. Soms ging het, soms ging het helemaal niet. Mijn ledematen leken steeds net iets later te bewegen dan ik dacht, alsof er een vertraging zat in de overbrenging. Een film waarvan het geluid niet synchroon loopt. De anderen merkten het niet, terwijl ik het gevoel had dat het er enorm stom uitzag. Ik legde mijn handen in mijn schoot en hield ze daar.

Guus was er niet. Ze was niet eens meer in Odessa. De dag nadat we elkaar hadden gezien, was ze ontsnapt en het land uit geleid. Terug naar Nederland. Ten Have had zijn eigen informant in veiligheid gebracht en mij laten hangen. Zij ook. Ze had niet op me gewacht, ze was niet gebleven. Net als bij haar vertrek uit de gevangenis had ze me achtergelaten. Dat sneed. Achteraf gezien had ik gewoon in het hotel kunnen blijven. Ik miste haar en ik miste haar niet. Als ik aan haar dacht, voelde ik me slecht. Als ik niet aan haar dacht, voelde ik me verlaten.

Ik stond op en ging naar mijn kamer. Even zonder alle praatjes. Ik had geen mening over de bestrijding van criminelen en ik wilde er ook geen hebben. Ik dacht aan Lulu en Gracie en aan hun weigering om ooit nog terug te gaan naar hun dorp, naar een fabriek of een ander baantje dat alleen uitzicht bood op armoede. Ik dacht aan Guus en werd kwaad. Zomaar. Ik had mijn emoties niet onder controle. Het liefst wilde ik dingen dwars door de ramen naar buiten smijten. Ik liep terug naar beneden, naar de bar, naar Lies, Sylvia en Serge.

'Ik wil die Ten Have spreken', zei ik.

Serge pakte zijn mobiele telefoon en belde. Hij sprak met iemand, korte zinnen, en wachtte. Even later klapte hij zijn telefoontje dicht. 'Ten Have is al weg', zei hij.

Natuurlijk. Zo snel mogelijk. Niemand wilde hem hier en hijzelf wilde hier al helemaal niet zijn. Serge zag mijn wanhoop en belde nog iemand. Hij luisterde en schreef iets op een papiertje. Gaf het aan mij. Een telefoonnummer.

'Hier kun je hem bereiken', zei hij. Serge was deprimerend effectief. Alleen waar Guus was, wist hij niet.

Ze gingen de deur uit, lunchen, en probeerden me mee te krijgen. Ze deden hun best, maar alle woorden klonken verkeerd. Mijn zinnen verzetten. Ik zou eerst mijn zinnen moeten vinden voordat ik ze kon verzetten. Elke uitnodiging schuurde, de aardigheid leek weerhaken te hebben.

'Ga jij maar naar boven', zei Sylvia. 'We roepen je wel als we terug zijn.'

In mijn kamer was de stilte ook niet lekker. Te veel tijd, te veel ruimte. Ik pakte mijn telefoontje en belde Sterre. Ze wist nergens van en het lukte me niet er iets over te vertellen. Geen woord kon ik over mijn lippen krijgen. Iedere keer als ik het probeerde, liepen mijn woorden vast voordat ik ze kon uitspreken. Niet bij Sterre, haar tomeloze levenslust stroomde naar binnen. Ik luisterde naar haar stem tot het batterijtje leeg was.

64 Hoorde je dat?

Nederland was goed voor me: koud, guur en streng. Gijs sprak niet met me; als ik hem op het werk belde, was hij er nooit en hij had een nieuw mobiel nummer, dat ik niet kreeg. Ahmed nam wel op, in elk woord dat hij zei, voelde ik zijn ongemak. Ik had geen zin om naar kantoor te gaan en het daar op een confrontatie te laten aankomen. Gijs was bezig me het bedrijf uit te werken en ik zou hem alleen kunnen stoppen als ik de zaken kon rechtzetten, als ik de schade kon herstellen. Soms vroeg ik me af waarom eigenlijk. Als Gijs me zo graag kwijt wilde, wat had ik daar dan nog te zoeken? Hij liet zijn advocaat bellen om de ontvlechting van de vennootschap te bespreken. Zo noemde de man het. Ik hing op. Hij belde weer, zei dat dit geen professionele manier van werken was.

Foute tekst.

De volgende avond stond Ahmed voor mijn deur. Hij kwam niet binnen, hij bleef liever op de stoep staan, in de miezerende regen.

'Je kunt beter zelf ook een advocaat nemen,' zei hij, 'want Gijs gaat tot het gaatje. Hij wil helemaal niets meer met je te maken hebben.' Hij keek om zich heen, schichtig. 'Hij overdrijft, dat vinden we allemaal, Josien en Sacha ook.' Hij zweeg. 'Ik vond dat je dat moest weten.'

Gijs had een streep getrokken, onze vriendschap was niet bestand tegen de bescherming van zijn naam, zijn familie, zijn reputatie. Als Gijs het hard ging spelen, dan hielp er niets meer aan. Een advocaat zou er alleen maar zijn om ervoor te zorgen dat ik niet steeds zelf te maken kreeg met de machinaties, verdraaiingen, halve waarheden, insinuaties en regelrechte beschuldigingen. En die moest ik dan wel betalen. Normaal gesproken zou ik uitgekocht moeten worden en daaraan zou ik een behoorlijk bedrag kunnen overhouden. Gijs zou echter alles in het werk stellen om aan te tonen dat ik ons bureau financieel naar de knoppen had geholpen, dat ik klanten wegjoeg, dat ik meer kosten maakte dan dat ik inkomsten binnenbracht en dat ik onherstelbare reputatieschade had veroorzaakt. Ik maakte me geen illusies over het bedrag dat hij bereid zou zijn me te betalen. Na Odessa had ik sowieso geen illusies meer. Herinneringen flitsten soms als steken door mijn hoofd. Beelden zonder geluid. Door elkaar. Ik herinnerde me dingen alsof ze stilstonden, bewegingloos in de tijd. De vrouw achter de balie van de gevangenis, de rode gloed in haar donkerblonde haar, haar beeldscherm met onaantastbare informatie, de pleister om de ringvinger van haar linkerhand, het bed in het huis, de handen aan mijn enkels, de haren op benen van mannen. Er was een punt in de tijd waar ik niet meer voorbij kwam, daar stapelden de herinneringen zich op, ze stroomden tegen een dam in de tijd.

Ankers in vijandig land.

Het ministerie van Justitie moest mijn naam zuiveren, mijn positie herstellen. Dat leek me nu niet meer dan een administratieve handeling, maar het moest wel gebeuren en iemand moest er opdracht toe geven. Als ik niet van hun zwarte lijst af kwam, dan was ik nog steeds nergens.

Ik belde het nummer dat Serge me had gegeven en kreeg Ten Have rechtstreeks aan de lijn. Persoonlijk. Hij wist zijn verbazing te verbergen en luisterde naar me, naar mijn vragen en mijn eisen. Ik had niets te eisen, niet tegenover hem, toch protesteerde hij niet.

'Laten we afspreken', zei hij. Hij stelde een café in Amsterdam voor. Groot, modern, licht. Anoniem.

'En ik wil Guus spreken', zei ik.

'Dat moet u aan mevrouw Van Donee vragen. Zij is de enige die daar wat over te zeggen heeft.'

'Ik weet niet waar ze is.'

'Dan kan ik de vraag voor u overbrengen.' Hij was overmatig beleefd. Zo hield hij afstand. Hij leek me niet een man die vaak schreeuwde.

In het café zaten we tegenover elkaar aan een klein tafeltje in een hoek, zo ver mogelijk van het raam. Ten Have was ontspannen, bijna vriendelijk. Hij deed zijn best om aardig te zijn, voorkomend. Hij gebaarde naar de bediening en vroeg wat ik wilde.

'Koffie is goed', zei ik.

Hij herhaalde wat ik zei. 'Iets te eten? Broodje? Ze hebben hier heerlijke broodjes.'

Ik schudde mijn hoofd.

'Weet je het zeker?' Hij ging nog even door met aanprijzen, alsof hij het gat tussen ons met zo veel mogelijk woorden wilde dichten voordat hij aan een gesprek begon.

Ik zweeg en keek hem aan. Ik was blij dat hij zo veel moeite deed, ook al was het professioneel. Hij had een manier van praten waardoor hij oprecht klonk. Ik herkende het, het had te maken met ritme en timbre en het laten vallen van kleine pauzes zonder je stem te laten haperen. Het was een techniek die ik mijn klanten ook wel probeerde bij te brengen. Ten Have had het niet geleerd, hij was een natuurtalent. Zoals hij tegenover me zat, was hij een totaal ander mens dan de man die in Odessa door Serge was afgevoerd. Soepeler, zijn boosheid was niet meer zichtbaar. Hij glimlachte. De serveerster voerde de bestelling in op haar handcomputertje en even later waren we alleen. Ten Have leunde voorover op het tafeltje.

'Michael,' zei hij, 'ik mag toch wel Michael zeggen, hoop ik?'

'Als ik ook iets mag zeggen.'

Hij lachte. 'Hans', zei hij.

'Hans ten Have. Is dat echt?'

Hij haalde zijn schouders op. 'Op die naam reageer ik', zei hij.

Verder zou ik niet komen, zijn vriendelijkheid hield op bij een valse naam. Hij wist wie ik was, waarschijnlijk kende hij details van mijn leven die ik zelf vergeten was. Ik hoefde niet te weten wie hij was. Ten Have. Iemand.

'Ik kan niet garanderen dat ik alle antwoorden heb', zei hij. Hij leunde achterover en wachtte tot de serveerster de twee koppen koffie had neergezet. 'Zal ik eerst wat vertellen?' Hij vouwde zijn handen als een priester in gebed en begon. Zachte stem. 'Wij waren al een tijdje op zoek naar iemand die zou kunnen infiltreren in een groep vrouwenhandelaren uit Oekraïne, daar hoef ik je niets over te vertellen. Niet zomaar iemand. We zochten een vrouw, dat leek ons beter dan een man, een man moet al snel meedoen met de handel, van een vrouw worden in die wereld andere dingen verwacht. Dus we zochten een vrouw, met contacten in de juridische wereld, want dan had ze de groep iets te bieden. En een vrouw met een bepaalde instelling, iemand die bereid is de regels te overtreden voor mensen die dat nodig hebben.'

'Guus', zei ik.

'Mevrouw Van Donee is een bijzondere vrouw', zei hij. 'Zij heeft het vermogen om anderen te laten doen wat zij wil, zonder dat die anderen zich gemanipuleerd voelen.'

'Ze is een één', zei ik. De betekenis van haar naam zoals Lies die keer op keer vol trots aan me had uitgelegd, zoemde door mijn hoofd: haar dochter was een één, een leider, daadkrachtig, creatief en dienstbaar tegelijk. Daarom voelden anderen zich nooit gemanipuleerd. Iedereen had altijd het gevoel dat Guus juist voor hen aan het werk was. Ik lachte, Nulpuntvijf had haar uitwerking niet gemist. Ik legde mijn hoofd in mijn nek en keek naar het hoge plafond. 'Hé, Lies,' zei ik, 'hoorde je dat?'

Ten Have zat roerloos in zijn stoel. 'Is er hier nog iemand anders die meeluistert?' vroeg hij. 'Want dat was niet de bedoeling. Je hebt toch geen microfoontje of zendertje of zo?'

'Zou dat erg zijn?' vroeg ik.

Ten Have dacht na en uiteindelijk schudde hij zijn hoofd. 'Nee, eigenlijk niet. Het is meer beroepsdeformatie.'

Nog voordat ze de gevangenis inging, was Guus gerekruteerd. De dienst had ervoor gezorgd dat twee opgepakte vrouwen in dezelfde gevangenis terechtkwamen. 'Normaal gesproken worden slachtoffers van vrouwenhandel niet opgesloten, er is een speciale regeling voor ze, waardoor ze direct een zekere bescherming krijgen. Deze twee waren opgepakt wegens diefstal en dat gaf de mogelijkheid om ze iets anders te behandelen.'

In de gevangenis had Guus het vertrouwen van de twee vrouwen gewonnen en tijdens de bezoekuren was ze in contact gekomen met mannen uit de groep. In de maanden dat ze daar zat, had ze zich stap voor stap ook bij de groep naar binnen gewerkt. 'Jouw computer was een soort entreebewijs', zei Ten Have. 'Ze moest laten zien dat ze wat te bieden had en dat ze te vertrouwen was. Via jouw computer kon ze een ingang bieden in het systeem van Justitie.'

'Waardoor voor mij de problemen begonnen', zei ik.

Ten Have was even stil. 'Het was helemaal niet de bedoeling dat jouw gegevens ook echt gebruikt zouden worden', zei hij. 'Zodra ze met jouw computer het net op ging, zouden wij haar nieuwe wachtwoorden en codes geven, zodat wij konden volgen wat ze deed. Via onze route kon zij dan zogenaamd dingen veranderen in dossiers. Wij konden er dan voor zorgen dat alle wijzigingen meteen weer ongedaan werden gemaakt. Dat is gebeurd en ze heeft die codes ook gebruikt.' Hij zweeg. 'Wat wij niet in de gaten hadden, was dat ze ondertussen gewoon doorgingen jouw laptop te gebruiken, met jouw naam en wachtwoord. Via die ingang hebben ze allerlei dossiers gewist, besluiten omgedraaid en vergunningen geregeld.' Via mijn laptop hadden ze bovendien de beveiliging van Justitie gehackt. Ze hadden mijn e-mailadres gebruikt om met mensen bij Justitie te communiceren. Daarom hadden ze mijn wachtwoord veranderd, anders had ik onmiddellijk gemerkt dat ze onder mijn naam aan het mailen waren. Toen mijn toegang bij Justitie uiteindelijk werd geblokkeerd, hadden zij daar geen last van.

Sinds de aanslag in Den Haag had Ten Have me in de gaten laten houden. Via camera's op straat, het peilen van mijn mobiele telefoon, de gps in mijn auto. Ze hoopten op die manier Dmytro in Nederland te vinden als hij weer achter me aan kwam. Daarom kreeg ik geen informatie van de politie in Den Haag. Via de hack bij Justitie beschikte Dmytro over dezelfde informatie als zij, dat wisten ze niet. Daarom kon ik hem niet van me afschudden, de hele Nederlandse politie werkte voor ze.

'Tot we elk spoor van je kwijt waren', zei hij. Door de beslissing van Sylvia was ik uit hun netwerken verdwenen. Geen mobiele telefoon meer, geen gps, geen pinpas of creditcard, geen internet en geen e-mail. 'Je was opeens van de radar verdwenen.'

Pas in Odessa hadden ze me weer gevonden.

Guus had het team van Ten Have de weg gewezen in het netwerk dat vanuit Odessa en omgeving werkte in Duitsland, Frankrijk en Nederland. Ze had de namen doorgespeeld van afnemers, transporteurs en koeriers. 'We waren er bijna', zei Ten Have. 'Ergens in Odessa zitten nog een paar grote jongens. Die hadden we graag erbij gehad.'

'Vast', zei ik. Hij praatte erover alsof het om gewone Nederlandse criminelen ging, mannen die de wet overtraden, opgepakt konden worden en een straf konden krijgen. Hij had geen idee. 'Ik geloof niet dat ze erg van u onder de indruk zijn.'

'We doen ons best.' Hij klonk gepikeerd. 'Dit soort netwerken is erg moeilijk te bestrijden. Allerlei internationale regels en instellingen die niet goed samenwerken of informatie niet doorgeven. Het is ...' Hij maakte een gebaar met zijn hand, alsof hij alle belemmeringen wilde wegwuiven.

'Dat bedoelde ik niet.' Hij had het over dingen die er niet toe deden. Hij zag het als een probleem van regels en internationale afspraken. Als dat nou maar werd opgelost, dan zouden ze de mensenhandel kunnen aanpakken. 'Ze lachen ons uit. Dat bedoel ik. Met alle inspanningen pak je er een stel op en stopt ze een paar jaar in een cel. Als ze hier in Nederland in de gevangenis komen, is het helemaal mooi. Met goed gedrag zijn ze al eerder thuis. Ondertussen dwingen ze een van die meiden om met hen te trouwen, die mag dan langskomen en dan krijgen ze nog verlof ook.'

'Dat hoeft zo'n vrouw niet te doen', zei Ten Have. Ineens was hij fel. 'Er zijn programma's om ze op te vangen en een kans op een nieuw leven te geven.'

'Zo'n vrouw', zei ik. 'Precies. Zo'n vrouw.' Ik werd misselijk van zijn woorden, fysiek onpasselijk. Er waren dingen die ik niet zeggen kon, die ik niet denken kon. Ten Have kende alle feiten, daar was ik van overtuigd, en daar richtte hij zich op. Hij bestreed feiten. Hij wist niet wat er gebeurde als je eenmaal in de handel zat. Ik haalde mijn mobiele telefoon uit mijn zak en klikte door het geheugen tot ik de foto van de tassen vol wapens had gevonden. De kast in het huis aan de Lauriertuin. Ik legde het telefoontje op tafel en schoof het naar hem toe.

Hij keek.
'Ze lachen ons uit', herhaalde ik.
'Deze kende ik nog niet', zei hij kalm. 'Waar is dit?'
Ik gaf hem het adres. 'Zijn jullie daar niet binnen geweest?'
Hij schudde zijn hoofd. 'Dat is niet altijd nodig', zei hij. 'Wapens.' Hij haalde zijn schouders op. 'We hadden wel een vermoeden. Het verandert niet echt iets aan de zaak.'
'Voor jou niet. Je ziet het verschil niet. Zo'n vrouw heeft geen keuze', zei ik.
'Ik heb zelf ook in de operaties gezeten', zei hij. 'Daar loop je klappen op, dat hoort erbij. Geen enkele agent komt ongeschonden terug. Er zijn altijd littekens. Altijd.'
'Er zijn geen littekens', zei ik. Mijn ziel en mijn hart waren uit elkaar gescheurd en het gat ertussen was zo groot dat die twee nooit meer aan elkaar konden groeien. Een litteken zou mooi zijn.
'In het begin is het moeilijk om er zo over te denken, dan zijn de wonden nog te vers. Daar is tijd voor nodig.'
Hij sprak de taal van de man die alles weet van zijn kant van de wereld. Ik zou hem nooit kunnen uitleggen hoe het aan mijn kant was. Ik dronk mijn koffie, koud geworden. Ten Have beloofde dat hij mij onmiddellijk van de zwarte lijst zou laten halen. Om zijn belofte kracht bij te zetten, belde hij ter plekke met iemand om de opdracht door te geven.
'Morgen is het geregeld', zei hij.
Hij wilde geen problemen met mij en daarvoor was hij bereid ver te gaan. Ik vroeg een schadevergoeding voor Lies, de verzekeringsmaatschappij deed moeilijk en beriep zich op molest en op verzaking van plichten. Lies had geen passende maatregelen genomen, ze was weggegaan en niet bereikbaar geweest. Gezeur.
'Ik zal kijken wat we kunnen doen', zei Ten Have. Plotseling leunde hij over het tafeltje en legde een hand op de mijne, heel even. 'Er zijn ook programma's voor mensen zoals jij', zei hij zacht. 'Er kan meer dan je denkt.'
Ik schudde mijn hoofd. 'Programma's' klonk niet aantrekkelijk. Hij had vast en zeker gelijk, ik was niet de enige, er waren er meer,

God mag weten hoeveel. Mannen en vrouwen uit kampen, gevangenissen, hokken.

Mensen zoals ik.

Dat was nieuw. Ik was toegetreden tot een categorie, lid geworden van een club waar ik niet bij wilde horen. Dan wist ik in ieder geval wat ik was.

'Misschien', zei ik.

'Je hebt mijn nummer.' Hij knikte en ging weer rechtop zitten. We keken elkaar lange tijd zwijgend aan.

'En Guus?'

65 Energie liegt niet

Ten Have hield woord. Het ministerie van Justitie liet weten dat het misverstand was opgelost. Ze boden zelfs hun excuses aan. Ik werd ontvangen en iedereen verzekerde me dat een nieuwe opdracht eraan zat te komen. Gijs draaide bij, hij wilde me nu wel spreken. We zaten tegenover elkaar in het kantoor. Een toekomst zat er niet meer in voor onze samenwerking, daarvoor was er te veel gebeurd. De beslissing om uit elkaar te gaan, bleef staan. Ik vond het prima.

'Koop me maar uit', zei ik. Gijs noemde een bedrag en ik zei onmiddellijk ja. Ik onderhandelde niet. We schreven het op en zetten onze handtekeningen eronder. Gijs zou het allemaal laten regelen. Met een maand zou de verkoop rond zijn. We schudden handen, vriendelijk, maar niet meer als vrienden. Ik nam afscheid van Ahmed, Sacha en Josien en liep het kantoor uit.

Guus belde, ze wilde afspreken. Haar stem klonk krampachtig en gehaast. We zouden elkaar ontmoeten bij Sylvia, in Rotterdam, want ze wilde me alleen zien op neutraal terrein. Iedereen mocht erbij zijn, hoe meer, hoe liever.

Ze had kort, donker haar en droeg een regenjas waar je een ambtenaar in zou verwachten. Lage schoenen. Degelijk en onopvallend. Niet de Guus die ik kende. Ze kwam binnen en liet de deur achter zich openstaan. Lies zat aan tafel. Ik zat in een stoel bij het raam. Ik stond op.

'Doe geen moeite', zei ze. Ze kwam een paar passen naar me toe, haar ogen keken door me heen, naar een punt ergens achter mij, achter de buitenmuur van het huis, verder dan de straat, naar de overkant van het water. Ze keek zo in één keer het land uit. Ik was niet eens een obstakel.

'Ik weet wat jij gedaan hebt', zei ze. Kil, hard, elk woord droeg haar minachting en haar woede. 'Ik weet wat jij gedaan hebt', zei ze nog een keer. Ze vroeg niet hoe het ging, ze vroeg niet waar ik was geweest, ze vroeg niet wanneer ik was teruggekomen, ze vroeg niet meer waarom ik geen contact met haar had gezocht toen ze in Odessa zat. Ze vroeg niets en ze vertelde niets. Ze was gekomen voor een confrontatie die ik niet had verwacht en die ik niet begreep.

Achter haar kwam Sylvia binnen. Ze sloeg de deur met een klap dicht. 'Niet zo hard, advocaatje', zei ze. Ze probeerde Guus met een schok terug te brengen naar normale verhoudingen. 'Laten we eerst...'

Guus kapte haar keihard af. 'Helemaal niks eerst. Dat maniertje van je is aardig in de gevangenis, daar heb je wat aan die nepzekerheid, mevrouw Koper. Daar vinden anderen dat stoer en goed. Hier niet. Hier ben je een oude hoer, meer niet.' Ze draaide zich weer naar mij en schreeuwde, haar vinger priemde door de lucht. 'Ik weet wat hij gedaan heeft. Ik weet het. Lulu heeft het me verteld.'

Lulu.

Haar naam verdeelde de wereld in goed en slecht. Zo eenvoudig. Door haar was ik een van de mannen, hoorde ik bij Dmytro en Vlodo en al die anderen. Lulu wist niet wat er met mij was gebeurd en voor haar was dat ook helemaal niet interessant. Ik had gedaan wat de anderen ook deden. Ik zat aan de slechte kant. Dat had Lulu haar verteld.

Lies probeerde haar dochter te kalmeren, het hielp niet. Onthutst keek ik naar haar woede, naar haar pijnlijke agressie. Ik vroeg me af waarom ze was gekomen als ze me zo verachtelijk vond. Dan had ze net zo goed weg kunnen blijven. Ze schreeuwde en als ze niet schreeuwde, dan was haar stem nog harder. Ze gebaarde met haar armen, wild en abrupt, en opeens wist ik dat ik iets had gezien, iets wat ik herkende. Onmiddellijk daarop zag ik het weer, en weer, en weer, en daarna kon ik alleen nog maar dat zien. De gebaren die niet klopten, die niet synchroon liepen met haar woorden, het ongemak in haar houding, in haar lijf. Het lichaam dat ze met zich meezeulde, overal waar ze ging, en dat ze het liefst ergens in een hoek van een kamer wilde zetten. Doodstil. Geen beweging.

Net als ik.

Ik zag de breuk. Dmytro, Vlodo en Ilya waren niet aan Guus

voorbijgegaan. Ze waren ook bij haar geweest. Ik wist waar en ik wist hoe en ik wist hoelang. Ik zag het bij haar, zij zag het niet bij mij, waarschijnlijk omdat het niet eens in haar opkwam. Ik wist alles en ik wist dat ik het niet kon zeggen. Niet wilde zeggen.

'Laat maar', zei ik. 'Je hebt gelijk. Je hebt helemaal gelijk. Helemaal. Ik weet het. Ik weet wat ik heb gedaan.'

Ze zweeg. 'Zie je wel! Ik wist het!' Ze vloekte, draaide zich om en liep de kamer uit. De trap af. De voordeur viel dicht. De stilte in de kamer voelde als een verlossing, als een redding. Ik bewoog niet.

Lies stond op en liep naar de deur. 'Ik ...' zei ze en ze wees naar beneden, achter haar dochter aan.

'Natuurlijk', zei ik.

Ze kwam naar me toe en pakte mijn handen. 'Ik weet niet wat je hebt gedaan en ik wil het ook niet weten. Ik zie hoe donker het is. Daar kunnen we het een andere keer over hebben. Als je wilt. Alleen als je wilt. Dat weet je. Maar één ding zie ik ook, je putdeksel is eraf.'

Ik lachte.

'Nee, serieus, ik meen het.' Ze hield een hand vlak boven de kruin van mijn hoofd. 'Voel je dat?'

Een zachte gloed reikte in me en verdween, liet een rust achter. Heel even. Het kon van alles zijn. Ik voelde het. Ik voelde het niet. Ik voelde. Iets.

'Dat is de energie. Volg de energie, Mik. Energie liegt niet.'

Bellilog 24.04.2008

Strak-knal-knetterend-blauwe lucht. Zon als in een game, TE helder, boven het water. We zijn bij de nieuwe boot van Lies, de Muladhara 0.5. Ze heeft me in de gaten.

Andere haven, andere steiger. Stalen bak deze keer, sterker, minder onderhoud. Gemak en veiligheid. Guus is er niet. Sterre is er niet. Zolang ik niets kan zeggen, kan ik haar niets vragen en Sterre heeft een feilloze intuïtie voor dat soort oneerlijkheid. Ze wil er niets mee te maken hebben. Terecht.

Lulu is terug in de opvang, ze woont in een kleine kamer in een groot huis met andere vrouwen. In Odessa. Begeleiding komt één keer per week kijken hoe het gaat. Het is niks. Het is niet eens een begin. Ik stuur af en toe geld, dat kan ik. Via via, want als ze weet dat het van mij komt, dan neemt ze het niet eens aan. Gracie is weg, naar Amerika. Ik geloof er niets van. Ze is nooit meer gezien. Vermalen in de handel. Verdwenen in haar dromen. Waanbeelden. Vlodo zit ergens in een gevangenis, voor wapenhandel. Een paar jaar. Dmytro is een vrij man.

Niet aan denken.

Sylvia is er, gekleed voor de gelegenheid, in een lange broek en een jack. Platte schoenen. Fel rood haar en fel rode nagels, dat wel. '*Putain*', zegt ze als ze het schip ziet. Slaat me op mijn schouder. 'Zo wil ik ook wel te water.'

En Ten Have is er, met zijn korte nek en kale hoofd. Hij staat iets achteraf, apart. Bemoeit zich niet met ons, hij wil zien waar het geld van de Nederlandse overheid aan is besteed. Eigenlijk is hij op controle.

Lies is sprakeloos, met een hand voor haar mond loopt ze over het dek en door de kuip. Sylvia wil op de boot klimmen en ik reik haar de hand. Samen gaan we aan boord.

Ten Have niet. Hij blijft op een afstandje staan en na een paar minuten stopt hij zijn handen in zijn zakken en vertrekt. Sylvia duikt de kajuit in.

Ik wacht.

En kijk.

Aan dek.

Ik.

I.K. De losse onderdelen van mijzelf draaien nog steeds angstig om elkaar heen, zoeken naar een manier waarop ze bij elkaar kunnen zijn. Het went.

Ahmed belt vanuit mijn nieuwe kantoor. Nadat Gijs me had uitgekocht en ik voor mijzelf was begonnen, kwam hij bij me langs. Het contact was tussen hem en mij, met Gijs had hij niet zo veel. Een paar van zijn klanten, waaronder de verzekeringsmaatschappij, kwamen een maand later. Vanzelf. Bellicher & Amrani heten we nu.

'Kun je morgen om half drie in Diemen zijn?' vraagt hij.

Ik luister naar zijn omschrijving van het bedrijf, van de vraag, van de omstandigheden, alles kort en snel en zo rustig. Hij is een meester. Onderzoek naar mogelijkheden voor samenwerking van drie beveiligingsbedrijven met het oog op fusie, integratie, schaalvoordelen …

De Muladhara ligt in het water, een clubje meeuwen glijdt onverschillig door de lucht. Voorjaar in *full swing*. Lies en Sylvia kwekken in de kajuit, het deurtje staat open. Ik zoek het woord dat het deurtje openhoudt en de tijd stilzet, dat toegang geeft tot al die dingen die ik nog niet weet.

Zo'n woord.

'Nee', zeg ik.

Het is een begin.

Met dank aan Julia Portnaia en Fjodor Chebotarev, De Geus en @.

'I'll let you be in my dream, if I can be in yours', Bob Dylan said that, *Talking World War Three Blues*.

'Man is the information he carries', slagzin van adviesbureau HC&P.

Bij het tot stand komen van dit verhaal heb ik gebruikgemaakt van informatie onder andere uit de boeken: *Ik laat je nooit meer gaan*, Ruth Hopkins (De Geus, 2005), *Alles stroomt*, Vasili Grossman (De Geus, 1993) en *Maffia*, Petra Reski (Lebowski, 2009).

Charles den Tex bij De Geus

Dump

Alex Duffield heeft net zijn overleden vader als directeur van afvalverwerkingsbedrijf Duffield Chemicals opgevolgd. Eigenlijk tegen wil en dank. Hij heeft niet veel op met chemie. En met gerotzooi met chemisch afval al helemaal niet. Alex is vastbesloten Duffield Chemicals schoon te maken. Maar dan moet hij wel afrekenen met een internationale criminele organisatie.

Code 39

Jan Stegger wordt naar Dubai gestuurd om de oorzaak te achterhalen van de plotselinge, enorme omzetdaling bij de Nederlands-Arabische joint venture Daretco. Kort nadat Stegger is gearriveerd, blijkt het kantoor van Daretco te zijn opgedoekt. Er is maar één man die daartoe genoeg macht bezit: Abdullah al Majid, de man met wie Stegger juist geacht wordt samen te werken.

Schijn van kans

Winnaar Gouden Strop 2002
Eigenaar Ernst Dellenge van Standard Capital, een kleine, gerenommeerde bank, kaapt een lucratieve opdracht weg voor de neus van de machtige Nederland Europa Bank. Als Dellenge plotseling overlijdt, dreigt Standard Capital in de problemen te komen. Aan medewerkster Matti van der Donk de bijna onmogelijke opdracht een financiële ramp af te wenden.

Stegger

Een dubieuze, overzeese brievenbus-bv blijkt het obstakel te zijn voor de overname van Switchtronics door HECI. Jan Stegger, commercieel directeur van HECI, die eerder optrad in Den Tex' thriller *Code 39*, reist zelf af naar Curaçao om de problemen op te lossen.

Angstval

Privédetective Kram steelt voor klanten en houdt zich schuil in een flat op een onbekend adres. Hij is voor niemand bang, behalve voor mensen die te dichtbij komen. Tot hij Miranda ontmoet. Zij ontregelt zijn leven, zij ontketent in hem een ongekende wilskracht. Zij lokt en verleidt en duwt hem steeds verder in een zoektocht naar een mysterieus molecuul.

De macht van meneer Miller

Winnaar Gouden Strop 2006
Michael Bellicher werkt voor een van de grootste adviesbureaus ter wereld en het geluk lacht hem toe. Tot hij na jaren zijn broer weer ziet. De ontmoeting schokt hem. Michael gaat onderuit. Op zijn werk wordt hem de wacht aangezegd. Maar hij vertrekt niet, hij sluit zich op in de kantine, waar hij die nacht getuige is van iets wat niet voor zijn ogen bestemd is.

Claim

Honderden kilometers voor de kust van Argentinië vergaat het containerschip All Virtue met man en muis. Aanvankelijk wekt de schadeclaim van 56 miljoen geen enkel wantrouwen, totdat schadebehandelaar Ellen Brachman het schip nergens kan ontdekken in het doolhof van internationaal opererende schademaatschappijen. Ze besluit de waarheid te achterhalen.

CEL

Winnaar Gouden Strop 2008
Hoe bestrijd je iemand die jouw identiteit gebruikt? Michael Bellicher, hoofdpersoon uit *De macht van meneer Miller*, is getuige van een raadselachtig auto-ongeluk met fatale afloop. Hij wordt overgebracht naar een politiebureau in het Westland, waar hij te maken krijgt met een bizarre aanklacht, een onontkoombaar bewijs en een advocate die hem niet gelooft.

Spijt

Op een station in Zuid-Frankrijk nemen een man en een vrouw afscheid. Hij gaat voor een congres naar Antwerpen, zij keert terug naar hun vakantiehuis. Na vijf dagen is ze weer op het station om hem op te halen, maar hij komt niet. Wanneer ze hem gaat zoeken, blijkt hij spoorloos verdwenen. Hij laat nog één keer van zich horen: via zijn advocaat.

Onmacht

In de relatie tussen Ellen en Victor is het stadium van de kleine irritaties ruimschoots gepasseerd. Op een onverwacht moment barst de bom. Een scheiding lijkt onvermijdelijk. Maar dan neemt het geheel een gruwelijke wending.